Fischer TaschenBibliothek

Alle Titel im Taschenformat finden Sie unter:

www.fischer-taschenbibliothek.de

Queenie ist die Frau, die rückwärts singen kann. Harold ist der Mann, der allein mit seinem Schatten im Schnee tanzt. Queenie und Harold sind erst Kollegen, dann Freunde, dann … geschieht ein schreckliches Unglück, und Queenie geht für immer. Als Harold viele Jahre später ihren Abschiedsbrief erhält, macht er sich auf den Weg zu ihr. Und Queenie erkennt, dass sie ihm endlich die Wahrheit gestehen muss.

Ein tief berührender Roman voller Humor und Trost – über Liebe, Schuld, Hoffnung und ein Geheimnis, das alles in Frage stellt.

Rachel Joyce weiß, wie man Menschen mit Worten ganz direkt berührt. Die Autorin hat über 20 Hörspiele für die BBC verfasst und wurde dafür mehrfach ausgezeichnet. Daneben hat sie Stoffe fürs Fernsehen bearbeitet und auch selbst als Schauspielerin für Theater und Film gearbeitet. Ihr erster Roman, ›Die unwahrscheinliche Pilgerreise des Harold Fry‹, wurde für den Booker-Preis nominiert, mit dem Specsavers National Book Award für das beste Debüt prämiert, eroberte in über 30 Ländern die Bestsellerlisten und wird verfilmt. Auch ihre Romane ›Das Jahr, das zwei Sekunden brauchte‹ und ›Das Geheimnis der Queenie Hennessy – Der nie abgeschickte Brief an Harold Fry‹ sind internationale Bestseller. Rachel Joyce lebt mit ihrem Mann und ihren vier Kindern in Gloucestershire auf dem Land.

Weitere Informationen finden Sie auf www.fischerverlage.de

Rachel Joyce

Das Geheimnis der Queenie Hennessy

Der nie abgeschickte Brief an Harold Fry

Roman

Aus dem Englischen von
Maria Andreas

FISCHER TaschenBibliothek

Erschienen bei FISCHER Taschenbuch
Frankfurt am Main, September 2016

Die Originalausgabe erschien 2014
unter dem Titel ›The Love Song of Miss Queenie Hennessy‹
im Verlag Doubleday/Transworld, London

Umschlaggestaltung: bürosüd°, München
Umschlagabbildung: Andrew Davidson
Satz: Pinkuin Satz und Datentechnik, Berlin
Druck und Bindung: Kösel, Altusried-Krugzell
Printed in Germany
ISBN 978-3-596-52122-7

Für Amy und Emily, meine Schwestern,
und in Erinnerung an einen Garten in Roquecor

Alle Reisen haben geheime Ziele,
von denen der Reisende nichts ahnt.

Martin Buber, Die Legende des Baalschem

Der erste Brief

Bernadino-Hospiz
Berwick upon Tweed

Montag, 11. April

Lieber Harold,

dieser Brief wird Sie vielleicht überraschen. Ich weiß, dass es lange her ist, seit wir uns zuletzt gesehen haben, aber in letzter Zeit habe ich viel über die Vergangenheit nachgedacht. Dieses Jahr hatte ich eine Operation. Mir wurde ein Tumor entfernt, aber der Krebs hat sich ausgebreitet, und man kann nichts mehr tun. Ich habe meinen Frieden damit geschlossen und muss nicht leiden, aber ich möchte Ihnen noch gern für die Freundschaft danken, die Sie mir vor all den Jahren entgegengebracht haben. Bitte grüßen Sie Ihre Frau von mir. Ich denke immer noch voller Zuneigung an David.

Alles Gute,

QH

Der zweite Brief

Bernadino-Hospiz
Berwick upon Tweed

13. April

Hier ist er also

Vor langer Zeit hast du einmal zu mir gesagt, Harold: »Es gibt so viel, was wir nicht sehen.« »Was zum Beispiel?«, fragte ich. Mein Herz stolperte. »Dinge, die wir direkt vor uns haben«, sagtest du.
Wir saßen in deinem Auto, du am Steuer, wie immer, und ich auf dem Beifahrersitz. Ich erinnere mich, dass der Abend dämmerte, also müssen wir auf dem Weg zurück zur Brauerei gewesen sein. In der Ferne sprenkelten die Straßenlampen Licht auf die blauen Samtfalten der Hügel von Dartmoor, der Mond hing als blasser Kreidefleck darüber. Um ein Haar wäre ich mit der Wahrheit herausgeplatzt. Ich konnte es nicht mehr ertragen. Halten Sie an, hätte ich fast gerufen. Hören Sie mir zu, Harold Fry …
Da hast du mit der Hand im Fahrhandschuh nach vorn gedeutet. »Schauen Sie mal, wie oft sind wir hier schon vorbeigekommen? Das Ding ist mir noch

nie aufgefallen.« Ich folgte deiner Hand, und du hast gelacht. »Schon komisch, Queenie, wie viel uns entgeht.«

Während ich drauf und dran war, dir alles zu gestehen, hast du ein ausgebautes Dach bewundert! Ich öffnete meine Handtasche. Zog ein Taschentuch heraus.

»Sind Sie erkältet?«, wolltest du wissen.

»Möchten Sie ein Pfefferminz?«, habe ich gefragt.

Wieder einmal war der Moment vorüber. Wieder einmal hatte ich es dir nicht gesagt. Wir fuhren weiter.

Dies ist mein zweiter Brief an dich, Harold, ein ganz anderer diesmal. Keine Lügen. Jetzt werde ich dir alles gestehen, denn du hattest recht damals: Es gibt so viel, was du nicht gesehen hast. So viel, was du immer noch nicht weißt. Zwanzig Jahre lang waren meine Geheimnisse in mir vergraben; jetzt müssen sie ans Licht, bevor es zu spät ist. Ich werde dir alles erzählen, und der Rest wird Schweigen sein.

Draußen sehe ich die Befestigungsmauern von Berwick upon Tweed, dahinter zieht das Meer einen blauen Streifen über den Horizont. Die hellen jungen Knospen, die am Baum hervorspitzen, leuchten im Abendlicht.

Dann machen wir uns also auf den Weg, du und ich.

Uns bleibt nicht mehr lang.

Sie brauchen nichts weiter zu tun,
als zu warten!

Heute Morgen kam dein Brief. Wir waren zum Vormittagsprogramm im Tagesraum. Alle schliefen.

Schwester Lucy, die jüngste der betreuenden Nonnen, fragte, ob ihr jemand bei dem neuen Puzzle helfen wolle. Keiner antwortete.

»Scrabble?«, fragte sie.

Keiner rührte sich.

»Wie wär's mit Mausefalle?«, fragte Schwester Lucy. »Das ist doch ein schönes Spiel.«

Ich saß in einem Sessel am Fenster. Draußen flatterten und zitterten die immergrünen Sträucher im Wind. Eine einsame Möwe balancierte am Himmel.

»Wie wär's mit Galgenmännchen?«, fragte Schwester Lucy. »Hat wer Lust?«

Ein Patient nickte, und Schwester Lucy holte Papier. Als sie alles bereit hatte, Stifte, ein Glas Wasser und so weiter, war er schon wieder am Dösen.

Das Leben im Hospiz ist anders. Die Farben, die Gerüche, der Ablauf des Tages. Ich schließe die Augen und tue so, als wäre die Wärme des Heizkörpers die Sonne auf meinen Händen und der Geruch des

Mittagessens die salzige Meeresluft. Ich höre die Patienten husten, und es ist nur der Wind in meinem Garten am Meer. Wenn ich mir Mühe gebe, Harold, kann ich mir alles Mögliche vorstellen.

Schwester Catherine trat mit den Postsendungen des Tages herein. »Post!«, rief sie in voller Lautstärke. »Schauen Sie mal, was ich hier habe!«

Ohs und Ahs ringsum, alle setzten sich auf.

Schwester Catherine händigte einem Schotten, den wir nur als »Mr Henderson« kennen, mehrere braune Umschläge aus, alles Nachsendungen. Der neuen jungen Frau hatte jemand eine Karte geschickt. (Die Neue ist erst seit gestern da. Ich weiß nicht, wie sie heißt.) Der Dicke, den sie wegen der glitzernden Knöpfe auf seiner Weste »Perlenkönig« nennen, bekam schon wieder ein Päckchen. Ich bin nun eine Woche hier und habe ihn noch kein einziges aufmachen sehen. Barbara, die Blinde, freute sich über einen Gruß von ihrer Nachbarin: »Der Frühling kommt«, las Schwester Catherine laut vor. Finty, eine polternde Person, wurde in einem Brief aufgefordert, die Schicht von dem Rubbelfeld zu kratzen; darunter warte ein toller Gewinn auf sie.

»Und für Sie, Queenie, habe ich auch etwas.« Schwester Catherine durchquerte den Raum und hielt mir einen Umschlag entgegen. »Schauen Sie nicht so verschreckt!«

Ich erkannte deine Schrift. Ein Blick, und mein

Puls flatterte. Na großartig, dachte ich. Zwanzig Jahre lang höre ich nichts von dem Mann, dann schickt er einen Brief, und mir bleibt das Herz stehen.

Ich prüfte die Briefmarke. Kingsbridge. Sofort sah ich das Schlammblau des engen Meeresarms vor mir, die kleinen, am Kai vertäuten Boote. Ich hörte das Wasser gegen die Kunststoffbojen schlagen und die Takelage klackern. Ich wagte den Umschlag nicht zu öffnen. Starrte ihn nur an, schaute und erinnerte mich.

Schwester Lucy eilte mir zu Hilfe. Sie bohrte einen kindlichen Finger unter die Klappe und fuhr den Falz entlang, dass er aufriss. »Soll ich's Ihnen vorlesen, Queenie?« Nein, versuchte ich zu sagen, brachte aber nur ein Gurgeln hervor, das sie für ein »Ja« hielt. Sie faltete das Blatt auseinander, und ihr Gesicht färbte sich dunkelrosa. Dann begann sie. »Der ist von einem Harold Fry.«

Sie las, so langsam sie konnte, aber es waren nur wenige Worte. »*Es tut mir sehr leid. Alles Gute.* Ach, aber da ist noch ein PS«, sagte Schwester Lucy. »Er schreibt: *Warten Sie auf mich.*« Sie hob aufmunternd die Schultern. »Das ist aber nett. Auf ihn warten? Ich denke, dann kommt er zu Besuch.«

Schwester Lucy faltete den Brief sorgfältig zusammen und schob ihn wieder in den Umschlag. Dann legte sie mir meine Post auf den Schoß, als wäre die Sache damit erledigt. Eine warme Träne rann mir die

Nase entlang. Ich hatte deinen Namen zwanzig Jahre lang nicht ausgesprochen gehört. Hatte ihn nur in mir bewahrt.

»Och, Queenie«, sagte Schwester Lucy. »Nicht traurig sein. Ist doch alles gut.« Sie zog ein Kosmetiktuch aus der XXL-Schachtel auf dem Kaffeetisch und tupfte mir vorsichtig den zugeschwollenen Augenwinkel ab, den verzerrten Mund und sogar das Ding, das die Hälfte meines Gesichts ausfüllt. Sie hielt meine Hand, und ich konnte an nichts anderes denken als an meine Hand in der deinen, in einer Büromaterialkammer, vor langer Zeit.

»Vielleicht kommt Harold Fry ja morgen«, sagte Schwester Lucy.

Am Kaffeetisch kratzte Finty immer noch an ihrem Rubbelfeld herum. »Wird's bald, du Mistding«, grunzte sie.

»Haben Sie Harold Fry gesagt?« Schwester Catherine sprang auf und klatschte in die hohlen Hände wie nach einem Insekt. Das war das lauteste Geräusch des ganzen Vormittags, und alle gaben wieder Ohs von sich. »Wie konnte ich das bloß vergessen? Er hat gestern angerufen. Genau. Von einer Telefonzelle aus.« Sie sprach in kurzen, abgehackten Sätzen, wie man spricht, wenn man den Sinn einer Sache erfassen will, die im Grunde keinen hat. »Die Verbindung war schlecht, und er hat dauernd gelacht. Ich habe kein Wort verstanden. Wenn ich jetzt überlege – er hat genau dasselbe gesagt. Sie sollen warten, Queenie. Er hat gesagt, ich soll Ihnen ausrichten, dass er zu Fuß unterwegs ist.« Sie zog ein gelbes Post-it aus der Rocktasche und faltete es rasch auseinander.

»Zu Fuß unterwegs?«, fragte Schwester Lucy. Es klang, als hätte sie das noch nie selbst ausprobiert.

»Ich nahm an, er wollte wissen, wie er von der Bushaltestelle herkommt. Ich habe ihm gesagt, er soll sich nach links halten und dann immer geradeaus.«

Einige der Betreuer lachten, und ich nickte, als wäre Lachen hier das einzig Richtige, weil es über meine Kräfte ging, meine Bestürzung zu zeigen. Mir wurde ganz schwach und heiß.

Schwester Catherine studierte ihren gelben Notizzettel. »Er sagte, ich soll Ihnen ausrichten, solange er läuft, müssen Sie auf ihn warten. Er sagte auch, dass er von Kingsbridge losläuft.« Sie wandte sich an die anderen Nonnen und Betreuer. »Kingsbridge? Weiß jemand, wo das liegt?«

Vielleicht, meinte Schwester Lucy, aber ziemlich sicher wisse sie es nicht. Jemand erzählte, er habe eine Tante, die mal dort gewohnt habe. Und dann sagte einer der Betreuer: »Ja, doch, ich kenne Kingsbridge. Das liegt in South Devon.«

»South Devon?« Schwester Catherine wurde blass. »Glaubt ihr, er meinte, er geht den ganzen Weg zu Fuß, von der Südküste bis hier hoch nach Northumberland?« Sie lachte nicht mehr und die anderen auch nicht. Sie sahen nur noch mich und deinen Brief an und wirkten ziemlich ratlos und betreten. Schwester Catherine faltete ihr Post-it wieder klein und ließ es in einer Tasche ihres Habits verschwinden.

»Volltreffer!«, rief Finty. »Ich hab 'ne Luxuskreuzfahrt gewonnen! Zwei Wochen Abenteuer auf der Princess Emerald, alles inklusive!«

»Sie haben das Kleingedruckte nicht gelesen«, knurrte Mr Henderson. Dann lauter: »Die Frau hat das Kleingedruckte nicht gelesen!«

Ich schloss die Augen. Kurz danach spürte ich, wie die Schwestern die Arme unter meine Achseln schoben und mich in den Rollstuhl hoben. Ein Gefühl wie damals, als ich noch ein kleines Mädchen war und mein Vater mich ins Bett trug, wenn ich vor dem Herd eingeschlafen war. »Stille, stille«, sang meine Mutter dann leise. Ich hielt deinen Briefumschlag und mein Heft ganz fest. Das Licht tanzte purpurn hinter meinen Lidern, als wir vom Tagesraum auf den Gang kamen und dann an den Fenstern vorbei. Ich kniff die Augen die ganze Zeit fest zu, auch noch, als die Schwestern mich aufs Bett hoben, als der Vorhang mit einem Rauschen zugezogen und die Tür geschlossen wurde. Denn ich hatte Angst davor, die Augen aufzumachen, Angst, dass dann meine Tränen nie mehr aufhören würden.

Harold Fry kommt zu mir, dachte ich. Ich habe zwanzig Jahre lang gewartet, und jetzt kommt er.

Ein unwahrscheinlicher Plan

»Queenie? Queenie Hennessy?«

Als ich aufwachte, stand ein neuer Betreuer vor meinem Fenster. Einen Moment lang erschien er mir wie eine Lichtgestalt.

»Sie haben geweint«, sagte er. »Im Schlaf.« Erst als ich genau hinsah, erkannte ich, dass es kein Mann war, sondern eine große, grobknochige Frau im Nonnenhabit mit weißer Haube und dunkelblauer Strickjacke. Ich fuhr mit der Hand zur Wange hoch, um sie zu verbergen. Doch weder starrte die Unbekannte dorthin, noch senkte sie ihren Blick, wie es Leute meistens tun, zu meinen Fingern, meinen Füßen oder sonst wohin, nur weg von meinem Gesicht. Sie lächelte einfach.

»Dieser Harold Fry – macht Ihnen dieser Mann so zu schaffen?«, fragte sie.

Ich erinnerte mich an deine Nachricht. Dass du mich besuchen kämst, zu Fuß. Aber diesmal sah ich nicht die Hoffnung in der Nachricht, sondern nur die Kilometer. Schließlich bin ich am einen Ende Englands und du am anderen. Der Wind hat im Süden etwas Sanftes, aber hier oben ist er so wild, dass er einen umreißen kann. Es gibt einen Grund für diese Entfernung, Harold. Ich musste so weit von dir wegkommen, wie ich es ertragen konnte.

Die Nonne drückte sich vom Fensterbrett ab und wischte dabei einen kleinen Kaktus herunter. Sie sagte, sie habe von deiner aufregenden Nachricht gehört. Sie wusste, dass du von Kingsbridge nach Berwick upon Tweed laufen willst und ich nichts weiter zu tun brauche, als zu warten. Sie bückte sich, um das Topfpflänzchen vom Boden zu retten. »Ich kenne Mr Fry natürlich nicht, aber anscheinend haben Sie ins Leere gerufen und ein Echo zurückbekommen. Was für ein guter Mensch.« Sie lächelte den Kaktus an, als hätte sie ihn gerade gesegnet. »Ich bin übrigens Schwester Mary Inconnue.« Sie sprach es Ängkonnüh aus, wie im Französischen. »Freut mich, Sie kennenzulernen.«

Sie zog den Stuhl heran und setzte sich an mein Bett. Ihre Hände lagen groß und rot in ihrem Schoß. Die Hände einer Spülerin. Ihre Augen waren von einem scharfen, klaren Grün.

»Aber schauen Sie mich doch an«, versuchte ich zu sagen.

Es ging nicht. Stattdessen griff ich nach meinem Heft und meinem Bleistift Stärke HB. Ich schrieb: *Wie soll ich das denn anstellen? Wie könnte ich denn auf ihn warten?*, und schleuderte dann den Bleistift weg.

Ich hatte gedacht, ich würde dich nie wiedersehen.

Ich habe zwanzig Jahre im Exil verbracht, während mir ein Stück meines Lebens fehlte. Ich dachte, du hättest mich vergessen. Als ich dir meinen ersten Brief schickte, wollte ich damit mein Leben ordnen. Für mich selbst mit der Vergangenheit abschließen. Ich habe nicht damit gerechnet, dass du antwortest. Und ganz sicher nicht damit, dass du losläufst. Plötzlich gibt es so viel zu gestehen, wiedergutzumachen, zu kitten, und das kann ich nicht. Warum, glaubst du, habe ich Kingsbridge verlassen und bin nie zurückgekehrt? Ich fürchte, wenn du die wahren Gründe kennen würdest, dann würdest du mich hassen. Doch du musst die Wahrheit kennen, verstehst du? Sonst können wir uns nicht begegnen.

Ich erinnerte mich an das erste Mal, als ich dich im Brauereihof sah. Dann stellte ich mir deinen Sohn mit meinen roten Wollfäustlingen vor und sah auch Maureen in eurem Garten in der Fossebridge Road Nr. 13. Mit lodernden Augen hatte sie neben dem Wäschekorb gestanden. Spar dir lieber das Laufen, dachte ich. Die Nonne mit dem komischen Namen hat recht: Du bist ein guter Mensch. Vor zwanzig Jahren hatte ich die Chance, mit dir zu reden, und habe den Mund nicht aufbekommen. Immer wieder sind alle Versuche misslungen. Jetzt habe ich keinen Mund mehr, nur noch Worte. Bleib lieber, wo du bist.

Es ist zu spät.

Schwester Mary Inconnue las das in meinem Heft

und sagte nichts. Lange saß sie da, die Hände im Schoß, so reglos, dass ich mich schon fragte, ob sie eingeschlafen war. Dann krempelte sie die Ärmel hoch wie eine Nonne, die sich anschickt, den Stier bei den Hörnern zu packen. Sie hatte glatte, braungebrannte Arme. »Zu spät? Es ist nie zu spät. Mir scheint, es gibt noch eine ganze Menge, was Sie Harold Fry zu sagen haben. Deshalb sind Sie doch so wütend, oder nicht?«

Das saß. Ich weinte wieder.

Sie sagte: »Ich habe einen Plan. Wir werden ihm einen zweiten Brief schreiben. Mit dem ersten haben Sie sich ganz schön was eingebrockt. Jetzt müssen Sie die Suppe auch auslöffeln. Aber diesmal schreiben Sie ihm nicht, was er auch vorgedruckt auf einer Grußkarte lesen könnte. Sondern die Wahrheit, die ganze Wahrheit. Erzählen Sie ihm, was wirklich gewesen ist.«

Ich wandte den Blick zum Fenster hinüber. Draußen jagten schwarze Wolkenfetzen wie Gaze über den matten Himmel. Die Sonne war eine metallische Lichtscheibe, die dunklen Zweige des Baums schüttelten sich. Ich stellte mir vor, wie du am einen Ende von England eine Landstraße entlangläufst. Ich stellte mir vor, wie ich selbst am anderen Ende in einem kleinen Zimmer im Bett sitze. Ich dachte an die Meilen zwischen uns, die Bahnschienen, die Busrouten, die Straßen, die Flüsse. Ich sah die Kirch- und anderen Türme vor mir, die Schiefer- und Blechdächer, die Bahnhöfe, die Städte, die Dörfer, die Felder. Und die vielen Menschen. Menschen, die auf Bahnsteigen warten und in Autos vorbeifahren, die aus Busfenstern schauen und Straßen entlanggehen.

Seit ich Kingsbridge verlassen habe, bin ich allein geblieben. Ich bin in ein verlassenes Holzhäuschen am Strand gezogen und habe mein Herzblut in einen Garten am Meer gesteckt. Habe ein kleines Leben gelebt, nichts Erwähnenswertes. Aber die Vergangenheit ist immer noch in mir, Harold. Ich habe sie nie hinter mir gelassen.

»Sie müssen diesen Brief nicht alleine schreiben«, sagte Schwester Mary Inconnue. »Ich werde Ihnen helfen. Im Büro steht eine alte Reiseschreibmaschine.«

Ich erinnerte mich, wie lange ich gebraucht hatte, um meinen ersten Brief Buchstabe für Buchstabe zu Papier zu bringen, damit Schwester Lucy ihn auf ihrem Laptop abschreiben konnte. Vermutlich hast du bemerkt, was für ein Gekritzel meine Unterschrift und deine Adresse auf dem Umschlag waren. Mit den ganzen Faxen, die nötig waren, um diesen Brief auf die Post zu bekommen, wäre eine Brieftaube wahrscheinlich schneller gewesen.

Aber Schwester Mary Inconnue fuhr fort: »Wir schreiben jeden Tag ein Stück. Sie, Queenie, machen Notizen, und ich tippe sie ab. Sie können nicht zufällig Steno?«

Ich nickte.

»Na, also. Wir werden gemeinsam schreiben, Sie und ich, bis Harold Fry hier ankommt. Ich werde den Brief in der Ich-Form schreiben, als wäre ich Sie. Ich transkribiere alles, es wird kein einziges Wort fehlen. Harold Fry bekommt Ihren Brief sofort nach seiner Ankunft ausgehändigt.«

Sie müssen mir versprechen, dass er ihn liest, bevor er zu mir gelassen wird.

»Ich gebe Ihnen mein Wort.«

Und schon bekam die Vorstellung für mich etwas Verlockendes. Schon feilte ich an den ersten Sätzen. Vielleicht schloss ich dabei die Augen, denn als ich sie wieder aufmachte, hatte sich Schwester Mary Inconnue wieder ein Stück bewegt; sie saß jetzt am Fußende. Sie hatte eine Lesebrille mit blauer Plastikfassung aufgesetzt, die sie ein bisschen glupschäugig aussehen ließ, und hielt einen abgewetzten Lederkoffer hoch, so groß wie eine Aktentasche. Der Schlüssel war mit Schnur an den Griff gebunden.

Sie lachte. »Sie sind eingeschlafen. Da bin ich schnell ins Büro rüber und war so frei, mir die Schreibmaschine auszuborgen.« Sie schlug in meinem Heft eine neue Seite auf und legte es mir auf den Schoß, den Bleistift dazu.

»Sehen Sie, was hier geschieht?«, fragte Schwester Mary Inconnue und schloss den Lederkoffer auf. Sie hob die Schreibmaschine heraus, eine Triumph Tippa. Dasselbe Modell hatte ich auch einmal. »Harold

Fry läuft durch England. Sie sind zwar hier, haben Ihre Reisen schon hinter sich, aber auch Sie machen sich auf den Weg, nur anders. Das ist das Gleiche, wenn auch nicht dasselbe. Finden Sie nicht auch?«

Ich nickte. *Und wenn ich nicht mehr hier bin, wird wenigstens mein Brief hier sein.*

Schwester Mary Inconnue nahm Platz und stellte sich die Schreibmaschine auf den Schoß. »So«, sagte sie und bewegte ein paarmal die roten Finger. »Wo ist denn hier der Tabstopp?«

Wir arbeiteten den Rest des Vormittags und dann weiter nach dem Mittagessen bis in die Dämmerung. Einmal in Gang gekommen, konnte ich gar nicht mehr aufhören. Ich deutete auf meine Notizen. *Ergibt das einen Sinn?*

»Und wie«, sagte sie.

Ich riss die vollgeschriebenen Blätter aus dem Heft und nummerierte sie; Schwester Mary Inconnue tippte alles der Reihe nach ab. Ich nahm mir immer vor, bis zur nächsten Seite schreibe ich noch, und wenn dann die nächste Seite kam, schrieb ich auch die wieder voll. Ich schrieb alles auf, was du bisher gelesen hast, während Schwester Mary Inconnue in die Tasten hackte. Und das machen wir immer noch. Ich schreibe, und sie tippt.

»Gut«, sagt sie. »Sehr gut.«

Später kam die diensthabende Krankenschwester zu unserem Abendritual. Sie reinigte mir den Mund mit Mundwasser und einem Schwämmchen am Stab. Sie strich Gel auf die Stellen, wo meine Lippen rissig waren, und wechselte dann die Verbände. Dr. Shah, der Palliativarzt, fragte, ob meine Schmerzen stärker geworden seien, aber ich verneinte, sie seien wie immer. Ich müsse nichts Unangenehmes aushalten, sagte er. Wenn mich etwas störe, könnte man die Medikamente anders einstellen. Nachdem die Krankenschwester mir ein neues Schmerzpflaster angelegt hatte, massierte mir Schwester Lucy die Hände. Mit ihren glatten Pummelfingern knetete sie meine steifen Finger durch, lockerte die Gelenke und strich sie aus. Sie holte ihren Glitzerlack und malte mir die Nägel an.

Im Schlaf sah ich deinen Sohn. »Ja, David«, sagte ich. »Ja.« Ich nahm eine Decke und stopfte sie fest um ihn herum, falls ihn fror.

Psssst!

Keine gute Nacht. Da ist David. Immer wieder David, in meinem Kopf.

Ich kann nicht schlafen.

Jedes Mal, wenn ich die Augen schließe, sehe ich David. Im Sessel neben meinem Heizlüfter. Im schwarzen Mantel. Mit lauten Forderungen.

Ich klingle, hole Hilfe.

Schwester Philomena: »Was ist los?«

Ich: *Ich habe einen Albtraum.*

Schwester Philomena: »Nehmen Sie das. Morphium.«

(Schluck, schluck.)

Schwester Philomena: »Legen Sie Ihren Bleistift weg, Queenie. Ihr Heft auch. Und jetzt wird geschlafen.«

Nach der schlimmen Nacht schlief ich bis Mittag. Als ich aufwachte, hatte ich Besuch. Eine Frau mit einer Pampelmuse auf dem Kopf. Sie hatte auch ihr Pferd mitgebracht. Die beiden gingen erst, als Schwester Mary Inconnue mit ihrer Schreibmaschine kam.

Ich schrieb ihr auf, ich hätte seltsame Gäste aus dem Zirkus gehabt, die gar nicht ins Hospiz passten, und sie lächelte. »Für die Drogen, die Sie hier bekommen, zahlen manche Leute teures Geld.« Ihre Augen stellten sich schräg hinter ihrer Lesebrille.

Sehen Sie schlecht?, buchstabierte ich.

»Ganz im Gegenteil«, sagte sie. »Ich habe Ihnen nur zugezwinkert. Wie geht's Ihnen heute?«

Ihre gestärkte Haube leuchtete milchweiß wie auch ihr Habit unter der schwarzen, mit einem Gürtel zusammengehaltenen Schürze. Ihre weißen Socken, über denen sie Sandalen mit Klettverschlüssen trug, bauschten sich ein wenig zwischen den Riemen. Sie zog einen neuen Packen DIN-A4-Papier aus der Tasche, dazu einen Tipp-Ex-Korrekturstift. »Ich sehe, Sie haben wieder eine Nachricht bekommen.« Sie deutete auf die Postkarte auf meinem Nachttisch, die vor deinem Brief lehnte.

Ich hatte es wieder vergessen, Harold. In der Nacht hatte ich vergessen, dass du wanderst.

»Ach, Queenie, Sie werden doch jetzt nicht anfangen zu weinen?« Schwester Mary Inconnue lachte, und ich legte den Kopf in den Nacken. Ich würde mich nicht zum Narren machen. »Mal sehen, was Harold Fry uns zu erzählen hat.«

Auf der Postkarte ist Bantham Beach abgebildet. Eine der Nonnen musste sie gebracht haben, während ich schlief. Ich las die Worte auf der Rückseite. »*Nur nicht nachlassen im Glauben, Harold Fry.*« Du weißt vielleicht nicht, Harold, dass ich kein gläubiger Mensch bin. Ich höre die Nonnen beten, höre ihre Lieder in der Kapelle, aber ich bete nicht mit. Und seit wann hast du etwas mit Glauben am Hut? Wenn ich mich recht erinnere, hast du niemals eine Kirche betreten. Als ich dich das letzte Mal sah, da … nun, da wirktest du nicht wie ein Mann, der Gott gefunden hat.

Soviel ich weiß, bist du aber auch nie weit gelaufen. Nur einmal. Aber darüber zu schreiben ist jetzt vielleicht nicht der richtige Zeitpunkt.

»Dann mal zurück zu Ihrem Brief«, sagte Schwester Mary Inconnue.

Sie schlug mein Heft auf und gab mir den Bleistift. Sofort bekam ich einen Krampf. Ich konnte den rechten Arm kaum bewegen. Das Handgelenk war ganz steif. Das kam sicher von dem vielen Schreiben gestern. Ich bin es nicht mehr gewöhnt, mit den Händen zu arbeiten. Meine Finger zitterten wie die Seeanemonen in den Felstümpeln meines Gartens, den ich in Embleton Bay auf den Klippen direkt am Meer angelegt habe.

»Hilfe«, tutete ich. »Ich kann nicht schreiben.«

Schwester Mary Inconnue stellte die Schreibmaschine beiseite und nahm meine Hände in die ihren. Sie rieb meine Finger und hob sie an den Mund. Dann pustete sie sie an, als wolle sie sie aufblasen. »Ja, so was, Queenie«, sagte sie. »Schau mal an, die Dame hat jetzt Glitzernägel!« Sie lächelte.

Wenn man nichts mehr sieht als Schwierigkeiten, braucht es manchmal nur so ein Lächeln. Dann löst sich das Problem zusehends in Luft auf, und alles wird ganz einfach.

»Zweiter Versuch«, sagte sie.

Sie drückte mir den Bleistift in die Hand und bog meine Finger darum, einen nach dem anderen.

»Was möchten Sie Harold Fry heute erzählen?«

Ich erinnere mich an Bantham Beach. Ich war einmal dort, als ich neu nach Devon kam. Vor fast vierundzwanzig Jahren war das, da kannte ich dich noch gar nicht. Es war Weihnachten, und mir ging eine Menge im Kopf herum.

Ich hatte mich nicht bewusst dafür entschieden, nach Kingsbridge zu kommen. Mir war nur klar, dass ich nicht in Corby bleiben konnte. Dort war für mich einiges schiefgegangen, und deshalb tat ich, was ich immer tat, wenn in meinem Leben etwas schiefging: Ich lief davon. »Wenn mal was *kaputt* ist«, sagte meine Mutter immer, wenn sie angeschlagenes Porzellan in den Mülleimer warf, »macht es einfach nichts mehr her. Weg damit.« Ich kann immer noch ihre Worte hören, ihren kehligen Akzent. Angeschlagene Teller und Gläser, zerrissene Strümpfe, Strickjacken, an denen Knöpfe fehlten, Porzellanfiguren, denen ein Fuß oder der Kopf abgebrochen war – nichts fand Gnade vor ihren Augen. Meine Eltern waren nie wohlhabend, wir lebten von dem Geld, das mein Vater als Schreiner und Zimmermann verdiente, in einem kleinen gemieteten Haus in einem Dorf in Kent. Meine Mutter war eine große Frau, Österreicherin, mit großen Händen, die immer glänzten wie mit Gänsefett eingerieben. Sie ließ ständig alles fallen. Es war ein Wunder, dass wir überhaupt noch etwas hatten. Wenn sie nicht hinsah, durchsuchte mein Vater den Mülleimer und zog heraus, was sich noch retten ließe. Er verschwand damit in seiner Werkstatt, wo schon eine lange Reihe kaputter Gegenstände auf ihre Reparatur warteten. Aber dazu kam es selten, und wenn doch, sah meine Mutter den geklebten Teller anklagend an und sagte:

»Du schon wieder? Ich dachte, mit dir wäre ich fertig.«

Vielleicht nahm ich meine Mutter zu wörtlich, aber ich wandte ihre Grundsätze auch auf mein Leben an. Schließlich suchen wir doch alle nach Regeln. Wir lesen sie an den seltsamsten Stellen auf, und wenn die Regeln zu funktionieren scheinen, leben wir unser ganzes Leben nach ihnen, auch wenn sie uns später unglücklich machen und Schwierigkeiten bringen.

Als ich zum Beispiel einmal eine Tanzprüfung nicht bestand, stieg ich gleich ganz aus. Es war leichter für mich aufzuhören, als mich mit der Enttäuschung meiner Lehrerin auseinanderzusetzen. Als in einem Feriencamp eine Freundin sehr gemein zu mir war, tat ich das Gleiche: Ich bestand darauf, ganz heimzufahren. Jahre später bewarb ich mich in Oxford an der Universität, was man wahrscheinlich als Flucht vor meinen Eltern deuten könnte. Es war zu kompliziert geworden, ihr einziges Kind zu sein.

Nachdem ich Corby verlassen hatte, reiste ich tagelang herum. Eine Nacht hier, eine Nacht da. Manchmal auch nur Stunden. Nie blieb ich lange genug, um Leute kennenzulernen. Nie lange genug, um gekannt zu werden. Ich packte den Koffer kaum aus. Ich fuhr einfach immer weiter, bis der kleine Bus stehen blieb und ich den Strand sah. Letzter Halt, sagte der Fahrer. Er schaltete die Scheinwerfer aus. Stellte den Motor ab.

Und was geschieht beim letzten Halt?, dachte ich.

Ich suchte mir einen Weg durch die Sanddünen, die hohen Stachelbüschel des Strandhafers. Vom Meer her wehte ein kräftiger Wind; ich musste mich mit gesenktem Kopf gegen ihn stemmen, um voranzukommen. Mit der einen Hand hielt ich den Kragen zusammen, mit der anderen zerrte ich meinen karierten Koffer hinter mir her. Darin war alles, was ich besaß. Meine Bücher, meine Kleidung. Meine Tanzschuhe. Dann gelangte ich zum Wassersaum und wurde von einer schrecklichen Verzweiflung erfasst wie ein Mensch, der es gewöhnt ist, ständig vorwärtszustürmen, weil er das schon immer so gemacht hat, und der nun plötzlich vor einer Mauer steht.

Ich erinnere mich noch heute an den Winterhimmel jenes Abends. Immer wenn ich in meinem Garten am Meer arbeitete und einen solchen Sonnenuntergang sah, stieg das Bild von Bantham Beach in mir hoch. Die Sonne hing am Himmel wie aufgerissen. Scharlachrot überall. Die Wolken waren Flammen, sie loderten so grell und ungestüm, dass alles Blau verblasste. Meer und Land warfen das Rot zurück wie ein Spiegel. Der geriffelte Sand war genauso in Brand geraten wie die Steine und rotbraunen Felstümpel. Wie die rosa Gischt auf den Wellen. Und der Buckel von Burgh Island. Das Feuer sprang sogar auf meine Hände über.

Warum bin ich nicht einfach weitergelaufen? Ich

hatte kaum Geld. Keine Arbeit. Keine Bleibe. Das Wasser leckte an meinen Zehen. Nicht mehr lange, und es stiege mir bis zu den Knöcheln. Wenn mal was kaputt ist …

Doch da spürte ich ein feines Flattern in der Magengrube.

Ich kehrte dem Meer den Rücken zu und schleifte den Koffer zurück durch die Sanddünen. Als ich wieder oben auf der Straße stand, war der Wind abgeflaut und die Sonne untergegangen. Himmel und Landschaft waren von einem kalkigen, fast silbernen Malvenviolett. Der erste Abendstern durchdrang die Dämmerung.

Ich fange wieder neu an, dachte ich. Denn das geschieht beim letzten Halt. Man macht einen neuen Anfang.

Schwester Mary Inconnue hebt die Arme über den Kopf, hakt die Fingerspitzen ineinander und macht eine Reihe von Yoga-Dehnübungen für den Nacken. Meine Blätter liegen zu ihren Füßen. Hinter dem Fenster ist kein Licht mehr, und der Mond ist zurückgekehrt, ein weißes Nagelhäutchen.

»Schauen Sie mal Ihren Ausstoß von heute an, Queenie. Sie schreiben erst den zweiten Tag und haben schon so viele Seiten gefüllt. Es gibt so viel zu erzählen. Woran Sie sich alles erinnern!«

Natürlich erinnere ich mich. Mein Kopf ist voll von

den Liedern der Vergangenheit. Ich werde alles gestehen. Ich werde keine Angst haben.

»Wie geht's der Hand?«, fragt Schwester Mary Inconnue. »Tut hoffentlich nicht allzu weh?«

Ich versuche zu lächeln, aber leider kommt etwas anderes dabei heraus, und ich brauche ein Taschentuch.

Ich schlage eine neue Seite auf.

Bringen wir diesen Teil schnell hinter uns, ja?

»Das Bernardino-Hospiz ist eine karitative Pflegeeinrichtung, in der Patienten mit lebensverkürzenden Erkrankungen aller Art fachgerechte und liebevolle Pflege erhalten«, heißt es im Prospekt. *»Die Nonnen, die hier leben und arbeiten, sind ausgebildete Krankenschwestern und ehrenamtliche Betreuerinnen. Sie werden durch ein Team von Klinikärzten unterstützt.«*

»Aber ich will nicht dahin«, versuchte ich zu sagen. Das war nach meiner letzten Operation, als ich immer noch Laute erzeugen konnte, die von anderen als Worte erkannt wurden. Ich legte den Prospekt auf den Schreibtisch meines Hausarzts zurück.

Ich kannte das Bernardino-Hospiz, ein niedriges Gebäude aus dunklem Flintstein am Stadtrand. Ich war öfter mit dem Bus vorbeigefahren, wenn ich Gartengeräte zur Reparatur in den großen Eisenwarenladen in Berwick upon Tweed bringen musste. Für meine Gartengeräte habe ich immer eine Art Zärtlichkeit empfunden und sie wie Freunde behandelt. Ich hatte dem Hospiz immer den Rücken zugekehrt und lieber aufs Meer hinausgesehen.

Ich holte mein Notizheft heraus. *Ich will in meinem Strandhaus bleiben*, schrieb ich.

Der Arzt nickte. Er nahm einen Stift in die Hand und rollte ihn zwischen den Fingern hin und her. »Natürlich müssen Sie nicht ins Bernadino-Hospiz, wenn Sie nicht möchten, Queenie.«

Er starrte seinen Stift unverwandt an; ab und zu entschlüpfte ihm ein Seufzer wie der Nachhall einer Explosion tief unten in seiner Brust. »Aber der Krebs ist weit fortgeschritten. Wir können Sie nicht mehr operieren. Sie wissen, dass die Prognose nicht –?«, flüsterte er. »Das wissen Sie doch?«

»Ja«, sagte ich. Ich griff nach meinen beiden Walking-Stöcken, obwohl ich noch nicht gehen wollte. Ich wollte nur, dass er nichts mehr zu sagen brauchte, und etwas Besseres, als mich an meinen Stöcken festzuhalten, fiel mir dafür nicht ein.

»Ich zwinge Sie nicht, in das Hospiz zu gehen. Natürlich nicht. Aber dort können wir uns gut um Sie kümmern. Und ich mache mir Sorgen, wie Sie in Ihrem Strandhaus zurechtkommen. Im Winter lebt sonst niemand in Embleton Bay. Sie haben keine richtige Heizung. Der Küstenpfad ist bei diesem Wetter fast unpassierbar. Wir könnten Ihnen keinen Krankenwagen schicken. Wenn wir einen bräuchten.«

Ich habe Simon. Den ehrenamtlichen Betreuer aus der Klinik. Er kommt.

»Aber nur dreimal die Woche. Sie brauchen Vollzeitpflege.«

Die Luft schien so zäh, dass ich mich darauf konzentrieren musste, weiterzuatmen. Irgendwie hörte ich nichts mehr oder nur vereinzelte Worte wie »kompliziert« und so etwas.

Trotzdem wäre ich bei meinem Entschluss geblieben und in meinem Holzhaus. Aber mein ganzes Gesicht hatte sich verschoben. Mein Mund versagte endgültig seinen Dienst, ich konnte mein Auge nicht mehr öffnen. Ich ging nicht mehr einkaufen. Ich wollte nicht, dass mich jemand sah. Ich schämte mich. Wenn Besucher kamen, ging ich nicht an die Tür. Ich vermied es sogar, in meinem Garten zu arbeiten, aus Angst, dass man mich dort finden würde. Ich dachte, jetzt werde ich schlafen, schlafen, schlafen, aber der Schlaf kam nicht. Ich wollte niemanden belästigen. Ich wollte einfach loslassen können. Aber jedes Mal, wenn ich ans Loslassen dachte, wollte ich nur noch festhalten. Ich gebe zu, dass ich geweint habe. Der Regen hörte nicht auf, der Wind auch nicht. Von der Tür aus sah ich zu, wie der Sturm in meinem Garten die Treibholzfiguren auf den Kopf stellte, wie der Regen die Felstümpel ertränkte. Der Winter schien kein Ende zu nehmen.

Als mein Betreuer Simon hörte, dass ich mich für das Bernardino-Hospiz entschieden hatte, sagte er, oh, seine Tante sei auch dort gewesen. »Ein ganz besonderer Ort«, versprach er. »Man braucht kein religiöser Mensch zu sein. Die machen da alles Mögliche. Musik und Kunst und so. Und es gibt einen schönen Garten. Dort wird's Ihnen gefallen. Meine Tante war sehr glücklich dort bis zum …«

Und dann lächelte er, als hätte er das Sprechen komplett verlernt.

Simon ist groß wie ein Bär und trägt einen Dufflecoat, den er über dem Bauch nicht ganz zuknöpfen kann. Ich saß ganz still da, während Simon meine Nachthemden, Hausschuhe, Handtücher einpackte. Dieser Koffer und ich, wir sind zusammen überall gewesen. Simon fragte mich, ob ich sonst noch etwas mitnehmen wolle, und mir fiel nichts ein, weil mir die Vorstellung, von hier fortzugehen, so fremd war. Ich hatte zwanzig Jahre in diesem Strandhäuschen gelebt, die ganze Zeit, seit ich dich und Kingsbridge verlassen hatte. Das Haus war genauso ein Teil von mir wie die Vergangenheit und du und meine Knochen. Ich ließ den Blick über die gestrichenen Holzwände wandern, über die rohen Bodendielen, die Paisley-Überwürfe, die ich in Secondhandläden gefunden hatte, den bunten Flickenteppich, den ich in einem Winter gemacht hatte. Den alten Herd, die Kupfertöpfe, die blauen Holzläden, die Glasflaschen und die Bücher auf dem Fensterbrett. Die erbsgrünen Porzellantassen und Unterteller mit vergoldetem Rand, die ich damals in Kingsbridge gekauft hatte, falls du mich je zum Tee besuchen kämest. Ohne die Wärme des Holzofens war es schon so kalt, dass Simons Atem wie eine große Rauchwolke über seinem Kopf hing. Mein eigener Atem war nur ein dünner Faden.

Simon trug mich den sandigen Weg bis zu seinem Auto hinunter. Alle anderen Strandhäuser waren über den Winter verschlossen und verlassen. Ich sei leicht wie ein kleiner Vogel, lachte Simon.

Wenn ich wirklich ein Vogel wäre, wäre ich schon tot, das wusste ich. Dann schob ich den Gedanken schnell weg, denn es macht mir Angst, Harold, an so etwas zu denken.

Simon trug mich am Golfplatz vorbei und am Clubhaus. Niemand sah aus dem Fenster, und darüber war ich froh. Simon stellte das Autoradio an, damit ich Unterhaltung hatte, während er meinen Koffer holen ging. Aber ich bin an Einsamkeit und Stille gewöhnt.

Als wir davonfuhren, drehte ich den Kopf, um noch einen Blick auf meinen Garten zu werfen. Ich sah die Mauern aus Flintstein. Die bunten Fahnen. Die Samenstände und die Treibholzskulpturen. Sie hoben sich als Silhouetten vor dem dichten Meeresdunst ab. Im Dorf fuhren wir an der Reihe weißgekalkter Steincottages vorbei, und das Land öffnete sich wie ein Winterbuch. Die Hecken, ein nacktes Gestrüpp. An den Bäumen hingen die Blätter vom Vorjahr wie Fledermäuse, und ein Saum von Fichten schwankte im Wind. Von den Cheviot-Hügeln war nichts zu sehen. Erst später wurde mir bewusst, dass ich alle diese Details der Landschaft nur betrachtet hatte, anstatt mich von ihnen zu verabschieden. Aber manchmal verabschiedet man sich nicht, weil man glaubt, etwas gehe noch weiter, obwohl es in Wirklichkeit schon vorbei ist.

Die zehn Zimmer hier liegen im vorderen Teil des Hospizes mit Blick auf die Festungsmauern, auf die Mündung des River Tweed und auf das Meer. Der Tagesraum, die Kapelle und der Speisesaal gehen nach hinten hinaus; durch die bodentiefen Fenster sieht man den »Garten des Wohlbefindens«. Ehrenamtliche wie Simon kommen jeden Tag, um uns Gesellschaft zu leisten und den Garten zu pflegen – zurückschneiden, zusammenrechen, umgraben. Ich sehe vom Fenster aus zu. Ich beobachte auch die Nonnen im Garten. Mit ihren Gewändern, die sich im Wind bauschen, sehen sie aus wie weiße Segel auf grünem Meer.

Als es Zeit für den Abschied wurde, sagte Simon: »Ich gehe weg. Für ein paar Monate. Aber wir sehen uns, wenn ich wiederkomme. Ja?«

Ich nickte, weil er ein lieber junger Kerl ist und ich kein Drama wollte. Er beugte sich herunter, um mich zu umarmen, und ich spürte den mächtigen Schlag seines Herzens. »Passen Sie auf sich auf«, sagte er. Sein Gesicht war nass von Tränen, aber wir lächelten beide, als wäre es das nicht.

Dann sah ich ihm nach, wie er die Stufen zum Parkplatz hinunterlief, immer zwei auf einmal. Er sprang in sein rotes Auto und hupte zweimal kurz, als er davonfuhr. Ich schaute zu den Doppeltüren, die zum Patiententrakt führten. Einfache Türen, nichts Besonderes, aber es kam mir vor, als bestünden sie aus Eisen, Bolzen und Riegeln. So muss sich ein Häftling fühlen, dachte ich. Als schließe sich das Leben hinter ihm. Schwester Philomena, die Mutter Oberin, nahm meinen Koffer.

Von der anderen Seite der Tür drang schallendes Gelächter. »Meine Fresse! Ich hab ein Wohnmobil gewonnen!« Darauf knarzte verdrießlich eine Stimme mit schottischem Akzent: »Sie haben das Kleingedruckte nicht gelesen. Die Frau hat das Kleingedruckte nicht gelesen.«

In Schwester Philomenas Gesicht blitzte ein Lächeln auf. »Unser Hospiz ist vielleicht nicht ganz das, was Sie erwartet haben.«

Der große Mann und der Schnee

Als ich heute aufwachte, Harold, dämmerte perlmuttsilbern der Morgen. Ich blickte aus dem Fenster in ein Gestöber weißer Blütenblätter. Da erinnerte ich mich an Schnee. Ich griff nach meinem Heft.

Es ist vierundzwanzig Jahre her. Ich stehe in meinem neuen Büro. Es ist mein erster Arbeitstag in der Brauerei, und mir ist angst und bange. Bin ich der Sache überhaupt gewachsen? Mein Büro ist klein und sehr kalt. Außer dem Schreibtisch stehen dort Kästen voller fehlerhafter Rechnungen; ein System ist nicht erkennbar. Ich zücke meinen Taschenspiegel, sehe mich prüfend an und stecke ein paar braune Strähnen fest, die sich gelöst haben. Lippenstift? Kein Lippenstift? Ich versuche immer noch dahinterzukommen, wie eine qualifizierte Buchhalterin aussehen sollte. Vom Geruch hier, Hopfen und Zigaretten, wird mir übel. Da springt mir etwas ins Auge, draußen, ein weißes Flöckchen. Ich trete näher ans Fenster. Spähe hinaus.

Vom Fenster blickt man in den Hof hinunter, auf die

übergroßen Mülltonnen. Nicht gerade ein Idyll. Aber am Himmel hängen schwere Winterwolken, es fängt an zu schneien, wie weiße Federn, die in der Luft ihre Pirouetten drehen. Ich drücke das Gesicht und die Finger an das kalte Glas und schaue in das schwindelerregende weiße Gestöber hinauf. Der Wetterbericht hat keinen Schnee angesagt, es ist, als ereigne sich ein kleines Wunder, ein Gefühl, das sich bei einem überraschenden Wetterumschwung manchmal einstellt. Ich betrachte den Hof und die Mülltonnen, und alles sieht schön aus, Dunkles wird langsam weiß, Hartes weich. Meine Übelkeit, die Kälte und meine Ängste sind vergessen.

Mit einem Klick öffnet sich eine Metalltür, eine große Gestalt im Mantel eilt heraus.

Das bist du.

Wie ich siehst du die Schneeflocken und bist überrascht. Wie ich blinzelst du nach oben, schirmst die Augen mit der Hand ab, schaffst einen Tunnel für deinen Blick. Du lachst. Dann schaust du verstohlen nach links und nach rechts, ob dich auch niemand beobachtet, und gehst zu den Mülltonnen hinüber. Froh, dass du allein bist, ziehst du unter dem Mantel eine Tüte hervor. Rasch hebst du den Deckel einer Tonne und wirfst mehrere leere Bierdosen hinein. In der Brauerei sind alle Lampen an und hüllen dich in einen tintenbläulichen Schein, dein Schatten fällt auf die dünne Schicht Neuschnee. Ich frage mich, warum diese Geheimnistuerei mit den Dosen? Wir sind hier schließlich in einer Brauerei. Der Vormittag ist erst halb um, und schon habe ich mehrere angetrunkene Vertreter gesehen.

Aus welchen Gründen auch immer, du scheinst erleichtert, dass du die Dosen los bist. Du klappst den Tonnendeckel wieder zu und reibst dir die Hände wie meine Mutter früher, wenn eine Arbeit zu ihrer Zufriedenheit erledigt war.

Du drehst dich um und willst dich auf den Rückweg machen, als du zu spüren scheinst, dass jemand in deiner Nähe ist. Du lässt den Blick durch den Hof wandern. O nein, denke ich, er hat mich hier oben entdeckt. Aber dann erkennst du deinen Verfolger, es ist nur dein Schatten im Schnee, und du lachst wieder. Ich auch. Dein Schatten ist unser beider Rettung.

Eingerahmt in einem Viereck aus Licht, das aus einem der Fenster fällt, hebst du den Arm, und dein Schatten tut es dir gleich. Du winkst, und dein Schatten winkt zurück. Dann hebst du den linken Fuß und schüttelst ihn ein wenig. Auch dein Double schüttelt den Fuß. Noch einmal siehst du dich sorgfältig um, ob nicht doch jemand im Hof ist und dich beobachtet. Dann wirfst du dich wieder in Positur. Was hast du vor? Ich bin fasziniert. Du hebst die linke Schulter, ziehst die Ellbogen nah an die Taille und fängst an, im pudrigen Schnee einen langsamen Shuffle zu tanzen. Du schiebst dich ein wenig nach links, ein wenig nach rechts, biegst deinen Körper hierhin und dorthin, wiegst dich leicht auf dem einen Fuß, dann auf dem anderen. Einmal legst du sogar eine volle Drehung auf den Fersen hin. Während du tanzt, schaust du die ganze Zeit aus den Augenwinkeln amüsiert weiter auf deinen Schatten, als könntest du kaum glauben, dass er wirklich mit dir mithalten kann.

Ich lache auch. Jahrelang habe ich Gesellschaftstänze getanzt, nicht professionell, nur als heimliches Vergnügen. Wo auch immer ich hinkam, habe ich mir ein Tanzlokal gesucht. Aber noch nie habe ich einen Mann mit einer solchen Leichtigkeit in den Bewegungen gesehen. Meine fremden Tanzpartner haben meist zwei linke Füße, riechen leicht medizinisch nach Kampferseife und legen mir eine klamme Hand in den Rücken. Rings um dich kreiseln immer noch zarte weiße Flocken durch die Luft, es ist, als riesle Musik herab, in leisen, sachten Tönen.

Bitte tanzen Sie weiter, großer Mann. Sie machen mich glücklich. Und es ist lange her, nach Corby und dem Mistkerl, nach all dem Unterwegssein und all der Einsamkeit, dass ich gelacht habe. Ich bleibe am Fenster und beginne ebenfalls, mich zu bewegen. Du schiebst dich nach links, ich gleite nach rechts. Du machst einen Schritt zur Seite, ich mache eine Drehung.

Dann blickst du direkt zu meinem Fenster hoch, und wieder glaube ich, dass du mich entdeckt hast.

Aber jetzt habe ich nichts mehr dagegen. Du blickst nach oben, ich nach unten. Wir sind verbunden, du und ich. Ich winke. Auch du hebst deine Hand. Aber du winkst mir nicht, sondern fängst eine Schneeflocke auf. Natürlich. Du hast mich gar nicht gesehen.

Ein Krachen. Geschrei. Die Metalltür fliegt auf, und ein junger Mitarbeiter wird in den Hof gestoßen. Unser Chef, Napier, hat ihn im Genick gepackt, zischt ihm etwas ins Ohr und verdreht ihm den Arm auf dem Rücken. Er schubst ihn vorwärts. Die Schuhspitzen des armen Kerls ziehen Tramlinien durch die dünne Schicht von frischem Weiß. Ich überlege, ob ich nicht vom Fenster verschwinden soll, damit ich nichts mehr sehen muss, aber ich bin wie festgeleimt.

Hinter Napier drängen weitere Männer aus der Tür. Alle brüllen herum. Einer reißt von einer Holzkiste ein Brett los und schwingt es gegen die Flocken. Man merkt ja, wenn sich eine Rauferei anbahnt. Man spürt es an der angespannten Erregung. Niemand hat dich bisher entdeckt, aber bald werden sie dich sehen. In diesem Hof kann sich keiner verstecken.

Du bist erstarrt. Ich erinnere mich an meinen Vater, wie er ganz still da stand, wenn meine Mutter verärgert war, und hoffte, sie würde ihn mit jemandem verwechseln und sich abwenden. Was hast du vor da unten? Du ziehst die Stirn in Falten und überlegst. Und was du dann tust, bringt mich aus der Fassung. Es bringt alle aus der Fassung. Wie ein Clown wedelst du mit ausgebreiteten Armen und schlenderst den Männern direkt entgegen. Der Schnee ist schwerer geworden und klebt auf ihren Schultern, ihren Schuhen. Du rufst fröhlich: »Hallo, Leute! Schöner Tag, was?« Du marschierst schnurstracks auf die Männer zu, dass sie auseinanderweichen müssen, und so bleibt von dem Mob nur noch ein Haufen ziemlich verlorener, verfrorener Einzelner. Du selbst verwandelst dich aus dem Mann, den ich erst ein paar Augenblicke zuvor beobachtet hatte, in einen Kasper. Aber du hast den Lauf der Ereignisse umgelenkt. Der Bann der Gewalt ist gebrochen.

Der junge Mann rennt über den Hof, springt am Eisengitter des Tors hoch und kraxelt darüber. Napier und seine Männer treten auf einen Fußball ein, als wollten sie Mus aus ihm machen. Mit einem letzten Blick hinauf ins Schneegestöber schlüpfst du durch die Metalltür.

Ich habe alles gesehen. Aber du hast mich nicht bemerkt.

Eine herbe Erinnerung an den wahren Stand der Dinge

Harold, nimm mir's nicht übel, aber wenn es dir mit deiner Wanderung ernst ist, solltest du dich dann nicht lieber auf die Meilen vor dir konzentrieren, anstatt deine kostbare Zeit auf Postkarten zu verschwenden? Heute sind gleich drei gekommen. Die eine zeigt Buckfast Abbey, die andere South Brent *By Night* – nicht viel los da, offen gestanden –, und die dritte eine topographische Ansicht der Grafschaft Devon. Du hast deinen Standort mit einem Kreuz markiert. Nach drei Ganztagsmärschen durch England bist du über die nähere Umgebung von Kingsbridge nicht hinausgekommen.

Hast du dir jemals eine Landkarte angesehen?

Ich ließ die Postkarten auf den Knien liegen. Ich wagte es nicht, sie zu lesen, denn ich war nicht scharf auf eine Wiederholung von vorgestern, als dein Brief die Aufmerksamkeit der versammelten Mannschaft auf mich lenkte. Aber dann wollte Finty wissen, was du geschrieben hattest. Ich deutete auf meinen Mund, was Schwester Catherine falsch auslegte: als Hilferuf. Sie stürzte herbei und las deine Botschaften laut vor. Dabei steckte sie die Postkarten hintereinander wie Stichwortkärtchen für eine Hochzeitsansprache.

Sie las: »*Liebe Queenie. Ich habe Blasen auf den Blasen, aber ich laufe weiter.*« Sie las: »*Liebe Queenie. Bin ungefähr 35 Kilometer weit gekommen. Sie müssen auf mich warten. Harold (Fry).*« Sie las: »*Liebe Queenie. Schöner Tag hier. Alles Gute. Harold.*«

Stille staute sich auf, nur unterbrochen vom stoßweisen Atmen der neuen jungen Frau.

»Wer ist dieser Mann noch mal?«, fragte Mr Henderson schließlich.

»Er heißt Harold Fry«, sagte Schwester Catherine. »Er ist ein Freund von Queenie.«

»Und *was* sagt er da? Sie soll auf ihn *warten*?«

»Ja, das sagt er anscheinend.« Schwester Catherine war auf einmal sehr beschäftigt und rückte Korkuntersetzer auf dem Kaffeetisch zurecht.

»Solange er von einem Ende Englands zum anderen läuft?«

Schwester Catherine bestätigte dies mit einem leisen Mhm. Das war nicht so unhöflich wie gar keine Antwort, aber nicht so gewichtig wie ein Ja.

»Der ist ja völlig bescheuert.« Mr Henderson kehrte zu seiner Zeitungslektüre zurück. Manchmal fragt Schwester Lucy ihn, ob er nicht das Kreuzworträtsel machen möchte, weil er Englischlehrer gewesen ist, aber dann blafft er, wozu das gut sein solle. Vielleicht sei er bis zur Auflösung in der nächsten Ausgabe nicht mehr da.

»Dann kommt dein Typ also wirklich?«, fragte Finty. Man muss sie sich als hagere kleine Vogelscheuche in lila Leggings vorstellen, mit quietschbuntem Sweatshirt und einem grünen Frotteeturban. Sie trägt scharlachroten Lippenstift und passenden Nagellack von Schwester Lucy. Die Augenbrauen malt sie sich als zwei hochgeschwungene orangefarbene Bögen auf die Stirn, wodurch sie permanent überrascht aussieht. Es sei einer der Vorteile der Chemo, erzählt sie gern den Betreuern, dass ihr gesamtes Gesichts- und Körperhaar verschwunden sei. Wie ein kostenloser und dauerhafter Brazilian, sagt sie. Einer der Nachteile der Chemo sei, dass ihr auch auf dem Kopf alles ausgegangen sei. (»Was ist ein Brazilian?«, hatte sich Schwester Lucy neulich erkundigt. Finty schluckte und blickte hilfesuchend in die Runde, aber der Perlenkönig betrachtete sein Päckchen, und Barbara war wieder einmal eins ihrer Glasaugen in den Schoß gefallen. »'ne Art Haarschnitt«, antwortete Finty. »Ziemlich kurz.«)

»Vielleicht macht Queenies Freund nur einen längeren Spaziergang«, sagte Schwester Lucy. »Und schickt ihr hübsche Postkarten, auf denen er davon berichtet?« Sie hatte sich wieder an ihr neues Puzzle gesetzt. Eine Karte der Britischen Inseln, tausend Teile. Bisher hat sie einen schmalen Streifen von

Cornwall und ein kleines Stück der Norfolk-Küste zusammengesetzt. Die Britischen Inseln haben die Form einer offenen Sandale.

»Aber warum sollte Harold Fry dann sagen, dass er den ganzen Weg bis nach Berwick upon Tweed laufen wird?«, fragte Finty. »Und warum sollte er Queenie auffordern zu warten?«

Mr Henderson sah grimmig in seine Zeitung. »Wie alt ist der Mann genau?«

Ich tat, als hätte ich nichts gehört, da fragte er ein zweites Mal, um ein Vielfaches lauter. Ich hielt rasch die Finger hoch und zeigte erst eine sechs, dann eine fünf. Fünfundsechzig. Mr Henderson lachte. »Ah. Frisch pensioniert, stimmt's? Hat es satt, zu Hause rumzusitzen. Vielleicht sollte Harold Fry es mal mit einer Kreuzfahrt versuchen.« Ich spürte, wie ich in Röte aufging. Am ganzen Körper, inklusive Zehen.

Barbara sagte, es gebe einen Mann, der sie einmal geliebt habe. Albert Bates hieße der. Der Perlenkönig sagte, es gebe eine Menge Frauen, die ihn mehrmals geliebt hätten, und er hoffe nur, dass sie nicht auf komische Ideen kämen und ebenfalls zu laufen anfingen. Er ist sehr groß, fast ein Riese, und die Knöpfe auf seiner Weste glitzern wie hundert Schuppen. Wenn er etwas sagt, dröhnt das immer sehr. Als ich ihn zum ersten Mal hörte, hielt ich ihn für einen Traktor.

Aber Harold Fry hat mich nicht geliebt, schrieb ich.

Ich hoffte, damit wäre die Luft raus. Ich hoffte, sie würden mich jetzt in Ruhe lassen.

»Vielleicht macht Harold Fry eine Art moderner Pilgerreise«, sagte Schwester Philomena.

»Nach Berwick upon Tweed?«, lachte einer der Ehrenamtlichen.

Schwester Philomena lachte auch. »Tja, ich weiß nicht«, sagte sie. »Vielleicht ist ihm das ein Bedürfnis.«

»Ach so«, sagte Barbara, »ich sehe.«

»Das stimmt nicht ganz«, sagte Mr Henderson.

»Also ich wünsch mir, irgend so ein alter Knacker würde für mich durch die Gegend latschen«, sagte Finty. »Sogar ein kleiner Gang zum Getränkeladen und zurück wär schon nett.«

Plötzlich stieß die neue junge Frau einen erschrockenen Seufzer aus und dann eine Reihe kleiner Kiekser. Es klang, als sei ihr etwas im Hals stecken geblieben. Ihr Gesicht öffnete sich weit, ihre Augen, ihr Mund, ihre Nasenflügel. Ihre Hände flogen auseinander, die Finger weit gespreizt. Einen Augenblick lang rührte sich keiner, keiner wusste, was geschah, und dann fiel der Groschen, und alles kam in Bewegung. Ich hörte nichts als ihr schreckliches, ersticktes Röcheln, und durch das Wallen weißer und schwarzer Gewänder sah ich das Wippen ihres Hausschuhs, während die junge Frau versuchte, das Leben in sich zu behalten. Die Nonnen hoben sie an, um ihr das Atmen zu erleichtern. Jemand rief nach dem Beatmungsgerät. Dann hörte der Hausschuh auf zu wippen und hing schlaff herunter. Stille trat ein. Alles war so schnell gegangen.

Schwester Lucy hob mich auf ihre Arme und trug mich hinaus. Sie hatte keine Zeit, den Rollstuhl zu holen. Sie sagte nichts, aber ihr Gesicht war wie zu Milchgelee erstarrt.

Ich wusste nicht einmal, wie die junge Frau hieß. Sie muss noch in den Zwanzigern gewesen sein. Der Wagen des Bestatters kam am Nachmittag.

»Leichtgewicht«, sagte Mr Henderson beim Tee.

Die Nonnen hatten jeden Tisch mit Leinenservietten eingedeckt und mit Traubenhyazinthen aus dem Garten geschmückt.

Kleine Dinge, große Wirkung

»Tut mir leid, dass ich heute Vormittag so spät komme«, sagte Schwester Mary Inconnue, »aber ich musste bei einer Freundin einen Strauch abliefern. War ganz schön schwierig, damit in den Bus zu kommen. Das Aussteigen auch.« Sie machte ihren Anorak auf und hängte ihn über den Stuhlrücken.

Ich schüttelte ungeduldig den Kopf, aber sie ging darüber hinweg. »Mitten in der Stoßzeit. Stellen Sie sich das mal vor, eine Nonne im Bus, mit einer Myrte im Kübel.« Schwester Mary Inconnue schloss den Lederkoffer auf und stellte die Schreibmaschine auf ihren Schoß. »Was schreiben wir heute?«

Ich dachte, wie viel sie schon erledigt haben musste, während ich nur dagelegen hatte und versorgt wurde. Das Licht hinter dem Fenster war klar und eisig blau. Draußen lag sicher ein später Raureif, vielleicht der letzte des Jahres. Ich stellte mir vor, wie meine Treibholzfiguren von Eispailletten glitzerten. Ich dachte an die kristallinen Blätter und Gräser. Die Klippen oben blauschimmernd wie die Bucht darunter. Plötzlich versank ich wieder in Traurigkeit. Ich werde mit meinem Brief nie bis zum Ende kommen, dachte ich. Ich habe so eine lange Geschichte vor mir, und die Wahrheit ist zu kompliziert. Wenn mal was kaputt ist, wirf's lieber weg.

Ich will nicht hier sein, kritzelte ich. *Ich will in meinem Garten am Meer sein.*

Schwester Mary Inconnue las meine Nachricht und saß ganz still da. Sie legte den Kopf schief, als höre sie etwas, wofür meine Ohren nicht mehr scharf genug waren. Dann sagte sie: »Ich finde, es hilft, jeden Tag mit demselben kleinen Ritual zu beginnen. Ich kannte einmal einen Geschäftsmann, einen sehr reichen Menschen, der jeden Morgen hinausging und Kleinholz sammelte. Er sagte, das helfe ihm, später am Tag alle möglichen Konflikte zu vermeiden. Ein anderer Freund geht mit seinem Hund am Strand spazieren. Mir ist klar, dass Kleinholzsammeln und Hundeausführen nicht in Frage kommen. Aber Sie könnten ein Gedicht auswendig lernen. Oder ein paar Wirbelsäulenübungen machen. Kleine Dinge, Tag für Tag, das tut gut. Was suchen Sie sich dafür aus, Queenie?« Schwester Mary Inconnue ließ den Blick durch den Raum schweifen.

Der war nicht gerade beflügelnd. Der Rollstuhl. Ein Waschbecken. Ein gerahmter Druck zweier blauer Vögel. Gelbe Vorhänge. Ein Fenster. Die Äste des Baums im ersten Hauch jungen Grüns. Ein Fernseher, aber ich bin zwanzig Jahre lang ohne ausgekommen. Hilflos hob ich die Hände.

»Ah, sehr gut«, sagte Schwester Mary Inconnue. Ich hatte keine Ahnung, was sie meinte. »Wir machen Fingerdehnübungen.«

Also legten wir los. Ich tat es ihr nach, als sie die Hände wie Räder kreisen ließ und dann behutsam die Handflächen gegeneinanderdrückte. Ich tat es ihr nach, als sie erst die Daumen, dann die Zeigefinger dehnte und so weiter. Ich erinnerte mich, wie du das Autofenster heruntergekurbelt und sorgfältige Handzeichen gegeben hast. Von draußen hörte ich die Möwen in der Luft, den Wind im Baum. Ich hörte die Nonnen auf dem Gang mit dem Ärzteteam reden. Leise Geräusche, die anschwollen und abebbten. Ich hörte sie, und dann ließ ich sie los. Nur das Bild von dir auf dem Fahrersitz deines Wagens blieb bei mir. Ich lächelte.

»Das sieht doch schon besser aus«, sagte Schwester Mary Inconnue. »Sind Sie jetzt bereit für Ihren Brief? Ein Wort nach dem anderen.«

Zwergtyrann

Das Aberwitzige war, Harold, dass ich gar keine Ausbildung zur Buchhalterin hatte. Ich hatte einen Abschluss in Altphilologie. In meinem ersten Job, Rechercheurin für einen Politiker, war ich einmal halbwegs in die Nähe von Buchhaltung gekommen: Mein Chef ließ mich seine Scheckabschnitte manipulieren, damit seine Frau nicht misstrauisch wurde. Er wollte, dass ich auch bei anderen Dingen mauschelte, aber da zog ich die Grenze.

Nach meiner Entscheidung am Strand von Bantham, noch einmal neu anzufangen, hatte ich mir ein Zimmer in einem Bed & Breakfast in der Nähe von Kingsbridge genommen. Das ganze Haus roch nach Bratensauce und Weichspüler. Der Geruch hing in allem fest, in den Raufasertapeten, den Nylonbettlaken, der rosa Nachttischlampe und dem Papierlampenschirm. Manchmal war ich schon die halbe Straße hinuntergegangen und hatte den Geruch immer noch in der Nase.

In einer Lokalzeitung sah ich die Stellenanzeige der Brauerei und ging mich bewerben. Die Arbeit war unter meinem Niveau, aber ich war verzweifelt. Es wäre nur eine Übergangslösung, bis ich etwas anderes fände. Ein paar Monate würde ich Kingsbridge geben, dann würde ich weiterziehen. Ich war sicher, dass mein Leben schon zum Ende des Sommers anders aussehen würde.

»Ich bin hier, um mich als neue Buchhalterin vorzustellen.«

»Sie?«, sagte ein Raufbold im speckigen Dreiteiler. Das war Napier. Er stoppte auf der Schwelle seines Büros und starrte auf mich im Vorzimmer. »Aber Sie sind eine Frau.«

Ich sah an mir herunter, sah die Wölbung meiner Brüste, meine kleinen Hände, als wären sie mir noch nie aufgefallen. »O Gott«, sagte ich. »Das stimmt!«

Die Bemerkung war witzig gemeint. Ich lachte gern. Napier offensichtlich nicht. Er sah erst entsetzt aus, dann wütend. Schade, dass kleine Männer wie er keine Highheels tragen können, das würde der Welt eine Menge Ärger ersparen. »Raus hier«, sagte er. Er selbst trat so überstürzt die Flucht vor mir an, dass er fast gegen einen Plastikweihnachtsbaum prallte.

»Sie müssen zumindest ein Vorstellungsgespräch mit mir führen«, rief ich. »Gleichbehandlung und so weiter.«

Das zumindest schien auch er komisch zu finden. Napier drehte sich um und fletschte die Zähne. Dann lachte er hoch und schrill. Kläff, kläff, kläff. Ich sah die goldenen Zacken seiner Backenzähne. Kein sehr festlicher Anblick.

»Aber Sie sind nicht die Person, die ich für den Job haben will.«

Da wäre ich fast gegangen. Vom Geruch der Brauerei wurde mir so übel, dass ich mich immer wieder in die Wangen kneifen musste. Aber irgendwie machte es mich trotzig, wie dieser Mann mich ansah. Als wäre ich nicht gut genug. »Na schön«, sagte ich. »Ich warte, bis Sie Ihre Meinung ändern.« Jetzt war ich mit Lächeln an der Reihe. Es tat richtig weh.

Ich wartete den ganzen Vormittag. Jedes Mal, wenn Napier die Tür seines Büros öffnete, war ich noch da. »Irgendwelche Bewerber?«, rief er zu seiner Sekretärin.

»Nur Miss Hennessy«, sagte die. Die Tür wurde wieder zugeknallt.

Zur Mittagszeit schlich Napier durch den Gang davon; er drückte sich fast gegen die polierte Holztäfelung. Seine Sekretärin fragte, ob sie etwas für mich tun könne, ob ich ein Glas Wasser wolle. Ich lehnte dankend ab.

»Vielleicht ist das keine Stelle für Sie«, sagte sie sanft. Wir hörten, wie Napier in einem anderen Teil des Gebäudes jemanden zur Schnecke machte. Dann tauchte er wieder auf. Er hielt angespannt Ausschau, ob ich meinen Stuhl nicht schon geräumt hätte.

Ich stand auf, winkte und rief: »Hier bin ich, Mr Napier.« Mir war schon ganz schwach, weil ich nichts gegessen hatte.

»Mögen Sie Sex und Reisen, Miss Hennessy?«

Endlich. Ein Gespräch, wenn auch ungewöhnlich für eine Bewerbung. Ich errötete, aber ich würde nicht klein beigeben. »Ja, das tue ich.«

»Dann hauen Sie ab.« Die Tür wurde zugeworfen.

Ich fragte die Sekretärin, ob ihr Chef Frauen mochte, und sie sagte, ja, aber hauptsächlich auf dem Rücksitz seines Wagens. Außerdem Margaret Thatcher und die Queen, aber die nicht auf seinem Rücksitz. Ihre Porträts habe er in Silber rahmen lassen. Ich sagte etwas wie »Wie auch immer«; meine Ironie war ihr wahrscheinlich entgangen.

Um fünf Uhr war immer noch kein anderer Bewerber erschienen. Napiers Sekretärin zog ihren Mantel an und schaltete das Licht aus. »Sie werden etwas anderes finden«, sagte sie zu mir. »Wenn die Urlaubssaison beginnt, werden Bedienungen gesucht und so.« Ich erklärte ihr, dass ich einen Bürojob brauchte, bei dem man nichts heben musste, und dass ich fast kein Geld mehr hatte. Ich konnte nicht warten. »Tja, dann viel Glück«, sagte sie.

Ich wartete eine weitere halbe Stunde. In der Brauerei war es still geworden, wie es nur in alten Gebäuden werden kann, eine Stille aus Knarzen und Knacken, das nicht mehr von Menschen herrührt, sondern nur von den Dingen, die sie zurückgelassen haben.

Ich klopfte an Napiers Tür und wartete. War er aus dem Fenster gesprungen, um mir zu entkommen? Hatte ich den ganzen Tag gewartet, nur um in letzter Minute hereingelegt zu werden? Das war zu viel. Ich stieß die Tür auf und marschierte einfach in sein düsteres, rauchverhangenes Büro. Ich betrachtete seine Sammlung von Clowns aus Muranoglas, die schwach auf der Schreibtischplatte schimmerten, ungefähr zwanzig Stück, blau, orange und gelb wie eine Musikkapelle, die sich in Smog auflöste. Und hinter ihnen erschien Napier, der sich nervös in seinem lederbezogenen Mahagonistuhl hin- und herdrehte.

»Nicht anfassen!«, fauchte er. Als hätte ich je die Absicht gehabt. Tut mir leid, wenn ich dich an die Dinger erinnern muss, Harold.

Ich sagte: »Sieht ganz so aus, als müssten Sie mich einstellen, Mr Napier.«

»Das ist kein Weiberjob«, sagte er, zündete sich am Stummel seiner letzten Zigarette eine neue an und drückte die alte im Aschenbecher aus.

»Ich will auch keinen Weiberjob. Ich will einen Männerjob. Ich kann Ihnen fünfhundert Pfund in sechs Monaten reinholen.« Natürlich hatte ich keine Ahnung, wie ich das anstellen sollte. »Ich habe den ganzen Tag hier gesessen. Wenn ich mir etwas in den

Kopf gesetzt habe, gebe ich nicht auf. Was haben Sie zu verlieren?«

Und so bekam ich meine Stelle als Buchhalterin. Nach Weihnachten kaufte ich mir in einem Secondhandladen ein billiges Wollkostüm, das mir etwas weit um die Taille war. Außerdem kaufte ich eine schwarze Handtasche und ein Paar vernünftige braune Schnürschuhe – niedriger Absatz, vorn breit geschnitten. Ich verbrachte jeden Tag in der Bücherei und las mir Kenntnisse in Buchhaltung und Finanzen an, und manchmal dachte ich an den Mann, den ich hinter mir gelassen hatte, den Mann in Corby, und ich hätte heulen mögen, aber ich hatte schon so viel geweint, dass für Tränen einfach kein Platz mehr war.

Im neuen Jahr fuhr ich wieder in die Brauerei, halb in der Erwartung, abgewiesen zu werden und noch am selben Abend wieder im Bus zu sitzen. Doch Napiers Sekretärin sagte: »Ah, Miss Hennessy. Ihr Büro liegt im ersten Stock, dritte Tür rechts.« Ich wäre beinahe aus meinen hässlichen braunen Schuhen gekippt.

Offensichtlich hatte sich in der Brauerei die Nachricht verbreitet, dass in der Buchhaltung eine Frau anfing. Mehrere Mitarbeiter schneiten einfach so in mein Büro herein, nur um mich zu besichtigen. Eine Frau. Zahlen. Braunes Kostüm. Alle dachten dasselbe. Das ist schließlich zwanzig Jahre her, darf man nicht vergessen. Hinter den viktorianischen Mauern der Brauerei hatte sich seit Jahrzehnten nichts verändert.

»Sie sind die erste Lesbierin, der ich hier begegne«, sagte Napiers Sekretärin fröhlich.

»Ich bin aber keine«, entgegnete ich. »Ich mag Männer. Ich meine, ich stehe auf Männer.«

»Wir leben schließlich in einem freien Land!« Sie lächelte, gab mir aber nicht die Hand.

Heute teilt Schwester Philomena die Schmerzmittel aus, und die diensthabende Krankenschwester wechselt meinen Verband. Beide sind überrascht, dass ich immer noch mit meinem Heft und meinem Bleistift aufrecht im Bett sitze. »Wie geht's?«, fragt Schwester Philomena. »Sie sehen sehr beschäftigt aus.«

»Gut«, grunze ich. Lächle sogar.

»Gut«, bestätigt Schwester Mary Inconnue. Sie ordnet die vollgetippten Blätter. »Es war ein guter Tag.«

»Gut«, sagt Schwester Philomena.

»Gut«, sagt die Krankenschwester.

Als gäbe es kein anderes Wort auf der Welt. Wir mussten alle lachen.

Sonntagslied

Das Pferd besucht mich wieder, aber Schwester Mary Inconnue hat wohl ihren freien Tag. Das Pferd wendet unruhig das Hinterteil hin und her und stößt gegen den Sessel. Heute ist es mit Hut erschienen und vier Tanzschuhen. Die Schuhe sehen aus wie meine. Der Hut ist aus gewebtem Stroh und mit einem Büschel Plastikblüten und Kirschen garniert, nicht unähnlich der Hutkreation, die meine Mutter auf meiner Examensfeier trug. Sie war ein eher maskuliner Typ, und der Hut stellte sie auf eine harte Probe. Er rutschte ihr immer wieder vom Kopf, was sie zutiefst ärgerte. »*Scheiße*«, knurrte sie. Am Ende trug mein Vater ihr den Hut hinterher, er hielt ihn vorsichtig in den Händen wie eine Schale Obstsalat, die ihm umkippen könnte.

Von der Pferdebesitzerin, der Frau mit der Pampelmuse, ist nichts zu sehen. Vielleicht ist sie gerade Heu kaufen.

Heute habe ich vor dem Schreiben meine Fingerübungen gemacht. Später wusch Schwester Lucy, was von meinem Haar übrig ist, und föhnte es. »Sie haben hübsche Ohren«, sagte sie. Sie hob ein paar meiner beschriebenen Blätter auf, die auf dem Boden lagen, betrachtete sie mit gerunzelter Stirn und stellte sie auf den Kopf, als könnte das helfen. Ich deutete auf meinen Koffer, in den sie sie legen konnte.

»Ich schreibe einen Brief, für Harold Fry«, erklärte ich ihr. »Schwester Mary Inconnue hilft mir.« Ich hätte den Satz in mein Heft kritzeln sollen, weil das arme Mädchen mich nie versteht, aber ich war müde. Als ich zu Ende gesprochen hatte, schlug mir aus ihrem Gesicht helle Panik entgegen. Ihre kleinen Augäpfel zuckten, so angestrengt bemühte sie sich, mich zu verstehen.

»Ich bin nicht sicher, ob ich das richtig gehört habe«, sagte sie langsam.

Ich griff nach meinem Stift und dem Heft, aber sie sagte: »Nein, nein. Sagen Sie's noch einmal. Diesmal versteh ich's ganz bestimmt.«

»Ich schreibe einen Brief«, brachte ich hervor. Ich machte zwischen jeder Silbe eine Pause, wie auf dem Postamt in Embleton, bevor alles zu schwierig wurde und ich es aufgab, weiter hinzugehen.

Aus Schwester Lucys pinkem Mund brach triumphierendes Gelächter hervor. »Ah, ich verstehe, Queenie! Ich weiß, was Sie gesagt haben!« Schwungvoll stand sie auf. An der Tür drehte sie sich um. »Möchten Sie ihn mit einem Stück Zucker oder zwei?«

Wieder keine Postkarte.

Ich schätze mal, du bist nach Hause zurückgekehrt.

»Papperlapapp«, sagt Schwester Mary Inconnue. »Machen wir lieber mit unserem Brief weiter.«

Ein neuer Patient ist angekommen. Ein Mann etwa Mitte dreißig. Er trägt einen Satinschlafanzug, große blaue Hausschuhe, die aussehen wie Monsterfüße, und einen Verband um den Schädel. Der Verband ist oben auf dem Kopf so eingesackt, dass man meinen könnte, der Schädel des Mannes sei ein hartgekochtes Ei mit sauber gekappter Spitze.

Der Mann wurde von seiner Familie begleitet. Zwei kleinen Mädchen, seiner jungen Frau in weißer Arbeitsuniform, seiner Mutter, seinem Vater und einer weiteren Frau, die seine Schwester sein könnte, weil sie dieselben dunklen Augen hatte. Der Mann schien im Mittelpunkt so vieler Leben zu stehen. Seine Angehörigen saßen alle sehr steif neben ihm, mit aufrechtem Rücken, auf einer Stuhlreihe, die unter der Pinnwand im Tagesraum steht. Sie warfen immer wieder kurze Blicke auf ihn und auf uns und hielten sich an ihren Teetassen und Waffelkeksen fest, als wäre Sterben ansteckend und nur solche Alltagsdinge könnten sie davor retten.

»Mein Daddy hat neue Hausschuhe«, sagte eines der kleinen Mädchen.

»Die sind schön«, sagte der Perlenkönig.

»Und einen neuen Schlafanzug auch.«

»Sehr schick.«

Die Mutter sah ihre Tochter tadelnd an. Red nicht mit Fremden. Schon gar nicht, wenn sie ihr Verfallsdatum auf der Stirn tragen. Die Großmutter zog ein Malbuch aus der Handtasche. »Komm her, Alice«, sagte sie.

»Was hat die Frau da denn?«, fragte das kleine Mädchen. Die junge Mutter kniff die Lippen zusammen, als sei sie in Gedanken versunken und habe nichts gehört. Da fing das Mädchen wieder an. Aber diesmal stand es auf und streckte den Finger aus. »WARUM SIEHT DIE ALTE FRAU SO AUS?«

»Ach, das ist Barbara«, sagte Finty. »Die hat keine Augen. Sie hat künstliche Augen gekriegt, aber eins fällt ihr immer wieder raus. Stimmt's, Babs?«

Barbara lachte. Das kleine Mädchen, das Alice hieß, lachte auch.

Die Familie lachte nicht.

»Du kannst mein Malbuch ausmalen, wenn du magst«, sagte Alice.

»Super«, sagte Finty. »Ausmalen macht mir riesig Spaß.«

»Das ist Miss Hennessy. Unsere neue Buchhalterin. Haben Sie gehört, wie wir uns kennengelernt haben?«

Wenn ich ehrlich bin, was ja Sinn und Zweck dieses Briefes ist, hat es mich immer ziemlich geärgert, wie du aus dem Wagen gestiegen bist und den Wirten gleich von unserer ersten Begegnung erzählt hast. Jedes Mal, wenn du damit anfingst, jedes Mal, wenn es dich zum Lachen brachte, dachte ich, meine Güte, jetzt geht das schon wieder los. Mir immer wieder anhören zu müssen, wie du alles verdrehst, war, wie mit dir verheiratet zu sein, aber ohne die Sonnenseiten.

»Ja. Wirklich komisch. Sehr komisch. Wir sind uns in der Büromaterialkammer begegnet.«

Sind wir gar nicht.

Schon vor meinem Gefühlsausbruch in jenem Materiallager, der ganz untypisch für mich war, waren wir miteinander bekannt gemacht worden. Und zwar in der Kantine. Das weiß ich ganz genau, weil ich jeden Tag von meinem Bürofenster aus nach dir Ausschau gehalten hatte. Ich wollte mehr wissen über den großen Mann aus dem Hof, der heimlich seine leeren Bierdosen in die Mülltonnen steckte, der mit seinem Schatten tanzte und sich Schlägertypen in den Weg stellte.

Es war Mittagspause. Ich arbeitete seit fast zwei Wochen in der Brauerei und saß in der Kantine, mit Napiers Sekretärin an einem Tisch. Jetzt fällt's mir wieder ein: Sie hieß Sheila. Ein zartes Persönchen mit leiser Stimme, aber einem unverhältnismäßig riesigen Busen. Egal, wie sehr man sich bemühte, andere Dinge an ihr zu würdigen, ihren ziemlich unauffälligen Mund zum Beispiel oder den dünnen Vorhang ihres Haars – irgendwann vergaß man diese Bemühungen und landete wieder bei ihrem Busen. Das ging allen so. Vor allem die Männer führten ausufernde Gespräche mit ihren Brüsten. Ich beobachtete, wie Sheila geduldig und verlegen darauf wartete, dass die Leute ihren Blick hoben und bemerkten, dass sie auch ein Gesicht besaß.

Ich erinnere mich, dass ich sie höflich fragte, wie es ihr gehe, und sie höflich mit einer Bemerkung über das Wetter antwortete, als du bei unserem Tisch stehen bliebst. Ich blickte nicht einmal hoch. Ich sah nur Segelschuhe und etwas zu kurze Hosenbeine, unter denen das Zickzackmuster deiner Socken vorblitzte. Wenn mir überhaupt etwas auffiel, dann wie überaus gewöhnlich deine untere Hälfte war.

Da hob ich den Blick und sah, dass du es warst. Der Mann, nach dem ich gesucht hatte. Ich wurde rot.

Zu meiner Überraschung wurdest du genauso rot. Aber nicht aus demselben Grund wie ich, weil dir dein heimliches Bespitzeln vom ersten Stock aus peinlich gewesen wäre. O nein. Du hast ganz unverhohlen in Sheilas Ausschnitt geglotzt. Du konntest den Blick nicht losreißen. »Menschenskind«, sagtest du laut.

»Ach, hallo, Mr Fry«, sagte Sheila.

Du warst sichtlich bestürzt, als deinem Mund genau das eine Wort entschlüpfte, das tief in der Versenkung hätte bleiben müssen. Dann hast du versucht, deine haarsträubende Indiskretion wiedergutzumachen. Und was du sagtest war: »Donnerwetter!«

»Harold Fry ist einer unserer Handelsvertreter«, sagte Sheila zu mir, als erkläre das alles. Zu dir sagte sie: »Das ist Miss Hennessy. Sie ist neu bei uns. In der Buchhaltung.«

Du hast den Knoten deiner Krawatte zurechtgerückt. (Er saß nicht schief. Niemals. Später habe ich gemerkt, dass das eine Angewohnheit von dir war, wie andere Leute sich räuspern oder mein Vater am natürlichen Ende eines Gesprächs zu sagen pflegte: »Genau. So ist das also.«)

»Schön, Ihnen beiden hier zu begegnen«, sagtest du und strecktest mir die Hand hin. Dann fiel dir wohl dein Lapsus wieder ein, und diesmal stöhntest du. Inzwischen legten die anderen Vertreter schon ihre Fleischpastete und die Zigaretten weg und lachten.

»Möchten Sie sich zu uns setzen, Mr Fry?«, fragte ich.

Damit habe ich dich noch tiefer hineingeritten. Du hättest sichtlich nichts lieber getan, als vor deinem Fauxpas aus der Kantine zu fliehen, aber du hast deine Sandwiches neben die meinen auf den Tisch gelegt. Näher wolltest du mir anscheinend nicht kommen. Ich hatte meine Sandwiches am Morgen gemacht, Schinken auf Vollkornbrot. Deine waren in einer Tupperdose verpackt, auf deren Deckel der Name *David Fry* geklebt war. Vermutlich hatte deine Frau sie dir gemacht.

Wo vorher nur zwei Leute gewesen waren, die nicht wussten, was sie miteinander reden sollten, waren nun also drei. Sheila und ich sahen zu dir hoch. Du bliebst dicht bei deiner Sandwichdose stehen.

Schließlich sagte Sheila: »Ich heirate nächste Woche.«

»Wie schön«, sagtest du.

»Eigentlich bin ich sehr nervös.«

»Nervös? Warum denn?«

»Ich weiß nicht. Bin ich einfach. Ich kriege kaum was runter. Schauen Sie mal.« Sie zeigte uns ihre Lunchbox. Sie hatte in der Tat kaum etwas angebissen.

Du hast einen schnellen, nervösen Blick mit mir gewechselt. Er verband uns für einen kurzen Moment, als wäre es unsere gemeinsame Pflicht, dieser jungen Frau zu helfen. Da ich weder sie noch dich kannte und auch nichts über die Ehe wusste, zuckte ich nur mit den Schultern. Übernehmen Sie, großer Mann. Außerdem hatten mich deine Augen aus der Fassung gebracht. Sie waren von einem so überschwänglichen Blau, dass ich kaum an etwas anderes denken konnte.

Du hast deine Hände hinter deinem Rücken verschränkt. Du hast dich breitbeinig hingestellt, als wolltest du Wurzeln schlagen. Du hast kurz deinen Kopf gesenkt und gegrübelt, dass deine Stirn wieder dicke Falten warf. Sheila sah mich an, als wolle sie fragen, was treibt er denn da? Ich lächelte, wie um zu antworten, keine Ahnung, schauen wir mal.

»Bitte seien Sie nicht nervös«, hast du langsam gesagt. »Ich habe den größten Teil meiner Hochzeitsnacht im Bad verbracht. Trotzdem war es der schönste Tag meines Lebens. Sie werden glücklich sein.« Dann hast du den Kopf gehoben und sie angestrahlt, mit einem Lächeln, das dein ganzes Gesicht erfasste, bis hin zu den Ohren. Deine Augen leuchteten. Ich erkannte, dass du immer das Positive sahst, weil du die Menschen mochtest und das Beste für sie wolltest. Es war berauschend.

Vor meinem Job hier in der Brauerei hatte ich vieles erlebt, viele Orte gesehen, viele Menschen kennengelernt. Ich habe ein Einserexamen in Altphilologie gemacht und mir mit einem Kellnerjob einen Sekretärinnenkurs finanziert. Danach kam die Arbeit als Rechercheurin, und als mir das zu viel wurde, habe ich als Stadtführerin und dann als Nachhilfelehrerin gejobbt. Ich habe mich ein paar Jahre in Soho mit einer Gruppe von Künstlerinnen herumgetrieben und in Corby mit einem Richter vom Obersten Gericht, »der Mistkerl« genannt, eingelassen. Ich habe mitbekommen, was Menschen mit Worten alles anstellen. Oft genug sagen sie etwas anderes, als sie denken, und tun etwas anderes, als sie sagen. Aber nie habe ich jemanden getroffen, der so schlicht sprechen konnte, damit aber so viel vermittelte. Sheila hörte dir ehrfürchtig zu. Du hast einfach dagestanden, die Füße fest auf dem Boden, den Rücken gerade, und so unbedingt an ihr Glück geglaubt, dass auch sie gleich daran zu glauben begann. Du hast gesagt: »Also tschüs dann, Ladys«, und bist mit meinen Sandwiches auf und davon.

Es stellte sich heraus, dass deine Sandwiches aus Weißbrot waren, mit Pute und Salatmayonnaise. Deine Frau hatte die Krusten abgeschnitten. Das weiß ich so genau, weil ich deine Sandwiches aufgegessen habe.

Sheila sagte zu mir: »Das ist ein guter Mensch, dieser Mr Fry. Nicht wie die anderen. Jetzt wird alles gut.«

»Er ist ein guter Tänzer, nicht?«

Sheila lachte. »Das glaube ich kaum. Er sitzt eigentlich meistens.«

Später fragte ich die anderen Sekretärinnen über

dich aus, aber keine wusste viel. Du warst schon länger in der Brauerei als viele andere. Du hattest nie einen Tag gefehlt, nicht einmal, als dein Sohn zur Welt gekommen war. Du fuhrst offensichtlich jeden Sommer zwei Wochen mit deiner Familie in den Urlaub, aber auf deinem Schreibtisch standen keine Fotos. Das habe ich gesehen, als ich deine Tupperdose zurückbrachte. Ich fand nichts außer Büroklammern, einem Plastikspitzer und einem mehrere Jahre alten Kalender, einem Weihnachtsgeschenk vom chinesischen Take-away.

Ich beobachtete dich aus der Ferne und machte mehrere neue Entdeckungen: Montags, mittwochs und freitags trugst du einen braunen Anzug mit verschiedenen Golfclubkrawatten; dienstags und donnerstags trugst du beige Cordhosen und einen beigen Pullover mit V-Ausschnitt. Anscheinend warst du hauptsächlich darauf aus, ja nicht aufzufallen.

Deine Augen waren von einem tiefen Blau, so lebendig, dass es einen fast schockierte. Jahre später versuchte ich die Farbe in meinem Garten am Meer wiederzufinden. Manchmal sah ich sie in der Iris, manchmal in meinen Mohnblumen. An frühen Sommermorgen fand ich dich im weichen Blau des Meeres, wenn sich der Himmel darin spiegelte.

Du gingst immer aufrecht. Deine dichten braunen Haare lagen nie ganz glatt an. Du hast dir deinen Schal (braunbeigegestreift) eng um den Hals geknotet, als hätte dich deine Mutter vor einer Erkältung gewarnt. Es tat mir gut, dich in der Brauerei von fern zu beobachten und über solche Dinge zu spekulieren. Vermutlich hattest du ein Alkoholproblem und schämtest dich deswegen, aber wir haben alle unsere Geheimnisse.

Ich habe dich nie ohne Golfclubkrawatte gesehen.

Ich habe dich nie mit einem Golfschläger gesehen.

Ich habe dich nie ohne Segelschuhe gesehen.

Ich habe dich nie auf einem Segelboot gesehen.

Du wärst lieber vom Erdboden verschwunden, als einen anderen Menschen zu verletzen.

Jetzt läufst du schon eine ganze Woche, Harold, und hast Exeter hinter dir gelassen. Und an einem Tag sind gleich zwei Postkarten gekommen! Besonders anschaulich fand ich die Beschreibung deiner Füße in deinen Socken. Ich hoffe, du konntest in Chudleigh Pflaster kaufen. Mir gefällt das Foto von Exeter. Die Kathedrale mit der grünen Rasenfläche. Seltsamer Gedanke, dass zwanzig Jahre vergangen sind, seit ich zuletzt dort gewesen bin. Am Tag, bevor ich Devon endgültig verlassen habe.

»*Liebe Queenie*«, las Schwester Lucy. »*Geben Sie nicht auf. Alles Gute, Harold (Fry).*«

»Dann ist der Trottel also immer noch nicht nach Hause zurückgekehrt?«, fragte Mr Henderson.

»Natürlich nicht!«, rief Finty. »Er läuft doch zu Queenie Hennessy.«

Mit der heutigen Post erhielt sie einen Gutschein für einen Jahresvorrat Salzcracker, den sie bekäme, wenn sie einen Online-Fragebogen ausfüllte. Für Mr Henderson war nichts dabei. »Wer solche Post kriegt, braucht keine Feinde«, sagte er.

Der Perlenkönig bekam zwei Päckchen, wollte sie aber lieber erst in seinem Zimmer öffnen. Barbara erhielt von ihrem Neffen ein gestricktes Brillenetui. »Wie lieb von ihm«, sagte sie. »Schade, dass ich keine Augen habe. Aber ich kann in dem Etui meine Spritzenpumpe aufheben. Das sieht dann auch hübsch aus.«

Für den Nachmittag wurden neue Patienten erwartet.

»Wer durch diese Türen reinkommt, hat keine Rückfahrkarte«, sagte Mr Henderson. »Wer ist als Nächster dran?«

Ich tat, als läse ich deine Postkarten.

»Haben Sie mal in Kingsbridge gewohnt, Queenie?«, fragte Schwester Catherine. Ich nickte kurz. »Und da haben Sie sich mit Harold Fry angefreundet?« Noch ein Nicken. »Warum sind Sie weggezogen?« Meine Nase begann zu kribbeln. Schwester Lucy nahm meine Hand.

»Wann wird Harold Fry wohl hier sein?«, fragte sie tapfer. »Morgen früh oder morgen Nachmittag?«

Schwester Lucy ist ein herzensguter Mensch, eine der nettesten jungen Frauen, die mir je begegnet sind. Wenn es um Maniküre und Föhnfrisuren geht, macht ihr keiner was vor. Aber ich glaube nicht, dass das arme Mädchen jemals eine Landkarte von England zu Gesicht bekommen hat.

Kein Wunder, dass sie von ihrem Puzzle überfordert ist.

Ja, ich erinnere mich an Exeter. Das war ganz am Schluss. Ich war zu dir nach Hause in die Fossebridge Road gegangen, um mich von dir zu verabschieden, und habe nicht dich, sondern deine Frau angetroffen. Es war das einzige Mal, dass wir miteinander geredet hatten, eines der niederschmetterndsten Gespräche meines Lebens. Ich erinnere mich an das laute Café in Exeter, gegenüber dem Bahnhof. Dort saß ich am nächsten Morgen mit meinem karierten Koffer und fragte mich, was nun. Es war klar, dass ich gehen musste. Maureens Worte hallten mir noch in den Ohren. Immer wenn ich still war, hörte ich sie. Nach unserer Begegnung war ich gelaufen und gelaufen, aber es nützte nichts, ich konnte nicht weglaufen vor dem, was sie mir erzählt hatte. Ich sah auch Maureen vor mir. Ich sah sie die Wäsche aufhängen, immer wieder und wieder, als würde die Sonne nie mehr scheinen, der Wind nie mehr wehen und ihre Arbeit nie mehr aufhören. In jedem Fenster hinter ihr hingen nun Gardinen. Das Haus hatte seine Augen geschlossen.

Ich weiß nicht, warum manche dieser Erinnerungen so kristallklar bleiben müssen. Mir fällt ein winziges Bruchstück ein, und schwupp, ist das ganze Bild wieder da. Andere Dinge dagegen, an die ich mich gern erinnern würde, bleiben völlig ungreifbar. Ach, wäre das Gedächtnis doch nur eine Bibliothek, wo alles an seinem Platz steht! Könnte ich doch nur zur Theke gehen und der Bibliothekarin sagen, ich würde gern diese schrecklichen Erinnerungen an David Fry und besonders die an seine Mutter zurückgeben und bitte ein paar glücklichere ausleihen. Wie ich mit meinem Vater Stichlinge fangen ging. Oder wie ich als Studentin in Oxford am Ufer des Cherwell Picknick machte.

Und die Bibliothekarin würde sagen: »Selbstverständlich, Madam. Wir haben alles im Bestand. Unter ›F‹ wie Fischen. Und ›P‹ wie Picknick. Sie finden die Sachen auf der linken Seite.«

Dort wäre auch mein Vater. Groß und lächelnd in seiner Arbeitskluft, mit einer Selbstgerollten in der einen und meinem Kescher in der andern Hand. Ich würde hüpfen, um mit ihm Schritt zu halten, während er die holprige Straße zum Fluss hinuntermarschierte. »Wo ist mein Mädchen? Wo bist du?« Die Blüten in den Hecken schwirrten von Insekten, und mein Vater hob mich auf die Schultern und dann – dann was?

Keine Ahnung. Ich erinnere mich nicht.

Aber ich war dabei, über das Café in Exeter zu schreiben. Es war schon so früh gerammelt voll. Koffer, Taschen, Rucksäcke. Man konnte sich kaum rühren. Es war Schulferienende, und draußen waberte ein Morgennebel. Ich war von Leuten umringt, die zusammengehörten, die plauderten und lachten und sich auf ihre gemeinsame Zukunft freuten. Ich empfand das alles wie einen persönlichen Angriff. So viel

Glück, dass die Scheiben davon beschlugen. Ich suchte mir einen Tisch in der Nähe der Tür. Jedes Mal, wenn sie aufging, hoffte ich, dass du es wärst. Harold hat sicher gehört, was ich für ihn getan habe, dachte ich. Selbst wenn Maureen ihm meine Nachricht nicht ausgerichtet hat, wird es ihm jemand aus der Brauerei erzählt haben. Harold wird mich suchen kommen, und ich werde ihm alles gestehen. Ich hatte nur einen einzigen Wunsch: dich ein letztes Mal zu sehen.

»Pardon? Ist hier frei?«

Mein Herz hüpfte. Ich sah auf, aber natürlich war es ein anderer Mann. Nicht du. Auch er hatte dichtes braunes Haar, aber ohne die winzigsten Wellen im Nacken, und es stand auch über den Ohren kein bisschen ab. Er deutete fragend auf den leeren Stuhl mir gegenüber. »Nein, der Stuhl ist besetzt«, sagte ich. Ich warte auf jemanden. Und jetzt machen Sie, dass Sie wegkommen.

Die letzten Worte sprach ich nicht aus, dachte sie aber.

Der Mann nickte und entfernte sich. Es hatte etwas Zaghaftes, Vorsichtiges, wie er dem Gepäck auswich, dem Lärm. Er wirkte, als sei er fremd hier, sah aus wie ein Tierchen aus Glas mit viel zu zarten Gliedmaßen. Schließlich fand er einen freien Platz am Tisch einer Familie und ließ sich ganz am Rand nieder. Immer wieder prüfte er, ob seine Manschetten, sein Haar, seine Schuhe in Ordnung waren, wie es Menschen oft tun, wenn sie unsicher sind und sich vergewissern müssen, wo sie aufhören und der Rest der Welt anfängt. Er bestellte ein Kännchen Ceylontee (ohne Milch) und getoasteten Teekuchen. Dann stieß das Kind neben ihm seinen Becher um und übergoss ihn mit Limonade.

Plötzlich war alles auf den Beinen. Der einsame Gentleman, die Kellnerinnen, die anderen Gäste. Macht nichts, das macht doch nichts, sagte er immer wieder und tupfte seinen Anzug mit einem Taschentuch ab. Die Eltern des Mädchens reichten ihm Papierservietten und sagten: Schicken Sie uns einfach die Reinigungsrechnung. Essen Sie doch unseren Kuchen. Und er errötete und erwiderte: Nein, ich bitte Sie. Nein, nein, ich bitte Sie. Je mehr Aufmerksamkeit er auf sich zog, desto gepeinigter sah er aus. Und ich saß da und schaute zu. Zu meiner Schande muss ich gestehen, dass ich dachte: Gut so. Benehmt euch ruhig so, dass der einsame Mensch sich krümmt vor Qual. Wenigstens bin's nicht ich.

Ein junger Mann kam zum Café. Er trat nicht herein, sondern blieb im Eingang stehen. Jeans. T-Shirt. Neue Cowboystiefel. Mit verschränkten Armen suchte er einen Tisch nach dem anderen ab, als wolle er uns alle zählen. Der einsame Gentleman erhob sich. Er tupfte seinen Anzug noch einmal ab, doch seine Hände zitterten. Entschuldigen Sie mich, sagte er. Entschuldige mich, Welt. Er ließ auf dem Tisch Geld für die Rechnung liegen und folgte dem jungen Mann hinaus.

Mit dem Ärmel wischte ich die beschlagene Fensterscheibe frei. Von meinem Platz aus verfolgte ich, wie sie die Straße entlanggingen. Der einsame Gentleman lief neben dem jungen Mann her, die Hände in den Hosentaschen, bis der junge Mann seinen Arm um den einsamen Gentleman legte und ihn an sich zog. Andere Leute bemerkten die beiden und machten einen Bogen um sie, aber der junge Mann nahm seinen Arm nicht von dem Gentleman und steuerte ihn durch die Passanten. Ich beobachtete sie, bis sie im Nebel verschwanden.

Du siehst, sogar die einzige andere Person im Café, die keinen Begleiter hatte, stand in der Welt nicht allein da. Das war der Tropfen, der das Fass zum Überlaufen brachte. Harold Fry kommt nicht, dachte ich. Da kann ich warten, bis ich schwarz werde. Es gäbe keine Vergebung für das, was ich getan habe, niemals. Ich packte meinen karierten Koffer am Griff und zerrte ihn durch die Menge, wie eine entnervte Mutter ihr schreiendes Kind von fremden Leuten wegzerrt. »Passen Sie doch auf«, murmelten die Leute. Ich hasste sie, aber eigentlich hasste ich mich selbst. Ich floh.

Am Bahnhof studierte ich die Abfahrtstafel und suchte nach dem fernsten Ziel. Ich wäre bis zum Mars gefahren, wäre er aufgelistet gewesen. Aber ich musste mich mit Newcastle begnügen.

»Einzelfahrt, Madam?«

Haha. Sehr lustig. Danke, dass Sie's noch mal betonen. »Ja, ich reise allein.«

»Nein, ich meine, *einfach*, oder fahren Sie auch wieder zurück, Madam? Wollen Sie eine Rückfahrkarte?«

Da dämmerte mir, was ich wirklich wollte. Ich wollte nicht weg. Bitte lass mich nicht wegfahren. Ich will nicht. Ich liebe Harold Fry. Wenn ich gehe, ist mein Leben leer. Dann erinnerte ich mich an Maureens Worte, und es war wie ein neuer Schlag in die Magengrube.

»Einzelfahrt, bitte«, sagte ich. »Ich komme nie mehr zurück.«

Es passiert nicht viel

Ich hörte, dass es dem Perlenkönig so schlecht ging, dass er heute nicht in den Tagesraum kommen konnte, und Mr Henderson ebenfalls nicht. Eine neue Patientin war da, ihre Angehörigen saßen im Kreis um sie herum und hielten ihre Hand. Schwester Philomena fragte, ob sie mit ihr beten wollten, und sie sagten, ja, sie wollten gerne. Sie schlossen alle die Augen, während Schwester Philomena das Gebet flüsterte, und ich dachte, näher, als wenn sie sich an den Händen halten und zuhören, können Menschen Gott nicht kommen.

Eine Betreuerin zeigte Finty, wie man eine Papierblume bastelt. Sie machten auch eine für Barbara, aber die dachte, es wäre ein Hut, und setzte sie auf den Kopf.

Sie trug die Blume den ganzen Vormittag.

Die Knospen am Baum vor meinem Fenster sind zu Blättchen aufgesprungen. Hin und wieder schüttelt sich der Baum, wie um zu fragen, geht's euch gut da oben?

Ich hatte unrecht. Es ist doch etwas passiert.

Siehst du die Blätter auch?

Moment mal –
möchten Sie mein Taschentuch?

Als du mich in der Büromaterialkammer entdeckt hast, Harold, war ich schon einen ganzen Monat in der Brauerei. Es war Anfang Februar. Ich hatte deine Sandwiches gegessen und bei deinem Schreibtisch herumgeschnüffelt, aber seit der Begegnung in der Kantine hatten wir nicht mehr miteinander gesprochen. Ich habe jedoch an meinem Fenster auf dich gewartet. Du bist fast täglich mit deinen leeren Bierdosen gekommen, und manchmal habe ich versucht, dich durch schiere Willenskraft zum Tanzen zu bringen, aber du hast mir den Gefallen nie getan. Vielleicht lag es am fehlenden Schnee; wir hatten nie wieder welchen.

Stell dir also Folgendes vor: Ich heule in der Kammer. Ich höre, wie jemand kommt und die Tür aufmacht, und versuche mich zu verstecken. Versuche vielmehr, mich nach Art meines Vaters in Luft aufzulösen. Aber das ist schwierig für eine kleine Frau im braunen Wollkostüm, wenn sie zwischen nichts anderem als Schreibpapier und Aktenmappen steht.

»Ich bitte um Entschuldigung«, hast du gesagt. Du

wusstest nicht, wo du hinsehen solltest. Du hast dich für meine Füße entschieden.

Ich wusste nicht, wie ich die Situation erklären sollte. Ich strich meinen Rock glatt und senkte den Kopf. Ich schob meinen Kummer auf Napier und die anderen Männer, die mich auslachten. Ich sagte, ich hielte es nicht mehr aus und wolle kündigen. Ich sagte alles Mögliche, was mir gerade so einfiel. Was ich allerdings nicht erwähnte war, dass ich schwanger gewesen war, als ich nach Kingsbridge kam. Ebenso wenig erwähnte ich, dass ich mein Baby erst letztes Wochenende verloren hatte. Vor Bauchkrämpfen und Trauer konnte ich kaum stehen.

Es war nur zu deutlich, dass du dir zwei Dinge gewünscht hast: erstens dass du die Tür zur Büromaterialkammer nie geöffnet hättest, und zweitens dass du mich nicht darin entdeckt hättest. Auch ich wünschte mir zwei Dinge: dass du die Tür zur Büromaterialkammer wieder schließen würdest und dass ich dich nie wiedersehen würde. Das schien mir das Allerbeste. Du hast immer wieder in den Gang geguckt. Nach links. Nach rechts. Nach links.

In keiner Richtung war Hilfe in Sicht.

Also hast du eine weitere kleine Entscheidung getroffen. Das konnte ich dir am Gesicht und Körper ablesen. Du hast dich mit Bedacht ein wenig breitbeinig aufgestellt, genau wie bei Sheila. Du hast die Hände hinter dem Rücken verschränkt, vor Konzentration die Stirn gerunzelt und das Gewicht von einer Seite zur anderen verlagert, um einen guten Stand zu finden. Ich hatte das Gefühl, einem Baum beim Wurzelschlagen zuzusehen. Du würdest dich nicht eher von hier wegbewegen, als bis du mir geholfen hättest. Und dann hast du geredet.

»Kündigen Sie nicht«, hast du mit sanfter Stimme gesagt. Ich blickte auf, und deine Augen leuchten direkt in meine hinein. »Ich fand es anfangs auch schwer. Fühlte mich fehl am Platz. Aber es wird besser.«

Es war wie ein weiterer deiner Zaubersprüche. Ich konnte nicht antworten. Einen Augenblick lang glaubte ich, dass alles gut werden würde, weil du mir das wünschtest. Es war ganz einfach. Dabei hatte ich zu diesem Zeitpunkt schon viel verloren, Harold. Mehr als alles andere hätte ich mein Baby behalten wollen.

Du hast gesagt: »Moment mal – möchten Sie mein Taschentuch?« Ich sagte, nein, nein, das könne ich nicht annehmen, aber vielleicht hast du mich nicht gehört. Du hast es aus der Tasche gezogen wie ein Zauberer sein Zaubertuch und sorgfältig mehrmals zusammengefaltet, bis es so klein war wie ein Nadelkissen. »Bitte«, hast du behutsam gesagt. »Nehmen Sie es.« Ich hob es ans Gesicht – und kam von deinem Geruch ins Taumeln.

Vielleicht waren es die Hormone. Ich weiß nicht.

Dieser Geruch steigt mir manchmal immer noch in die Nase. Seife der Marke *Imperial Leather*, Milchkaffee und ein Aftershave mit Zitrusnote. Die Mischung muss genau stimmen. Manchmal, wenn ein Fremder an meinem Garten am Meer vorbeiging, hätte ich meine Gartengeräte hinwerfen und ihm den Küstenweg entlang nachlaufen können. Ich hätte dann gar nicht mit dem Mann reden oder ihn anfassen wollen. Ich war nur auf seinen Geruch aus und auf das Gefühl von Wärme und Flattern im Bauch, das ihn begleitete. Ich habe versucht, den Geruch bei einer Pflanze wiederzufinden, aber es ist mir nie gelungen. Einmal habe ich Zitronenthymian gepflanzt. Wenn die Sonne schien, kam er nah an das Aftershave heran. Dann setzte ich mich mit einer Tasse Kaffee daneben und schloss die Augen, um mir die Seifennote dazu vorzustellen.

Wir waren also in der Büromaterialkammer. Du hast gefragt, ob ich herauskommen wolle, und ich sagte: »Danke.« Ich hätte sonst was sagen können. Ich schwankte ein wenig vor Schmerzen, und du hast mir die Hand hingestreckt.

»Ganz ruhig«, hast du gesagt. »Nur keine Eile.«

Es war nach dem Mistkerl aus Corby das erste Mal, dass ein Mann mich berührte. (Ich zähle den jungen Arzt nicht mit, der mich auf der Krankentrage in der Notaufnahme untersucht hat.) Als ich deine Finger um die meinen spürte, schoss mir vor Aufregung ein

Kribbeln das Rückgrat hoch bis zu den Haarwurzeln, als stünde ich unter Strom. Deine Hand war groß und warm und felsenfest. Wenn ich nur für immer hätte so stehen bleiben können, meine Hand in der deinen. Zu einer anderen Zeit, an einem anderen Ort, in einem anderen Leben hätte ich vielleicht einen kleinen Schlenker nach links gemacht und wäre in deinen Armen gelandet. Aber du warst Harold Fry. Und ich war Queenie Hennessy. Ich machte mich los und entfernte mich von dir, so schnell ich konnte. Ich rannte fast.

Wenn ich nur weitergelaufen wäre, könntest du sagen. Dann hätte ich uns allen eine Menge Kummer erspart.

An diesem Abend schrieb ich dem Mistkerl einen Brief. Ich legte das Geld bei, das er mir aufgedrängt hatte. Für eine Abtreibung. Es gebe kein Kind, schrieb ich. Sein Ruf sei nicht in Gefahr. (»Komm zurück«, hatte er gestöhnt, das Gesicht glitschig vor Tränen. »Komm zurück, wenn alles geregelt ist. Ich kann ohne dich nicht leben, meine Liebste.«) Ich fügte hinzu, dass ich ihn nie wiedersehen wolle. Wahrscheinlich würde er bald merken, dass er trotzdem gut weiterleben konnte.

Ich hob dein Taschentuch an mein Gesicht und atmete deinen Geruch ein. Ich fühlte mich geheilt.

Kann nicht mehr schreiben. Die Hand ist müde. Der Kopf auch. Die Nachtschwester fragt, ob ich Schmerzen hätte, und holt Morphiumtropfen in einem Schnapsglas, damit ich schlafen kann.

Die beiden blauen Vögel erwachen und fliegen aus dem Bilderrahmen. Ich sehe zu, wie der Himmel am Fenster mit Tinte vollläuft. Dann sehe ich die Sterne draußen schäumen. Sogar die schmale Mondsichel zerspringt immer wieder in tausend Splitter.

Schwester Mary Inconnue sagt: »Ich muss das Farbband wechseln, meine Liebe.«

Das reicht für einen Ab–

Ein Ultimatum

Heute gab es wieder keine Post für mich. Ich muss gestehen, ein wenig geknickt war ich schon. Der Perlenkönig bekam wieder sein Päckchen, machte es aber nicht auf.

»Vielleicht kommt die nächste Postkarte von Harold Fry ja morgen?«, sagte Schwester Catherine.

»Morgen? So ein Wort gibt es nicht«, sagte Mr Henderson.

Mir war heiß, und ich fühlte mich schwach.

Kannst du tatsächlich die ganze Strecke zu Fuß schaffen? Von Kingsbridge bis Berwick upon Tweed? Ich versuchte mir dich vorzustellen, wie du die Landstraße entlangläufst, doch alles, was ich vor mir sah, war ein Mann in Beigebraun, der den vorbeifahrenden Autos Handzeichen gibt.

»Ist das wirklich nötig?«, habe ich dich einmal gefragt.

Du sahst verwirrt aus. »Was denn?«

»Das Fenster herunterkurbeln und Handzeichen geben, wenn Sie rechts oder links abbiegen. Dafür gibt es doch die Blinker.«

»Wollen Sie mir sagen, dass ich altmodisch Auto fahre?«

Und genau das dachte ich, aber nicht abwertend gemeint, also versuchte ich es umzuformulieren und sagte, nein, ich hielte dich nur für einen sehr vorsichtigen Fahrer.

»Aber genau das wollte Napier doch, dachte ich«, hast du gesagt. »Ich soll auf Sie aufpassen. Sie sind eine gute Buchhalterin.«

Ich spürte ein kleines Glücksgefühl, denn aus deinem Mund glaubte ich solche Worte – genauso wie ich mich sicher fühlte, wenn du deine Handschuhe überzogst und den Motor anließt.

»Und außerdem«, hast du gesagt, ohne deine Signale an den Gegenverkehr zu unterbrechen, »kommen wir so schneller voran. Ehrlich gesagt, Miss Hennessy, könnten Sie auch mithelfen, statt nur so dazusitzen.«

Als ich meine Hand aus dem Fenster streckte und lachte, hast du plötzlich gelächelt. Ich hatte den Eindruck, dass es dich glücklich macht, jemanden zum Lachen zu bringen. Ich erinnere mich, dass ich überlegte, ob es dir mit deiner Frau auch so ging.

Aber das ist lange her.

Im Tagesraum stellte ich mir vor, wie du im Hospiz ankommst. Wie du dich den Türen zum Patiententrakt näherst. (Keine Angst, Harold. Es sind nur Türen.) Ich stellte mir vor, wie die Nonnen dir Tee bringen und dich nach deiner Reise befragen. Aber sobald ich zu dem Moment kam, wenn du zur Tür hereintrittst, wenn ich dein Gesicht sehe und du meines, drehte ich den Kopf zum Fenster. Dann musste ich mich ganz fest auf den Himmel oder die Büsche konzentrieren oder auf andere Dinge außerhalb meiner selbst.

Ich habe nach dir Ausschau gehalten, Harold, in all den Jahren. Ich habe ohne dich gelebt, aber es verging kein Tag, an dem ich nicht an dich gedacht hätte. Eine Zeitlang wünschte ich mir, ich könnte damit aufhören, doch dich zu vergessen kostete zu viel Kraft. Es war leichter, es zu akzeptieren, dass mir mit dir ein Stück von mir selbst fehlte, und weiterzuleben. Ja, manchmal erblickte ich unten am Strand einen großen Mann, der Steine warf, und sagte mir aufgeregt, das ist er, das ist Harold Fry. Dann wieder hörte ich ein Auto näher kommen, wenn ich ins Dorf lief, oder ich begegnete einem Mann auf dem Weg zur Schlossruine, einem Wanderer vielleicht, oder ich stand im Laden hinter einem Fremden – und irgendetwas am Rumpeln des Wagens oder wie der Mann den Rücken streckte oder der Fremde mit einem weichen südenglischen Akzent um Briefmarken bat, ließ mich für einen Augenblick glauben, du seiest es. Es war nur eine Vorstellung, ein Tagtraum. Noch während ich mich solchen Phantasien hingab, wusste ich, dass es nicht sein konnte. Embleton Bay besteht aus ein paar versprengten Strandhäusern auf den Klippen im Nordosten von England, und ich hatte dir meine Adresse nie geschickt. Aber wenn ich für einen kurzen Moment so tat, als seist du in meiner Nähe, fühlte ich mich wieder ganz. Erst als ich krank wurde, habe ich aufgehört, nach dir Ausschau zu halten.

Du musst dich verändert haben wie ich auch. Wo auf meiner Haut einmal höchstens feine Linien waren, sind jetzt Falten und tiefe Furchen. Mein Haar war einmal dicht, braun und schulterlang, heute ist es weich und weiß wie die wuscheligen Samenstände der Waldrebe, die im Winter meinen Garten tupfen. Um die Mitte herum war ich einmal gut gepolstert, nun ist zwischen den Höckern meiner Hüftknochen nur noch eine hohle Einbuchtung. Vielleicht trägst du nicht einmal mehr Beige oder Braun. Vielleicht bist du zu Blau übergegangen.

Ich legte mein Heft zur Seite und versuchte, mir dich in blauen Kleidungsstücken vorzustellen. Du sahst aus, als seist du aus Wasser. Ich musste dich schnell wieder in Beigebraunes umziehen. Und dann erinnerte ich mich, dass keine Postkarte gekommen war, und alle meine Gedankenspiele kamen mir nur noch dumm vor.

Schwester Lucy fragte, ob ich ihr bei ihrem Britische-Inseln-Puzzle helfen möchte, aber ich zuckte nur mit den Achseln. Schwester Catherine schlug einen Besuch im Garten vor. »Heute ist es schön draußen. Ein bisschen frische Luft könnte Ihnen guttun. Sie mögen doch Pflanzen und so, Queenie?« Ich schüttelte den Kopf.

Schwester Philomena kam mit den Nährstoff-Milkshakes herein. Auch die lehnte ich ab.

»Hör mal«, sagte Finty. »Ich schau dir schon eine ganze Weile zu, Frollein. Du sitzt in diesem Sessel da drüben und kritzelst dein Heft voll. Wenn's was zu essen gibt, stocherst du nur drin rum. Manchmal erscheinst du nicht mal. Wenn du am Leben bleiben willst, dann beweg deinen Hintern gefälligst hierher und nimm dir eins von diesen Dingern wie alle anderen auch.«

»Nein«, stöhnte ich. »Bitte nicht.« Ich hatte solche Getränke schon in der Klinik bekommen. Mir wurde schlecht davon.

»Für dich läuft ein Mann quer durch ganz England. Manche von uns hier haben noch kein einziges Mal Besuch gekriegt. Das Mindeste, was du tun kannst, ist doch, dass du den Löffel nicht direkt wegschmeißt! Ich weiß, was los ist. Du glaubst, du siehst aus wie ein Monster, aber das hier ist kein Schönheitswettbewerb. Schau dir Barbara an. Der Perlenkönig hat einen Plastikarm, und ich trage mein Verdauungsergebnis in der Handtasche mit rum. Entweder du nimmst wie wir diese Drinks zur Brust, oder du hängst bald am Tropf. Was ist dir lieber?«

»Drängen Sie sie nicht«, sagte Schwester Catherine. »Für jeden ist es anders.«

»Entschuldigen Sie, Schwester, aber ich rede mit Queenie Hennessy.« Finty sah mich durchdringend an, es war, als würde ich von zwei orangefarbenen Augenbrauen an die Wand getackert.

Ich machte den Mund auf. Ich spürte, wie mich alle beobachteten, die Patienten, die Nonnen. Ich glaubte nicht, dass mich einer verstehen würde. »Die Shakes«, gurgelte ich.

»Ausgezeichnet«, sagte Finty. »Kommt alle her. Wir machen einen Kreis.«

Schwester Catherine half mir aus meinem Sessel. Es war nur ein kurzes Stück bis zu den anderen, aber ich war so langsam, dass ich das Gefühl hatte, ich stiege einen Steilhang hinauf. Die Schwester setzte mich an den Kaffeetisch, in einen Stuhl, der sich nach hinten kippen ließ. Ich konnte den Kopf nicht heben. Ich konnte niemanden ansehen. Ich musste so tun, als wäre ich tief in die Betrachtung des Wirbelmusters auf dem Teppich des Tagesraums versunken.

Schwester Lucy hatte verschiedene Geschmacksrichtungen anzubieten. Barbara und Finty nahmen Erdbeere. Mr Henderson wollte Vanille. Der Patient mit den Monster-Hausschuhen deutete auf Karamell. Der Perlenkönig entschied sich für Schoko. Ich meldete mich für Vanille.

»Ist sowieso egal«, sagte Finty. »Schmeckt alles nach nasser Pappe.«

Schwester Lucy schraubte die Deckel von den Flaschen und servierte die Nährstoffshakes in Gläsern mit Strohhalm. Alle hatten eine undefinierbare Farbe zwischen Beige und Pink – »Maulwurfsgrau mit Rotstich« träfe es vielleicht am besten.

Wir tranken langsam. Die Hälfte floss mir seitlich aus dem Mund. Niemand redete oder rührte sich vom Fleck, bis alle Gläser leer waren. Ich hatte als Letzte ausgetrunken. Mr Henderson stand auf, um Servietten zu verteilen.

»Verdammt nochmal, das haben wir hinter uns«, sagte Finty und wischte sich den Mund und ihr Sweatshirt ab. »Und jetzt spielen wir 'ne Runde Scrabble.«

»Lachen Sie etwa?«, fragt Schwester Mary Inconnue.

Ich bin glücklich. Ich hatte viel Spaß im Tagesraum.

Sie lacht. Lacht so sehr, dass ihre Sandalen schlenkern. »Gut«, sagt sie. »Sehr gut.«

Sie murmelt etwas vor sich hin, das wie ein Segen klingt, bis ich das Wort *Thunfisch* aufschnappe und mich frage, ob es nicht eine Einkaufsliste ist.

Ich werde die Hoffnung nicht aufgeben.

Ich werde auf dich warten, Harold Fry.

Von einem anderen Blickwinkel aus

Heute früh fragte ich Schwester Lucy, ob ich mir ein Wörterbuch und einen Thesaurus ausleihen könne. Sie holte mir Scrabble und einen Tee.

»Frisch gebrüht.«

Sie meinte es ja so gut.

Von dir kommt eine Postkarte mit der Abbildung der Bluebell-Dampfeisenbahn. Eine Nachricht steht nicht darauf. Die hast du wohl vergessen.

»Warum folgt Harold Fry diesem Wink mit dem Zaunpfahl nicht und erspart uns die Qual?«, fragte Mr Henderson. Er saß da und starrte seine Spielkarten an, als habe er sie im Verdacht, dass sie schummelten.

»Wandert Ihr Freund gern?«, fragte Schwester Catherine.

Das möchte ich bezweifeln, dachte ich. Wir sind beide nur einmal gelaufen. Ich versuchte, in mein Heft ein Bild von dir am Steuer deines Morris 1100 zu zeichnen. Ich weiß nicht, ob du dich erinnerst, aber Kunst war noch nie meine Stärke. Als ich in den späten Siebzigern mit den Künstlerinnen in Soho rumhing, habe ich immer für sie eingekauft und Briefe geschrieben, aber zeichnen konnte ich nie. Ich saß beim Lesen für sie Modell, und sie malten Aktbilder von mir mit Buch. Sie waren tolle Frauen, vergaßen aber immer vernünftige Dinge wie Essen und frische Luft, denn sie hatten Berauschenderes im Kopf wie Liebe und Gin. Als Schwester Catherine über mein Bild lachte, hielt sie die Zeichnung von dir im Auto vielleicht für einen Mann im Bauch eines Riesenkaninchens. Sollte sie ruhig lachen – du sahst wirklich lustig aus.

Aber Mr Henderson war mit der Postkarte noch nicht fertig. »Wenn Harold Fry auf die Idee käme, in den Zug zu steigen, wäre er heute Abend hier. Dann hätten wir den ganzen Blödsinn hinter uns und abgehakt.«

»Alter Nörgler! Darum geht es doch gar nicht«, sagte Finty. »Jeder Idiot kann sich in einen Zug setzen.«

»Idiot?«, wiederholte er. »Wisst ihr, wer hier die Idioten sind?« Mr Hendersons Hände begannen zu zittern. Sie waren nur noch Haut und Knochen. Die Knöchel standen hervor, und die Ärmel des Hahnentrittjacketts schlotterten, als hätte sein Träger nicht mehr Masse zu bieten als ein Kleiderbügel. Seine Lippen waren so blau, als hätte er sich geprügelt. »Haben Sie überhaupt eine Ahnung, wie weit es von Kingsbridge nach Berwick ist?« Mr Henderson versuchte aufzustehen, aber die Anstrengung war zu viel für ihn. Seine Knie knickten ein, und er fiel wieder in seinen Sessel. »Haben Sie eine Ahnung, wie viele Kilometer?«

»Natürlich«, sagte Finty. »Ich bin doch nicht blöd. Es ist höllisch weit.«

»Über achthundert!«, schrie Mr Henderson.

Das weiß ich natürlich auch. Ich bin die Strecke mit den öffentlichen Verkehrsmitteln gefahren, mit Bus, Bahn und noch einmal Bus. Jede neue Meile zwischen uns schien ein Stückchen aus mir herauszureißen.

Schwester Lucy wurde rot. »Wirklich?« Sie nahm von ihrem Puzzle mehrere Teile wieder weg.

»Achthundert Kilometer, und der Mann ist nicht einmal trainiert!«

»Ich könnte das nicht«, sagte Schwester Catherine, und einer der Betreuer meinte, er auch nicht.

»Ich denke, es ist eine Frage des Glaubens«, meldete sich Schwester Lucy, aber man merkte, dass sie selbst nicht ganz überzeugt war. Das letzte Wort hatte kaum Kraft und kam bauchlos heraus, klang mehr wie »Glms«.

Mr Henderson ließ die Hände auf seine Spielkarten niedersausen. Die sprangen hoch und flatterten auf den Teppich. »Das ist doch lächerlich! Und unfair! Eine Beleidigung! Hat der Mann keine Ahnung, wo wir hier sind? Er macht uns alle zu Affen!« Er zitterte so stark, dass er husten musste.

»Brauchst du ’ne hilfreiche Hand, Alter?«, dröhnte der Perlenkönig.

»Haha«, röhrte Finty.

»Ihr macht mich krank, alle miteinander«, schrie Mr Henderson und versuchte noch einmal aufzustehen, ohne Erfolg.

Schwester Catherine eilte herbei, um ihm zu helfen, aber er stieß sie weg und klammerte sich an seinen Rollator. Ob sie ihn wohl für einen Krüppel halte, fragte er, während sie versuchte, ihm einen Weg aus dem Tagesraum zu bahnen. Wir hörten ihn den ganzen Korridor entlang schreien: »Idiot! Idiot! Idiot!«, dazwischen Husten und Stolpern. Die Schwestern konnten sagen, was sie wollten, er ließ sich nicht beruhigen.

Ich sah Finty an und versuchte zu lächeln. Sie kräuselte die Lippen, ihr Lippenstift leuchtete blutrot. Ich musste an den wilden Mohn denken, der sich in meinem Garten am Meer zwischen den Steinen angesiedelt hat. »Na ja, es ist schon ziemlich weit«, murmelte sie.

Niemand widersprach ihr. Niemand sagte etwas. Schließlich fragte Barbara, ob ihr jemand aus *Unten am Fluss* vorlesen könnte. Eine Nachbarin habe ihr den Anfang vorgelesen, bevor sie ins Hospiz gekommen sei, und sie wüsste gern, wie es weitergehe. Schwester Lucy sagte eilig, aber natürlich. Es mache ihr gar nichts aus, den Anfang zu überspringen. Alle schienen dringend nach einer Beschäftigung zu suchen.

Mr H. hat recht, schrieb ich später in mein Heft. *Es ist zu weit zu laufen. Es ist zu spät.*

Schwester Mary Inconnue hatte Probleme mit den Typenhebeln. »Ich glaube, Sie hören zu viel auf andere Leute«, sagte sie.

Tue ich nicht, sagte ich. Ich hörte hauptsächlich auf mich selbst.

Sie holte eine Flasche Desinfektionsalkohol und Wattestäbchen und begann, die Typenhebel zu reinigen. Der scharfe Geruch versetzte mich sofort in die Klinik zurück. Ich sah die harten Böden. Die Neonröhren. Die Schuhe mit den Kreppsohlen, die Masken, die Haarnetze, die grünen Kittel. Es gab Tage, an denen ich mich nach dem Anblick schlammiger Stiefel sehnte. Im Lauf der letzten Jahre bin ich viermal operiert worden. Wenn man mir noch mehr von meinem Hals und Kehlkopf wegschneidet, wird mir der Kopf abfallen. Mehr sage ich zu diesem Thema nicht.

Schwester Mary Inconnue seufzte: »Vielleicht müssen Sie die Dinge mal von einem anderen Blickwinkel aus betrachten.«

Von welchem Blickwinkel denn, bitte schön? Mr H. hat ganz recht. Es ist zu weit zu laufen. Ich bin zum Sterben hier.

Schwester Mary Inconnue war immer noch über ihre Schreibmaschine gebeugt. Ich konnte nur die gestärkten Zipfel ihrer Haube sehen. Ich hatte das Gefühl, ich unterhielte mich mit einer Serviette.

Sie sagte: »Entschuldigen Sie, aber Sie sind hier, um zu *leben*, bis Sie sterben. Das ist ein großer Unterschied.«

Ich hätte losheulen können. Stattdessen schrieb ich: *Ich weiß nicht, ob Sie es bemerkt haben, aber Harold Fry ist immer noch unten im Südwesten.*

Schwester Mary Inconnue verstummte kurz. »Ich gebe zu, das ist ein gewisses Problem. Aber Sie lieben Harold Fry und glauben, Sie hätten ihn enttäuscht. Deshalb müssen Sie diese letzte Sache hier zu Ende bringen. Sie müssen die Wahrheit gestehen.« Sie spannte ein neues Blatt in die Walze ein und ließ die Halterung zuschnappen. »So. Fertig. Und jetzt zurück zu Ihrem Brief.«

Als ich fünfzehn war, sagte meine Mutter mir: »Es gibt keine Liebe auf den ersten Blick. Die Leute kommen zusammen, weil der richtige Zeitpunkt da ist.«

Meine Eltern hatten sich vor Kriegsausbruch bei einem Tanzabend kennengelernt und waren drei Wochen später verheiratet gewesen. Ich vermute, mein Vater hat meine Mutter aus Freundlichkeit geheiratet, um sie vor der Abschiebung zu bewahren, obwohl er mir das nie so gesagt hat. Er hat nur einmal durchblicken lassen, das Leben und andere Dinge seien am Beginn ihrer Ehe nicht leicht für sie gewesen. Mit »anderen Dingen« meinte er Sex. Erst nach dem Krieg, als er Arbeit als Schreiner fand, kam das Glück zu ihnen. »Und du, Queenie.« Er hatte geweint, als er das erzählte, und ich kochte ihnen beiden einen Tee.

Es war schwierig, sich meine Mutter glücklich vorzustellen. Sie lachte nur selten. Die englische Sprache war ihr immer schwergefallen; vielleicht waren die Leute während des Krieges nicht nett zu ihr gewesen. Sie vermied es, Freundschaften zu schließen. Manchmal holte mein Vater das Wörterbuch hervor, doch sie sagte, als Hausfrau habe man keine Zeit für Bücher. Und so las ich stattdessen das Wörterbuch.

Die Ansichten meiner Mutter über Liebe stießen mich ab. Sie schienen mehr damit zu tun zu haben, wie man ein Ei kochte, als damit, jemanden zu entdecken, ohne den man nicht leben konnte. Zu der Zeit hatte ich begonnen, Baudelaire zu lesen, Dichtung der Romantik und die Brontë-Schwestern. Wenn ich mich verliebte, dachte ich, dann stilvoll.

Ich strebte bei allem mehr Stil an als meine Mutter. Sie kochte Innereien, ich wurde Vegetarierin. Make-up? Davon hatte meine Mutter keine Ahnung. Ich kaufte mir Eyeliner, Wimperntusche und Rouge. (»Sehe ich hübsch aus?«, fragte ich meinen Vater einmal. »Du siehst sehr rosig aus«, sagte er. Ich nahm es als Kompliment.) Meine Mutter war groß wie mein Vater und hatte es aufgegeben, passende Kleidung und Schuhe für sich zu finden; stattdessen lief sie in seinen Hosen und Stiefeln herum. Auch das stieß mich ab, und ich suchte auf Flohmärkten nach taillierten Kleidern – ich liebte es, mit einem Gürtel meine schmale Taille zu betonen – und nach Tanzschuhen mit Riemchen, in schönen Farben. Es war mir schrecklich unangenehm, mit meinen Rieseneltern gesehen zu werden. Ich »verlor« die Schreiben, die zu Konzerten oder Preisverleihungen in der Schule einluden. Wenn mein Vater auf der Straße meine Hand nehmen wollte – und das geschah oft, da er Angst um mich hatte, weil ich so klein war –, tat ich alles, um ihn abzuschütteln.

Als meine Mutter mir also erzählte, Liebe sei nur eine Frage des Timings, zuckte ich nur mit den Achseln. Ich fragte nicht, warum sie mir das erzählte. Ich war jung, die Welt drehte sich nur um mich. Aber jetzt schaue ich zurück und sehe meine Mutter auf der Hintertreppe sitzen, das Kinn in die Hand gestützt, die Ellbogen auf den Knien, in der blauen Leinenhose, die ihr nicht gehörte. Hinten in unserem verwilderten Garten sehe ich meinen Vater im Profil, am staubigen Fenster seines Schuppens. Ich sehe das Unkraut, das zwischen meinem Vater und meiner Mutter wächst, das Gras so hoch wie Weizen, die Nesseln, den wilden Flieder. Ich sehe den Schmerz in den Augen meiner Mutter, ihre Einsamkeit. Und mir wird klar, dass sie nicht mich über die Liebe belehren wollte, sondern dass sie es einfach nicht aushielt zu schweigen. Ich verstehe jetzt, wie es für sie gewesen sein muss, als Fremde in fremdem Land. Ich weiß, wie es ist, im Exil zu leben, von der Vergangenheit.

Ich wünschte, ich hätte meine Mutter nicht so verurteilt. Ich wünschte, ich hätte ihr mehr Zeit gewidmet.

Es ist viele Jahre her, dass sie gestorben ist. Inzwischen habe ich verstanden, was sie mit dem richtigen Zeitpunkt meinte. Als ich dich kennenlernte, war ich bereit. Ich hatte Raum für dich. Wegen meines Babys, weißt du. Weil ich es verloren hatte. Das Kind hat mein Herz für dich geöffnet.

Die Welt ist voller Frauen, die Kinder haben, und Frauen, die keine Kinder haben, aber es gibt auch eine stumme Gruppe von Frauen, die fast Kinder gehabt hätten. Zu denen gehöre auch ich. Ich war eine Mutter. Und bin doch keine.

Ich habe mein Baby nie gesehen. Ich war erst sechzehn Wochen schwanger, als ich es verlor, und man riet mir, ihm keinen Namen zu geben. Mein Verlust war nichts, verglichen mit dem Verlust, den ihr beide, du und Maureen, später erleiden würdet. Ich erzähle dir davon nur, weil ich in der Schwangerschaft eine neue Art zu lieben entdeckt hatte, frei und fröhlich und ohne Erwartungen. Bis dahin hatte ich meist Menschen geliebt, die mich dann enttäuschten. Nun gehörte ich zu einem Club, von dessen Existenz ich nichts geahnt hatte, ein Club von Frauen, deren Leben einen neuen Sinn bekommen hatte, deren Bauch zur Heimat eines Lebens wurde, das nicht ihr eigenes war. Wer hätte gedacht, dass mein kleiner Körper einmal so wichtig werden könnte? Ich stellte mir die Dinge vor, die wir zusammen erleben würden. Meine neue Liebe wartete schon, fertig zum Anzapfen, bereit, sich zu verströmen, großzügig und schön, und dann war ihr Herzschlag von einer Sekunde zur anderen verschwunden. Wohin ich auch blickte, sah ich Mütter mit Babys. Ich hätte Hass entwickeln können, aber ich hatte das Leben schon einmal gehasst, als ich Corby verließ, und wollte keine Wiederholung.

Ich bin den dicken Ring um Taille und Hüften, den ich mir in der Schwangerschaft zulegte, nie wieder losgeworden. Weil ich so klein bin, ist es mir als Erwachsene nie leichtgefallen, schlank zu wirken. Vielleicht habe ich das Gewicht auch behalten, weil es alles war, was mir von meinem Baby blieb. Ich wusste, dass die Vertreter in der Brauerei mit Napier Witze über mich rissen. Aber ich erholte mich von einer Fehlgeburt. Ich hörte sie hinter meinem Rücken lachen und tuscheln, hörte, wie sie mir lächerliche Namen gaben und meinen Gang nachmachten. Da reckte ich das Kinn und watschelte erst recht.

Ich bekam kein Kind, deshalb schenkte ich meine Liebe dir. Schließlich beobachtete ich dich fast jeden Tag, wie du deine Bierdosen in die Tonne vor meinem Büro versenktest. Dir meine Liebe zu schenken war wie die Entdeckung eines Gefäßes, in das ich gießen konnte, wofür ich keine Verwendung hatte. Seit der Begegnung in der Büromaterialkammer hatten wir nicht mehr miteinander geredet, du und ich. Aber ich sah dich ab und an einen Blick in mein Büro werfen, wie um sicherzugehen, dass ich noch in der Brauerei arbeitete. Manchmal schienst du sogar in der Kantine nach mir zu suchen. Ich ertappte mich dabei, wie ich lauschte, ob ich deine Stimme irgendwo hörte, und wenn jemand deinen Namen erwähnte, wurde mein Gesicht heiß, und mein Puls beschleunigte sich. Ich hatte noch immer dein Taschentuch. Aber ich vermied eine Begegnung. Dir meine Liebe zu schenken schien mir unbedenklich. Es hielt mich warm, es tat mir gut, aber ich erwartete nichts weiter davon.

Es war Zeit, den Koffer zu packen und weiterzuziehen. »Du kommst nie zur Ruhe«, hatte mein Vater bei einem der letzten Male gesagt, als wir uns sahen. »Du bleibst nie lange genug für einen Tee.« Er sagte es ohne Groll, nur mit der üblichen Verwunderung.

Ich hoffe, du hörst das, Harold. Ich hoffe, es dringt zu dir durch. Ich gestehe meinen Anteil an deiner Tragödie, aber du musst auch sehen, dass ich versucht habe, von Kingsbridge wegzugehen, schon ganz am Anfang. Schon bevor ich in deinen Wagen stieg und dich näher kennenlernte. Lange bevor ich David begegnete.

Anfang März ging ich zu Napier. Ich hatte mich durch die offenen Rechnungen gearbeitet und Ordnung hineingebracht. In nur zwei Monaten hatte ich es geschafft, ihm sechshundert Pfund einzubringen. Ich hatte mehr geschafft, als ich versprochen hatte. Es schien angemessen, zu kündigen.

Es gibt im Leben einiges, was nur seinen eigenen Gesetzen folgt. Dazu gehörte Napier. Und die Ackerwinde. Eines Sommers überwucherte sie meinen ganzen Garten. Sie wand sich um die zarten Stiele meiner rosa Mrs-Sinkins-Nelken und drehte ihnen buchstäblich den Saft ab. Ich riss sie aus, ganze Arme voll davon, aber ein paar Tage später war sie wieder da. Man braucht nur ein kleines Stück Ackerwinde auf dem Boden liegen zu lassen, und schon regeneriert es sich wieder zur vollständigen Pflanze mit Blättern, Wurzeln und allem, was dazugehört.

Also sagte ich zur Ackerwinde, du willst in meinem Garten sein, und ich will dich nicht haben. Ausgraben kann ich dich nicht. Wenn ich dich vergifte, vergifte ich womöglich auch, was ich behalten möchte. Wir haben ein Problem, das sich nicht von selbst lösen wird. Es muss etwas geschehen.

Neben jedem Ackerwindenschössling stieß ich einen Haselzweig in den Boden. Insgesamt etwa zwanzig. An diesen Kletterstangen schoss die Ackerwinde hoch und belohnte mich mit dicken Blütentrompeten, lila mit weißen Streifen. Ich will nicht sagen, dass ich die Ackerwinde geliebt hätte. Und ich traute ihr nicht über den Weg. Hätte ich ihr nicht ständig neue Zweige geboten, wäre sie über meine Nelken hergefallen. Aber manchmal muss man sich damit abfinden, dass man Ackerwinden hat, obwohl man sie nicht haben will, und dass man mit ihnen klarkommen muss. Genauso war es mit Napier.

Als ich ihm sagte, dass ich die Brauerei verlassen würde, wurde er ganz still. Dann fing er an zu toben. Nie habe ich einen Mann erlebt, der sich aus dem

Stand so rasend schnell in Hysterie hineinsteigern konnte, alle Zwischenstadien überspringend.

»Was soll das heißen, Sie wollen gehen?« Er donnerte mit der Faust auf den Schreibtisch, dass die Clowns aus Muranoglas zitterten wie erschrockene kleine Mädchen.

»Ich muss reisen«, sagte ich.

»Sie sind doch keine Studentin mehr«, hielt er mir entgegen.

Neununddreißig sei ich, was mich aber auf jeden Fall in die Lage versetzen würde, eine Busfahrkarte zu lösen.

Napier hob die Finger an die Zähne und riss drei arme Nägel ab. »Sie haben einen guten Job. Für gutes Geld. Wo genau liegt Ihr Problem?« Seine Stimme schraubte sich immer höher. »Sie waren ja in Oxford und glauben wohl, dass wir nicht gut genug für Sie sind?«

Der letzte Satz begann als Aussage, machte aber mittendrin eine Identitätskrise durch und wandelte sich zur Frage. Napier befürchtete eindeutig selbst, nicht gut genug zu sein, aber es ist einfacher, eine andere Person anzugreifen, vor allem eine Untergebene, als sich mit den eigenen dunkleren Seiten herumzuschlagen. Du siehst, wie kompliziert das Leben werden kann. Selbst bei etwas so Simplem wie einer Kündigung.

Ich wollte die Sache nicht noch schlimmer machen

und suchte nach einer überzeugenden Ausrede. Ich sagte: »Wenn Ihr Buchhalter die Wirte beim Fälschen der Bücher überführen soll, muss er in die Pubs gehen. Und das kann ich nicht. Sie hatten recht. Sie brauchen wirklich einen Mann. Einen mit Führerschein.«

»Sie wollen einen Fahrer haben?« Er schnitt wieder diese Grimasse – ach ja, erinnerte ich mich, das war sein Lachen.

»Mir ist klar, dass ein Fahrer nicht in Frage kommt«, antwortete ich ruhig. »Und deshalb muss ich gehen.« Jetzt hab ich ihn, dachte ich. Im Geiste sah ich mich schon im Bus sitzen. Tschüs, Kingsbridge. Tschüs, Harold Fry.

Da tat Napier, was er am besten konnte. Er präsentierte die Lösung, die am meisten Schaden anrichten würde. Das tat er nicht einmal mit Absicht. Er hatte einfach einen Instinkt dafür, wie andere Leute einen Instinkt für das Wetter oder fürs Klavierspielen haben. Du würdest mein Fahrer sein, sagte er. Alles geregelt. Bingo.

Ich glaube, ich schaffte gerade noch ein »Aber …«, dann ging mir der Text aus.

»Mit Harold Fry werden Sie keine Probleme haben«, sagte er. »Der Mann ist verheiratet. Grundanständig. Stinklangweilig.« Er ballte die rechte Hand zur Faust und stieß sie gegen die linke Handfläche. Ich hatte keine Ahnung, was er damit ausdrücken wollte. Für mich sah es aus, als wolle er dich zerquetschen.

Du mein Fahrer? Du und ich, mehrmals pro Woche zusammen in einem Auto? Ich, die dich aus sicherer Entfernung liebte, und du, verheiratet?

»Das geht nicht«, sagte ich. »Mir wird vom Autofahren schlecht.« Ich gebe zu, dass das nicht sehr clever war, aber ich fühlte mich langsam in die Enge getrieben.

»Ich wollte ihn sowieso feuern«, sagte er.

Es war, als hätte er mir einen Schlag versetzt. Mir wurde heiß. Meine Haut brannte. Und dann fror ich so sehr, dass ich einen Pullover gebraucht hätte. »Sie wollen Mr Fry entlassen? Warum denn das?«

»Er ist eine Lachnummer. Er ist von gestern.«

»Aber hier ist doch seine Arbeit«, stammelte ich. »Er hat doch eine Frau und einen Sohn.«

»Sein Sohn ist ein Spinner. Haben Sie gesehen, wie der in Kingsbridge rumstolziert? Als würde die Stadt ihm gehören.« Unerwartet schnaubte Napier eine Rauchwolke aus. Sie stieg mir direkt in die Nase.

»Ich kenne seinen Sohn nicht, aber Mr Fry ist ein guter Mensch.«

Napier zog wieder seine Lachgrimasse, mit den blitzenden Goldzähnen und so weiter. »Glauben Sie etwa, das interessiert mich?«

Nein, dachte ich. Natürlich nicht. Zeit für eine neue Taktik. Ich atmete tief durch.

»Lassen Sie mich eines klarstellen: Wenn ich bleibe, behält Mr Fry seinen Job?«

»Ich will nicht behaupten, dass ich Sie mag, aber Sie scheinen eine gute Buchhalterin zu sein. Sie bleiben. Er bleibt auch.«

»Dann ist das abgemacht.« Ich streckte ihm die Hand hin. »Ihre Hand drauf.«

Napier schien plötzlich sehr mit Rauchen beschäftigt. Er drückte seine Zigarette aus. Tastete nach einer neuen.

»Regeln wir das wie unter Männern«, sagte ich. »Los, machen Sie schon.«

Da ließ er seine Hand in meine gleiten. Sie war warm und schmal und beunruhigend schwammig. Ein Gefühl, wie wenn man eine Zunge festhält.

»Abgemacht«, sagte ich.

»Abgemacht«, wiederholte er.

Wie oft wollte ich dir das alles erzählen, Harold. Dass ich deinen Job gerettet habe, dass ich Napier die Stirn geboten habe. Monate später saß ich neben dir im Auto, und mir schwirrte der Kopf von allem, was ich dir sagen wollte. Doch ich durfte mich nicht verraten, und so fragte ich stattdessen: »Noch ein Pfefferminz?«

Täusch dich nicht. Napier legte genauso wenig Wert darauf, mich zu behalten, wie er dich behalten wollte. Aber er wollte mich dann feuern, wann es *ihm* passte, denn sonst hätte ja ich das Sagen, und das war für Napier unerträglich. Wie bei der Ackerwinde musste ich klug sein. Ich musste nach Napiers Regeln spielen. Ich musste ihm Kletterstangen anbieten, bis mir etwas so Schreckliches einfiele, dass er keine andere Wahl hätte, als mir meinen Wunsch zu erfüllen und mich an die Luft zu setzen. Allerdings gab es eine Komplikation: Ich müsste dann gleichzeitig deinen Job retten.

Du siehst, ich hatte auch ein paar gute Seiten.

Damals wusste ich noch nicht, dass du ein paar Jahre später selbst alles regeln würdest. Dass du mir die Gelegenheit bieten würdest, echten Krach mit Napier zu bekommen. Genauso wenig war mir klar, wie weh es tun würde zu gehen, wenn es schließlich so weit wäre.

Ein paar Tage später gingen wir auf unsere erste Fahrt, du und ich. Und es tut mir leid, dass ich es dir so sagen muss, Harold, aber mir graute fürchterlich davor.

Ein Vorhang grauer Wolken zieht über den Himmel, von Osten nach Westen. Der Garten hat im Zwielicht jede Farbe eingebüßt. Es herrscht Ruhe, aber eine Ruhe Napier'scher Art. Eine Ruhe, die Chaos birgt. In der Ferne kocht das Meer.

Regen ist im Anzug.

Ich hoffe, du hast einen Schirm, mein Freund.

Oder wenigstens einen wasserdichten Hut.

Regen. Die ganze Nacht. Ich höre ihn auf die Blätter im Garten klatschen. Ich höre ihn auf die Festungsmauer und die Pflastersteine prasseln. Er schlägt gegen die Fenster wie Kies und schwappt immer wieder in einem Schwall aus den Regenrinnen. Wenn Blitze den Himmel zerschneiden, erwacht alles in meinem Zimmer schlagartig zum Leben – das Bett, der Rollstuhl, das Waschbecken, das Vogelbild, der Schrank, der Fernseher – und geliert zu einer bläulichen Fotografie. Als der Regen endlich aufhört, höre ich ihn weiter. Das Tropfen, das Rinnen, das Ächzen einer von Regen getränkten Welt.

Ich frage mich, ob du es auch hörst.

Mir schwirrt der Kopf. Worte, Worte, Worte. Auch noch im Schlaf halten sie mich wach. Alles besteht aus Worten. In meinem Traum rast der Bleistift über die Seiten. Ich werde die Worte nie schnell genug aus mir herausbekommen. Meine rechte Hand brennt.

Schwester Mary Inconnue ist wieder einmal nicht da, und ich habe so viele Seiten aus dem Heft gerissen, dass es bald leer sein wird.

»Sie haben Fieber«, sagt die Nachtschwester. »Sie müssen den Stift jetzt weglegen.« Sie wechselt die Verbände in meinem Gesicht und am Hals. Sie untersucht mein Auge und holt Medikamente.

Als ich ganz langsam die Tropfen schlucke, scheint ihr Gesicht abwechselnd auf und erlischt, scheint auf und erlischt wie der Leuchtturm auf Inner Farne Island, der durchs Dunkel blinkt.

Sobald sie weg ist, bin ich wieder am Schreiben.

Der lange Weg nach Hause

Ich stehe auf der einen Seite deines Morris 1100. Du drückst dich auf der anderen herum. Der März ist fast zu Ende. Ich möchte nicht, dass du meine Nervosität bemerkst, und sage, ich hätte gehört, dass du mich fährst, eine ziemlich sinnlose Äußerung, denn warum sonst sollte ich mit meinem Mantel und meiner Handtasche neben deinem Auto warten? Ich halte meine Tasche vor dem Bauch umklammert wie ein Schwimmbrett.

»He, Mr Fry!«, schreit einer der anderen Vertreter aus einem Fenster. »Tun Sie nichts, was ich nicht auch tun würde!«

Ich bin furchtbar nervös. Ein Hitzeschauer überrieselt mich. Du räusperst dich laut. Hast keine Ahnung, was du sonst machen könntest. Du schließt die Beifahrertür auf und öffnest sie für mich. Dann wendest du den Blick ab und wartest, bis ich eingestiegen bin, als wäre es ein höchst intimer Vorgang, sich auf einem Autositz niederzulassen, und du hättest Sorge, ich kriegte es nicht richtig hin und könnte mich blamieren. Dann nimmst du auf der Fahrerseite Platz, streifst deine Fahrhandschuhe über und lässt den Motor an. Du fragst, ob ich etwas bräuchte. Eine Decke, ein Kissen? Zum ersten Mal seit der Begegnung in der Büromaterialkammer sind wir allein miteinander. Du kannst weder mich ansehen noch ich dich.

Auf dem Armaturenbrett liegen drei Kassetten. *Deutsch für Anfänger. Beethovens Neunte.* Und die Sex Pistols, *Never Mind the Bollocks.* Die Kassetten gehörten deinem Sohn, beeilst du dich zu erklären. Du steckst sie in das Handschuhfach und schlägst die Klappe energisch zu. Der Wagen riecht nach dir. Mein Sohn hört lieber Musik, damit er nicht mit seinem Vater reden muss, sagst du mit einem Lachen.

Und ich finde es komisch, wie du von dir redest – als »Vater« anstatt als Harold Fry.

Du fragst mich, was ich gern hören möchte, und ich antworte, es sei mir egal, und du sagst, nein, nein, Sie entscheiden. Da sage ich: Also gut, wie wär's mit Musik? Alles, was geschieht, wird in meinem Kopf in Aspik eingesiegelt. Aber vielleicht nicht die Sex Pistols, schiebe ich nach. Du schaltest den Klassiksender ein. Sichtlich erleichtert. Manchmal summst du mit, und ich frage mich, ob du mir etwas in verschlüsselter Form mitteilen möchtest.

Als wir da sind, kommst du um den Wagen herum und öffnest die Tür für mich. Ich strecke meinen Fuß hinaus, und als ich aussteige, bemerke ich, dass du auf meine Unterschenkel starrst wie damals auf

Sheilas Dekolleté. Ich wünschte, meine Fesseln wären hübscher geformt. Das braune Kostüm sitzt oben gar nicht schlecht, und ich habe Männer meine Brüste bewundern sehen. Innerlich verfluche ich meine Mutter für ihre bäurischen Gene und schwöre mir, dass ich ab jetzt jeden Morgen Übungen für schmale Fesseln machen werde.

Du stellst mich dem Wirt vor: »Das ist Miss Hennessy. Lustige Geschichte – wir haben uns in der Büromaterialkammer kennengelernt.« »Wir haben uns in der Kantine kennengelernt«, widerspreche ich.

Aber du hörst nicht zu. Du bist zu sehr damit beschäftigt, mit dem Wirt über meinen Kopf hinweg vielsagende Blicke zu wechseln. Ich bin ziemlich sicher, dass der Mann lacht, weil eine Frau bei ihm aufgetaucht ist. Du wiederum scheinst meinetwegen besorgt. So hat mein Vater immer geguckt, wenn ich erklärte, ich wolle aus meinem Leben etwas machen, nicht einfach zu Hause bleiben. Ich begreife, dass du mich genau wie mein Vater beschützen willst.

Schon beim ersten Blick auf die Geschäftsbücher wird klar, dass sie nicht stimmen. Solche groben Fehler würden jedem auffallen, der mit Abrechnungen zu tun hat. Aber ich fange an, eine Schau abzuziehen. Nehme den Wirt in die Mangel. Ich unterstelle ihm, dass er Napier bestiehlt. Er kennt die Gerüchte, die über unseren Boss kursieren. Schweißperlen treten ihm auf die Stirn, und er läuft rot an, als würde ihm die Luft abgedrückt. Er rennt aus dem Büro. Ich höre, wie er sich bei dir beklagt, aber ich höre deine Antwort nicht. Ich mache mir Sorgen, dass ich zu weit gegangen bin. Das passiert mir manchmal; mir fehlt dann das Augenmaß.

Als ich zu deinem Auto zurückkomme, siehst du mir lächelnd entgegen. Das gefällt mir. Es gefällt mir, wie du mich mit diesem fragenden Blick betrachtest, als wäre ich gerade in neuen Kleidern erschienen. Ich versuche, wie ein Filmstar zu gehen (mit schmalen Fesseln). Du öffnest die Beifahrertür für mich und schließt sie. Uns verbindet nun ein neues Zusammengehörigkeitsgefühl. Es hat nur mit unserer Arbeit zu tun, das weiß ich. Aber ich möchte es dennoch weiter spüren. Ich bin noch nicht bereit, es loszulassen.

»Kann ich Sie auf ein Bier einladen?«, frage ich.

Du hebst die Handflächen, als wolltest du den Verkehr aufhalten. »Nein, nein. Ich trinke nicht.«

Ich habe dich mit diesen leeren Bierdosen gesehen. Ich kenne dein Geheimnis, genau wie ich weiß, dass du gerne tanzt. »Nur eins?«

»Ich trinke keinen Alkohol, Miss Hennessy.« Du bekennst dich mit einem solchen Ernst zur Abstinenz, dass ich sofort von der Wahrheit deiner Aussage überzeugt bin. Ich schäme mich für meine Bemerkung. Das war unkorrekt. Vielleicht spürst du mein Unbehagen, denn du lächelst. »Sollen wir den langen oder den kurzen Weg nach Hause nehmen?«

»Müssen Sie nicht zurück?«

»Meine Frau erwartet mich um sechs Uhr zum Essen. Es ist erst fünf. Wir nehmen die landschaftlich schönere Route.«

Auf dem Beifahrersitz schließe ich die Augen. Aber ich schlafe nicht, ich denke nur an dich. Ich frage mich, wem sie gehören, diese leeren Dosen, die du so sorgsam verheimlichst. Deiner Frau? Einem Nachbarn? Ich frage mich, was deine Frau dir zu Abend kocht.

Du hältst an und schaltest den Motor aus. Zu meiner Überraschung sehe ich, dass wir nicht bei der Brauerei sind. Du bist zu den Klippen von Bolberry Down gefahren. Du sagst nichts. Schaust nur.

Der Vorfrühlingstag steht kurz vor dem Übergang in eine kalte Nacht. Die Hügel haben die Farbe von dunklem Flieder, der Horizont ist purpurn überhaucht, das Meer und die Felsen sind schon indigoblau. Ein Schwarm Vögel fliegt in dichter Formation über dem Strand hin und her. Sie schwenken nach links, dann kippen die kleinen Körper zur Seite und wenden sich nach rechts. Immer wieder. In der einen Richtung werden sie von den Sonnenstrahlen purpurn angeleuchtet, in der anderen verschmelzen sie mit dem Blaugrau des Himmels, so dass ich scharf hinsehen muss, um sie zu erkennen. Es ist ein so schlichtes Vergnügen, diesen Vögeln und ihrem Spiel mit den eigenen Schwingen und der untergehenden Sonne zuzusehen. Als du den Zündschlüssel drehst und nach Kingsbridge zurückfährst, denke ich daran, wie gern wir beide heimlich tanzen. Ich denke an dich, allein im Schnee. Ich stelle mir das Tanzkleid in meinem Schrank vor, zusammen mit meinen Tanzschuhen. Und ja, für einen Augenblick bringe ich die beiden Bilder zusammen und denke: ein Wiegen nach links, eine Drehung nach rechts. Du und ich, Seite an Seite. Es ist wie beim ersten Mal, als ich den Geruch deines Taschentuchs einsog. Ich fühle mich so sicher wie schon seit Jahren nicht mehr.

Du parkst vor der Brauerei, und noch bevor ich die Autotür öffne, dringt dieser schwere, feiste Hopfengeruch herein, aber ich hasse ihn nicht mehr. Ich atme ihn ein. Die dumpfe Masse des Gebäudes ragt auf wie ein Schiff mit Fensterreihen, die in der Dämmerung silbern schimmern. Diese Fenster sind mir nun vertraut, ein Teil von dir und mir, und zum ersten Mal freue ich mich über ihren Anblick. Die Straße ist verlassen, der Hof auch. Schon sticht der Frost seine Nadeln in den Boden. Der Asphalt funkelt.

Es ist zehn vor sechs. Deine Frau wartet sicher zu Hause auf dich. Mit einer Schürze, vielleicht. Und etwas Geschmortem im Ofen.

»Ich muss noch ein paar Dinge im Büro durchsehen«, murmle ich. Und bevor ich mich bremsen kann, rutscht mir ein »Danke« heraus.

»War mir ein Vergnügen.«

»Ich meine, danke für damals, vor ein paar Wochen. In der Materialkammer.«

Du wirst blass. »Nicht der Rede wert.« Und ich habe den Eindruck, dass du wirklich nichts darüber hören willst.

Doch ich kann nicht still bleiben. Jetzt, wo ich begonnen habe, musst du die Wahrheit über mich erfahren, oder wenigstens einen Teil davon. Also erzähle ich dir, dass es mir nicht gutging und dass ich dir längst für deine Freundlichkeit hätte danken sollen.

Ich wünschte, ich könnte dir auch gestehen, dass du in der Büromaterialkammer mein Leben verändert hast, aber das würde uns beide überfordern. Du bist sowieso schon so verlegen, dass du deine Fahrhandschuhe auf- und zuknöpfst. Ich springe aus dem Auto, bevor du mein Gesicht sehen kannst. Zum Abschied sage ich dir, du seist ein Gentleman. Und ich meine es genau so: Du bist »gentle«, ein sanfter Mann.

Ich gehe über den Hof, aber ich zittere so sehr, dass mir das Laufen schwerfällt. Mir fließen die Tränen herunter. Ich bin glücklich. Ich bin glücklich, aber ich heule wie ein Schlosshund. Dein schierer Anstand bewegt mich. Von meinem Vater abgesehen, bin ich noch nie einem so freundlichen Mann begegnet.

Ich weiß, auch ohne mich umzudrehen, dass du immer noch dastehst, neben deinem Auto. Ich weiß, dass du wartest, bis ich sicher an der Eingangstür der Brauerei angelangt bin. Manche Frauen würden einen

Mann, der sie niemals lieben wird, vielleicht hassen. Aber wie könnte ich das? Und ich kann auch nicht davonlaufen, denn sonst verlierst du deinen Job. Ich bin ein Mensch, der vor Schwierigkeiten immer davongelaufen ist, und jetzt dämmert mir, dass ich ja nicht so weitermachen muss. Wir können uns bestimmte Rollen auf den Leib schreiben und sie dann spielen, als hätten wir keine andere Wahl. Aber ein unpünktlicher Mensch kann sich, wenn er will, durchaus zur Pünktlichkeit erziehen. Man braucht nicht zu bleiben, was man geworden ist. Es ist nie zu spät.

Also lege ich ein Versprechen ab. Einmal in meinem Leben werde ich ausharren und eine Sache durchstehen. Du behältst deine Arbeit, und ich werde versuchen, dir Freude zu bringen. Mehr will ich nicht verlangen.

Oh, Harold. Wie konnte ich die Sache so verpfuschen?

Wir gehen alle denselben Weg

Der Patient in den Monster-Hausschuhen war nicht im Tagesraum, als wir uns zum Vormittagsprogramm dort versammelten.

Kurz darauf trafen seine Angehörigen ein. Als sie am Tagesraum vorbeieilten, wo wir mit Schwester Catherine saßen, blickten sie kurz herein und sahen rasch in eine andere Richtung, als wäre unser Anblick unpassend und ein schlechtes Omen. Sie trugen dunkle, feine Kleidung, auch die kleinen Mädchen. Vielleicht hatten sie sich umgezogen, als sie die Nachricht bekamen. Vielleicht hatten sie das Bedürfnis gehabt, in ihre Trauer hineinzuschlüpfen.

Nach dem Tod meines Vaters hörte meine Mutter auf, Fleisch zu essen. Aber warum denn, fragte ich sie. Sie hatte immer gern Fleisch gemocht. Weil ihr Leben mittendurch gerissen war, sagte sie. Ich brachte ihr ihren Lieblingsaufschnitt mit ins Krankenhaus, rosa Schinken, zartes Roastbeef. »Schön, schön«, murmelte sie, doch sie wickelte es nicht aus. Sie aß nie wieder ein Stück Fleisch. »Jetzt bin ich wie du, Liebling.« Das war fast das Letzte, was sie zu mir sagte.

Von meinem Sessel im Tagesraum aus bekam ich mit, was eine Frau auf dem Gang sagte. Ich höre nicht mehr so gut wie früher, aber über ihrem Kummer vergaß sie ihre Zurückhaltung. »Warum hat er nicht auf mich gewartet?«, schrie sie. »Ich hab den Mädchen doch nur noch Frühstück gemacht!« Es muss seine Frau gewesen sein. Dann fragte jemand, ob er irgendetwas bringen könne. Darauf begann die Frau laut zu weinen, mit langen, herzzerreißenden Schluchzern.

»Warum konnte es nicht jemand von diesen alten Leuten sein?«, weinte sie. »Die sitzen doch bloß rum.«

Ein wenig später sahen wir zu, wie sich eine kleine Gruppe Trauernder im Garten einfand. Sie standen geschützt unter der Pergola. Der Wind und der Regen schüttelten die Äste des Kirschbaums, und das Gras war mit rosa Blüten gesprenkelt. Die ältere Frau, seine Mutter, machte mit ihren Händen schlagende Bewegungen, als klebe etwas an ihr, was sie nicht abschütteln konnte. Dann nahm Schwester Philomena sie in die Arme, und die Frau stand endlich ruhig da, an sie gelehnt. Schwester Philomena sprach mit ihr, und bei ihren Worten begann die Frau sich die Augen zu wischen. Alle fassten einander an den Händen, und was immer Schwester Philomena gesagt hatte, die anderen hörten nun auch zu. Sie nickten und redeten, und dann sagte ein Mann etwas, was alle zum Lächeln brachte. Vielleicht redeten sie über den Patienten. Vielleicht sagten sie einander, wie sehr sie ihn liebten.

Dann musste der Mann Schwester Philomena gefragt haben, ob man rauchen dürfe, weil ich sie nicken sah, bevor er seine Zigaretten herauszog.

»Ich glaube, ich husche mal schnell hinaus«, sagte der Perlenkönig, stand auf und entfernte sich Richtung Garten.

Finty und ich sahen den beiden kleinen Mädchen zu, Alice und ihrer Schwester, die auf dem Rasen knieten und Blumen pflückten.

»Die packen das«, sagte sie. »Das Gras wächst weiter.«

Der Wagen des Bestatters bog in die Auffahrt.

Schwester Mary Inconnue liest mein Blatt durch. Sie beginnt zu tippen. Als sie sieht, dass ich nicht weiterschreibe, sondern nur aus dem Fenster schaue und an meinen Fingern herumknete, lächelt sie.

»Ein Königreich für Ihre Gedanken«, sagt sie.

Nein, denke ich. Sie würden dir nicht gefallen.

»Alles in Ordnung mit Ihrer rechten Hand?«

Ich verberge sie, damit sie nichts sieht.

Ich muss weiterschreiben.

Ich finde, was Sie anhaben, steht Ihnen gut

Vor langem habe ich an der Gartenmauer einen Doktor der Philosophie kennengelernt. Ich hängte ein paar Tangfahnen wieder auf, die der Wind losgerissen hatte. »Das ist aber ein schöner Garten hier«, sagte der Besucher und lehnte sich über die Mauer. »Haben Sie den Garten selbst angelegt?« Ja, sagte ich. Es sei das Werk vieler Jahre, aber ich hätte alles allein gemacht. Wir kamen ins Gespräch, er und ich. Während ich im Garten arbeitete, gab er mir seine Visitenkarte und erzählte mir ein wenig über sich.

Ich hatte mich daran gewöhnt, dass Fremde vorbeikamen und sich meinen Garten ansahen. Als sich herumsprach, dass es diesen Garten am Meer gab, begannen Besucher, beim Golfplatz zu parken und über den Küstenpfad zu mir zu laufen. Sie hatten Kameras dabei. Oft kamen sie danach noch einmal und brachten mir Eisenteile für meine Windspiele mit oder Ableger aus ihren Gärten. Trotz meiner ursprünglichen Absicht, ein abgeschiedenes Leben zu führen, war ich eine Zeitlang eine Art beliebtes Ausflugsziel, so wie der Pfad zur Ruine des

Dunstanburgh Castle, der Golfplatz oder der Eiswagen.

»Sie leben sicher schon lange hier«, sagte der Doktor der Philosophie.

»Ja«, antwortete ich. Ich hatte jeden Tag hier verbracht, seit ich damals hier angekommen war.

»Und Sie sind nie verreist?«

»Manchmal mache ich einen Tagesausflug entlang der Küste. Aber es gibt immer etwas in meinem Garten, worum ich mich kümmern muss. Ich könnte ihn nicht allein lassen.«

Ich deutete auf meinen Strandbungalow. Das Häuschen zeigte sich im Sommer stets von der Schokoladenseite, die Holzlatten schimmerten an jenem Nachmittag, als wären sie mit Gold gestrichen, nicht mit Bitumen. Im Lauf des Tages warf es einen immer längeren Schatten, der am Abend fast bis zum Garten reichte. Nachts glimmten die vielen Steine darin im Mondlicht, und wenn ich einen aufhob, konnte ich manchmal noch immer die Sonne darin spüren und riechen.

Ich erklärte dem Doktor der Philosophie, das Häuschen sei eine Ruine gewesen, als ich es entdeckt hatte. Es gab noch weitere Strandhäuser auf den Klippen, aber in diesem hatte lange Zeit niemand gewohnt. Einen Garten habe es schon gar nicht gegeben, nur Gestrüpp, Farn und Brennnesseln. Ich erzählte, dass ich das Grundstück einem Paar abgekauft hatte, das es nicht mehr nutzte. Ich könne hier nicht leben, hatten mich alle gewarnt. Es sei zu einsam, zu abgelegen, und ich würde hier keinen Winter durchstehen. Niemand verbrachte den Winter in Embleton Bay. Ich sagte, genau das sei der Grund, warum ich es kaufen wolle. Damit ich allein sein könne, im Wind und in der Kälte.

Ich hatte ein ganzes Jahr damit zugebracht, das Strandhaus bewohnbar zu machen. Dass ich einen Garten anlegte, geschah eher durch Zufall, als ich versuchte, mir einen Weg durch die Brennnesseln zu bahnen, die an einigen Stellen schulterhoch standen. Unter den Nesseln lagen Steine um Steine, und ich stapelte sie auf, um sie aus dem Weg zu schaffen. Am Abend war ich so erschöpft, mit müden Knochen und der Haut taub von den Brennnesseln, dass ich direkt zu Bett ging. Ich lag ganz still da, hörte nur die Wellen, die unter mir auf die Felsen krachten, und den Wind. Und zum ersten Mal, glaube ich, fühlten sich die Geräusche nicht mehr an, als müsste ich gegen sie kämpfen. Ich schlief die Nacht durch, traum- und tränenlos. Als ich am nächsten Morgen mit einer Tasse Tee hinausging, um aufs Meer zu schauen, blieb mein Blick an den aufgehäuften Steinen hängen, manche davon grau, manche blauschwarz, und mir kam der Gedanke, dass ich einen Steingarten angelegt hatte.

Die Sache fing an, mich zu interessieren. Ich machte mir Gedanken über die Form und Größe der Steine. Mein Steingarten hielt mich auf Trab, selbst wenn der

Regen so heftig fiel, dass ich kaum die Augen offen halten konnte. Ich arbeitete selbst mit geschundenen Händen voller Blasen und Schnittwunden daran.

Ich zeigte dem Doktor der Philosophie all das, was später dazugekommen war: die schwarzen Felstümpel, die gewundenen Wege, die Muschelbeete, die Figuren, die Windspiele, meinen blühenden Formschnittginster, der in der Sonne nach Kokos duftete. Ganz am Ende baute ich die Gartenmauer und das Lattentor, das ich aus Treibholzstücken zusammennagelte.

Ich hätte meinen Garten gestaltet, um ein schreckliches Unrecht wiedergutzumachen, sagte ich. Ich hätte es einem Mann angetan, den ich liebte. Manchmal müsse man aus seinem Schmerz etwas erschaffen, damit er einen nicht verschlinge. Ich wollte deinen Namen aussprechen und Davids, aber die Tränen sprangen schon aus meinen Augen. So ging es immer. Ich konnte die ganze Geschichte niemals erzählen.

Der Doktor der Philosophie war sehr an meinem Garten interessiert, bis das Wort Liebe fiel. Da lachte er. So etwas wie Liebe gebe es nicht, sagte er. Ob ich noch nichts von Sartre gehört hätte?

Oh, wie gut. Ein bisschen diskutieren. Ich wischte mir die Augen trocken.

Doch, sagte ich, ich hätte von Sartre gehört. *Das Sein und das Nichts* stehe neben dem *Großen Küstenführer Fauna und Flora* in meiner Küche auf dem Fensterbrett.

»Wir sind nichts«, sagte er. »Im Grunde wissen wir, dass wir nichts sind. Wenn wir lieben, dann tun wir das allein aus dem Grund, um uns einzureden, dass wir doch etwas sind.«

Ich hatte zu arbeiten aufgehört und bemerkte, dass der Doktor der Philosophie vernünftige Wanderkleidung trug und dazu eine rote, gepunktete Fliege. Das sah aus, als wolle die Fliege allem, was die Wanderkleidung über ihn behauptete, heftig widersprechen. Es gefiel mir.

Er irre sich, sagte ich, was die Liebe angehe. Ich erzählte ihm, wie du im Schnee mit deinem Schatten getanzt hattest. Ich beschrieb ihm, wie du in der Büromaterialkammer meine Hand umfasst hattest, dass mir abwechselnd Hitze- und Kälteschauer über den Rücken jagten, die ich, wenn ich mich konzentrierte, immer noch spüren könne. Ich erzählte von unseren Fahrten. Wie wir uns zwei-, dreimal die Woche aufmachten und manchmal einen ganzen Tag wegblieben. Wie ich die Bücher prüfte und du mit den Wirten plaudertest und beim Wagen nach dem Rechten sahst. Ich hätte nie um Gegenliebe gebeten, sagte ich. Ich hätte dir meine wahren Gefühle niemals gestanden.

Was ich da beschriebe, klinge nach Schwärmerei, sagte der Doktor der Philosophie, nach reiner Projektion meiner eigenen Bedürfnisse.

»Nein. Ich wollte nur, dass er glücklich war. Mehr nicht.«

»Es ist leichter sich einzureden, jemanden zu lieben, als ihn Tag für Tag zu ertragen. Wir reden uns ein, dass wir lieben, um dableiben zu können.«

»Aber ich bin nicht geblieben. Ich bin gegangen. Ich bin gegangen, und ich liebe ihn immer noch.«

Ich sagte, ich hätte den Kern deines Wesens von Anfang an erkannt und in der ganzen Zeit unserer Zusammenarbeit immer nur tiefer in dich hineingeblickt. Meine Liebe sei noch reifer geworden, seit ich dich verlassen hätte.

»Sartre mag theoretisch ja recht haben«, fügte ich hinzu, »aber er nimmt einem auch den ganzen Spaß. Oder etwa nicht?«

»Wie meinen Sie das?« Zum ersten Mal wirkte mein Besucher verunsichert.

»Manchmal möchten wir über uns selbst lachen. Oder haben Lust, albern zu sein.« Ich zeigte auf ein paar Stellen in meinem Garten. Figuren mit Halsketten aus Stein. Ein Windspiel, das ich aus angeschwemmten Schlüsseln gebastelt hatte. Ich hatte diese Dinge aufgestellt als Erinnerung daran, wie wir zusammen gelacht haben, du und ich. Wie ich rückwärts gesungen habe und wir alberne Spiele wie Feigenball spielten. »Oder machen vielleicht etwas Unerhörtes. Tragen eine lustige Fliege.«

»Ich sollte jetzt los«, sagte der Doktor der Philosophie.

Ich faltete seine Visitenkarte zu einem weißen Vögelchen und band es an einen Zweig.

Im Lauf unserer Fahrten lernte ich dich immer besser kennen. Anfangs fuhren wir meist schweigend. Ich machte vielleicht einmal eine Bemerkung über das junge Grün oder sagte etwas wie »Schöner Tag heute«, mehr nicht. Damals kannte ich die Namen von Bäumen und Blumen noch nicht, sie waren nur ein nebensächlicher Hintergrund auf unserem Weg. Dann, nach vielleicht einer Woche, begann ich, dir Fragen zu stellen. Über Kleinigkeiten. Ich wollte nicht aufdringlich sein, nur höflich. Als ich dich das erste Mal nach David gefragt habe, hast du nur geantwortet, dein Sohn sei sehr intelligent. Weiter nichts. Doch du hast dich geräuspert, als wolltest du dich von einem schwierigen Gedanken wegbewegen. Ich erinnere mich, dass ich dich einen Augenblick zu lange angesehen habe, und als du zu mir herüberblicktest, bist du rot geworden. Als hättest du Angst, ich könne etwas an dir seltsam finden. Das tat ich nicht. Ich bewunderte nur deine Augen und versuchte, nicht zu lächeln, weil sie so tief, tief blau waren, weißt du.

Ich weiß auch noch, wie ich das erste Mal deine nackten Arme sah. Es war ein warmer Tag. Du hast deine Ärmel aufgeknöpft und hochgekrempelt. Ich musste die ganze Zeit hinsehen, deine Haut schien so weich. Ich hatte mir deine Arme anders vorgestellt, aber sie wirkten fast jungenhaft. Mein Herz hüpfte. Mir war bewusst, dass ich mich verraten würde, wenn ich nicht achtgab, aber ich konnte mich nicht an dir sattsehen. Ich sah deine nackten Arme auch noch vor mir, als es kühler wurde und du anhieltest, um dein Jackett anzuziehen.

Ich blieb bei meinen höflichen Fragen nach David. Die Intelligenz deines Sohnes habe nichts mit dir zu tun, sagtest du. »Das hat er nicht von mir, Miss Hennessy. Er hat überhaupt nicht viel von mir.« Das sagtest du so demutsvoll, als wolltest du damit ausdrücken, dass du niemandem viel zu geben hättest und schon großes Glück haben müsstest, damit dich überhaupt jemand bemerkte, wenn du in einen Raum tratst. Da wurde in mir der Wunsch wach, dir etwas zu geben, eine Kleinigkeit, die dir Freude machen und zeigen würde, dass du kein Niemand bist. Für mich warst du ganz deutlich jemand. Ich habe Sie bemerkt, Harold Fry, hätte ich am liebsten gesagt. Ich sehe Sie. Jeden Tag sehe ich Sie. Ich verbrachte die Wochenenden wie betäubt und wartete auf den Montag. Ich ging einkaufen, machte meine Wäsche, aber ich dachte nur daran, wann ich wieder mit dir zusammen sein würde.

Eines Tages, Anfang Mai, zog ich ein Mars aus der Handtasche. Ich habe es dir nicht gesagt, aber an dem Tag war mein vierzigster Geburtstag, und ich dachte, ich verwöhne mich damit. Aber als ich neben dir saß, hatte ich nur noch den Wunsch, den Schokoriegel dir zu schenken.

»Für Sie«, sagte ich.

»Für mich?«

Dein Gesicht glühte. Hatte dir noch nie jemand einen Schokoriegel geschenkt?

»Ich sehe sonst niemanden im Auto«, sagte ich.

Du lachtest verlegen. »Sie mästen mich ja.«

»An Ihnen ist doch nichts dran.« Und dann war ich mit Verlegenheit an der Reihe, denn meine Bemerkung verriet, dass ich dich genau beobachtete, dass ich alles registrierte – deine Arme, deine Augen, wie locker deine Hose am Bund saß. Und so nötigte ich dich, den Schokoriegel zu nehmen, bevor das Ding in meinen Händen wegschmolz.

»Danke, Miss Hennessy.«

»Nennen Sie mich doch Queenie. Bitte.«

Dein Mund zuckte, als übe er das neue Wort.

»Soll ich Ihnen den Riegel auswickeln?«

»Wären Sie so gut?«

»Aber gern. Geben Sie her.«

Ich riss ein Ende der Hülle ab und reichte dir auch noch ein Papiertaschentuch aus meiner Handtasche. Während du den Riegel verspeist hast, erzählte ich dir eine kleine Geschichte. Ich verriet dir, dass ich meinen Namen als Kind gehasst hatte. Mein Vater liebte den Namen Queenie, aber ich fand ihn altmodisch. Ich hätte immer gern Stella geheißen, sagte ich. Und du sahst ein wenig verwirrt aus, als wärst du nie auf die Idee gekommen, Anspruch auf eine andere Identität zu erheben.

»Mir hat meine Nase nie gefallen«, hast du gesagt und noch einmal von dem Riegel abgebissen.

»Was ist denn an Ihrer Nase nicht in Ordnung?«

»Sie ist knollig.«

Als ich mir deine Nase näher ansah, konnte ich es nachvollziehen. Sie setzte schmal an und endete breit. Du hast den Rückspiegel zurechtgerückt und erzählt, dass dir deine Mutter immer versprochen hätte, dein Gesicht würde deine Nase schon noch einholen, stattdessen aber sei deine Nase immer weiter aus deinem Gesicht herausgewachsen. Das brachte mich zum Lachen, und dann fingst du auch an. Anscheinend hattest du noch nie über deine Nase oder deine Mutter gelacht.

Danach kaufte ich dir regelmäßig Schokoriegel. Auf dem Weg zur Arbeit ging ich zum Zeitungskiosk. Das wurde ein Teil meiner Tagesroutine, wie manche Leute Vögel füttern oder andere meinen Garten am Meer besuchen kamen und eine Münze in den muschelblauen Felstümpel warfen, was ihnen Glück bringen sollte.

Beim nächsten Mal, als wir über David sprachen, erzähltest du, er würde nach dem Sommer nach Cambridge gehen. »Er möchte Altphilologie studieren.«

»Warum haben Sie mir das noch nicht erzählt?«

»Er mag es nicht, wenn ich darüber spreche.«

»Ich war in Oxford. Auf dem St. Hilda's College. Ich habe auch Altphilologie studiert.«

»Donnerwetter!«, sagtest du. »Menschenskind!«

»Was anderes fällt Ihnen dazu nicht ein?« Ich lächelte, um dir zu zeigen, dass das keine Spitze gegen dich war, sondern freundschaftlich gemeint.

»Was soll ich denn sonst sagen?«

»Keine Ahnung. Das sind so ulkige Ausdrücke. Wie *Mein lieber Herr Gesangsverein*. Oder *Ach du grüne Neune*. Ich dachte, kein Mensch sagt so was.«

»Vielleicht sage ich so was, wenn ich nervös bin.«

»Mache ich Sie nervös?«

»Ein bisschen.«

Du wurdest rot, und ich wünschte, ich könnte deine Hand nehmen, aber das konnte ich natürlich nicht. Ich konnte nur mit meiner Handtasche dasitzen. Stattdessen fragte ich, ob David vielleicht eines meiner Lehrbücher leihen wolle. Einige Bücher hatte ich trotz allen Herumreisens aufgehoben. Sie waren mir unsäglich kostbar, aber das gab ich nicht zu. Ich suchte immer nach Möglichkeiten, eine Verbindung zu dir herzustellen, und mir fiel nichts Besseres ein, als deinem Sohn meine Bücher anzubieten.

»Glauben Sie, David wäre interessiert?«, fragte ich.

Du hast dir mit der Antwort Zeit gelassen. Und dann hast du mich wirklich verblüfft. »Ich finde, was Sie anhaben, steht Ihnen sehr gut.« Ich dachte, ich hätte mich verhört. Ich blickte auf, direkt in deine tiefblauen Augen. Vor Freude überlief mich eine Gänsehaut.

»Das ist doch nur ein braunes Kostüm«, sagte ich.

»Es ist trotzdem hübsch.«

In meinem möblierten Zimmer hatte ich ein mitternachtsblaues Tanzkleid, das Oberteil mit Paillettenbüscheln bestickt, dazu ein Paar Tanzschuhe aus schwarzem Samt. Aber was hast du bewundert? Ein schlichtes Wollkostüm von der Farbe einer Nuss.

»Ach du grüne Neune«, sagte ich.

Schon im Juni war es besiegelt. Es gab kein Zurück für mich.

Manchmal habe ich dich beobachtet, wie du die Druckknöpfe an deinen Fahrhandschuhen geschlossen oder mit den Wirten geplaudert hast, während kleine Lachfältchen deine Augen umspielten. Am liebsten hätte ich gejubelt und gelacht. Ich konnte mich kaum zurückhalten. Manchmal musste ich komisch husten, weißt du, oder schlimmer, dann kam es als ein Schnauben heraus. Aber lieber das, als meine wahren Gefühle zu offenbaren. Unsere Gespräche waren nicht einmal so lustig; für einen Außenstehenden hätten sie wahrscheinlich recht gewöhnlich geklungen. Aber manchmal reicht es, einfach mit einem Menschen zusammen zu sein, und was immer er sagt oder tut, bringt einen zum Lachen. Ich liebte deine Stimme, deinen Gang, deine Ehe, deine Hände, deine zickzackgemusterten Socken, den ordentlichen Knoten in deinem Schal, auch deine Weißbrotsandwiches, Herrgott nochmal, einfach alles an dir. Es war dieses euphorische Anfangsstadium, wenn man alles an dem anderen so neu und wunderbar findet, dass man ihn die ganze Zeit beobachten, ihm zuhören, ihn ganz erfassen muss, und nichts anderes existiert. Der Rest der Welt wird grau und unwichtig. An Tagen in der Brauerei saßen wir manchmal an einem Tisch in der Kantine, oder du kamst bei mir im Büro vorbei, um die nächste Fahrt zu planen, aber es waren immer andere Menschen um uns herum. Wenn wir zusammen in deinem Wagen fuhren, dann gehörtest du mir.

Nach allem, was ich durchgemacht hatte, fühlte ich mich wieder wie ein Mensch. Ich wachte morgens auf und musste mich nicht mehr vor dem Tag verstecken. Stattdessen saß ich im Bus und kam mit wild klopfendem Herzen der Brauerei immer näher. Das war ein Geschenk: Ich war lebendig. Ich wusste, dass du Maureen nie verlassen würdest. Dafür warst du zu anständig. Ein weiterer Grund, dich zu lieben.

Ich begann, Gedichte zu schreiben. Liebesgedichte. Wie hätte ich mich sonst ausdrücken können? Ich steckte sie in das Reißverschlussfach meiner Handtasche. Oft tastete ich mit den Fingerspitzen danach und überlegte. Tue ich es heute? Sage ich Harold Fry heute, was ich fühle? Stattdessen bot ich dir ein Bonbon an.

Wenn ich auf dem Beifahrersitz den Kopf abwandte und schwieg, dann nicht, weil ich schlief, Harold. Ich stellte mir uns beide zusammen vor. Vielleicht sah ich auch aus dem Fenster und besah mir nur so zum Spaß Häuser, ob wir dort vielleicht leben könnten. Ein hübsches rosa Reihenhaus mit einem kleinen Rasen, den du mähen könntest, Geschäfte und Waschsalon ganz in der Nähe. Oder ein Cottage an der Küste, abgelegener, aber mit Blick aufs Meer. Im Kopf setzte ich uns beide an einen kleinen runden Esstisch. Auf ein gepolstertes Sofa. Und ja, ich legte uns auch in ein Bett. Ich betrachtete deine Hände auf dem Lenkrad und – was ich nun sagen muss, tut mir leid, aber ich habe anfangs versprochen, dass du die Wahrheit hören würdest –, und ich stellte mir diese Hände auf meinen Händen vor. Auf meinen Brüsten. Zwischen meinen Schenkeln.

Wenn man sich den Mann, der neben einem sitzt, nackt vorstellt, obwohl er in Wirklichkeit legere beigebraune Kleidung und Fahrhandschuhe trägt und mit einer anderen Frau verheiratet ist, dann muss man ihn auf eine falsche Fährte locken. Einmal behauptete ich, ich könne rückwärts singen, und du hast erstaunt geschaut und gefragt: Können Sie das wirklich? Natürlich konnte ich es nicht, wofür hieltst du mich? Ich hatte Altphilologie studiert. Wer rückwärts singen konnte, war mein Vater. Er sang rückwärts, wenn er ein Holzstück glatthobelte oder ein Brett mit

Leinöl einrieb. Trotzdem bin ich nach deiner Frage nach Hause gegangen und habe mir *God save the Queen* beigebracht (die traditionelle Version, nicht die von den Sex Pistols).

Rückwärts.

Was hatte ich sonst schon zu tun?

»Du meine Güte!«, hast du gesagt und gelacht, als ich zu Ende gesungen hatte. Genau wie mein Vater über mich als kleines Mädchen gelacht hatte, erstaunt, dass ich Dinge wusste, die er nicht wusste.

Ich hätte zu dir sagen können: Lassen Sie mich etwas über Sokrates erzählen. Oder dich fragen: Was halten Sie von Bertrand Russell? Aber der Raum, den wir für uns beide geschaffen hatten, war sowohl irreal als auch höchst alltäglich. Du warst ein hochgewachsener, verheirateter, freundlicher Mann und ich eine kurzgeratene, alleinstehende Frau, die dich liebte. Es war besser, Bonbons zu essen und rückwärts zu singen, als unser kleines Miteinander in Gefahr zu bringen. Und nach einer Weile wurden uns das Süßigkeitenessen und Rückwärtssingen zur Gewohnheit, zu unserer Sprache, wie manche Leute gern übers Wetter reden oder über die besten Schleichwege, anstatt das Größere auszusprechen. Da gab es eine Grenze.

»Ich habe nicht viele«, hast du ein anderes Mal zu mir gesagt. Es muss Sommer gewesen sein, denn wir aßen unsere Sandwiches am Straßenrand. Ich hatte mein Kostüm an, du warst von Kopf bis Fuß in Beige gekleidet. Wir sahen aus wie zwei Wintersträucher beim Picknick.

»Nicht viele was?« Ich lächelte. »Wovon reden Sie denn, Harold?«

»Freunde«, sagtest du. »Freunde.« Du hast ein hartgekochtes Wachtelei gepellt und in Selleriesalz gestippt. Ich hatte beides mitgebracht, dazu Schinkenpastete, Chutney, Trauben, Tomaten, Servietten und Pappteller. »Ich habe Maureen. Und David. Aber sonst niemanden.« Du hast deine Mutter erwähnt. Wie sie kurz vor deinem dreizehnten Geburtstag gegangen war. Du hast auch etwas über deinen Vater gesagt. Trunksucht, das war's. Ich nahm an, dass du wohl deshalb keinen Alkohol trankst, und in mir stieg plötzlich eine Welle von Zärtlichkeit hoch. Es war das Intimste, das du mir je über dich erzählt hast. Deine Augen hatten einen gequälten Ausdruck, als hättest du einen Fehler begangen und keine Ahnung, wie du ihn ausbügeln solltest.

Es erinnerte mich an den Tag, als mein Vater mir gestand, dass nicht immer alles gut gewesen war zwischen ihm und meiner Mutter. Du hattest für einen Moment das Visier geöffnet, ganz unbeabsichtigt, und ich wollte die Situation für dich in Ordnung bringen.

»Sie haben mich«, sagte ich. »Ich bin Ihre Freundin, Harold.« Es war mir wichtig, das zu äußern. Das Blut rauschte mir in den Ohren.

Du hast dich wieder deinem Ei zugewandt. Ohne

den Blick von deinen Fingern zu lösen, hast du gesagt: »Das Kostümding steht Ihnen übrigens gut.«

Ich erkannte, dass das deine Art war, danke zu sagen.

Alles hatte sich eingespielt, Harold. Du schienst glücklich. Deine Stelle war gesichert. Und auch ich war glücklich. Ich war über den Verlust meines Babys hinweggekommen. Ich war aus dem Bed & Breakfast ausgezogen und hatte am Rand von Kingsbridge eine Erdgeschosswohnung gemietet, mit Blick auf den Meeresarm. Es gab keinen Garten, aber dafür interessierte ich mich damals noch nicht. Ich machte ein Lokal ausfindig, wo ich am Donnerstagabend tanzen gehen konnte, und manchmal tanzte ich mit einem Fremden, manchmal nicht. Ich stellte mir vor, dass ich meine Hand zu deinen Schultern hob und mit dir Walzer tanzte.

Solange ich dich jeden Wochentag sehen konnte, gab ich mich gern damit zufrieden, dich aus dem Hintergrund zu lieben.

Wir würden miteinander alt werden … ja, alt würden wir werden. Du würdest deine Hosenbeine hochkrempeln. Ich würde nie die Wahrheit verlauten lassen.

Und dann bin ich deinem Sohn begegnet.

Eine schlechte Nacht. Der Wind wütet in den Straßen und auf dem Meer. Er rüttelt am Fenster und tost durch den Baum draußen. Ich sehe David. Die ganze Nacht schreit er mich an. Er schüttelt den gerahmten Druck, und als die blauen Vögel herausfliegen, kneift er ihnen die Flügel ab. Er verlangt alle Dinge, die er mir je gestohlen hat, aber er bittet nicht, sondern kreischt mich an. Ich mache den Mund auf, aber es kommt kein Laut heraus. Nichts. Die Worte bleiben mir in der Kehle stecken.

Einen Zehner!, schreit er.

Ja, gurgle ich.

Noch einen!

Ja.

Eine Flasche Gin!

Ja.

Noch eine!

Ja, tute ich.

Decke! Bier! Kekse!

Da. Da.

Deinen Schneebesen!

Meinen Schneebesen? Warum, David? Wozu brauchst du meinen Schneebesen?

Ich will ihn haben! Ich will deinen Schneebesen!

In meiner Kehle schabt ein Messer herum. JA, DAVID. JA, DAVID. JA, JA, JA.

Heute Vormittag schaffte ich es nicht zum Tagesraum. Beim Morgenritual sagte mir die Krankenschwester, sie habe gehört, dass ein Betreuer kommen würde, um mit uns Musik zu machen. »Die Patienten denken oft, sie könnten keine Instrumente spielen, aber Musik kann man immer machen. Es ist immer ein guter Tag, wenn der Musiktherapeut kommt.« Ich bat darum, in meinem Zimmer zu bleiben. Später hörte ich die anderen Patienten Glocken und Trommeln schlagen, aber ich hatte das Gefühl, ich wäre in einem anderen Land als sie. Nach dreizehn Tagen Schreiben fühlte sich meine Hand an wie aufgespießt. Ich konnte im Speisesaal nicht nach der Gabel greifen. Mein Kopf pochte. Zweimal musste ich mich übergeben. Ich konnte nicht essen. Ich konnte nicht einmal meinen Nährstoffshake trinken.

Dr. Shah untersuchte meinen Hals, meinen Mund und mein Auge. »Die Ohrspeicheldrüse ist geschwollen.«

»Ein bisschen«, sagte Schwester Philomena.

»Und was ist mit ihrer Hand passiert?«

Ich versuchte sie wegzuziehen, war aber nicht

schnell genug. Dr. Shah nahm meine rechte Hand und drehte sie um, um sie genauer zu inspizieren. Er sah die Blase zwischen Daumen und Zeigefinger, wo ich den Bleistift gehalten hatte. Mein Daumen war heiß und entzündet. Die Handfläche pochte. »Das sieht infiziert aus. Was hat sie gemacht?«

Dr. Shah ist ein netter Mensch, aber ich wünschte, er würde reden, als wäre mein Gehör in Ordnung.

Schwester Philomena verschränkte die Arme. Sie lächelte zu den Blättern hinunter, die über den ganzen Boden verstreut lagen. »Queenie ist sehr beschäftigt. Stimmt's, Queenie?«

»Sie müssen besser auf sich aufpassen«, sagte Dr. Shah. Er legte mir meine Hand behutsam in den Schoß, als wäre sie ihm kostbar, und ich bekam ein schlechtes Gewissen, dass ich gerade schlecht über ihn gedacht hatte. Später kam die Krankenschwester im Dienst, um meine Hand zu verbinden. Sie stach die Blase auf und ließ den Eiter abfließen. Sie betupfte die Wunde mit antibiotischem Gel und umwickelte meine Hand mit einer Mullbinde. Als sie gegangen war, setzte sich Schwester Lucy zu mir.

»Ich könnte Ihnen doch die Nägel lackieren«, sagte sie. Beim Lackieren konzentrierte sie sich so sehr, dass sie leicht schnaufte.

Jetzt haben meine Nägel die Farbe des Himmels über dem Meer bei Embleton Bay, wenn der Morgen dämmert und das Licht noch ganz neu ist, fast weiß.

Die Nonne und der Pfirsich

»Sie haben es ein bisschen übertrieben, Liebes.«

Als Schwester Mary Inconnue heute Morgen zu mir ins Zimmer kam, trug sie den Lederkoffer mit der Schreibmaschine hoch über ihrer Haube wie ein Tablett. »Schauen Sie mal«, sagte sie. »Schauen Sie, was ich an diesem schönen Dienstag für Sie habe.« (Es regnete.) Sie senkte den Lederkoffer. Sie zeigte mir den Teller darauf, auf dem ein weicher, bernsteinfarbener Pfirsich lag.

Ich schüttelte den Kopf, um sie zu erinnern, dass ich doch nicht essen konnte. Ehrlich gesagt, war ich wütend. Als wären der Brief und sie zu ein und derselben Sache verschmolzen. Ich zeigte ihr meine verbundene rechte Hand.

Sie sagte: »Na, was erwarten Sie denn? Sie überanstrengen sich. Ständig sind Sie am Schreiben. Am Sonntag konnten Sie abends kaum aufhören. Den ganzen Tag haben Sie über Harold und die Fahrten mit ihm geschrieben.«

Der Brief war doch Ihre Idee. Mein Bleistift stach auf das Papier ein.

»Aber von pausenlos schreiben habe ich nichts gesagt. Warten bedeutet, still auszuharren. Sie können sich nicht jede Minute abstrampeln, sonst warten Sie ja nicht. Mit diesem blindwütigen Tätigkeitsdrang wollen Sie sich nur ablenken.«

Schwester Mary Inconnue stellte den Schreibmaschinenkoffer auf dem Fußende meines Bettes ab und zog den Stuhl heran. »Zeit, dass Sie Ihre Energie auf andere Dinge richten. Auf diesen köstlichen Pfirsich zum Beispiel.«

Und wie genau sollte ein Pfirsich mir oder Harold Fry weiterhelfen? Das schrieb ich ihr nicht auf. Ich stampfte nur mit dem Fuß auf die Matratze.

Ich sollte derlei Dinge nicht einmal denken, weil Schwester Mary Inconnue gleich mit einer Antwort herausschoss, als wäre sie kurz in meinen Kopf getreten und hätte alles gehört. »Er wird niemandem *weiter*helfen«, sagte sie. »Aber er wird Ihnen Ihre Anspannung nehmen. Der Pfirsich ist hier. Jetzt. Ob Sie es werden abwarten können, bis Harold Fry da ist, können Sie nicht beeinflussen, indem Sie sich überarbeiten oder aufregen. Heutzutage tun wir immer so, als könnten wir alles, was uns in den Sinn kommt, sofort haben. Aber das können wir nicht. Manchmal müssen wir einfach geduldig warten. Nehmen Sie den Pfirsich. Ärgern Sie sich nicht so. Na los!«

Sie legte ihn mir in die Hände. Schauen Sie sich die Haut an, forderte sie mich auf. Schauen Sie sich die

Farbe an. Die Form. Was für eine Schönheit. Berühren Sie ihn. Im Raum war es ganz still. Er bestand nur noch aus Pfirsich.

Ich strich über die samtige Haut, wo sie errötete. Ich spürte das Fleisch nachgeben, als ich meine Fingerspitzen hineindrückte. Ich fuhr die klare Längsfurche nach. Und das Grübchen in der Mitte, wo die Frucht einst am Stiel von ihrem Baum gehangen hatte und herangewachsen war. Es klingt vielleicht komisch, aber ich vergaß kurz, dass man einen Pfirsich auch essen kann, nicht nur berühren. Da hielt mir Schwester Mary Inconnue die Frucht unter die Nase. Der Pfirsich duftete so honigsüß, dass es in meinen Nasenflügeln zu flirren begann.

»Schneiden wir ihn auf«, sagte sie.

Sie nahm ihr Messer. Ich beobachtete jedes Detail. Die im Licht blinkende Klinge, die Kerbe im Fleisch, als das Messer eindrang, das plötzliche Herausquellen von dickem, bernsteinfarbenem Saft, der ihr die Finger herunterrann und auf den Teller tropfte. Nachdem sie das Messer einmal rund um die Frucht geführt hatte, legte sie es beiseite und schloss beide Handflächen um den Pfirsich. Sie drehte die Hälften der Frucht gegeneinander und öffnete die Hände, in denen nun zwei schimmernde Pfirsichhälften lagen; die eine enthielt den Stein, der aussah wie eine nasse Nuss, die andere offenbarte ein weiches, nacktes Bett mit fleischigen roten Fasern. Mir schoss das Wasser in den Mund.

Schwester Mary Inconnue schnitt das Fruchtfleisch in Viertel, dann in kleinere Stückchen. Sie wischte sich die Finger ab, bevor sie mir den Teller hinhielt.

»Probieren Sie«, sagte sie.

Ich schüttelte den Kopf. Deutete auf meinen Hals. *Dann ersticke ich.*

»Sie können den Pfirsich wieder ausspucken, wenn es Ihnen zu viel wird.«

Ich hob ein Fruchtstückchen mit zwei Fingern hoch. Mein Kinn war schon feucht. Der Pfirsich flutschte zwischen meinen Lippen durch und landete auf dem Mundboden. Ich neigte den Kopf nach links, dann ein wenig nach rechts, um das Fruchtfleisch hin- und herzuschieben.

»Sie brauchen nicht zu schlucken, wenn Sie nicht möchten«, sagte Schwester Mary Inconnue.

Der dicke, süße Saft rann an meinem Kehlkopf vorbei die Kehle hinab in den Bauch. Ich zitterte vor Appetit. Ich warf den Kopf mit einem Ruck zurück und schleuderte so das Fruchtfleisch nach hinten zum Rachen. Wenn ich an einem Stück Pfirsich ersticke, dachte ich, dann schmeckt der Tod wenigstens nicht nach Pappe. Aber das Stückchen war weg. Ich hatte es gegessen.

»Sehen Sie?« Schwester Mary Inconnue lachte. »Sie haben ein Stück Pfirsich gegessen. Sie dachten, es geht nicht, aber Sie konnten es.«

Ich war glücklicher, als wenn mir Flügel gewachsen

wären und ich fliegen gelernt hätte. Wir aßen noch ein Stückchen, dann noch eins. Wir waren der Pfirsich, und der Pfirsich war wir, und sonst gab es nichts mehr auf der Welt.

»Jetzt sollten Sie sich ausruhen«, sagte sie.

Als ich aufwachte, war Schwester Mary Inconnue nach Hause gegangen. Ich nahm meinen Bleistift in die Hand und hielt ihn ganz vorsichtig, um nicht an die Blase zu kommen. Ich begann über die Nonne und den Pfirsich zu schreiben. Zwischen den Absätzen machte ich immer wieder kleine Pausen. Das hat zwei Tage gedauert.

Ich hoffe, auch du machst Pausen, Harold.

Wie geht es deinen Füßen?

»Wow, ich liebe dieses Slowakenweib!«, juchzte Finty. »Ich würde sie am liebsten durchknuddeln, diese Martina, echt!«

Schwester Catherine hatte gerade deine lange Nachricht auf der Postkarte von heute vorgelesen. Mit dem Bild von der Burg und »Grüßen aus Taunton«. Hat dich die junge Frau wirklich gerettet? Hat sie dir wirklich ein Bett für die Nacht angeboten und deine Schuhe zum Schuster gebracht? Hat sie dir wirklich die Füße massiert?

»Ich liebe Harold Fry und das Ganze!«, rief Finty.

Heute hat sie einen Gutschein für kostenlose Mahlzeiten in Tausenden von Qualitätsrestaurants in ganz Großbritannien bekommen. Sie sagt, sie will den Gutschein für dich aufheben. »Wahrscheinlich ist der arme Kerl am Verhungern.«

»Ich bin froh, dass Harold Fry sich einen Tag in Taunton ausruhen konnte«, sagte Schwester Catherine. »Es muss hart für ihn gewesen sein. Zwei ganze Wochen nichts als laufen und laufen. Ich wäre völlig kaputt wegen meiner Plattfüße.« Sie hob den Saum ihres Habits. Ihre schwarzen Schuhe sahen hervor wie zwei Lakritzstangen.

»Wenn Harold Fry in Somerset ist«, sagte Barbara, »erreicht er bald die Midlands.«

Schwester Lucy biss sich auf die Lippe. »Ist Somerset dann nicht gleich bei Newcastle?« Weitere Teile wurden vom Puzzle entfernt. Der Perlenkönig küsste seine Fingerpitzen und blies den Kuss in die Luft.

»Eine Frau hat ihm die Füße gewaschen?«, sagte Mr Henderson. »Was glaubt Harold Fry denn, wer er ist? Jesus Christus?«

Ich lächelte. Und ich bin zwar nicht sicher, aber ich glaube, Mr Henderson lächelte auch. Vielleicht musste er aber auch nur aufstoßen.

Ich bin früher oft von Kingsbridge aus mit dem Taunton-Bus gefahren, aber nie bis Taunton selbst. Jeden Donnerstag stieg ich in Totnes aus und ging ins *Royal* tanzen. Eine Zeitlang ist dein Sohn mitgekommen, Harold.

Ich werde dir diese Geschichte erzählen. Sie ist wichtig, und du musst sie hören. Vielleicht wird sie dir weh tun, und das tut mir leid.

Aber du und ich, Harold, wir stecken da beide drin. Du musst alles erfahren.

Doch heute kann ich nicht mehr weiterschreiben. Meine Hand ist wund, und ich habe meine Lektion gelernt. Man kommt nicht an sein Ziel, wenn man ständig auf Achse ist, selbst wenn die Reise nur aus Stillsitzen und Warten besteht. Ab und zu muss man innehalten und die Aussicht bewundern, eine kleine Wolke und einen Baum vor dem Fenster. Man muss sehen, was man vorher nicht gesehen hat. Und schlafen muss man auch.

Bald werde ich dir alles erzählen.

So schmeckt Wohlbefinden

»Kopfbedeckung? Halstuch? Hausschuhe?« Schwester Catherine setzte mir eine Baseballkappe auf und musterte mich in meinem Rollstuhl von Kopf bis Fuß, als hätte sie mich gerade eigenhändig angefertigt. Sie nickte beifällig. »So ein schöner Frühlingstag. Da müssen wir einfach hinaus. In den Garten.«

Sie schob mich aus meinem Zimmer, den Gang entlang. Im Tagesraum war niemand mehr. Die Türen zur Terrasse standen offen, ein frischer, süßer Duft lag in der Luft. Ich schloss die Augen, als wir uns dem grellen Lichtviereck auf dem Teppich näherten. Aber dann spürte ich das Kribbeln von Sonnenstrahlen auf den Händen und Handgelenken. Ich ballte die Hände zu Fäusten und schlug die Augen auf.

Der Garten des Wohlbefindens war explodiert. Überall, wohin ich auch sah, sprudelte der Frühling. Die Zweige barsten vor jungem Grün. Manche der Blätter waren noch so frisch, dass sie aussahen wie blasse Krümel, andere changierten ins Gelbe, als hätte die Natur die Farbmischung noch nicht ganz hingekriegt. Das Gras war mit Gänseblümchen, Butterblumen und Krokussen gesprenkelt. Auf den Magnolien hatten sich die weißen Blütenknospen entrollt, an den Weiden hingen die frischen Triebe mit ihren schmalen Blättern herunter wie lange Quasten. Ich musste an die Mädchen mit dem langen, seidigen Haar denken, die ich in Oxford gekannt hatte. Wo die wohl jetzt waren? Die Sonne schob leuchtende Strahlenspeichen durch das Laub, und die wachsartigen Blätter der immergrünen Sträucher – Ilex, Lorbeer, Schneeball – glänzten, wo sie das Licht einfingen.

»Heute sind alle draußen«, sagte Schwester Catherine.

Das stimmte. Auf der Terrasse spielte eine Betreuerin Karten mit Mr Henderson, der in seinem Rollstuhl saß. Schwester Lucy las Barbara *Unten am Fluss* vor. Der Perlenkönig döste. Mehrere Patienten hatten Besuch von Freunden und Verwandten, und Kinder spielten hinter der Holzpergola Verstecken. Unten am Teich lag Finty auf einer Matratze und streckte alle viere von sich. Als sie mich sah, setzte sie sich auf. Sie winkte.

»Zieh dir die Sonne rein, Queenie Hennessy!«, schrie sie herüber. »Ich bin oben ohne!« Niemand hatte etwas dagegen. Ihr Oberkörper war milchweiß, klein wie der eines Kindes. Über und unter den flachen Rosinen, die ihre Brüste waren, standen ihre Rippen hervor.

Schwester Catherine zeigte mir die letzten Schlüsselblumen und Narzissen. Sie deutete auf die blauen Schleier von Vergissmeinnicht unter den Ahornbäumen.

Bald wird das Gelb des Frühlingsgartens von Weiß abgelöst. Der Weißdorn und ganze Inseln von Wiesenkerbel werden blühen. Die Pfingstrosen strotzten vor Knospen, fast wie Murmeln. Ich würde sie so gern blühen sehen.

»Möchten Sie Minze schnuppern, Queenie?«, fragte Schwester Catherine. Sie pflückte einen Stängel ab und zerrieb die Blätter zwischen den Fingerspitzen. Das roch so herrlich, als schlürfte ich den Sommer ein.

Ich hätte ihr gern meinen Garten am Meer beschrieben, hatte aber mein Heft nicht mit. Ich dachte an die Felstümpel und die Blumenbeete. Ich erinnerte mich an meine erste Treibholzskulptur aus einem ausgebleichten Ast, den ich am Ufer gefunden hatte. Er war groß, weißt du, fast zwei Meter lang und von einem ausgewaschenen Beige. Als ich ihn in der Mitte meines Gartens aufstellte, war es, als hätte ich etwas von dir in mein Exil hineingebracht. Im Lauf der Jahre stellte ich viele solcher Figuren auf, und wenn sie manchmal traurig dreinblickten – womit ich wahrscheinlich sagen will, dass *ich* ihretwegen traurig war –, behängte ich sie mit Girlanden aus Algen oder löcherigen Steinen. Wenn die Blumen im Sommer verblühten, dann übernahmen die Steine und Figuren den Garten. Ein Garten sollte keine Winterpause machen. Schwester Catherine lächelte, als höre sie meine Gedanken und verstehe mich.

»Wo Harold Fry heute wohl ist?«, fragte sie in die Luft. Und kurze Zeit später sagte sie: »Irgendwann würde ich gern nach Santiago de Compostela pilgern. Aber bei meinen Plattfüßen, wissen Sie. Wahrscheinlich lass ich's doch lieber bleiben.«

Heute Abend ist es im Garten des Wohlbefindens ganz ruhig. Nicht geräuschlos, sondern friedvoll. Von drinnen höre ich Barbara in ihrem Zimmer singen. Jemand hustet. Irgendwo läuft ein Fernseher, und ein Wortwechsel des Nachtpersonals endet in Gelächter. Der Wind kräuselt das Meer, und über dem Baum scheint ein perlweißer Mond.

Ich warte.

Ich erinnere mich.

Ein leises Lächeln. Das abgestoßene Leder einer Schuhkappe. Ausgegossenes Sonnenlicht.

Der rebellische Junge

Es ist Juli in Kingsbridge, doch plötzlich geht ein Wolkenbruch nieder. Ich laufe gerade mit meinem Einkaufskorb die Fore Street hinunter. Die Ufermauer liegt hinter einem Regenschleier verborgen. Der Regen klatscht mir ins Gesicht und auf die Schultern. Wasser schwappt in kalten Güssen von den Ladenmarkisen und rinnt in kleinen Bächen die Straße hinunter. Ich senke den Kopf und trete vorsichtig auf, damit ich nicht das Gleichgewicht verliere oder ausrutsche. Es ist Wochenende, ich trage Sandalen, ein Kleid und einen leichten Cardigan. Mein Haar trieft vor Nässe, meine Schuhe auch.

»Pass doch auf, wo du hinfährst!«, schreit jemand auf der anderen Straßenseite. »Bist du noch ganz dicht?« Ich hebe die Hand an die Augen und blicke auf.

Wer da solchen Krawall macht ist ein junger Mann, der vor einem Pub steht. Er streckt den Arm anklagend einem Autofahrer entgegen, der in seinem geparkten Wagen sitzt. Rasch reime ich mir zusammen, dass der Fahrer in die Lücke am Straßenrand gebogen ist und dabei den jungen Mann mit einer Rinnsteinfontäne bespritzt hat. Wasser tropft von seinem Mantel, seinen hohen Stiefeln. Seine nassen Haare kleben ihm am Kopf wie schwarze Luftschlangen.

»Und überhaupt! Wieso brauchst du einen Sportwagen, he?«, ruft der junge Mann. »Was hast du für Probleme?«

Der Fahrer steigt aus, schließt sein Auto ab und tut angestrengt, als lasse ihn der junge Mann völlig kalt. Der aber gibt nicht auf. Er rudert mit den Armen, zeigt auf die nasse Straße, die Schaufenster, den Regen. »Wir sind hier in Kingsbridge«, schreit er. »Nicht in Monaco.«

Ich bin nicht die Einzige, die die Szene bemerkt. Zuschauer finden sich ein. Sie reden beschwichtigend auf den jungen Mann ein. Gehen Sie doch weiter, sagen sie zu ihm. Also fängt er an, auch sie zu beschimpfen. Aber die Beleidigungen, die ihm einfallen, bringen ihn selbst zum Lachen. Kapitalisten! Golfspieler! Bankdirektoren!

»Ihr Schoßhundhalter!«, schreit er. »Ihr Toryzeitungleser! Ihr Portweintrinker aus dem Rotary Club!«

Jemand ruft, so ein Benehmen sei in einer anständigen Stadt wie Kingsbridge fehl am Platz, aber wenn man die versammelte Menge so ansieht, die Cordhosen, die Regenkleidung, die Golfschirme und Golfblazer, dann bringt der junge Mann die Sache tatsächlich auf den Punkt. Unwillkürlich muss ich lächeln. Auch er lacht, dann sacken seine Gesichtszüge nach unten, und er sieht nur noch unglaublich gelangweilt aus. »Ach, ihr könnt mich alle«, sagt er und wendet sich ab. Aber es klingt, als meine er nicht die Passanten, nicht einmal den Sportwagenfahrer, sondern die ganze Welt.

Er hat ein schmales, sehr blasses Gesicht mit spitzem Kinn. Er ist groß, zu groß, seine Arme und Beine ragen aus den Ärmeln und Hosenbeinen hervor. Ich würde dieses Profil überall wiedererkennen.

»Was reden Sie da? Was wollen Sie von mir?« Dem Fahrer reicht es jetzt. Er wippt von einem Fuß auf den anderen. »Haben Sie das gehört?«, ruft er zu den versammelten Leuten. Er ist nahe daran, die Beherrschung zu verlieren, im Gegensatz zu David. Denn David ist jetzt die Ruhe selbst und verfolgt amüsiert den zunehmenden Aufruhr. Der Regen strömt ihm das Gesicht herunter.

Aus dem Pub schießt ein stämmiger Kerl heraus, eine Flasche in der Hand, und hinter ihm erkenne ich die schmächtige Gestalt Napiers. Unser Boss hält sich im Hintergrund, wippt von einem Fuß auf den andern, aber er hat seine Schergen dabei. David hört anscheinend nichts, aber sie pöbeln ihn an. Schwuler. Wichser. Nicht sehr einfallsreich. Sobald David sich umdreht, werden sie ihn sich greifen und in eine Gasse schubsen. Die Fäuste sind schon geballt, die Kinne gereckt. Niemand wird sich ihnen in den Weg stellen.

Da schnellt mein Arm in die Höhe. Ich schreie: »Hier bin ich! Hier!« Und schon renne ich auf die Straße, obwohl ich keine Ahnung habe, was ich tun soll, wenn ich auf der anderen Seite ankomme. »David Fry!« Ich schiebe mich durch die Menge. »Der junge Mann gehört zu mir!«, rufe ich. »Lassen Sie mich bitte durch!« Als sie Notiz von mir nehmen, schleichen sich Napiers Henker in den Schatten.

Auf den durchweichten Aufschlägen von Davids Mantel stecken lauter bunte Buttons. Ein Streik-Logo. Die Sex Pistols. *Ich kann nichts dafür, ich hab Labour gewählt. Freiheit für Nelson Mandela!* Seltsamerweise auch Paddington, der Bär. David riecht nach Nässe, nach Patschuli und Zigaretten. »Los jetzt, beeil dich, sonst kommen wir zu spät«, sage ich, fasse ihn am Arm und steuere ihn durch die Menge. Ich rede ganz laut, als wäre niemand da, und schiebe ihn im Marschschritt die Straße entlang. Er leistet keinen Widerstand. Während wir dahineilen, spüre ich, wie er mich anschaut. Ich glaube, er lächelt sogar. Ein wenig süffisant. Genau wie er vorhin die Menge beäugt hat, als liebe er unerwartete Abenteuer.

Unten am Kai verlangsame ich meinen Schritt. Unter der Markise des Zeitungskiosks bleiben wir stehen. Der Regen prasselt über unseren Köpfen. Er drückt Millionen kleiner Dellen in die Wasseroberfläche und schlägt auf die Boote, dass sie schaukeln und tanzen.

»Was war *das* denn?« David wischt sich über den nassen Ärmel. Er hat sehr feingliedrige Hände. Es sieht aus, als wolle er meine Berührung von seinem Mantel entfernen.

Ich würde seinen Vater kennen, sage ich zu ihm. Ich würde mit Harold Fry zusammenarbeiten.

David lacht, als hätte er eben die Pointe eines nur für ihn verständlichen Witzes begriffen. »Ach so«, sagt er.

»Ich weiß nicht, warum du das so komisch findest. Da hinten wärst du in große Unannehmlichkeiten geraten.«

»Kingsbridge braucht dringend Unannehmlichkeiten. Es bräuchte mal einen Einlauf, aber echt.« David grinst mich über beide Ohren an. »Haste mal 'n bisschen Kleingeld für mich?«

»Das ist wohl nicht dein Ernst?«

»Doch, kann man so sagen. Leider.«

Als ich meinen Geldbeutel aufmache, um ihm eine Pfundmünze zu geben, sagt er, ein Fünfpfundschein genüge. Und als ich protestiere, fängt er an zu reden. Er erzählt eine komplizierte Geschichte, dass ihm jemand die Brieftasche gestohlen habe, seine Großmutter im Sterben liege, die Katze im Sterben liege, aber mitten im Erzählen bekommt er das Fabulieren satt und fängt an zu grinsen. Dann entlädt sich sein Grinsen wieder in einem Gelächter. Er hat deine Augen. Dieses tiefe Blau. Aber sie haben nicht deine Sanftheit und schon gar nicht deine Bescheidenheit. Dieser Junge ist clever. Seine Intelligenz ist messerscharf. Aber die Geschichte von der Katze ist pfiffig, geradezu phantastisch. Genau solche Geschichten hätte ich mir früher ausgedacht, aber in ein Heft geschrieben und nicht jemand Wildfremdem erzählt. Auch ich fange an zu lachen.

»Krieg ich das Geld jetzt oder nicht?«, fragt er.

»Wie wär's mit einer Tasse Tee, David?«

»Mit dir?« Sein Blick ist ein einziges Fragezeichen. Ich schäme mich für meinen Vorschlag. Das war zu forsch von mir. Dann sagt er: »Du kannst mir gern 'ne Dose Bier kaufen, wenn du willst.«

Die Bierdosen. Natürlich. Ich sehe dich vor mir, Harold, wie du die leeren Dosen heimlich im Hof entsorgst, und wieder flammt in mir eine ungeheure Zärtlichkeit für dich auf, meine Kehle ist wie zugeschnürt. »Ist es nicht noch ein bisschen früh am Tag, David?«

»Da schert sich in Kingsbridge keiner drum.« Er bietet mir eine Zigarette an, und als ich ablehne, zuckt er mit den Achseln. »Ich hab schon mit zwölf angefangen, in Pubs zu trinken – in Schuluniform, und keiner hat was gesagt. Nett, dich kennenzulernen, Queenie.« Er tippt mit den Fingerspitzen an die Schläfe, ironisch salutierend. Dann schlendert er davon. »Bis irgendwann mal«, ruft er plötzlich noch.

Ich sehe ihm nach, wie er im Regen in Richtung

High Street zurückmarschiert. Er drückt sich mit den Schultern an Fremden vorbei, sein Mantel flattert, seine Doc Martens knallen auf das nasse Pflaster. Ab und zu dreht er den Hals im Halbkreis, als trüge er schwer an seinem so klugen Kopf.

Erst als er weg ist, kommt mir, dass er in Kingsbridge nicht der einzige Exot ist.

David kannte meinen Namen.

Ein Nebeltag. Durchs Fenster ist nichts zu sehen. Kein Baum. Kein Himmel. Als wäre das Hospiz vom Ankerplatz losgemacht und wir trieben auf einem weißen Meer. Ich hoffe, dass bei dir kein Nebel herrscht, Harold. In meiner Vorstellung statte ich dich mit einer fluoreszierenden Jacke und einer Lampe aus.

Heute Vormittag gab es im Tagesraum eine Überraschung.

»Was hat denn das zu bedeuten?«, wollte Mr Henderson wissen und deutete auf die Korkpinnwand. Dort hingen zwei neue Blätter, über den Plakaten der Krankenkasse zum Thema Pflege im Gemeinwesen mit nützlichen Kontaktadressen in Northumberland. Ich wandte mich wieder meinem Heft zu.

Wir saßen alle am Tisch. Eine Betreuerin führte vor, wie man Grußkarten gestaltet. Manchmal tut es gut, sagte sie, einem Menschen, den man liebt, eine Nachricht zu schicken. »So kann man ausdrücken, was einem schwerfällt zu sagen.« Die Betreuerin hatte eine Tragetasche mit Kleber, Faltkarten, Pailletten, Schaumstoff-Dekoformen, Schmuckfedern, Klebesternen und Gold- und Silberstiften mitgebracht. Finty hatte eine Karte gebastelt, die sie Prinz Harry schicken wollte, ihrem Lieblingsmitglied der königlichen Familie. Schwester Catherine half Barbara, eine Karte für ihre Nachbarin zu machen. Der Perlenkönig hatte sich die Klebertube mehrmals unter die Nase gehalten und uns mitgeteilt, es gehe nichts über die guten alten Zeiten, hatte den Kleber aber noch nicht dazu benutzt, um Dekoformen auf seine Grußkarte zu kleben.

»Sind jetzt alle nicht nur am Sterben, sondern auch noch taub geworden oder was?«, polterte Mr Henderson. Es überraschte kaum, dass er keine Grußkarte gebastelt hatte. Wieder deutete er auf die Pinnwand. Diesmal unterbrachen wir unsere Arbeit und sahen auf. Schwester Lucy erhob sich.

»Ach, die hab ich dorthin gehängt«, sagte sie. Sie nahm die Bilder ab und zeigte sie uns.

Es waren zwei Kalenderblätter, für April und Mai, mit glänzenden Farbfotos – auf dem einen Blatt gelbe Primeln, auf dem anderen ein braungraugetigertes Kätzchen. Schwester Lucy kniff die Augen ein wenig zusammen und las uns die Bildunterschriften vor.

»Auf dem ersten Blatt steht: *Frühling in Berwick upon Tweed.*« Sie deutete auf das zweite. »Und das hier ist *Ein süßes Kätzchen.*«

»Stammt das süße Kätzchen auch aus Berwick upon Tweed?«, erkundigte sich Mr Henderson.

Schwester Lucy kaute an ihrer Wange. »Wahrscheinlich schon. Steht nicht dabei.«

Mr Henderson schlug vehement seine Zeitung auseinander. »Kein Kommentar«, sagte er.

»Aber warum sind Kätzchen und Blumen auf der verdammten Info-Pinnwand?«, rief Finty. Ich sollte erwähnen, dass sie einen rosa Cowboyhut trug. Wüsste ich, warum, würde ich es dir sagen. Aber ich habe keine Ahnung. Eine der Betreuerinnen hat zu Hause eine Verkleidekiste für ihre Kinder. Sie bringt Finty öfters Hüte mit, weil Finty Hüte mag.

Schwester Lucy erklärte, sie habe die Blätter von dem Kalender im Büro abgerissen. Sie habe jeden Tag markiert, an dem du gelaufen seist. Damit wir deinen Fortschritt verfolgen könnten, sagte sie. Sie deutete auch auf ein Foto, das sie aus einer Frauenzeitschrift ausgeschnitten hatte: ein Mann mit Wanderstiefeln.

»Aber das ist doch John Travolta«, sagte Finty. »Ja, leck mich am Ärmel, kommt der vielleicht auch?«

Schwester Lucy sagte, von John Travolta wisse sie nichts. Soweit ihr bekannt sei, laufe nur Harold Fry durch England. »Ich habe Schwester Philomena gefragt, und sie hat uns erlaubt, eine Harold-Fry-Ecke zu machen«, fügte sie hinzu.

»Super!«, rief Finty. »Können wir auch eine Hausbar haben und so was?«

Mr Henderson gab ein Geräusch von sich, das ich nicht weiter beschreiben werde.

Schwester Lucy wurde so rot, als würde die Farbe für immer bleiben. »Heute ist …« Sie unterbrach sich, wanderte mit dem Finger über jedes einzelne Datum und zählte leise mit. »Heute ist der zwanzigste Tag von Harold Frys Reise.« Sie wandte sich dem zweiten Kalenderblatt mit dem Kätzchen zu, nahm einen Stift aus ihrer Tasche und malte sorgfältig das erste Kästchen an. »Heute ist auch der erste Mai.« Sie schlug vor, deine Postkarten neben die Kalenderblätter zu pinnen, damit wir alle sehen könnten, wo du gewesen bist. Als ich zustimmte, holte sie die Karten aus meinem Zimmer und steckte sie an die Pinnwand. Sie rollte mich näher zu der Harold-Fry-Ecke. »Schauen Sie mal«, sagte sie. »Schauen Sie, Queenie.«

»Heißt das, ich bin seit über zwanzig Tagen hier?«, knurrte der Perlenkönig. »In dem alten Hund ist noch ganz schön viel Leben drin.«

»Was ist das für ein komisches Geräusch?«, fragte Barbara.

Finty lachte. »Das ist der Perlenkönig. Er klopft sich auf die Brust. Versuch's gar nicht erst, Babs, du würdest dir nur dein Auge raushauen.«

»O Gott«, seufzte Mr Henderson. »Das ist ja schlimmer hier als in ›Huis Clos‹.«

»Wie 'n Klo?«, rief Finty.

Ich sah wieder deine Postkarten an. Kingsbridge. Bantham Beach. Buckfast Abbey. South Brent. Die topographische Karte. Chudleigh und Exeter. Die

Bluebell-Dampfeisenbahn. Taunton. Harold Fry ist wirklich unterwegs zu mir, dachte ich. Und in meinem Herzen brach ein kleiner Frühling aus wie jedes Mal, wenn mich die dornige Dünenrose in meinem Garten am Meer mit einer weißen Blüte beschenkte.

Dann erinnerte ich mich wieder an alles, was ich dir noch sagen muss. Ich blickte auf den dichten Nebel, der sich an die Scheiben drückte. Ich senkte den Kopf.

»Ich begreife immer noch nicht«, sagte Mr Henderson. »Warum ist auf dem Kalenderblatt ein Kätzchen? Kann mir mal jemand erklären, was das mit Berwick upon Tweed zu tun hat? Miss Hennessy?«

Aber da war ich längst wieder in mein Heft vertieft.

Einmal Newcastle, einfach

Tiverton Parkway, Taunton, Bristol Temple Meads, Bristol Parkway, Cheltenham, Birmingham New Street …

Ich stand auf dem Bahnsteig in Exeter und sah das Gleis entlang. Die Bahnschwellen liefen ein Stück weit geradeaus und verschwanden dann im Nebel. Der Zug erschien eher wie aus dem Nichts, als dass er einfuhr. Acht Waggons, wo vorher nichts gewesen war.

Selbst noch als ich die Zugtür öffnete, glaubte ich, du würdest herbeigeeilt kommen und mich aufhalten. Langsam hob ich meinen Koffer die Stufe hinauf. Ich hielt inne. Schaute zurück. Ich hoffte immer noch auf einen Abschied, verstehst du. Ich wartete noch immer.

Im Waggon setzte ich mich auf meinen Platz und drückte das Gesicht ans Fenster. Ich wandte den Blick nicht vom Aufgang zum Bahnsteig ab. Die Leute kamen mit ihrem Gepäck angerannt. Bin ich richtig hier? Ist das der Zug nach Newcastle? Immer mit der Ruhe, Madam. Sie haben noch viel Zeit. Selbst jetzt wäre es noch nicht zu spät, wieder aus dem Zug zu springen. Herauszuspringen und durch den Bahnhof zu laufen, am Fahrkartenschalter vorbei zum Parkplatz, wo du vielleicht gerade dein Auto abgestellt hast. Wo du vielleicht gerade selbst am Fahrkartenschalter vorbeiläufst, nach einer alleinreisenden Frau Ausschau hältst und denkst, nein, es ist sicher noch nicht zu spät. Ein Blick auf deine Armbanduhr, auf die Bahnhofsuhr.

Hinter dem Bahnhof waren die Konturen der Gebäude und Dächer und Fenster im Nebel verwischt. Nichts schien Substanz zu haben.

Der Schaffner blies in seine Pfeife. Der Zug machte einen Ruck. Die vertraute Landschaft begann wegzugleiten.

Voller Panik stand ich auf. Nein, nein, noch nicht! Ich drückte das Gesicht flach ans Fenster. Meine Augen schmerzten vor Anstrengung, als ich weiter auf den kleinen Bahnsteig starrte, auf die winkenden Leute, auf deine Abwesenheit. Das Hinsehen tat weh. Und dann war auch dies im Nebel verloren. Ich sackte auf meinen Sitz zurück. Oder nehme an, dass ich das getan habe, denn nach einer Weile bemerkte ich, dass ich nicht mehr stand.

Ich konnte in kein Buch sehen. Konnte nicht weinen. Ich konnte nur dasitzen, nichts weiter als dasitzen, während der Zug mich fortzog. Es kam mir immer noch nicht real vor, dass ich wieder unterwegs war. Dass ich dich zurückließ. Die Landschaft verschwamm zu Herbstfarben, die vor dem Fenster vorbeiwischten. Rotbraun und Gold und Grüntöne in den Kurven. Wie Aquarellfarben, die auf nasses Papier bluteten, und ich wusste nicht, ob es am Nebel lag oder an meinen Tränen.

Taunton.

Hat jemand Taunton gesagt? Es war immer noch nicht zu spät! Ich könnte aussteigen. Es gab eine Busverbindung, das wusste ich. Doch als ich nach meinem Mantel tastete, dachte ich daran, was ich getan hatte. Ich erinnerte mich an das Gespräch mit Maureen. Alles war vorbei für mich in Kingsbridge. Ich setzte mich wieder, ganz sorgfältig, wagte keinen Muskel zu rühren und wartete auf den Pfiff des Schaffners.

Als der Zug weiter nach Norden fuhr, begann sich der Nebel zu lichten. Die Sonne bahnte sich ihren Weg hindurch – eine blasse, schwache Scheibe – und tönte die Wolken silbern. Bristol. Temple Meads. Bristol Parkway. Cheltenham Spa. Hecken, Weidenröschen, Sommerflieder, Brücken, Felder, Kanäle, ausgebrannte Autos, Flüsse, Kiesgruben, Betonblöcke, Gärten direkt an der Bahntrasse. Die Kilometer, die du jeden Tag gehst, Harold, habe ich mit solcher Geschwindigkeit zurückgelegt, als würde ich mich durch England fräsen. Ich sah den schiefen Turm von Chesterfield, wie ein verrutschter Hut, und hätte so gern »Schauen

Sie!« zu dir gesagt. Ich wusste, dass wir gelacht hätten, und in unserem Lachen wären wir vereint gewesen. Aber du warst nicht da, und ich konnte nur deine Abwesenheit spüren. Dass ich dich verloren hatte. In Birmingham bestieg eine Hochzeitsgesellschaft den Zug, mit roten Wangen, Pillbox-Hüten (auch verrutscht), gelockerten Krawatten und geöffneten Flaschen. Sie sangen bis zum nächsten Halt. In Sheffield stieg eine Gruppe junger Frauen zu. Sie diskutierten über Verkauf an der Haustür. Selbst die Polsterbezüge hatten mehr Farbe als ich. Die jungen Frauen stiegen in Leeds wieder aus und wurden ersetzt durch Familien mit ihren Koffern, auf der Heimfahrt, und durch Leute, die mit Tüten beladen vom Shoppen kamen. Und so ging es weiter. Leute stiegen ein, fuhren eine Weile mit, sprachen von der Zukunft, während ich allein dasaß und nirgendwo hingehörte. Ich wurde lediglich fortbewegt.

Die Stimmen um mich herum wurden höher und veränderten ihren Akzent. Strommasten und Telegrafenstangen stakten durch die Landschaft und trugen Kabel zu Orten, die ich nicht sehen konnte. Bauernhäuser, manche aus roten Ziegeln, manche schmutzig rosa, wechselten mit Siedlungen und Lagerschuppen. In der Ferne quoll Rauch aus Schloten und wehte schräg zum Himmel wie riesige graue Leintücher. Die Menschheit wirkte so emsig, so sehr mit ihrem Tun beschäftigt, nur ich konnte meinen Platz darin nicht mehr erkennen. Hinter Doncaster wurde die Landschaft flacher und weitete sich. Es musste vor kurzem geregnet haben, in den Feldern standen Wasserlachen.

Als wir durch York fuhren, war der Tag in einen weichen Goldton getaucht, und die Bäume leuchteten. In Darlington gab es noch einmal viel Backstein, dann geriet die Landschaft wieder in Bewegung. Häuser stapelten sich hügelaufwärts, die Felder waren gelb von erntereifem Weizen, und der Fluss schlängelte sich an der Bahnlinie entlang. Ich sah die schwarzen Umrisse der Kathedrale und der Burg von Durham, deren Türme und spitze Dächer in den Himmel schnitten. Unten glänzten die Schieferdächer der Stadt in Schwarz. Schon kroch die Dunkelheit in den späten Nachmittag. Der letzte Halt wäre Newcastle.

Alles aussteigen! Alles aussteigen!

Ich war die Letzte, die den Zug verließ. Als ich auf den Bahnsteig hinunterstieg, musste ich mich an der Tür festhalten, um nicht zu straucheln. Die Leute drängten ungeduldig an mir vorbei, um endlich an ihr Ziel zu kommen.

Die Reise war einigermaßen erträglich gewesen, solange ich in Bewegung blieb. Aber jetzt war ich zum Stillstand gekommen, hatte festen Boden unter den Füßen, und mir wurde so schwindlig, dass ich kaum atmen konnte. Ich versuchte, meinen Blick an den Stahlträgern des Dachs festzumachen, doch sie lösten sich aus ihren Verbindungen und trieben durch die Luft.

Mein Magen hob sich. Meine Knie gaben nach.

Ich stürzte.

Das Puzzle kommt voran

Heute Nachmittag blieb Mr Henderson auf dem Weg aus dem Tagesraum bei Schwester Lucy stehen. Er schaute ihr über die Schulter auf das Puzzle und runzelte die Stirn, als überprüfe er es auf Fehler.

»Ich glaube, es passt irgendwie nicht«, sagte Schwester Lucy. »Ich sollte wohl lieber aufgeben.«

Mr Henderson schaute zu mir und meinem Heft.

»Ich hoffe, Sie schreiben nichts über uns da drin. Wir geben nicht gerade viel her.«

Ich brachte ein schmales Lächeln zustande.

Mit zitternder Hand nahm Mr Henderson eins von Schwester Lucys Puzzleteilen aus der Schachtel und fügte es sorgfältig an ein anderes.

»Das ist St. Ives«, sagte er. »Meine Frau und ich haben in St. Ives immer ein Feriencottage gemietet.«

Mr Henderson blieb den ganzen Nachmittag bei Schwester Lucy. Sie haben jetzt einen Teil von Cornwall fertiggestellt und East Anglia.

Und du, mein Freund? Wo bist du?

Tanzstunde für David

Es war August, ein Donnerstagabend. Ich stand an der Haltestelle und wartete auf den Bus nach Totnes. Ich hatte mich nach der Arbeit heimlich in der Damentoilette umgezogen. Unter dem Sommermantel trug ich mein Tanzkleid, die Tanzschuhe steckten in meiner Handtasche, neben einem Buch aus der Bücherei. Ich hatte mein Haar gelöst und etwas Spray draufgegeben, um die Welle zu halten.

Du warst mit deiner Familie im Urlaub, und ich erschrak darüber, wie sehr ich dich vermisste. Napier hatte für die vierzehn Tage einen jungen Mitarbeiter als Vertretung bestimmt. Nibbs hieß er. Erinnerst du dich? Nibbs fuhr schnell und gähnte viel. Oft beides gleichzeitig. Wenn einem etwas weggenommen wird, sieht man deutlicher, was es einem bedeutet. Jedes Mal, wenn ich zu Nibbs in den Wagen stieg, vermisste ich die Sicherheit und die Kameradschaft, die ich bei dir fand. Ich macht Napier deutlich, dass Nibbs kein angemessener Ersatz war, nur für den Fall, dass unser Boss auf die komische Idee käme, dich bei deiner Rückkehr zu feuern.

Es war der vierte Tag ohne dich, ich musste noch eine ganze Woche ohne dich aushalten. Ich musste einfach tanzen gehen. Ich musste bei einem großen Mann stehen, meine Arme heben und für eine kurze Zeit so tun, als wäre ich wieder mit dir zusammen.

An der Bushaltestelle zog mich jemand am Ärmel. Mir stieg dieser Geruch in die Nase: Patschuli, Zigaretten, Bier. Ich erkannte David, bevor ich ihn sah. Wart ihr schon wieder zurück aus dem Urlaub?

Ich hatte dir nicht erzählt, dass ich David getroffen hatte, um dich nicht in Verlegenheit zu bringen. Schließlich war er fast in eine Schlägerei geraten und hatte mich dann noch um Geld angeschnorrt.

Als ich so feingemacht vor ihm stand, mit korallenrotem Lippenstift und weich fallendem Haar, blieb ihm der Mund offen stehen. Er machte eine Grimasse. Legte den Kopf schief, wie um mich aus einem neuen Blickwinkel zu betrachten. Anscheinend amüsierte ihn die Veränderung.

»Wohin so spät, Queenie Hennessy?«

»Ich gehe aus.«

»Aus? Wo ist das?«

Ich wandte den Kopf ab und sah die Straße hinunter. Dass ich gern tanzte, hatte ich dir nie erzählt und auch nicht erwähnt, dass ich ein paarmal im *Royal* gewesen war. (Ich wollte nicht, dass du mich für verzweifelt hieltest.) Ich überlegte. Dein Sohn wirkte wie ein junger Mensch, der ein Geheimnis durchaus verraten könnte, nur um zu sehen, was dann geschah.

»Das geht dich nichts an.«

David richtete sich neben mir ein. »Das geht mich nichts an? Klingt nach Spaß.« Er zündete sich eine Zigarette an und wedelte das Streichholz aus, ohne hinzusehen. »Ich komme mit.« Er blies den Rauch aus.

Überall, auf allen meinen Reisen fand ich Gelegenheiten, tanzen zu gehen. Ich ging allein, auch wenn ich nicht immer allein zurückkehrte. In einem Tanzlokal allein zu sein ist eine andere Art von Einsamkeit, als wenn man allein in seiner Wohnung sitzt und keiner von einem weiß. In einem Tanzsaal kann man sich durch Distanziertheit profilieren. Man kann Teil eines Ganzen sein und sich gleichzeitig davon absondern. Auch meine Eltern hatten es geliebt, das Tanzen. Auch den Mistkerl hatte ich in Corby beim Tanzen kennengelernt. Er forderte mich zum Foxtrott auf, und dann kam eins zum anderen.

Ich sagte zu David: »Das willst du ganz sicher nicht. Es sind nur alte Leute dort. Geh lieber nach Hause, deine Eltern machen sich vielleicht Sorgen.«

Er lachte. »Es ist erst halb sieben. Und sie sind sowieso noch im Urlaub.«

Gegen meinen Willen sackten mir die Schultern herab. »Und du bist nicht mit ihnen weg?«

»Soll das ein Witz sein?«

David beobachtete den Verkehr auf der Gegenfahrbahn. Einmal trat er auf die Straße hinaus, und ich musste ihn zurückzerren. »Du kannst mir das Bier ausgeben, das du mir schuldest«, sagte er.

Im Bus weigerte ich mich, neben ihm zu sitzen. Wenn er nach Totnes fahren wollte, konnte ich ihn natürlich nicht daran hindern, aber dann fuhr er nicht mit mir, und ich bezahlte auch nicht für ihn.

»Warum denn so zickig, Queenie?«, sagte David und legte seine großen Stiefel auf den Sitz gegenüber. Ich bemühte mich, in meinem Büchereibuch zu lesen, aber genauso gut hätte ich es verkehrt herum halten können. Dieser schlanke, dunkelhaarige Junge, der mich mit deinen Augen ansah, zog meine ganze Aufmerksamkeit ab. Es fuhr niemand sonst mit. Der Schaffner musste oben sein.

Ich fühlte mich sehr allein mit David.

»Was liest du denn da?« Bevor ich antworten konnte, war er aufgestanden und hatte mir das Buch aus der Hand geschnappt.

»Proust? Schön.« Er rezitierte die ersten Sätze: *»Lange Zeit bin ich früh zu Bett gegangen. Oft schlossen sich meine Augen, sobald die Kerze gelöscht war, so schnell, dass ich nicht mehr die Zeit hatte, mir zu sagen: ›Ich schlafe ein*‹.« Beim Sprechen schloss er die Augen. Er trug die Worte leise vor, wie ein Lied, das immer schon in ihm fortklang. Dann legte er das Buch zurück auf meinen Schoß. »Ich persönlich ziehe die Existentialisten vor. Und Blake. Kennst du den?«

»William Blake? Ja, den kenne ich.« Ich rezitierte *Die kranke Rose.*

»Schlau, schlau«, sagte David.

Der Schaffner erschien am Fuß der Treppe und kam mit seinem Verkaufsgerät auf uns zu. Ich bat um einen Fahrschein nach Totnes.

»Ich auch«, sagte David. »Kinderticket.« *Bitte* sagte er nicht.

Der Schaffner musterte ihn von Kopf bis Fuß. »Sie wollen noch ein Kind sein?« David schlug seine langen Beine übereinander, verschränkte seine langen Arme und maß seinerseits den Schaffner mit Blicken. Und grinste dabei. Selten hat ein Achtzehnjähriger weniger kindlich gewirkt.

»Ich bin fünfzehn, wenn überhaupt, Sir.«

»Ich könnte Sie rauswerfen«, sagte der Schaffner.

»Versprechen Sie's mir?«, gab David zurück.

Und so rettete ich ihn ein zweites Mal. Um Ärger zu vermeiden, sagte ich, er gehöre zu mir, und bezahlte schnell ein Ticket für ihn. Als er mir ins *Royal* folgte, zahlte ich auch dort für ihn. Und schließlich bezahlte ich noch eine Dose Stella-Bier samt Whisky zum Nachspülen und ein Päckchen Zigaretten.

Als David und ich beim *Royal* ankamen, hatte der Tanzabend schon begonnen. Man hörte die Band bis nach draußen, aber die Musik war dumpf, als käme sie aus dem Boden.

Wir standen auf der gegenüberliegenden Straßenseite und beobachteten die Ankommenden, die die Betonstufen hinaufstiegen. Es war noch hell, aber über der gläsernen Doppeltür blinkte das Wort *DANCING* in Neonbuchstaben, und auf beiden Seiten glühten Leuchten im Fünfziger-Jahre-Stil.

Die Besucher trugen Mäntel über dem Anzug oder dem Tanzkleid. Sie unterschieden sich von anderen Passanten nur durch ihre silbernen Pumps oder hochglanzpolierten Schnürschuhe.

»Wie hoch ist der Altersdurchschnitt hier?«, fragte David. »Sechzig?«

»So in etwa.«

»Und die kommen zum Dancen, ja?«

»Zum Gesellschaftstanzen.«

»Das sollten die sich mal lieber sonntagabends im Fernsehen angucken.«

»Das ist nicht das Gleiche, wie wenn man selbst tanzt.«

»Ach?«

Ich spürte, dass er mit Interesse auf mich herunterblickte. Ich sah ihn nicht an. »Nein«, sagte ich.

David zündete sich eine weitere Zigarette an. Wedelte die Flamme aus und ließ das Streichholz fallen. »Und warum fährst du dafür hierher? Kannst du nicht in Kingsbridge tanzen gehen?«

»Wenn ich in Kingsbridge tanzen ginge, würden mich die Leute vielleicht erkennen.«

»Und du willst nicht erkannt werden?«

»Nein. Ich möchte für mich sein.«

Manche Menschen bewerten ihr Glück nach dem Preis, den sie dafür bezahlen müssen. Je mehr man ausgeben muss, desto mehr Glück erwartet einen. Zu der Zeit maß ich mein Glück darin, wie weit ich dafür fahren musste. Das schien David zu verstehen. Er lächelte schmal und nickte ein paarmal langsam. Dass ich seinen Beifall fand, löste ein merkwürdig angenehmes Gefühl in mir aus.

»Aber du hast ganz recht«, sagte ich, »du bist viel jünger als alle anderen hier. Warum unternimmst du nicht etwas anderes? Und wir treffen uns zum letzten Bus nach Hause?« Ich fing schon an, mich für ihn verantwortlich zu fühlen.

David breitete schwungvoll die Arme aus und fing an zu singen: »I've got music in me.« Schschsch, zischte ich. Die Leute drehten sich schon nach uns um. Sofort machte er ein ernstes Gesicht, aber seine Augen zwinkerten noch immer.

»Ich werde dich vor deinen Freunden nicht blamieren«, sagte er.

»Ich hab's schon mal gesagt: Ich habe keine Freunde hier. Ich tanze nur.«

David zuckte mit den Achseln. »Mach, was du willst, ich bleibe ganz brav sitzen.«

Ich erklärte ihm, die Leute würden es womöglich komisch finden, wenn eine Vierzigjährige mit einem jungen Mann aufkreuzte, der bald sein Studium in Cambridge beginnen würde.

»Was spielt es für eine Rolle, was die Leute denken?«, sagte er.

Seine Stimme war sanft, doch die Worte klangen scharf. Es war, wie mit einer Ausgabe von dir hier zu sein, die ich nicht kannte. Ich musste den Kopf senken, um zu verbergen, dass ich rot geworden war.

David warf seine Kippe auf die Straße. »Glaubst du, die lassen mich überhaupt rein? Oder haben nur Scheintote Zutritt?« Er fuhr mit den Fingern durch sein dichtes Haar, wohl ein Versuch, ordentlicher auszusehen. Ich öffnete die Handtasche und reichte ihm einen Kamm.

»Das *Royal* ist ein öffentliches Tanzlokal«, sagte ich, »kein Club oder so. Meistens sind eine Menge alte Leute da und ich.«

»Jaja, das hast du schon gesagt. Wie sehe ich aus?«

Er ging ein Stück vor, und das Licht beleuchtete sein Gesicht. Wie er aussah? Sehr gut. Eine Haut wie Elfenbein. Ein langes Kinn, markante Wangenknochen. Augen wie blaue Lampen. »Geht schon«, sagte ich.

»Na, dann los, Q.« Zu meiner Überraschung nahm David mich an der Hand und zog mich über die Straße und die Eingangstreppe hinauf. Ich glaube nicht, dass er auch nur eine Sekunde nachgedacht hatte. Ich reichte ihm kaum bis zu den Schultern und musste mich beeilen, um Schritt mit ihm zu halten. Ich zahlte für zwei, ohne die Frau hinter dem Tresen anzusehen. Hand in Hand traten wir durch die Türen. Als wir in den halbschattigen Bereich zwischen Eingangshalle und Tanzsaal gelangten, überlief mich ein Schauer der Aufregung, wie ich ihn im *Royal* noch nie empfunden hatte.

Ich war noch kein Stammgast im *Royal*, war erst sechs- oder siebenmal dort gewesen. Einige der Männer hier kannte ich besser als andere, aber ich suchte nicht nach einer Beziehung, weil ich ja dich hatte, Harold. Meine Liebe war bereits besetzt. Wenn mich also ein Mann aufforderte, tanzte ich mit ihm, aber gab ihm keine Telefonnummer. Wenn er mich die mit blauem Teppich ausgelegten Stufen zur Bar hochführte, bezahlte ich mein Getränk selbst. Und wenn er mir die Hand auf die Schulter legen wollte, machte ich mich steif und wich zur Seite aus.

»Sie haben einen wunderschönen Mund«, hatte mir ein Mann einmal gesagt. »Wie eine Rosenknospe.« Sein Haar war so glattgegelt, dass es aussah wie aus Plastik. »Vielleicht kann ich der Versuchung nicht widerstehen, Sie zu küssen.« »Dann müssen Sie sich eben sehr zusammenreißen«, antwortete ich.

Er gab mir seine Telefonnummer, falls ich meine Meinung ändern und mit ihm essen gehen würde.

Mit den Gesellschaftstänzen habe ich nach dem Studium in Oxford begonnen. Mir wurde klar, dass ich kein Akademikerleben wollte; stattdessen ging ich nach London, um einen Job zu finden. Eines Nachmittags bin ich in Woolwich an einem Tanzlokal vorbeigekommen, und als ich den Rhythmus hörte – *slow, slow, quick, quick, slow, slow* –, blieb ich wie angewurzelt stehen. Ich besaß damals weder Tanzschuhe noch Tanzkleid. Aber ich zahlte am Eingang und ging hinein. Ich setzte mich ins Dunkel, wo niemand mich sehen konnte.

Ich blieb bis zum Abend. Damals hatte ich es nicht leicht; ich kellnerte in einer Bar, um über die Runden zu kommen. Aber als ich die Tanzpaare beobachtete mit ihren Paillettenkleidern und weißen Rüschenhemden, ein Wiegen nach links, eine Drehung nach rechts, sah ich etwas Schönes. So fing sie an, meine Tanzzeit. Fragt man nach den Gründen, kann man genauso gut fragen, warum jemand zu rauchen anfängt. Das Tanzen befriedigte einfach ein Bedürfnis von mir.

Ich weiß nicht, warum ausgerechnet der Donnerstag mein Tanzabend im *Royal* wurde. Zufällig war es Donnerstag, als ich zum ersten Mal hinging, und dann habe ich den Tag eben beibehalten. Wie die meisten Menschen im freien Fall habe ich mich immer an eine gewisse Routine geklammert.

Die Tanzfläche war schon gut gefüllt, als David und ich in den Saal kamen. Ich wählte einen runden Tisch im hinteren Bereich, fern von den gelblichen Lichtkreisen der Kronleuchter. Am anderen Ende des Saals befand sich eine Bühne mit einem roten Samtvorhang. Die Band spielte einen mäßig schnellen Swing. Ich gab David sein Bier aus.

Aus seiner Haltung – stark vornübergebeugt, das Kinn in der Hand, das Knie wie ein Motorkolben auf- und abwippend – schloss ich, dass er das *Royal* schrecklich fand. Unwillkürlich betrachtete ich den Raum mit seinen Augen. Ein schäbiger Saal mit niedriger Decke, falschen Kristalllüstern und einer Menge alter Leute, die sich paarweise herumschoben. Sogar ich sah in meinem blauen Kleid aus wie eine plumpe Wachsfigur. Was wollte ich hier? Ich würde nie mehr herkommen.

Ich griff nach meiner Handtasche. Gehen wir, sagte ich.

Jetzt schon?, fragte er.

Ja, jetzt, David.

Aber es sei doch noch gar nicht zu Ende, sagte er.

Ich sei müde, erwiderte ich.

»Ich dachte, wir tanzen?«

»Du und ich?« Wieder lachte ich. Das war ein Fehler.

»Wenn du nicht mit mir tanzen willst, tanze ich eben allein.« Er stand so abrupt auf, dass sein Rokoko-Stuhl auf seinen Goldbeinchen einen Hopser machte und rückwärts zu Boden ging. David schritt zur Tanzfläche und rempelte dabei gegen die Schultern anderer Gäste, ohne von ihnen Notiz zu nehmen. Ich lief ihm hinterher, weil ich kein Aufsehen erregen wollte. Bevor ich ihn aufhalten konnte, hatte er sich zur Mitte der Tanzfläche durchgedrängelt. Da stand er, inmitten der fliederlila Damen und erkahlenden Männer, wie die Nabe eines scheußlich pastelligen, langsam rotierenden Rades. Ich blieb am Rand stehen, gerade noch im Schatten.

Ich dachte daran, wie ich dich zum ersten Mal gesehen hatte, als du dich im Schnee wiegtest. Ich verlor mich so in diese Erinnerung, dass ich David einen Augenblick vergaß. Ich dachte nur an dich.

Dann sagte jemand: »Was treibt denn dieses Bürschchen da?«

David stand stocksteif da. Er schien vergessen zu haben, wo er war. Zwei ältere Damen in ähnlichen Taftkleidern tanzten in ihn hinein und stießen sich wieder ab. Dann geschah etwas.

David breitete die Arme aus und hob den rechten Fuß. Er schob sich mit kunstvollen Tangoschritten die Tanzfläche hinauf und hinunter. Er glitt herum, hechtete zur Seite, drehte sich. Die Leute hielten inne, runzelten die Stirn und fuhren mit ihren gewöhnlichen Tanzschritten fort.

Nach wenigen Augenblicken bekam David seinen Tanz satt, winkelte stattdessen die Ellbogen eng an und begann, Rumba zu tanzen. Auch davon hatte er schnell genug und ging zu einem übertriebenen Walzer mit einer unsichtbaren Partnerin über. Im Galopp umrundete er die Tanzfläche und stieß dabei andere Paare an. Die Schöße seines weiten Mantels, den er nicht ausgezogen hatte, flatterten wie riesige Flügel.

Natürlich, wie könnte es anders sein, störte er die Leute. Sie blieben stehen, die Paare gingen auseinander, und einer nach dem anderen wichen sie von der Tanzfläche, bis nur noch David und wenige tapfere Paare übrig waren. Ich stand unbeweglich da.

»Naaaa, wer ist dieser Kasper im Mantel?«, sagte der Bandleader in sein Mikrophon. Es gab ein paar Lacher.

Aber David schien nichts gehört zu haben. Inzwischen verzichtete er auf Tanzschritte aller Art. Er hüpfte einfach herum wie beim Pogo. Ich war nahe daran, mich umzudrehen und zu gehen. Wirklich. Wenn er dazu fähig war, einen Tanzabend zu sabotieren, dann war er mehr als in der Lage, den letzten Bus zu erwischen. Dann sah ich wieder zu ihm hinüber, und er hatte etwas so Enthemmtes, etwas so Einzigartiges und Freudvolles, dass ich wie angewurzelt stehen blieb. Es war nicht deine Art zu tanzen, nicht meine Art zu tanzen, und dennoch faszinierend. Dein Sohn ging ganz darin auf.

Neben mir zuckte ein Türsteher mit den Schultern, als wolle er gleich auf David losprügeln. Dein Sohn hatte offenbar diese Wirkung auf Menschen.

Ich schritt zur Mitte der Tanzfläche. David hatte

die Augen geschlossen. Sein Haar und sein Gesicht glänzten vor Schweiß. Aber ich nahm den Platz neben ihm ein und hüpfte.

Er lachte. »Das ist verdammt cool!«, sagte er.

Ja, sagte ich. Foxtrott auch, David. Sollten wir den mal versuchen?

Im Bus zurück war David still. Schließlich sagte er: »Du erzählst meinem Vater doch nichts davon, oder? Dass ich heute mitgekommen bin.«

»Warum nicht?«, fragte ich.

»Meine Mutter würde sich aufregen. Ich hab versprochen, zu Hause zu bleiben, solange sie im Urlaub sind. Es ist besser, ihr nichts zu erzählen. Sie bekommt sonst Migräne.«

Ich verspürte einen Ruck, als hätte ich kurz meine Balance verloren. Ich weiß nicht, ob es Unbehagen war oder etwas anderes. Ein Schuldgefühl? Warum hatte ich nicht stärker versucht, ihn loszuwerden? Er war dein Sohn. Er war nicht du.

»Aber wir sehen uns dann nächsten Donnerstag, ja?«, sagte David. »Ich fahr wieder mit.«

Die nächste Woche in der Brauerei wurde sogar noch schlimmer. Es gab schwierige Begegnungen mit einigen Wirten. Es kamen Beschwerden bei Napier, ich würde mich einmischen. Und Nibbs fuhr so schnell, dass ich auf unsichtbare Bremspedale trat. Ich vermisste dich furchtbar. Ich musste tanzen.

Aber ins *Royal* bin ich an dem Donnerstag nicht gegangen.

Der Stuhlbauer

Slow, slow, quick, quick, slow, slow. Zwei Schritte rückwärts, dann zwei kleine Chassés zur Seite. Füße schließen, wie die Pause beim Atemholen, und dann wieder von vorn.

Das Tanzen hat mir mein Vater beigebracht. Meine Mutter saß breitbeinig auf dem Küchenstuhl und sang dazu. Sie sei zu groß zum Tanzen, sagte sie, sie würde nur etwas kaputtmachen. Ich verstand es nie, denn meine Eltern hatten sich doch beim Tanzen kennengelernt. In meiner Erinnerung pult meine Mutter Erbsen, während ich tanze, obwohl sie das nicht meine ganze Kindheit lang gemacht haben kann. Mein Vater stellte meine kleinen Füße auf seine großen Stiefel, damit ich ein Gefühl für die Schritte bekam. Auf dem Tanzboden geht es um die Schönheit, sagte er. Lach nicht, Queenie. Frag deine Mutter. Das ist eine ernste Sache.

Er war Schreiner. Hab ich dir das schon erzählt? Er machte Stühle aus Holz. Gartenstühle. Er hat sein Leben damit verbracht, den Menschen Sitzgelegenheiten zu bauen, und ist gestorben, bevor er sich selbst hinsetzen und ausruhen konnte.

Mein Vater spielte gern Spiele. Meine Mutter war eher praktisch veranlagt, und vielleicht lag es auch an der Sprache, jedenfalls spielte er meist mit mir. Am liebsten mochte er seine selbsterfundenen Spiele. Als ich noch sehr klein war, stand mein Vater in seinem Arbeitsoverall im Wohnzimmer und tat, als könne er mich nicht sehen. Ja, ich war kleiner als meine Eltern, aber so klein wie ein Fingerhut nun auch wieder nicht.

»Wo ist mein Mädchen?«, fragte er dann und hob die Plastiksets auf dem Tisch in die Höhe, spähte unter die Schutzdeckchen auf dem Sofa.

»Hier bin ich! Hier! Hier!«

Er schien nie besorgt, nie verärgert, sondern immer hundertprozentig sicher, dass er mich finden würde. Ganz anders ich: Ich ruderte mit den Armen, zerrte an seinem Overall, hängte mich an ihn, kreischte und brüllte vor Lachen, dass sich in meinem Bauch alles zu verknoten schien.

»Wo steckt das Mädchen bloß?«

Das Spiel war so rasend komisch, weil durch und durch gefahrlos. Ich war da, und mein Vater war da. Er schien zwar nicht mehr richtig sehen zu können – oder lag es an mir? Hatte ich plötzlich die Gabe, unsichtbar zu werden? –, aber ich wusste doch, dass das Spiel erst enden würde, wenn mein Vater nach unten blickte, mir geradewegs in die Augen. Dann rief er immer, »Ach, *da* bist du!«, und hob mich auf seine Schultern.

»Ihr beiden!«, sagte meine Mutter dann, als wären mein Vater und ich Fremde aus einem Land, in dem sie nie gewesen war. Sie pulte weiter Erbsen oder ließ Dinge fallen.

Als ich älter war, erfand mein Vater ein neues Spiel. Es wurde stets eingeleitet mit den Worten: »Ich habe eine ernsthafte Frage.« Dies wurde für meine Mutter zum Stichwort, aufzustehen und zu gehen; doch mein Vater war ein gutmütiger Mensch und nie beleidigt. Er beschrieb eine Reise mit dem Flugzeug. Plötzlich kommt die Durchsage, dass das Flugzeug gleich abstürzen wird. Was von den Dingen, die du im Leben verpasst hast, bedauerst du am meisten? (Hier antwortete ich: »Ich wünschte, ich könnte Klavier spielen.« »Ich wünschte, ich hätte einen Busen wie Wendy Tiller.« Etwas in der Art. Meine Mutter dagegen, wenn sie überhaupt zum Mitspielen überredet werden konnte, was höchstens an Weihnachten oder meinem Geburtstag vorkam – meine Mutter antwortete immer sehr prosaisch. Sie verdrehte die Augen und begann, die Teller aufzustapeln, peng, peng, dass wir zusammenzuckten. »Ich wünschte, mir würde jemand einen Tee machen.«)

»Gute Nachricht«, sagte mein Vater dann. »Dein Flugzeug konnte gerettet werden!« Er sah uns triumphierend an, als wäre er der Retter höchstpersönlich. »Aber was wirst du jetzt unternehmen, Queenie, um Klavier spielen zu lernen?«

Das alles von einem Mann, der nie ein Flugzeug bestiegen, geschweige denn ein Musikinstrument gespielt hatte. Er war jedes Mal von neuem bewegt.

Als ich älter wurde, wurde ich unduldsamer. Heute tut es mir leid, aber ich schlug mich auf die Seite meiner Mutter.

Dein Flugzeug wird gleich abstürzen. Was bedauerst du am meisten, Queenie?

Was ich am meisten bedaure? Unsere Urlaube.

Was ich am meisten bedaure? Dass ich mir keine Zugfahrkarte gekauft habe.

Meine Mutter fand diese Antworten ungemein erheiternd. Sie prustete fast.

Nach dem Beginn meines Studiums in Oxford ließ mein Vater diese Spiele bleiben, als wären sie nun zu albern. Ich kam in den Semesterferien nach Hause, aber dort herrschte eine kühle Atmosphäre. Mein Vater reihte in seiner Werkstatt kaputte Gegenstände auf, die meine Mutter im Haus fallen ließ und wegwarf. Ich sage nicht, dass meine Eltern eine unglückliche Ehe führten, aber sie war sehr abgenutzt, wie ein alter Mantel, den man nicht mehr pflegt. Er hatte Löcher. Dünne Stellen. Meine Mutter hätte ihn weggeworfen, und mein Vater hoffte, er würde eines Tages dazu kommen, ihn auszubessern. Nichts von beidem geschah. Sie trugen ihn einfach weiter. Meine Anwesenheit, wenn ich mich denn herabließ zu kommen, schien das Ganze notdürftig zusammenzuheften. Dann holte meine Mutter, was von den guten Gläsern übrig war, und versuchte, mich mit gebratener Leber zu locken. (»Du bist ganz blass«, sagte sie. »Sie ist ganz blass.«) Mein Vater beobachtete mich mit einem Funkeln in den Augen. Ich glaube, meine Eltern konnten es nie ganz fassen, dass sie eine Tochter hatten, die in Oxford studierte. Sie behandelten mich jedenfalls wie etwas Kostbares, das in höheren Regionen schwebte, hoch über ihnen, und ich wiederum rückte ein wenig von ihnen ab. Ich schrieb Briefe, aber nicht regelmäßig. Ich rief selten an. Nach dem Studium fand ich viele und gute Gründe, sie nicht zu besuchen.

Jetzt tut es mir leid, dass ich meine Eltern nicht öfter gesehen habe. Aber ich wurde von meinem eigenen Leben auf Trab gehalten. Von meinen eigenen Fehlern.

Das letzte Mal, als ich meinen Vater sah, stutzte er einen alten Apfelbaum zurecht. Er sagte, er wünsche sich, dass der Baum noch einen Frühling erlebe, aber so, wie er an ihm herumschnitt, hätte es mich überrascht, wenn er eine weitere Woche überlebte. Ich holte die Leiter und löste ihn ab, auch wenn ich damals von Bäumen überhaupt nichts verstand. Den Rest des Wochenendes saßen wir hauptsächlich in der Sonne. Mein Vater sprach über den Ruhestand. Er sagte, er würde gern mit meiner Mutter nach Österreich in Urlaub fahren. Sie hielt seine Hand. Es war eine glückliche Zeit, und ich fragte mich, warum ich so lange weggeblieben war.

Während meiner Abwesenheit hatten sie offensichtlich ihre Differenzen beigelegt – oder zumindest hatten sie gelernt, die Liebe, die sie füreinander hatten, wertzuschätzen. Mein Vater war zweiundsechzig, als er starb. Meine Mutter starb nur wenige Monate danach. Sie haben es nie nach Österreich geschafft.

Aber Stühle bauen ist ein nobler Beruf.

Ich wünschte, ich hätte meinen Eltern vorgeführt, dass ich tanzen kann. Das habe ich schließlich von ihnen.

Was sollen wir singen, wenn wir sterben?

»*Liebe Queenie*«, las Schwester Catherine vor. »*Habe die römischen Bäder besucht und hatte ein Thermenerlebnis. Habe auch einen sehr berühmten Schauspieler getroffen, den ich nicht erkannt habe, und mit einem Chirurgen Tee getrunken. Es war ein schwieriger Tag. Alles Gute, Harold Fry.*«

»So schwierig klingt das für mich nicht«, sagte Barbara und lachte.

Für heute war uns ein Besuch des Klinik-Sozialdiensts versprochen. Aufgrund von Krankheitsfällen und der jüngsten Stellenkürzungen bestand der Sozialdienst aus einer einzigen Frau Anfang dreißig, die sehr lange brauchte, bis sie ihren Fiat in eine Parklücke manövriert hatte. Vom Tagesraum aus sahen wir zu, wie sie erst in den Steingarten zurücksetzte, dann in das Schild mit der Aufschrift: »Hier nicht parken.« Sie war von Kopf bis Fuß in Lila eingekleidet. Lila Kopftuch, lila Kleid, lila Strickjacke und lila Schuhe. Die Frau sieht aus wie ein riesiger blauer Fleck, sagte Mr Henderson. Sie lief mit gesenktem Kopf durch den Regen. Der Wind schlug Fenster zu und drückte Pflanzen zu Boden.

Der Sozialdienst ließ uns einen Stuhlkreis bilden und fragte, ob wir über das Sterben sprechen wollten. Wir könnten alles fragen, was wir wollten, bot die Frau uns an. Es erhob sich eine Geräuschkulisse aus allgemeinem Räuspern, röchelndem Atem und Magenknurren. Plötzlich waren wir alle sehr mit Nichtstun beschäftigt. Aus den nassen Haaren und Kleidern des Sozialdiensts stiegen Dampfwölkchen hoch.

»Ich würde lieber über Sex reden, wenn das okay ist«, sagte Finty. »Hatte jemand welchen in letzter Zeit?«

Der Perlenkönig lachte so schallend, dass ihm sein Arm abfiel. Im Ernst. Er gab zu, dass er ihn nicht auf den Stumpf geschnallt, sondern nur in den Jackenärmel geschoben hatte. Die Gurte scheuerten ihn wund. Barbara summte fröhlich, um einen Pupser zu kaschieren. Der Sozialdienst schlug seinen Ordner auf und studierte seine Aufzeichnungen.

Vielleicht sollten wir lieber über Musik reden, schlug die junge Frau vor. Ob jemand einen Musikwunsch für seine Beerdigung habe? Viele Leute schieden aus dem Leben, erklärte sie, ohne Angaben zu ihren Lieblingsliedern oder -gedichten zu machen. »Und es ist schließlich Ihr Begräbnis. Sie müssen sagen, was Sie haben möchten. Wenn Ihre Angehörigen und Freunde Ihre Lieblingslieder kennen, kann das viel Druck von ihnen nehmen.«

»Keiner von uns hat Angehörige oder Freunde«, sagte Mr Henderson.

»Das gilt vielleicht für Sie«, sagte der Perlenkönig. »Beim letzten Mal, als ich mich erkundigt habe, hatte ich zwanzig Enkelkinder.«

»Und ich habe meine Nachbarin«, fügte Barbara hinzu. »Sie hat nur keine Zeit, um mich zu besuchen.«

»Ach Gottchen«, sagte Finty. »Ich hab mein Leben total vermurkst. Mit sechzehn geheiratet, mit siebzehn geschieden. Und das war noch der beste Teil. Für mich wird keine Sau eine Träne vergießen. Ihr könnt einfach ein Streichholz unter mir anzünden und das Radio aufdrehen, wenn's so weit ist.«

Als der Perlenkönig diesmal lachte, hielt er seinen Arm fest.

Mr Henderson verdrehte die Augen und starrte auf die Uhr. Einem gestern angekommenen Patienten im karierten Morgenmantel waren schon die Augen zugefallen.

Ich hatte Mitleid mit dem Sozialdienst. Ich schrieb etwas in mein Heft und ließ Schwester Catherine vorlesen.

»Queenie möchte ein Lied von Purcell mit dem Titel *O Solitude*. Und auch *Mighty Like a Rose*, gesungen von Paul Robeson.« Mir klopfte das Herz.

»Das ist wunderschön!«, rief der Sozialdienst mit solcher Begeisterung, dass der neue Patient aufwachte und einen beunruhigten Schrei ausstieß. »Möchten Sie uns erzählen, warum?«

Ich schrieb in mein Heft, dass ich Purcell früher oft auf meinem Plattenspieler in Kingsbridge gespielt hatte. Ich hatte die Schallplatte aus der Bücherei ausgeliehen. Außerdem erinnere mich das Lied an den Sohn eines Freundes, schrieb ich, vermied es aber sorgsam, seinen Namen zu nennen.

Das zweite Lied, schrieb ich, sei einer der Lieblingssongs meines Vaters gewesen und deshalb auch einer meiner Lieblingssongs geworden. Er habe es in seiner Werkstatt gesungen, und dann habe meine Mutter ihre Hausarbeit unterbrochen und ihm zugehört. Manchmal liebt man etwas nicht deshalb, weil man es von sich aus gern hat, sondern weil jemand anderer es mag. Und wenn man Dinge, die anderen wichtig sind, im Herzen behält, bleibt man mit diesen Menschen in Verbindung. Es dauerte eine Weile, bis ich das alles in mein Heft notiert hatte, aber niemand beschwerte sich, nicht einmal Mr Henderson. Es war das erste Mal, dass ich etwas über meine Beerdigung schrieb.

Ich verschwieg, dass ich die Purcellplatte immer noch besitze. Außer dieser Platte habe ich noch nie etwas in meinem Leben gestohlen. Die Schallplattenabteilung der öffentlichen Bücherei in Kingsbridge könnte mit meiner Geldstrafe ein ganzes neues Klassiksortiment erwerben.

Natürlich nur, wenn es immer noch eine Bücherei gibt, in der man dieses neue Klassiksortiment unterbringen könnte.

Aber davon ließ ich im Tagesraum nichts verlauten.

»Du bist Spitze, Queenie«, sagte Finty. »Ich wär gern dieses Mädel auf der *Titanic*. Mit den ausgebreiteten Armen und alles. Wie heißt der Song?«

»Meinen Sie *My Heart Will Go On* von Céline Dion?«, fragte der Sozialdienst. »Das ist für Beerdigungen sehr beliebt.«

»Meine dritte Frau hat das Lied für unsere Hochzeit ausgesucht«, sagte der Perlenkönig.

»Für Hochzeiten auch«, ergänzte der Sozialdienst.

»Das Herz meiner Dritten hat aber nicht sehr lange für mich geschlagen. Sie ist mit dem Barman abgehauen.«

»Céline Dion hat 'nen neuen Duft rausgebracht«, warf Finty ein. »Und Jade Goody auch.«

»Ist Jade Goody nicht schon tot?«, fragte Mr Henderson.

»'nen neuen Duft rausgebracht hat sie trotzdem«, sagte Finty.

»Wollen wir uns nicht lieber wieder unserer Beerdigungsmusik zuwenden?«, fragte der Sozialdienst.

Nun kam Leben in die Bude. Finty sagte, sie hätte gern, dass alle bei ihrer Beerdigung bunte Klamotten tragen und auf dem Parkplatz tanzen. Sie wolle nicht, dass wir in der Aufbahrungskapelle rumhängen und traurig sind. (»Nichts für ungut, Mutter Oberin«, fügte sie hinzu. »Aber da drin ist's ganz schön frostig und todernst.«) Alle lachten, auch Schwester Philomena, und Finty sagte zum Sozialdienst, Lila sei erlaubt, falls gewünscht. Da wurde die junge Frau still, sehr, sehr still, als sei sie tief im Inneren, unter ihren Kleidern, berührt worden, und sie fragte: »Heißt das, Sie wollen mich bei Ihrer Beerdigung dabeihaben?«

»Klar«, sagte Finty. »Ich brauche alle Freunde, die ich kriegen kann. Für den Empfang bitte Cornish Pasties und Alcopops in allen Farben. Wenn Anonyme Alkies kommen, können sie Limo haben. Und die Nonnen auch.«

Jetzt fielen auch die anderen ein. Der Perlenkönig hoffte, es würde bei seiner Beerdigung keinen Zoff geben. Seine Exfrauen hätten echt Probleme; bei der Hochzeit seiner Tochter seien tausend Pfund für Schadenersatzforderungen draufgegangen. Dann sagte der neue Patient, er wolle gern in einem Weidensarg begraben werden, und Mr Henderson fragte, wieso Weide? Was ist an einem traditionellen Holzsarg mit Messingbeschlägen und Seidenfutter auszusetzen? Der Perlenkönig grummelte, alles gut und schön, wenn man es sich leisten könne, Bargeld im Boden zu versenken, und der neue Patient sagte, manche von uns haben Familien, an die wir denken müssen, und Mr Henderson rief, meinen Sie, ich finde es lustig, Witwer zu sein?

Der Lärmpegel stieg, und der Sozialdienst erblasste. »Einer nach dem anderen! Einer nach dem anderen!«

»Ach was«, sagte Finty. »Wir haben jede Menge Spaß. Hier tobt das Leben!«

Das war das Stichwort. Wir fingen alle an zu johlen, auch der Sozialdienst. Und Finty hatte ja so recht. Jeder von uns hatte in den letzten Jahren so viel Zeit damit verbracht, untersucht und aufgeschnitten zu werden und Teile von sich wegoperiert zu bekommen. Jeder von uns hatte so viel Zeit damit verbracht, schlechte Nachrichten anzuhören. Das alles gab nicht viel Witziges her. Aber in unserer jetzigen Lage, als eine Art menschlicher Ausschuss oder zumindest in den letzten Zügen, war es so erleichternd, verdammt erleichternd, endlich mal aufs Ende zu schauen, unsere Angst abzuwerfen und herumzuflachsen wie ganz normale Menschen. Auch wenn es dabei um unsere eigenen Begräbnispläne ging.

»Was ist mit Ihnen, Queenie?«, fragte der Sozialdienst. »Was möchten Sie?«

Ich dachte kurz nach und schrieb dann: *Bitte verstreut meine Asche in meinem Garten am Meer.*

Barbara fing an zu singen. »My heart will go on.« Sie saß da und hatte die Hände in den Schoß gelegt und ihr Auge auch. (»Ich schwöre, das Ding bewegt sich«, sagte Mr Henderson.) Barbaras Stimme war dünn und rein wie die Nebelschleier auf dem Wasser, wenn die Flut kommt und der Nebel in meinem Garten oberhalb der Zweige in der Luft hängen bleibt. Dann legte der Perlenkönig seinen tiefen Bass darunter, bald verstärkt von Mr Henderson. Der neue Patient schaffte auch ein paar Töne, und Finty nickte mir zu und sagte: »Los, Queenie. Summ mit.«

Ich will nicht behaupten, dass wir einen Chor abgaben. Ich will nicht behaupten, dass wir dieselben Worte oder auch nur eine gemeinsame Melodie sangen. Aber es war wie ein kleines Geschenk, den Mund aufzumachen und kein Einzelwesen mehr zu sein.

Erinnerst du dich? *Entchen meine alle*? Ich erinnere mich. Dir vorzusingen war für mich, als würde ich dir meine Füße ohne Schuhe zeigen.

Nach dem Lied schnaubte der Sozialdienst ins Taschentuch und entschuldigte sich dafür. Der Perlenkönig sagte: »Heulen Sie ruhig, wenn Ihnen danach ist. Danke fürs Kommen. Es gibt 'ne Menge Leute, die hier nicht mal über die Schwelle treten würden.« Er bot der Frau in Lila seinen Arm an, aber sie befürchtete wohl, in dem Angebot sei der Rest von ihm nicht enthalten, deshalb sagte sie schnell, es gehe schon wieder. Es sei nur ein seltsamer Tag gewesen, sagte sie. Seltsam, aber wunderbar.

»Das ist das Blöde an Beerdigungen«, sagte Finty. »Die vielen netten Leute, die Lieder singen, die du magst, und rumerzählen, wie nett du bist, und du bist nicht dabei und kriegst nichts mit. Ich würd's lieber jetzt schon hören.«

»Na dann«, murmelte der Perlenkönig. »Ich finde, so was wie dich gibt's nur einmal.«

Finty lief Rote-Beete-farben an. »Ich wette, das sagst du zu allem, was 'nen Rock anhat.«

»Das schon, meine Liebe, aber es stimmt trotzdem.« Er lächelte sanft und sah Finty mit seinen braunen Augen an. Er musste früher sehr gut ausgesehen haben.

»O verdammt«, gackerte sie. »Halt die Luft an.« Danach konnte sie nicht weitersprechen, so breit musste sie lächeln.

Beim Tee sah mich Mr Henderson immer wieder an. Ich dachte, wegen der Flecken, die ich auf meiner Leinenserviette machte, aber er sah mich immer noch an, als die Teller schon abgeräumt waren und alle die Tische verlassen hatten. Er stand auf, hinkte zu mir herüber und blieb mit seinem Rollator neben mir stehen.

»Ich mag Purcell«, sagte er.

»Dann stimmt es also?«, fragt Schwester Mary Inconnue, als sie fertiggetippt hat. Sie liest die Seiten durch, ob alles richtig ist, zieht ihren Korrekturstift heraus und bessert einen Fehler aus.

Ich sehe sie fragend an.

»Haben Sie heute zum ersten Mal an Ihre Beerdigung gedacht?«

Ich nicke. Ja.

»Und war das in Ordnung für Sie?«

Er war einfach da. Der Gedanke. Weiter nichts. Es hing nichts Beschwerendes daran.

Schwester Mary Inconnue lächelt. »Gut«, sagt sie. »Sehr gut.«

Harold?, fragte ich.

Du warst gerade wieder zurück in der Brauerei. Erinnerst du dich? Es ist sehr wichtig, dass du dich erinnerst, damit du verstehst.

Du hattest Farbe bekommen, während du weg warst. Ich werde in der Sonne eher rot, aber deine Haut war honigfarben. Du hattest kleine goldene Sprenkel im Haar, und deine Augen waren blauer, als ich sie in Erinnerung hatte. Das gute Wetter hatte dir offensichtlich gutgetan. Am liebsten hätte ich dich umarmt, einfach weil ich erleichtert war. Erleichtert, dass du wieder bei der Arbeit warst, dass Nibbs nicht mehr da war, erleichtert über den Geruch deines Wagens und deine Hände auf dem Lenkrad. Du auf dem Fahrersitz, ich neben dir.

»Worüber amüsieren Sie sich?«, hast du gefragt.

Ich musste so tun, als wäre mir ein Witz eingefallen. Es war kein besonders guter. *Wie nennt man zwei Küken? Ein Paar Schlüpfer.* Aber du lachtest. Dein ganzes Gesicht war voller Lachfältchen. »Der ist gut«, sagtest du. »Der ist gut.« Und so sah auch ich den Witz daran.

Später habe ich dich gefragt, ob dir der Urlaub gefallen habe, und du sagtest: »Ja, ja.« Dann fragtest du: »Haben Sie mich vermisst?«, aber im Scherz, als könnte dich niemand je vermissen.

Ich baut' an Eurer Tür ein Weidenhüttchen und riefe meiner Seel' im Hause zu.

»Ich habe auch ein Leben, Harold«, sagte ich lächelnd.

»Und, was haben Sie so gemacht?«

»Ach, das Übliche.« Ich konnte dich nicht mehr ansehen. Ich dachte daran, wie David im *Royal* herumgetanzt war, wie die Schultern des Türstehers gezuckt hatten. Ich sah Davids konzentriertes Gesicht vor mir, als ich ihm Foxtrott beigebracht hatte.

»Alles in Ordnung mit Ihnen?«, hast du gefragt.

Und ich sagte zu dir, wir müssten anhalten. Ich müsse dir etwas sagen. Vielleicht liege es an der Hitze, sagtest du. Vielleicht, sagte ich. Ich müsse Luft schnappen.

»Ich mache mir Sorgen«, sagte ich.

Du hast beim Café *Little Chef* angehalten. Bitte versuch dich zu erinnern, Harold. Ich habe mich an einen Tisch im Schatten gesetzt, und du bist an die Theke gegangen, um mir einen Tee zu bestellen. Ich sah, wie du dein Portemonnaie hinten aus der Hosentasche zogst und etwas sagtest – was genau, konnte ich nicht hören –, was das Mädchen an der Kasse zum Lächeln brachte.

Harold?, begann ich.

Aber du unterbrachst mich. Ob ich Zucker wolle?

Ich versuchte es erneut. Harold?

Vielleicht noch mehr Milch?

Nein. Danke. Keine Milch mehr. Mein Tee ist gut so. Harold …?

»Meine Frau macht sich auch Sorgen«, sagtest du aus heiterem Himmel.

»Ach?«

»Sie macht sich Sorgen um unseren Sohn.«

»Warum?« Ich bekam kaum Luft.

»Ach, nur so. Er wird einfach erwachsen, denke ich. Sie hat ihn vermisst, als wir unterwegs waren. Ich glaube, es war nicht gerade der schönste Urlaub von allen für sie.«

Das war das Stichwort. Ich hätte dir von David erzählen sollen. Dass wir tanzen gegangen waren. Aber nachdem du mir erzählt hattest, dass Maureen sich sorgte, konnte ich die Worte nicht finden. Es schien mir grausam. Und um dir von unserm Tanzausflug zu erzählen, hätte ich dir noch so viele andere Dinge erklären müssen. Dass ich tanzen konnte, so wie du. Dass ich manchmal ins *Royal* ging, mit einem Fremden tanzte und mir vorstellte, er wäre du. Dass ich David einmal auf der High Street gerettet hatte. Dass er mich gebeten hatte, dir nichts vom *Royal* zu erzählen. Und ja, dass Maureen sich vielleicht zu Recht Sorgen machte. Mit deinem Sohn hatte man zu tun.

Eine Menge Dinge, die ich im *Little Chef* hätte sagen müssen.

Auge in Auge mit dir an dem Pressspantisch, trockneten mir die Worte im Mund aus. Ich legte den Kopf in die Hände.

»Kopfweh?«, fragtest du.

»Es geht schon.«

Ich ging zu den Toiletten, um mir Wasser ins Gesicht zu spritzen. Als ich im Spiegel bemerkte, wie ausgewaschen und ausgelaugt ich aussah, erschrak ich.

Wir gingen zurück zum Wagen, und dein Sohn war schon zu einem kleinen, dunklen Spalt zwischen uns geworden.

Ich wünschte, ich hätte dir an diesem Tag die Wahrheit erzählt.

Der Junge,
der allergisch auf Blau war

Nachts weckt mich das Tappen von Schritten. Immer den Korridor rauf und runter.

»Gehen Sie zu Bett, Barbara«, sagt eine Krankenschwester. »Ich helfe Ihnen.«

Ich versuche mich zu entspannen, aber der Schlaf kommt und geht. Drei Szenen mit David steigen vor mir auf. Drei voneinander unabhängige Erinnerungen. Ich mache mir innerlich eine Notiz: Tanzen. Lächeln. Handschuhe. Ich wiederhole die Worte ein ums andere Mal, damit ich sie nicht vergesse.

Die Morgenrituale sind langwierig. Die Krankenschwester im Dienst untersucht eingehend meinen Hals und meinen Kiefer. »Haben Sie Schmerzen?«, fragt sie, aber ich deute nur auf mein Heft. Ich möchte diese Erinnerungen, diese Schnappschüsse, die in der Nacht wieder in mir lebendig geworden sind, an dich weitergeben, Harold. Ein Vater kann seinen Sohn nicht mit den Augen eines Fremden sehen, daher entgeht ihm so manches. Das ist eine der kleinen Tragödien des Lebens.

Komm, Harold.

Der erste Schnappschuss zeigt David und mich drei Wochen, nachdem David mir ins *Royal* gefolgt ist. Ich war seitdem nicht mehr dort. Jetzt sollte ich eigentlich vor David sicher sein. Doch er wartet an der Bushaltestelle auf mich.

»Was war los mit dir?«

Ich erfinde eine lahme Ausrede. David steigt mit mir in den Bus. Er fragt gar nicht erst. Mir ist mulmig.

Er trägt seinen weiten Mantel. Ich trage mein Tanzkleid. Ich habe Tanzschuhe an. Er hat seine Doc Martens mit einem Paar weicher Turnschuhe vertauscht. Im *Royal* folgt er mir auf die Tanzfläche und fragt, ob ich mit ihm Foxtrott tanze. *Slow, slow, quick, quick, slow*. Ich staune, wie schnell er lernt. Er braucht nur zuzusehen, und schon kann er's.

Unser üblicher Bandleader ist in Urlaub, und sein Ersatzmann hat etwas Durchtriebenes in seinem Blick. Er zieht das Tempo höllisch an. Ich weiß nicht, wer auf die Idee kommt, mit der Musik mitzugehen, ich oder David, auf jeden Fall ziehen auch wir unser Tempo höllisch an. Es ist nicht mehr *slow, slow, quick, quick, slow*, sondern *quick, quick, run, run, quick, quick*. David und ich flitzen übers Parkett, als hätten wir keine Füße. Ich frage mich, warum wir mit niemandem zusammenprallen, da fällt mir erst auf, dass alle anderen Paare aufgegeben und die Tanzfläche für uns geräumt haben. David schwenkt mich zur Seite, weg von sich. Er zieht mich wieder heran. Er gibt mir einen heftigen Schubs, dass ich mich zwischen seinen Armen drehe wie ein Kreisel, dann schleudert er mich von sich weg und schnappt nach meiner Hand. Wo hast du das alles gelernt?, denke ich. Er hat es nicht gelernt. Er erfindet es von einem Moment zum nächsten. Meine Lungen brennen. Ich bin schweißnass. Noch nie im Leben habe ich so getanzt. Als die Musik endet, zittere ich am ganzen Körper.

David lacht den ganzen Heimweg. »Die haben geklatscht, hast du das gesehen?«

Ja, David. Ein paar haben geklatscht.

»Die haben uns bemerkt.«

Und ob.

»Ich hab mal bei einem Tanzwettbewerb mitgemacht. Wir waren im Urlaub, ich und die Alten. Ich wollte gewinnen. Aber ich war noch klein. Ich hatte keine Ahnung vom Tanzen, ich bin einfach rumgehampelt. Ich dachte, die Leute lachen, weil ich so gut bin, aber dann hab ich gemerkt, dass das nicht stimmte. Die haben gelacht, weil ich so komisch zappelte. Ich hab nach dem Alten gesucht, und rat mal – auch der hat gelacht. Und Mum auch. Na ja, sie hatte den Kopf in die Hände gelegt. Als wüsste sie nicht, was sie machen sollte. Manchmal schaue ich die beiden an, Q, und es kommt mir vor, als würde ich nicht dazugehören.«

Die Geschichte bewegt mich. Ich kann es David

nachfühlen. Schließlich weiß ich, wie einsam man sich als Teenager fühlt, wenn man seine Eltern beobachtet und in ihnen kaum Spuren von sich wiederfindet. Aber ich weiß, wie sehr du deinen Sohn liebst, Harold. Ich will dich schützen. »Vielleicht hat dein Vater über etwas anderes gelacht. Über einen Witz oder so.«

»Nein«, sagte David. »Er weiß einfach nicht, wie er mit mir umgehen soll.«

»Es wird leichter werden, wenn du älter wirst.«

Er macht nur »Phh« und wendet sich ab.

David blickt aus dem Fenster in das Schwarz hinaus. Ich sehe sein bläuliches, schmales Gesicht durchs Dunkel schweben. Er schließt die Augen und schläft ein. Ich beobachte ihn, wie er mit der Stirn an der Scheibe lehnt, und sehe euch beide in einer Person. Da ist David, der bemerkt werden will, und da bist du, der verschwinden möchte. Du und dein Sohn, ihr seid Gegenpole desselben Mannes, und ich bin in der Mitte zwischen euch. Vielleicht kann ich eine Brücke für euch sein. Vielleicht kann ich dich und David wieder miteinander verbinden.

Es ist nicht nötig, sage ich mir, dir zu erzählen, dass dein Sohn und ich tanzen waren. Ich mache hier ja nur Reparaturarbeiten. Ich werde es dir irgendwann anders erzählen.

Der nächste Schnappschuss stammt aus dem Bus nach Totnes. David ist zum dritten Mal aufgetaucht, und ich freue mich darüber. Ich erzähle ihm von dir. Wie sehr man dich in der Brauerei schätzt. Wie gut du mit den Wirten umgehst. Es macht mir ehrlich gesagt viel Freude. Ich spreche gern über dich – ich habe ja sonst niemanden, mit dem ich das tun könnte.

»Ja, ja, ja«, sagt David und stellt seine Füße auf den Sitz gegenüber.

»Dein Vater macht anderen gern eine Freude.«

»Freude?«, wiederholt er. Er hat so eine Art, ganz gewöhnlichen Worten einen Beigeschmack des Ungenügens oder zumindest des Stillosen zu verpassen.

»Ja. Er sieht sie gern lächeln.«

Es zuckt in seinem Gesicht.

»Gut so«, sage ich. »Jetzt lächelst du auch.«

»Ich weiß nicht, was du meinst«, sagt er.

Aber David denkt weiter über meine Bemerkung nach, denn auf dem Heimweg ertappe ich ihn dabei, wie er im dunklen Busfenster Grimassen schneidet. Er spannt verschiedene Gesichtsmuskeln an, schiebt die Lippen hinauf und hinunter, drückt sogar mit den Fingerspitzen die Mundwinkel nach oben, bis der Mund ein Halbmond ist. Als er merkt, dass ich ihn beobachte, sagt er: »Es sieht nie richtig aus.«

»Was sieht nie richtig aus?«

»Wenn ich lächle. Es sieht nie aus wie ich.«

»Und wie, glaubst du, siehst du aus?«

Er verzerrt das Gesicht zu einer bizarren, kindischen Maske. Er streckt die Zunge heraus und glubscht mich mit vorquellenden Augen an wie ein Dämon, als wolle er mich erschrecken. Gleichzeitig lacht er. Ich biete ihm ein Pfefferminz an, und er sagt, hör doch auf mit Bonbons und solchem Mist. Sag mal was Echtes, Q. »Hast du einen Freund?«

Die Frage bringt mich aus dem Gleichgewicht, aber ich zucke nicht mit der Wimper. »Ich liebe einen Mann, der mich nicht liebt.«

Es ist still.

»Tut mir leid«, sagt er sanft und tätschelt mir die Hand. »Wer ist es, Q?«

»Das spielt keine Rolle.«

»Weiß er es?«

»Um Gottes willen, nein.«

»Bist du glücklich?«

»Ja.« Ich lache. »Sehr sogar.«

David starrt mich eine Weile an, als versuche er, in meinen Kopf hineinzusehen und den Mann zu finden, den ich nicht nennen will. Diesmal schaue ich weg.

Schnappschuss Nummer drei. Wir sind unten am Kai. Dein Sohn hält ein Bier in der Hand. Wir tragen Mäntel, und ich habe Handschuhe an. Wir sind gerade aus Totnes zurückgekehrt, es ist spät. Wir können das Wasser nicht sehen, hören aber die Boote in ihren

Verankerungen knarzen. Diese Erinnerung stammt aus dem Oktober, kurz bevor David nach Cambridge geht. Vielleicht liegt es am feuchten Geruch in der Nachtluft, dass ich traurig werde. Wir waren nur viermal miteinander tanzen, aber mit David in meinem Leben hatte ich das Gefühl, dir näher zu sein.

Ich bin überrascht, als er nach meinen Lehrbüchern fragt. Er erinnert mich daran, dass ich einmal zu dir gesagt hätte, ich würde sie ihm leihen. Mir war nicht klar, dass du David überhaupt davon berichtet hattest. Ich frage mich, ob du ihm sonst noch etwas über mich erzählt hast.

David sagt, er könne doch am Wochenende bei mir vorbeischauen und die Bücher abholen, bevor er nach Cambridge geht. Er fragt mich nach meiner Adresse. Ich schreibe sie auf die Rückseite meines Busfahrscheins.

Er schiebt meine Adresse in die Tasche, ohne einen Blick darauf zu werfen. Dann sagt er: »Ich glaube, ich bin allergisch gegen meine Handschuhe.«

Ich lache. Das ist so typisch, auch für dich, Harold: plötzlich mit einer Bemerkung daherzukommen, die nichts mit dem zu tun hat, wovon vorher die Rede war. »Wie kannst du allergisch gegen deine Handschuhe sein? Die sind nicht mal aus Wolle.«

»Es liegt an der Farbe. Von Blau muss ich immer niesen. Ich hatte mal einen blauen Schal. Den hat mir meine Mutter geschenkt. Von dem musste ich auch immer niesen. Es war, als wäre ich die ganze Zeit erkältet. Ich musste ihr vorschwindeln, ich hätte ihn verloren.«

»Das ist doch lächerlich, David. Eine Farbe bringt einen doch nicht zum Niesen.«

»Du meinst, eine Farbe bringt *dich* nicht zum Niesen. Die Leute nehmen immer an, dass das, was für sie stimmt, auch für alle anderen stimmt. Das ist eine sehr beschränkte Weltsicht.«

Ich ziehe mir meine roten Wollfäustlinge ab und biete sie ihm an. David zwängt die Hände hinein, obwohl die Handschuhe so klein sind, dass er sie kaum über die Knöchel bekommt. Er studiert eingehend seine Hände, dreht die Handflächen nach oben und unten, als hätte er sie noch nie gesehen. Ich muss mir die Hände reiben, damit mir nicht kalt wird.

»Danke«, sagt er. »Die behalte ich, Q.«

Das tut er auch. Er behält sie.

»Meinst du, ich werde in Cambridge zurechtkommen?«, fragt er in die Dunkelheit.

Im Tagesraum unterbricht mich Finty beim Schreiben und fragt, ob ich Barbara in der Nacht gehört hätte. Ich bin ganz darauf konzentriert, die Erinnerungen an David fertigzubekommen, und schaue gar nicht auf.

»He, Frollein«, sagt sie. »Leg mal das Heft weg. Ich rede mit dir.«

Ich blicke zu Finty auf. Sie sieht besorgt aus. Sie kommt herüber und setzt sich neben mich, die Arme fest um sich gelegt und die Knie angezogen. Sie rückt ihren rosa Cowboyhut zurecht und zieht die Kordel fest unter ihrem Kinn zu. Sie sagt: »So läuft das bei manchen. Ganz am Ende. Die werden unruhig. Die können nicht loslassen. Hab ich schon paarmal gesehen.« Sie reibt sich mit einem Fingerknöchel die Nase, und ich frage mich, ob sie weint.

Wir schauen zu Barbara, die in ihrem Sessel schläft. Sie ist kreidebleich. Schwester Philomena hält ihre Hand.

Finty sagt: »Aber heute sieht sie besser aus. Ich vermute mal, es geht ihr gut. Sie wird durchkommen. Das glaube ich wirklich. Du nicht auch?«

Draußen gehen die Nonnen mit den Patienten in der Morgensonne spazieren. Das nasse Gras glänzt silbern. Die erste Blüte ist fast vorbei. In einer Ecke des Fensters hängt ein Spinnennetz. Es ist so nass, dass es wirkt wie aus Filz.

Finty rüttelt mich am Arm. Ihr Gesicht ist nah an meinem. Sie hat Tränen in den Augen.

»Wenn ich unruhig werde«, flüstert sie, »dann erschießt mich einfach, verdammt.«

»Ihrem Sohn wird es dort gutgehen«, habe ich während der Fahrt zu dir gesagt. »Ich bin sicher, dass er gut zurechtkommt. Studieren ist wunderbar.«

Das war kurz bevor David von zu Hause aufbrach. Du hattest mir nicht erzählt, dass du dir darüber Sorgen machtest. So direkt war es keineswegs. Und offiziell kannte ich deinen Sohn ja gar nicht. Du hast mir nur erzählt, dass deine Frau Essenspakete für David machte. Rosinenkuchen, eingewickelt in Butterbrotpapier. Obstkompott. Gläser mit eingelegten Zwiebeln (die liebe er anscheinend über alles). Dinge, die sich in seinem Zimmer lange halten würden. Deine Frau machte sich Sorgen, dass David, sich selbst überlassen, das Essen vergessen würde. Sie war auch extra nach Plymouth gefahren, um ihm Hemden und ein Jackett zu kaufen, weil sie nicht sicher war, ob Studenten in Cambridge schwarze T-Shirts tragen sollten.

»Aber Studenten können recht verlottert aussehen«, sagte ich.

»Wirklich?«

»Ja, Harold. Sie tragen keine Golfclubkrawatten.« Ich lachte, und du lachtest mit.

»Ich hoffe, er schreibt«, sagtest du.

»Das wird er sicher.«

»Es wird schwer für Maureen werden. Wenn sie nicht von ihm hört. Sein Schweigen, wissen Sie. Das könnte ihr das Herz brechen.«

Am Tag, bevor David zur Uni losfuhr, tauchte er an meiner Wohnungstür auf. Er wolle meine Lehrbücher ausleihen, sagte er. Er blieb linkisch an meiner Wohnungstür stehen und wirkte überraschend nervös. Er strich sich immer wieder den Pony aus der Stirn, obwohl es ihn sonst nicht störte, wenn ihm die Haare ins Gesicht hingen. Ich sagte ihm, er brauche nicht hereinzukommen, aber er sagte, er würde gern. In Wahrheit war ich genauso nervös. Wir hatten keine Uhrzeit ausgemacht, und ich war mir nicht ganz sicher gewesen, ob er überhaupt kommen würde. Mir war klar, dass er unberechenbar war, auch wenn ich nur ein paar Abende mit ihm verbracht hatte.

»Entschuldige die Unordnung«, sagte ich. Meine Wohnung war natürlich aufgeräumt, wie immer, aber ich wusste nicht, was ich sonst sagen sollte. Einem Achtzehnjährigen in der Öffentlichkeit Foxtrott beizubringen ist seltsam genug, ihn in die Räume zu lassen, die man sein Zuhause nennt, noch viel seltsamer. Er folgte mir ins Wohnzimmer.

Rasch suchte ich die Bücher zu einem Stapel zusammen. Ich hatte in alle meinen Namen geschrieben. Ich dachte, David würde nun gleich gehen, aber er nahm ein Buch und begann es durchzublättern. Und während er das tat, bemerkte ich, wie er gleichzeitig aus dem Augenwinkel den Sessel neben meinem elektrischen Heizlüfter registrierte, die Tür, die in die kleine Küche führte, die beiden Sandwiches, die ich mir zum Mittagessen gemacht hatte. Es war, als erfasse er alle diese Details meines Privatlebens und eigne sie sich irgendwie an.

»Ich hab leider kein Bier da, fürchte ich.« Damit wollte ich höflich seinen Abschied einleiten.

Aber David lächelte: »Tee wäre super, Q.«

Er ließ sich in meinen Sessel sinken und las weiter. Er zog den Mantel nicht aus. Als ich ihm die grüne Teetasse neben die Füße stellte, griff er mit seinen langen Fingern hinunter. Es sah aus, als trinke er, ohne es zu bemerken, und dann aß er mein Mittagessen auf und schien es genauso wenig zu bemerken. Danach ließ er die Beine über die Armlehne des Sessels baumeln und begann zu rauchen. Mal klopfte er die Asche in meine grüne Tasse, mal zielte er daneben und verteilte sie auf den Teppich.

»Du hast doch sicher noch viel zu tun zu Hause«, sagte ich. »Deine Eltern warten bestimmt auf dich.«

»Nö, alles in Ordnung«, sagte er und bat um einen weiteren Tee.

Am Ende saß ich in der Küche fest. Ich überlegte, ob David dir wohl Bescheid gesagt hatte, dass er bei mir vorbeikäme, um die Lehrbücher auszuleihen. Ich beschloss wieder, dir alles zu erzählen, unbedingt, egal, wie schwierig es war. Ich hatte es versäumt, David Grenzen zu setzen; es war an der Zeit, die Dinge in Ordnung zu bringen.

»Heho.« David stand plötzlich in der Tür. Ich hatte ihn nicht kommen hören, und als ich mich umdrehte und ihn entdeckte, wie er mich stumm beobachtete, fuhr ich zusammen. Ich hatte keine Ahnung, wie lange er schon dastand. Er grinste nervös. Er habe das Buch fertig gelesen, sagte er.

»Das ganze?« Es war Platos *Der Staat*.

»Kann man so sagen. Ja. War gut.«

Er griff nach dem Brotlaib und brach geistesabwesend Stücke heraus, als wäre sein Körper daran gewöhnt, sich selbsttätig Nahrung zu verschaffen, ohne dass sein Kopf es bemerkte. Dann zog er einen Umschlag aus der Manteltasche. »Ist der für mich, Q?« Mein Magen sackte nach unten wie ein Stein. »Es steht *David* drauf.« In meiner Handschrift.

Ich hatte den Brief gerade beendet, als David auftauchte. Ich hatte ihn in eins der Bücher gesteckt, damit er ihn in Cambridge finden würde.

Ich versuchte, ihm den Brief wegzuschnappen, aber er schwenkte ihn über meinem Kopf, wo ich nicht hinkam. »Er ist an mich adressiert.« Er lachte mich aus, als ich gegen seine Arme schlug und versuchte, ihm den Brief wegzunehmen.

»Das ist nichts«, sagte ich.

»Fühlt sich an, als wäre Bargeld drin.«

»Gib ihn zurück.«

»Der gehört mir. Ich möchte wissen, was drin ist.«

Er riss den Umschlag auf und spähte hinein.

Es war mir peinlich. Um aus der Küche zu kommen, musste ich mich an ihm vorbeidrängen. Während er las, lief ich in meinem kleinen Wohnzimmer auf und ab.

Ich hatte ziemlich lang an meinem Brief an David gesessen. Mein Vater hatte mir einen ähnlichen Brief geschickt, als ich nach Oxford ging. Den hatte ich immer noch, er lag flachgedrückt zwischen den Seiten eines Lyrikbandes. Ich erinnerte David daran, was für ein brillanter junger Mann er sei, mit einer phänomenalen Intelligenz und einer goldenen Zukunft gesegnet. Ich bat ihn inständig, immer gut nachzudenken, bevor er etwas sagte, denn so gerieten die meisten Menschen in Schwierigkeiten – indem sie einfach losredeten. Wie du machte auch ich mir Sorgen um ihn, als er in die große Welt hinausging. Ich wollte nicht, dass er Probleme bekäme, ich hatte beobachtet, welche Wirkung er auf andere haben konnte. Ich fügte hinzu, es wäre schön für die Leute zu Hause, ab und zu von ihm zu hören. Damit meinte ich dich und Maureen. Ich wollte euch unterstützen.

Obwohl ich mich um einen leichten Ton bemühte, war der Brief für einen Achtzehnjährigen wahrscheinlich etwas zu rührselig geraten. Ich fand ihn, kurz nachdem David gegangen war, auf dem Küchentisch liegen, wo er ihn mitsamt dem Umschlag hingeworfen hatte. Das Einzige, was er behalten hatte, war der Zwanzigpfundschein, den ich in den Brief hineingefaltet hatte. Wie sich herausstellte, hatte er sich zu weiteren zwanzig Pfund aus meinem Geldbeutel verholfen, zu einer Flasche Gordon's Gin aus meinem Kühlschrank und zu meinem Schneebesen. Unverständlicherweise regte mich der Diebstahl meines Schneebesens am meisten auf.

Jedes Mal, wenn ich mir ein Omelett machen wollte und genötigt war, das Ei mit einer Gabel zu verquirlen, wurde ich daran erinnert. Warum mein Schneebesen? Wozu brauchte er den? Trotzdem habe ich mir keinen Ersatz gekauft. Vielleicht wollte ich damit ein Zeichen setzen, dass dieser Lebensabschnitt für mich zu Ende war. Ich wollte ihn hinter mir lassen. Seit David mir vor all den Jahren meinen Schneebesen weggenommen hat, habe ich es nicht über mich gebracht, einen neuen zu kaufen. Ich habe sozusagen schneebesenlos gelebt.

Ich sollte hier nicht verschweigen, dass es durchaus Dinge gibt, die ich gern verloren hätte. Ein Paar Hausschuhe, die ich bei einer Tombola gewonnen habe. Eine Deko-Sonnenblume aus Plastik, die bei Tagesanbruch ihre Blätter hochklappt und einen Geruch von solch giftiger Chemiefrische verströmt, dass alle meine Sprossenkeimlinge eingingen. Egal, wie sehr ich mich bemüht habe, diese Dinge zu verlieren, sie sind an mir klebengeblieben. Die Plastikblume zum Beispiel wird immer noch auf meinem Fensterbrett stehen. Die Hausschuhe sind an meinen Füßen, während ich dies schreibe.

David sagte nichts zu meinem Brief. Er kam ins Wohnzimmer, nahm nur die Bücher und ging zur Tür. In meiner Nervosität platzte ich heraus: »Weiß dein Vater Bescheid? Dass du hergekommen bist?«

David blieb mit einem Ruck stehen, mit dem Rücken zu mir. Einige Augenblicke bewegte er sich nicht, stand nur da.

»Keine Bange«, sagte er. »Unser Geheimnis ist sicher.«

Ich stammelte: »Ich will kein Geheimnis haben, David.«

Seine Schultern begannen zu zucken, und er gab ein paar winzige Schluchzer von sich.

Ich berührte ihn am Ärmel. »Ist alles in Ordnung?«

Er drehte sich um und wischte sich über die Augen, die ihm voll Tränen standen. Seine Augen waren so rot, dass die Haut darum fast blau wirkte.

»Kann ich irgendwas tun?«

»Ach, ich bin einfach nur nervös. Weil ich ausziehe und so. Wird schon gehen.«

Ich umarmte ihn kurz und höflich. David schien das unangenehm zu sein, er machte sich ganz steif. Mir war schon aufgefallen, dass es außer beim Tanzen schwierig war, ihm nahe zu kommen.

Ich sagte: »Ich freue mich, dass du nach Cambridge gehst. Du brauchst einen solchen Ort, der Größe besitzt. Cambridge ist ein Rahmen, der groß genug für dich ist. Ich war richtig glücklich in Oxford. Da habe ich zum ersten Mal Leute getroffen, die Bücher geliebt haben, so wie ich. Fahren dich deine Eltern morgen hin?«

David konnte mir nicht in die Augen sehen und antwortete nicht. Aber dann kam er auf meine Frage von vorhin zurück.

»Bitte erzähl meinem Vater nichts vom Tanzen und dem ganzen Scheiß. Er würde das schwuchtelmäßig finden.«

Ich musste lachen. Die Vorstellung schien mir einfach lächerlich. Und es war erleichternd, zu lachen, es löste die Spannung auf. »Das würde er nicht. Ganz sicher.«

David schob sein Gesicht nah an meines heran. Seine Augen schienen ganz schwarz. »Erzähl's ihm einfach nicht, okay?«

Wenn ich heute zurückblicke, denke ich, dass David sich zwischen uns stellen wollte. Wahrhaftig. Er hatte erkannt, dass ich dich sehr schätzte. Und wie ein Kind wollte er uns das wegnehmen. Er wollte sich dazwischenschieben. Es tut mir so leid, dass ich das sagen muss, Harold. Er hat wohl nicht mit Absicht so gehandelt. Aber er mochte die Gefahr, ganz instinktiv. Er rieb die Dinge gern gegeneinander, bis sie Feuer fingen.

Damals habe ich das nicht verstanden.

Mit meinen Büchern unter dem Arm schlenderte David davon. »Viel Glück!«, rief ich ihm nach. Ich wartete an der offenen Wohnungstür, ob er sich wohl umdrehen und mir noch einmal zuwinken würde, aber das tat er nicht. »Vergiss nicht zu schreiben!« Mit seinem raschen, gebeugten Gang lief er in die Dämmerung hinaus, als hätte er mich längst völlig vergessen. Ehrlich gesagt, war ich erleichtert. Doch als ich ins Wohnzimmer zurückging, sah ich die leere Teetasse, die Asche überall und meinen aufgerissenen Umschlag und fühlte mich wieder wie in einer Falle.

Ein paar Stunden später fing ich an, sinnlos zu weinen, und konnte gar nicht mehr aufhören. Ich wollte dich nicht länger belügen, auch wenn ich mir mein Schweigen bisher schöngeredet hatte. Es tat so weh.

Schließlich rief ich den Herrn mit den Plastikhaaren aus dem *Royal* an, um seine Einladung zum Abendessen anzunehmen. Nicht weil ich hungrig gewesen wäre. Sondern weil ich es einfach nicht mehr allein mit meinen Gedanken aushalten konnte. Der Abend war eine Katastrophe. Es war das erste Mal, dass ich mit einem Mann ausging, seit ich nach

Kingsbridge gekommen war, und es fühlte sich an wie ein weiterer Betrug statt wie ein Ausweg. Am Montagmorgen fragte ich dich, wie es dir ergangen sei, als du David nach Cambridge brachtest. Ich konnte dich kaum ansehen auf deinem Fahrersitz, so sehr schämte ich mich.

»Ja.« Du nicktest mehrmals, als suchtest du nach den richtigen Worten und könntest sie nicht finden.

»War er aufgeregt? Hat ihm sein Zimmer gefallen?«

»Nun ja, er musste eine Menge Leute treffen. Dinge erledigen. Maureen und ich, wir haben gewartet, aber er – na ja, Sie wissen schon.«

Mehr hast du nicht erzählt. Deine Stimme ging im Motorengeräusch unter; du hast gelächelt, als wäre das Gespräch damit beendet. Ich vermutete, dass David euch versetzt hatte. Etwas später hast du gesagt: »Nein. Nein. Ich bin sicher, alles ist in Ordnung. Ich bin sicher, es wird ihm dort gutgehen.« Du hast eine Frage beantwortet, die ich gar nicht gestellt hatte.

»Ein Pfefferminz?«

»Hätte nichts dagegen.«

Ich griff in die Handtasche, und mein Herz setzte einen Schlag aus. Ich musste meine Tasche ganz weit aufklappen und genau untersuchen. Ich nahm meinen Geldbeutel heraus, die Schlüssel, das Scheckbuch, den Taschenspiegel, die Rolle Pfefferminz. Das Reißverschlussfach, in dem ich meine Liebesgedichte aufbewahrte, stand offen.

»Was ist denn?«, hast du gefragt und gebremst. »Stimmt was nicht?«

Meine Gedichte waren fort.

Anruf um Mitternacht

Hallo? Hallo? Hörst du mich da draußen, Harold? Kannst du mich empfangen?

Nach dem Kalender schreibe ich jetzt seit 22 Tagen. Aber gestern war es einfach zu viel. Noch jemand gestorben. Nicht Finty, Mr H, Barb oder der Perlenk., aber wir können weiß ToTT als Nächste dran sein.

Ich konnte nicht schlafen.

Die Nachtschwester hat mir ein neues Schmerzpflaster angelegt. Die Morphiumtropfen reichen NICHT.

Dr. Shah hat Gesicht und Hals untersucht. Er roch nach frisch gebügelten Hemden und Vanille.

Dr. Shah (weiche Hände): »Die Drüse ist weiter angeschwollen. Das Auge ist entzündet.«

Eine Stimme (kalte Hände): »Und sie hat Probleme mit –«

Ich wollte es nicht hören. Das Pferd frisst meine rosa Hausschuhe. (Bravo, Pferd!)

Krankenschwester: »Handdesinfektionsmittel?«

Dr. Shah: »Danke schön.«

BLAUE VÖGEL fliegen aus dem Rahmen und ZWITSCHER zwitschern.

Die Frau mit der Pampelmuse singt *Rock of Ages*.

Heute zu müde, um den Bleistift zu halten. Wofür denn auch? Ich komme ja nur an die Stelle, an die ich nicht kommen will. Wo ich DAVID zum letzten Mal sehe, und er –

Nein. Ich kann es nicht schreiben.

SOTPP. SPPOT. STOPP.

Weiterer spiritueller Rat

»Sie haben sich ja schon wieder in die Bredouille gebracht«, sagte Schwester Mary Inconnue. Sie saß mit ihrer Schreibmaschine am Fußende meines Betts, aber ich hatte nur das eine Blatt von gestern Abend vorzuweisen. Manchmal bräuchte ich nichts weiter als ein Zeichen, Harold. Eine Postkarte. Eine Bestätigung, dass es richtig ist, auf dich zu warten. Das ist alles, was mir fehlt.

Werde ich verrückt?

Schwester Mary Inconnue las meine Frage und lächelte. Sie nahm meine Hand. »Ich denke, es ist eine harte Aufgabe, was Sie sich da vorgenommen haben. Es ist ja gut und schön, wenn ein Mann die Haustür hinter sich zumacht und einer Freundin sagt, wart auf mich, während er quer durch England läuft. Für die Frau, die auf ihn wartet, ist das ein anderes Paar Schuhe. Wir gehen wie selbstverständlich davon aus, dass unser Oberstübchen etwas Stabiles ist, etwas aus einem Guss. Aber unsere Phantasie kann mit uns die wildesten Bocksprünge machen. Da müssen Sie gut auf sich aufpassen.«

Ich will nicht mehr über die Vergangenheit nachdenken. Es tut weh.

»Allerdings!«, sagte sie. »Ich wünschte, Sie würden ab und zu auf gewisse Leute hören und ein Päuschen machen.«

Dann zog sie ihre Finger aus den meinen. »Entschuldigen Sie mich bitte kurz.« Sie hob die Hände und nahm vorsichtig ihre Haube ab. Es war, als sähe ich ihr dabei zu, wie sie ihren Kopf abnahm. Ich konnte fast nicht hingucken. Zu meinem Erstaunen hatte sie dunkles Haar, schwarz und glänzend wie Krähenflügel. Sie hatte es in zwei Zöpfe geflochten und links und rechts über den Ohren zu nadelkissengroßen Schnecken zusammengesteckt. Jetzt fing sie an, sich ausgiebig hinter dem Ohr zu kratzen. »Was starren Sie so?«, fragte sie. Und dann zwinkerte sie wieder. »Glauben Sie, Nonnen juckt es nie?« Sie setzte ihre Haube wieder auf und legte die rauen, roten Hände in den Schoß. Ich fragte mich, ob ich die letzten Augenblicke nur geträumt hatte.

»Schauen Sie aus dem Fenster, Queenie. Was sehen Sie?«

Ich schrieb: *Wolken.* Fügte hinzu: *Graue.* Schließlich schrieb ich noch: *Wir sind ja in England. Was kann man da erwarten?*

Sie lachte. »Aber Sie sehen doch auch den Himmel.«

Ja. Schon.

»Und die Sonne.«

Stimmt.

»Der Himmel und die Sonne sind immer da. Was kommt und geht, sind die Wolken. Klammern Sie sich nicht so an sich selber fest, Queenie. Schauen Sie lieber in die Welt hinaus.«

Ich ächzte. Fühlte mich immer noch völlig am Boden.

»Sie sind verstört. Haben Panik. Was können Sie tun? Sie können vor Ihrem Problem nicht mehr davonlaufen, die Tage sind vorbei. Sie können es nicht mehr schöntanzen und nicht mehr mit der Gartenschere zurechtstutzen. Auch diese Tage sind vorbei. Bleibt nur noch eins: Hören Sie auf, das Problem lösen zu wollen.«

Sie streckte ihre Hand aus und streichelte meine müden Finger.

»Denken Sie nicht nach vorn, an Angenehmeres. Denken Sie auch nicht ans Ende. Bleiben Sie *hier*, Queenie, auch wenn es gerade nicht so schön ist. Und freuen Sie sich, was Sie schon erreicht haben.«

Ich tastete hastig nach meinem Bleistift und schrieb schnell: *Was soll das heißen – was ich schon erreicht habe?*

Lächelnd las sie meine Frage. »Als ich Ihnen zum ersten Mal begegnet bin, waren Sie ein Häufchen Elend. Im Tagesraum saßen Sie abseits von den anderen. Sie wollten nicht in den Garten. Sie wollten Ihre Shakes nicht trinken. Sie haben nicht geglaubt, dass Sie auf Harold Fry warten oder einen Pfirsich essen könnten. Es dauert lange, bis man lernt, dass man auch anders kann. Das gelingt nicht über Nacht.«

Schwester Mary Inconnue spitzte die Lippen und blies kräftig aus. »Wenn uns jetzt einer hören würde! Wir werden ja richtig philosophisch.« Sie lachte.

Danach ließen wir das Schreiben sein. Wir sahen einfach den Wolken zu, wie sie kamen und gingen. Manchmal waren sie groß wie rauchverhüllte Inseln, manchmal nur schmale Seidenbänder. Ich vergaß alles andere. Dann kam die Sonne heraus, und zugleich fing es an zu regnen. Die Regenwolke leuchtete auf, fett und rosig, und auf schräger Bahn fielen die Tropfen nieder, ein einziges silbernes Gefunkel.

»Schauen Sie«, sagte Schwester Mary Inconnue. »Schauen Sie sich das an. Und es kostet Sie keinen Penny.«

Es war so schön, dass wir stumm und reglos dasaßen und uns ganz dem Schauen überließen.

Glauben Sie, das ist ein Zeichen?

Schwester Mary Inconnue schaukelte mit den Füßen und biss auf ihrem Korrekturstift herum. Ich mag ihre Art, nie zu antworten, bevor sie die Frage nicht gründlich durchgekaut hat. »Meinen Sie, ein religiöses Zeichen? Ein Zeichen für Sie, dass Sie weiterwarten sollen?«

Ich zuckte mit den Achseln. Vermutlich meinte ich das, obwohl mir das Wort ›religiös‹ widerstrebte. Wieder machte sie eine Pause.

»Vielleicht«, sagte sie dann. »Vielleicht ist es ein Zeichen. Aber gleichzeitig ist es keins, sondern eine Wolke und ein bisschen Regen. Haben Sie Lust auf eine Banane?«

Ja, sagte ich. Große Lust.

Frohe Botschaft aus Stroud

»Gute Nachrichten! Gute Nachrichten!«

Schwester Catherine kam so schnell in den Tagesraum gerannt, dass ich befürchtete, sie könnte nicht rechtzeitig bremsen und würde wie ein Geschoss zu den offenen Türen hinaus in den Garten des Wohlbefindens fliegen.

»Harold Fry nimmt Kurs auf Stroud! Er ist schon in Nailsworth! Er hat von einer Telefonzelle aus angerufen! Ich habe ihm gesagt, dass Sie immer noch warten! Und dass er weiterlaufen soll!« Das kam nicht genau in dieser Reihenfolge heraus. Ab und zu verschluckte sie ein paar Worte oder würfelte sie durcheinander, aber schließlich war sie den ganzen Weg von der Rezeption hergerannt. In heller Aufregung. »Noch drei Wochen, dann ist er da!«, rief sie.

»Hast du das gehört, Babs?«, rief Finty.

»Na, jetzt brettert er aber los«, sagte der Perlenkönig.

Finty versuchte, mit Schwester Catherine High Five abzuklatschen, was Schwester Catherine jedoch nicht begriff, und so wurde nur ein ungelenkes Händeschütteln daraus. Finty grinste, dass ihr künstliches Gebiss aufblitzte. »Hab ich's nicht gesagt, Queenie Hennessy? Hab ich dir nicht gleich gesagt, du darfst nicht aufgeben?«

Fast eine Woche habe ich dir nicht geschrieben. Ja, der Tod ist hier gewesen. Der Wagen des Bestatters. Es wurde getrauert. Aber es gab auch anderes. Musiktherapie. Vogelgezwitscher. Die Nonnen schoben uns in unseren Rollstühlen hinaus, damit wir dem Treiben der ersten Mauerschwalben zusehen konnten. Die kleinen Blättchen am Baum vor meinem Fenster haben sich zu grünen Handtellern ausgestreckt. Im Garten knospen die Rosen, die ersten Akeleien sind aufgeblüht. Es gab französische Maniküre, Massagen mit Lavendelöl, einen Haarschnitt. Nährstoffshakes und Kartenspiel. Schwester Lucy las Barbara weiter aus *Unten am Fluss* vor, und eine Betreuerin hat sich von Barbaras neuem Brillenetui inspirieren lassen und ein Sortiment bunter Beutel für unsere Pumpenspritzen gestrickt. Scheinbar eine Lappalie und überflüssiger Firlefanz, aber man fühlt sich wieder wie ein Mensch, wenn man solche Gerätschaften in einem hübschen Strickbeutel aufbewahren kann. Eine Patientin hat sich sogar so weit erholt, dass sie nach Hause zurückkehren konnte. Wir standen am Fenster, als ihr Sohn sie zu seinem Auto führte, und haben zum Abschied gewinkt.

»Was für ein netter junger Mann«, sagte Finty.

»Mit Haaren, quer über die Glatze gekämmt«, sagte Mr Henderson. »Wahrscheinlich hat er einen Seniorenpass.«

»Na, Sie müssen grad was sagen«, meinte Finty.

Ich habe geschlafen und zu den Liedern, die in meinem Kopf weitersummten, gar nicht erst die Worte gesucht. Das Ding in meinem Gesicht wurde verbunden. Ich habe Medikamente und Schmerzmittel genommen und jeden Morgen meine Finger gedehnt. Ich habe mit den anderen Patienten Ausflüge in den Garten gemacht und neben Schwester Lucy und ihrem Puzzle gedöst. Am Mittwoch hat sie mir ein Geschenk zugesteckt, eingewickelt in Kosmetiktücher, und auf meinen überraschten Blick hin strich sie sich nur die Ärmel glatt und fragte: »Hat da nicht jemand Geburtstag?«

Es war ein neues Heft für meine Notizen.

Ich habe am Fenster dem Licht draußen zugesehen, wie es von Weiß über Blau in Schwarz übergeht, manchmal mit einem rosa Schimmer dazwischen. Ich habe im Dunkeln gelegen und Barbaras Liedern oder dem Wind in den Bäumen gelauscht. Und wir warten, Harold, wir warten alle – unsere Lieder, der Wind, die Nacht. Wir warten auf dich.

Es ist viereinhalb Wochen her, seit du losgelaufen bist. Ich werde meinen Brief zu Ende bringen.

»Gut«, sagt Schwester Mary Inconnue. »Alles sehr gut.«

Ein glücklicher Tag

Es ist spät im Oktober, einer dieser wunderbar sanften Tage, wenn alles in bläulich-goldenes Licht getaucht ist und die Bäume ihr Laub noch nicht ganz verloren haben. Das Grün ist von Rot und Braun durchsetzt, alle Formen treten dadurch kräftiger hervor. Berg-Astern verwandeln den Straßenrand in blaulila Uferbänke. Der Sommer ist vorbei, die Augustsonne zu freundlicher Milde gealtert.

Du und ich fahren mit heruntergelassenen Scheiben. Die weiche, warme Luft streicht uns übers Gesicht. Fast hätte ich gefragt, wie es in Cambridge so läuft, aber ich möchte diesen Spätnachmittag nicht verderben und beschließe zu schweigen.

Und dann stottert der Motor. Du blickst zum Armaturenbrett, der Wagen fängt an zu rütteln. Als du an die Seite fährst und den Motor abstellst, stößt er ein Zischen aus, das wie ein schwerer Seufzer klingt.

»Verdammter Mist«, sagst du. Du öffnest die Fahrertür und steigst aus. Ich erinnere mich an die Stille auf diesem Landsträßchen. Nichts als Vogelgezwitscher, Insektengebrumm. Die Stille einer warmen

Straße. Vor uns nichts als Bäume, hinter uns nichts als Bäume. Du reibst dir die Hände und machst die Motorhaube auf. Ich schließe kurz die Augen. Spüre die Herbstsonne auf meiner Haut.

»Was ist denn los, Harold?«

Keine Antwort.

Als ich aussteige, stehst du stirnrunzelnd über den Motor gebeugt. Das Licht vergoldet deine Schultern. Du kratzt dich am Kopf. Danach hast du über dem linken Auge einen schwarzen Ölschmierer.

»Gibt es ein Problem?«, frage ich.

Sieht ganz so aus, sagst du. Wir bräuchten eine Werkstatt. Aber wir sind hier im südlichen Devon. Die nächste Werkstatt ist in Kingsbridge. Außerdem gibt es ein weiteres gravierendes Problem. Du hast keine Ahnung, wo wir sind.

»Heißt das, wir haben uns verirrt?«

»Ich habe gehofft, Sie würden es nicht bemerken.«

Ich spähe das einsame Sträßchen entlang nach vorn, dann zurück. In beiden Richtungen flirrt ein wässriger Lichtschleier über dem Asphalt. »Was machen wir jetzt?«

»Ich muss los, Hilfe holen.«

»Aber Sie wissen doch gar nicht, wo wir sind.«

Du schneidest eine Grimasse. »Äh – nein.«

»Haben Sie eine Karte dabei?«

Äh – ja. Eine Karte. Du tauchst ins Auto und beförderst eine amtliche Landkarte zutage. Dann schlägst du die Motorhaube zu, faltest die Karte mit großer Sorgfalt auseinander und breitest sie auf der Motorhaube aus. Wir beugen uns darüber und versuchen herauszufinden, wo wir sind. Einen Moment lang vergesse ich dich, vergesse das Herbstlicht und gehe ganz im Studium der Karte auf. Nach einer Weile stelle ich überrascht fest, dass wir uns beinahe berühren, Arm neben Arm, Gesicht neben Gesicht. Dein Geruch ist so nahe, dass er auf meine Haut überfließt, und dennoch bin ich in der Lage, auf die Karte zu sehen und die Straßen, die Höhenlinien, die eingezeichneten Bauernhöfe und Kirchen auszumachen.

»Wir sind *hier*.« Triumphierend tippe ich auf den Punkt. »Genau hier.«

Zu meiner Verblüffung fängst du an zu lachen. Ich richte mich auf, und ehrlich gesagt, wenn hier einer Grund zu lachen hätte, dann ich, weil du den Ölschmierer über dem Auge hast und nicht ich. Was sei denn hier so komisch?, frage ich, während ich die Karte wieder zusammenfalte.

Was immer hier so komisch ist, hat dich jeder Kommunikationsfähigkeit beraubt. Du hältst dir den Bauch und stößt hohe Hihi-Laute aus.

Ich zupfe dich am Ärmel, und du kicherst und winselst, als würde ich dich gleich kitzeln, und japst: »Nein, nein – nicht!« Und als ich noch einmal frage, was denn hier so komisch sei, reißt du dich zusammen und sagst einigermaßen ernst: »Sie.«

»Ich?«

»Ja. Sie müssen immer die Erste sein.«

Natürlich hast du recht. Ich bin akribisch genau und habe einen Blick fürs Detail. Ich arbeite hart. Und ja, ich konkurriere gern. Aber es macht mir nichts aus, dass du mich auslachst. Ich sehe sogar selbst die komische Seite an mir. Auch ich lächle. »Das ist so, weil ich ein Einzelkind bin.«

»Ich bin auch ein Einzelkind!«

»Hm, seltsam – Sie sind viel netter als ich.«

»Da muss ich Ihnen allerdings recht geben«, sagst du.

Zur Strafe gehe ich mit der Karte auf dich los wie mit einer Fliegenklatsche. Du duckst dich und schützt dich zum Schein mit den Armen, und ich weiß auch nicht, warum, aber sogar das finde ich wahnsinnig komisch.

Ich bin glücklich, das ist der Grund. Ich bin sehr glücklich.

»Wenigstens weiß ich, wo wir sind«, sage ich. Und mir dämmert, dass das gleich mehrfach gilt. Ich weiß, wo wir beide uns auf der Landkarte befinden. Aber ich sehe auch, wo wir als Freunde stehen. Meine Liebe hat sich gesetzt, ist in die Tiefe gesunken. Ich kann fast deinen Arm berühren und mit dir über einer Karte brüten. Ich kann neben dir stehen und noch andere Dinge sehen. Du löschst die Umgebung für mich nicht mehr aus, im Gegenteil, wenn ich dich sehe, nehme ich alles tiefer und feiner wahr: den schwachen Holzgeruch in der Luft. Auch den weißen Kondensstreifen am Himmel, der sich golden verfärbt, bevor er sich auflöst. Die Heckenkirschen, die in diesem Licht so grellrot leuchten, als wollten sie laut nach uns rufen. Meine Liebe für dich macht die Welt schöner. Ich sehe Dinge, die ich vorher nicht gesehen habe.

Nach Kingsbridge zurückzulaufen, ist meine Idee. Du schlägst vor, ich solle mich ins Auto setzen und warten, und als ich frage, für wen halten Sie mich denn, für die Queen?, weist du das weit von dir, kannst aber der Versuchung nicht widerstehen, über meinen Namen zu witzeln.

Also ziehen wir los. *Tapp, tapp,* machen deine Füße auf dem Asphalt; meine machen eher *klick, klick.* Fliegengeschwader umkreisen unsere Köpfe. Du schreitest entschlossen aus, und manchmal muss ich ein paar Hüpfschritte machen, um dir nachzukommen.

»Oje, oje«, sagst du ein-, zweimal.

»Ich weiß nicht, warum Sie solche Dinger an den Füßen tragen.«

»Was ist denn so schlimm an Segelschuhen?«

»Nichts. Wenn man auf einem Segelboot ist.«

Du musst stehen bleiben, um zu lachen. »Ich kann nicht mal schwimmen.« Du wischst dir die Augen trocken.

Dann reden wir nicht mehr so viel. Wir laufen

durch die grünen Tunnel aus überhängenden Zweigen. Dein Gesicht ist gerötet, meines sicher auch. Wir begegnen keiner Menschenseele. Manchmal fragst du mich, ob alles in Ordnung ist, und manchmal bin ich so tief in Gedanken versunken, Gedanken über dich und mich und was aus uns werden soll, dass ich zu antworten vergesse oder zumindest lange für meine Antwort brauche.

Du sagst: »Ich laufe sonst nie.«

»Ich auch nicht«, sage ich.

Wir gehen eine weitere halbe Stunde. Unter meinen Achseln ist es warm und feucht, mir wird schwach in den Knien. Als wir Kingsbridge erreichen, wird die Straße breiter, Gehwege kommen dazu, Straßenlampen, Häuser, Gärten, Autos. Erst als ich das alles sehe, wird mir bewusst, dass wir im Gleichschritt laufen, zu einem gemeinsamen Rhythmus gefunden haben, Seite an Seite und so dicht nebeneinander, dass wir uns fast berühren.

Fast berühren wir uns, und wieder hast du es nicht gesehen.

Den Rest des Jahres hörte ich nichts von David. Kein Brief, keine Postkarte. Ich fragte dich im Auto ab und zu: »Irgendwelche Nachrichten von Ihrem Sohn?«

Aus deinen Antworten versuchte ich herauszufiltern, ob David meine Gedichte erwähnt hatte. Offenbar nicht. Ich fragte auch, wie er zurechtkomme. Ich fragte, wie ihm die Stadt gefalle, seine Seminare. Einmal habe ich sogar gefragt: »Fährt er gern Stechkahn?«

Du hast auf die Straße gestarrt und das Wort wiederholt. »Hm«, hast du geantwortet. »Von Stechkähnen hat Maureen nichts gesagt.« Ich weiß nicht, warum wir lachten. Plötzlich kam uns das Wort unglaublich albern vor.

Selbst wenn David meine Gedichte hatte mitgehen lassen, wie ich befürchtete, konnte er nicht ahnen, dass sie an dich gerichtet waren. Dein Name wurde nie erwähnt. Es gab keine Beschreibungen von dir. Die Gedichte handelten eher vom Wesen der Liebe allgemein, nicht von unserer gemeinsam verbrachten Zeit. Falls David sie mitgenommen hatte, waren sie sicher längst im Müll gelandet. Und vielleicht hatte er mir damit sogar einen Gefallen getan. Vielleicht war es Zeit, die Gedichte loszulassen.

Jetzt, wo David weg war, tanzte ich im *Royal* wieder mit Fremden. Männern mit schütterem Haar. Nervösen Füßen. Feuchten Händen. Die Frau an der Kasse sagte eines Abends zu mir: »Schade, dass Ihr Sohn nicht mehr kommt. Er hat so schön getanzt.« Sie hatte ihr schwarzgefärbtes Haar zu einer überdimensionalen Bienenkorbfrisur hochtoupiert, unter der sie, wie mir schien, nur schwer den Kopf bewegen konnte. Aber das nur nebenbei.

»Ach, der ist jetzt in Cambridge«, sagte ich. »Studiert Altphilologie.«

»Altphilologie?« Sie zog eine Augenbraue in die Höhe. Einer der Türsteher gesellte sich zu uns. »Hat ganz schön was auf dem Kasten, was?«

»Eine Menge.« Du wirst es lächerlich finden, aber ich schwoll vor Stolz.

»Vielleicht kommt er in den Ferien wieder.«

»Vielleicht.«

»Jeder Junge liebt seine Mami.« Aus ihrem bohrenden Blick und dem Lächeln, das sie anschließend mit dem Türsteher austauschte, wurde mir klar, dass unsere Unterhaltung weit komplexer war, als ich zunächst angenommen hatte. Die Bienenkorbdame durchschaute mich. Was sie genau sah, kann ich nur vermuten. Aber danach ging ich der Dame aus dem Weg.

Wer mir leidtat, war Maureen. Du hast mir einmal gesagt, sie warte ständig, dass David anrufe oder schreibe. »Sie vermisst ihn. Sie vermisst ihn sehr. Sie hat ja immer mit ihm geredet. Sie waren ständig am Reden, die beiden, jedes Mal, wenn ich ins Zimmer kam. Die beiden – na ja, Sie wissen schon –, sie haben sich einfach so unterhalten. Es war, als wäre ich nicht da.« Auf ein solches Bild wäre ich nie gekommen. David und Maureen im lebhaften Gespräch. Irgendwie hatte ich mir immer vorgestellt, er streife zu Hause stumm durch die

Wohnung, wie ein Tier, das zu groß für seinen Käfig geworden war.

»Bestimmt wird er sich bald bei ihr melden«, sagte ich und wechselte schnell das Thema.

Anfang Dezember warst du wieder da. Im Hof, mit dem Leergut. Es goss wie aus Kübeln, der Regen kam herunter wie schwarze Nadeln, aber du hast die Dosen unter deinem Mantel hervorgeholt und leise in den Tonnen versenkt.

In der Weihnachtszeit habe ich deinen Sohn ein-, zweimal gesehen, er mich aber nicht. Er stolzierte in seinem weiten Mantel die Fore Street hinunter, mit einem schwarzen Filzhut mit Feder, der mich zum Lachen brachte. Die Leute blieben stehen und sahen ihm nach, und ich meine, er wusste und genoss es. Du bist aus Kingsbridge herausgewachsen, dachte ich. Und obwohl es für Maureen schmerzlich war, freute ich mich für David. Er brauchte seine Freiheit.

Nun hatten wir einander über das Jahr hin kennengelernt, du und ich. Fast ein Jahr liebte ich dich schon. Ich hatte auch etwas mit einem anderen Mann namens Bill angefangen. Ich verließ das *Royal* nachts nicht mehr allein. Ich tanzte jeden Donnerstag mit Bill, und am Samstag trafen wir uns wieder, gingen ins Kino oder eine Kleinigkeit essen. Aber nie in Kingsbridge. Bill hatte vor kurzem seine Frau verloren und lebte mit seinen zwei erwachsenen Töchtern zusammen. »Warum kann ich nicht mal zu dir kommen?«, fragte er oft, und ich machte Ausflüchte und schob die anderen Hausbewohner vor oder meine winzige Wohnung. Einmal fragte er: »Du schämst dich für mich, was?« Ich versicherte ihm rasch, dass das nicht stimmte. Aber gleichzeitig sackten meine Schultern nach unten, weil er recht hatte. Ich schämte mich wirklich, und nachdem es ausgesprochen war, konnte ich Bill nichts mehr vormachen. Ich liebte ihn nicht so wie dich. Das konnte ich nicht. Wollte ich nicht. In mir war nur Raum für einen Mann.

Einmal habe ich dich dabei ertappt, Harold, wie du auf meinen ringlosen Ringfinger gestarrt hast.

»Keiner will mich«, sagte ich und lächelte.

Du hast aufgelacht, aber nicht gesagt: »Ich schon.«

Ich fragte mich, ob David wohl eine Freundin hatte, weil er sich in den Osterferien kaum blicken ließ. Ich erinnere mich an mein Mitgefühl mit Maureen – es muss schwer für sie gewesen sein. Ich dachte an meine eigenen Eltern und wünschte, ich wäre netter zu ihnen gewesen, als ich so alt wie David war. Aber ich war auch erleichtert, dass sich dein Sohn nicht mehr zwischen uns beide schob.

Dann kam mein einundvierzigster Geburtstag. Ich brachte dir Sahnewindbeutel vom Bäcker mit. Wir hielten an und aßen sie am Straßenrand. »Gibt's einen Grund zum Feiern?«, fragtest du. »Nicht den geringsten«, erwiderte ich. Diesmal hast du nicht protestiert, dass du dick würdest, was ziemlich inkonsequent von dir war, weil du um die Mitte herum und im Gesicht tatsächlich ein wenig voller geworden warst. Deine Hose hing nicht mehr an dir herunter.

Zu meiner Überraschung wartete Bill am Brauereitor auf mich, mit Blumen und einem *Happy-Birthday*-Ballon. Er habe mal sehen wollen, wo ich arbeitete, sagte er. Damit ihn ja niemand entdeckte, schleifte ich ihn fast gewaltsam die Straße hinunter – obwohl sich ein Mann mit einem *Happy-Birthday*-Hochglanzballon schwer verstecken lässt. Er bestand darauf, mich in Kingsbridge zum Essen auszuführen, und ich schäme mich, sagen zu müssen, dass der Abend furchtbar entgleiste. Beim Tiramisu wurde Bill langsam ungeduldig. »Ich langweile dich, oder? Du hast einen anderen, was?«

»Wo denkst du hin?«, hörte ich mich sagen.

»Du schaust dauernd zum Fenster raus.« Er zog eine kleine Schachtel aus der Tasche und versuchte, sie mir in die Hand zu drücken. »Heirate mich.«

Der Himmel draußen war noch hell. Ich erinnere mich daran, weil ich lange aus dem Fenster sah und mich fragte, was ich tun sollte. Wenn ich Bill heiratete, könnte ich mich um ihn kümmern. Und um seine Töchter. Ich könnte uns allen ein gemütliches Zuhause schaffen. Ich versuchte, draußen auf dem Gehweg einen festen Punkt zu fixieren, um mich zu konzentrieren, aber dann merkte ich, dass ich im Grunde nur Ausschau nach dir hielt.

Bill rutschte auf seinem Stuhl herum. »Hab ich's doch gewusst, dass du einen anderen hast«, sagte er.

»Es tut mir leid«, sagte ich. »Es tut mir wirklich leid.«

Einen Moment lang saß er ganz still da. Dann aß er sein Tiramisu zu Ende. Kratzte sorgfältig das Glasschälchen aus. Seltsam – wenn sich in unserem Leben Großes ereignet, versuchen wir oft, es kleinzumachen. »Es ist okay für mich, wenn du einen anderen liebst«, sagte er. »Damit kann ich leben.«

»Nein, kannst du nicht.« Ich griff nach meinem Mantel. »Mit uns ist es vorbei.« Auch mit dem *Royal* war es vorbei. Und es traf sich, dass es auch mit Beziehungen vorbei war. Ich habe mich mit keinem Mann mehr getroffen. Kein Bedauern bitte, Harold. Es war meine Entscheidung.

Mit Bills Töchtern bin ich jedoch in Verbindung geblieben. Als die Jüngere heiratete, habe ich ihr einen Satz Weingläser geschenkt. Ab und zu schrieben sie mir. Sogar aus Embleton Bay schickte ich ihnen noch Postkarten. Erst als ich krank wurde, hörte ich damit auf. Da brach ich alle meine Freundschaften ab.

In jenem Sommer hast du deinen Jahresurlaub genommen, bist aber nicht weggefahren. David hatte euch informiert, er werde mit Interrail herumreisen, und anscheinend wollte Maureen lieber zu Hause bleiben. Ohne dich fühlte ich mich in der Brauerei wieder sehr einsam. Als ich dich nachher fragte, was du gemacht hattest, da sagtest du: »Ich habe Rasen gemäht.«

Darüber haben wir viel gelacht.

Mehr Neuigkeiten

Wir haben wieder eine Postkarte bekommen. *Das historische Warwick*. Du kannst dir nicht vorstellen, welcher Tumult im Tagesraum losbrach, als Schwester Catherine mit der Posttasche hereinkam.

»Was schreibt Harold Fry?«, schrie Finty. Sie selbst hatte einen Brief mit der Anfrage bekommen, ob sie in letzter Zeit irgendwelche Unfälle erlitten habe. Womöglich stünden ihr Tausende Pfund Schadensersatz zu. Dann rief sie: »Nein, nein, noch nicht vorlesen! Lassen wir erst diese pappebraunen Milkshakes kommen. Bringen wir ein bisschen Glanz in die Hütte, wie bei Weihnachten in der Fernsehwerbung. Los, Barbara, steck dir dein Auge wieder rein.«

»Ach, Weihnachten!«, seufzte Barbara. »Wie ich das liebe!«

Schwester Lucy legte *Unten am Fluss* beiseite und holte den Rollwagen mit den Nährstoffdrinks. Sie brachte auch Schlagsahne mit, Strohhalme und glänzende Cocktailschirmchen. Der Perlenkönig machte sich daran, sein Päckchen zu öffnen. Mr Henderson legte seine Zeitung beiseite.

»Erlauben Sie mir doch bitte zu helfen, Schwester«, sagte der Perlenkönig, die Liebenswürdigkeit in Person. Er stellte sein Päckchen auf den Rollwagen und schob ihn mit seinem guten Arm nach hinten. Als Schwester Catherine ihre Hilfe anbot, erwiderte er, danke, er komme prima zurecht, und zwinkerte mit einem so unwiderstehlichen Charme, dass Finty röhrte vor Lachen. »Das ist mir einer«, sagte sie und gluckste immer wieder. »Ja, ein sauberes Früchtchen bist du. Ich wette, du hast deinerzeit den einen oder anderen Drink gemixt.«

Der Perlenkönig grinste und sagte, ja, das habe er. »Einmal bin ich aufgewacht und war an einen Baum gebunden.«

»Ich habe schon Schlimmeres gehört«, sagte Mr Henderson.

»Aber der Baum stand in Rotterdam. Und das Letzte, was ich davor mitgekriegt hatte, war ein Pub im Londoner East End.«

Dann teilte er die Drinks aus, einen nach dem anderen. Und obwohl er ein wenig zitterte, weil ihn das Gehen anstrengte, blieb der größte Teil davon im Glas, nur ganz wenig kleckerte uns auf den Schoß oder auf den Teppich. Er entschuldigte sich jedes Mal und erbot sich, einen Lappen zu holen, aber Schwester Catherine lachte nur und sagte, Gott segne Sie.

»Kommen Sie zurecht, Miss Hennessy?«, fragte Mr Henderson und bot mir ein Papiertaschentuch an.

Ich nickte zum Zeichen, dass alles bestens wäre.

Wir wollten die Gläser schon an die Lippen setzen, da fing Barbara an zu reden. »Wisst ihr was? Ich muss gleich heulen. Nicht weil ich traurig bin. Sondern weil ihr so nett seid. Mir steht das Wasser schon bis zum Hals.«

»Ich weiß, was du meinst«, sagte Finty. »Ich bin in meinem Leben einem Haufen mieser Typen begegnet. Aber ihr seid alle okay. Sogar du, Henny.« Sie prostete Mr Henderson zu. Fast hätte er gelächelt, bis er merkte, was sich da anbahnte, und schnell die Stirn in Falten zog.

»Auf Harold Fry!«, donnerte der Perlenkönig.

»Gott segne ihn«, sagte Schwester Catherine.

Barbara hob das Glas. »Am Ende ist es völlig egal, wer du bist. Was zählt, sind die Freunde.«

Wir erhoben noch einmal das Glas auf dich und tranken. Erst war die Flüssigkeit dick und lauwarm und klebte im Mund wie Kleister. Es machte mir große Mühe, sie nach hinten zum Rachen zu befördern. Bis vor kurzem hatte ich nicht gewusst, was für ein komplizierter Akt etwas so Simples wie Schlucken sein kann. Aber plötzlich nahm ich in dem Getränk noch etwas anderes wahr. Es schmeckte nicht nach Pappe, sondern süß und feurig, es kribbelte am Gaumen und ließ meine Geschmacksknospen tanzen. Ein Gefühl, als wäre ich wieder ein ganzer Mensch.

Ich erinnerte mich, wie ich Weihnachten in meinem Garten am Meer gefeiert hatte. Ich fädelte zerbrochene Muscheln auf und hängte sie an die kahlen Zweige meiner Bäume. Jedes Jahr kamen Leute, um sich das anzusehen. Einmal habe ich den Tag mit einer Landstreicherin verbracht, die aus einem Plastikbecher Gin trank und zusah, wie der Wind vom Meer über den Muschelschmuck strich, dass er über unseren Köpfen tanzte und blinkte. Ihr Gesicht leuchtete auf. »So was hab ich noch nie gesehen«, flüsterte sie. Ich dachte, sie würde weiterreden und den Moment verderben, aber sie sagte nichts mehr. Ich holte noch mehr Decken, und sie saß neben mir, und wir schauten.

»WOW!« Finty knallte ihr Glas auf den Tisch. Sie wischte sich den Mund mit dem Handrücken ab. »So einen Drink hatte ich nicht mehr, seit sie mich verhaftet haben.«

Mr Henderson verschluckte sich und hustete in seinen Strohhalm.

»Verhaftet weswegen?«, fragte eine Betreuerin.

»Sagen wir mal, es kam ein Mann aus Gloucester drin vor. Und ein Feuerlöscher.«

»Du liebe Zeit«, stöhnte Mr Henderson und suchte meinen Blick.

»Ich verstehe nicht«, sagte Schwester Lucy, erfreut und verdutzt zugleich. »Soll das heißen, die Getränke schmecken heute?«

»Bisschen besser als üblich«, sagte der Perlenkönig.

Allerdings musste er flüstern, weil zwei neue Patientinnen ihre Gläser hatten fallen lassen und tief und fest schliefen. Er klang jetzt weniger nach Traktor als nach elektrischer Zahnbürste.

Dann richteten wir unsere Aufmerksamkeit auf deine Postkarte. Sie stand, wo Schwester Catherine sie hingestellt hatte, an eine Flasche antiseptisches Mundwasser und eine Schachtel Mulltupfer gelehnt.

»Ich halt's nicht mehr aus, ich will jetzt sofort von Harold Fry hören«, krähte Finty, heftig zwinkernd. »Los, jetzt lies schon jemand. Schnell. Wo ist der Kerl jetzt? Läuft er noch?«

Schwester Lucy nahm die Postkarte und überflog sie kurz. Alle schwiegen, die Spannung stieg.

»Hören Sie mal, wo er überall gewesen ist«, sagte sie schließlich.

»Beeilung bitte«, sagte Finty. »Oder ich mach mir vor Aufregung in die Hosen.«

»Er ist durch Cheltenham gekommen«, sagte Schwester Lucy.

»Cheltenham?«, wiederholte der Perlenkönig. »Da war ich mal. Beim Pferderennen. Hinzus bin ich mit meinem Rolls gefahren, rückzus mit dem Bus.« Er lachte lange. »Ja, das war ein guter Tag.«

Schwester Lucy las weiter. »Dann ist er durch Broadway gekommen.«

»Broadway?«, sagte Barbara. »Da war ich mal. Ich habe mit meiner Nachbarin einen Ausflug dorthin gemacht. Wir waren richtig fein Tee trinken, mit Torte und allem. Sie hat Untersetzer für ihren Wintergarten gekauft.«

Schwester Lucy sagte: »Er war in Stratford upon Avon.«

Da meldete sich Mr Henderson. »Stratford? Dort habe ich mir einmal *König Lear* angesehen, zusammen mit Mary. In der Pause haben wir die Schwäne gefüttert.«

»Und jetzt haltet euch fest: Er hat Baginton erreicht«, sagte Schwester Lucy.

Sie hielt inne und wartete auf einen neuen Einwurf, aber es kam keiner.

Sie las weiter. »Er sagt, er hat einen netten jungen Mann kennengelernt, der Mick heißt. Der hat ein Foto von ihm gemacht und ihm Limonade spendiert. Und Chips auch. Er sagt …« Sie brach wieder ab und kniff die Augen zusammen. »Er hat beschlossen, ohne Geld weiterzureisen. Ab sofort wird er draußen schlafen und auf die Freundlichkeit fremder Menschen vertrauen.«

Diesmal blieb kein Raum für einen Einwurf. Ein Laut brach los. Ein langer, hoher Heulton wie das Pfeifen eines Wasserkessels. Wir drehten uns alle zu Schwester Philomena, die Barbara in die Arme nahm. An den kräftigen Körper der Nonne geklammert, war Barbara nicht mehr als ein Knochenbündel im Morgenmantel. »Was ist denn so schlimm?«, fragte

Schwester Philomena. »Haben Sie Angst um Harold Fry? Der schlägt sich schon durch.«

Als die Worte schließlich nach draußen fanden, waren sie winzig klein.

»Ich wünsch mir so sehr, ich könnte noch einmal ein Weihnachten erleben«, fiepte Barbara. Sie wurde in den Armen der Nonne von Schluchzern geschüttelt.

Wir hörten zu, aber keiner von uns sagte etwas. Wir sahen Barbara nur an, wie ein Kind ein anderes Kind ansieht, das in Schwierigkeiten geraten ist, oder wie ein Autofahrer bei einem Unfallauto bremst und zu begreifen versucht, was passiert ist, aber auf keinen Fall mit dem anderen tauschen will.

»Wirst du auch, Babs«, rief Finty. »Das wirst du.«

Hinter Barbara floss die Maiensonne durch die Tagesraumfenster, ein mäandernder Strom von Licht.

Der Poet

David begann sein zweites Studienjahr in Cambridge. Aus heiterem Himmel kam ein Brief. An einem Samstag lag er in meinem Briefkasten. Für einen Brief war er recht kurz. Ihm mache sein Studium immer noch Spaß, schrieb David, obwohl die Texte manchmal langweilig seien. Die Europa-Tour sei der Wahnsinn gewesen!!!!! (Einem Ausrufezeichen habe ich noch nie über den Weg getraut, einer ganzen Latte schon gar nicht.) Er fügte hinzu, dass er das *Royal* vermisse, und teilte mir seine Adresse mit. Darunter stand ein PS: Ob ich etwas Bargeld erübrigen könne? Dann ein zweites PS: Es tue ihm leid.

Ich antwortete ihm noch am selben Nachmittag. Ich fand es ganz schön frech, dass er mich wieder anschnorrte, verzieh ihm aber, denn einerseits war ich gerührt, dass er sich an mich erinnerte, andererseits gefiel mir seine Bemerkung über das *Royal.* Ich schickte ihm in einem Umschlag eine Postkarte und eine Fünf-Pfund-Note.

Er schrieb auch weiterhin. Nicht regelmäßig, aber alle paar Wochen, und jedes Mal bat er um Geld.

Manchmal ignorierte ich seine Briefe. Aber auf die drängenderen Bitten antwortete ich doch. Ich muss zugeben, Harold, ich fühlte mich ausgenutzt. Aber wenn ich es dir gesagt hätte, hättest du dich furchtbar geschämt. Anfang Dezember fragte David an, ob er mich für ein Wochenende besuchen könne. Er müsse mich sehen, schrieb er; es komme gerade hammerhart für ihn!!!!!!! Er nannte mich seine Freundin.

Ohne dich beunruhigen zu wollen, fragte ich dich, ob ihr, du oder Maureen, etwas von David gehört hättet. Du hast das Übliche geantwortet: David sei zu beschäftigt, um sich zu melden. In seinem letzten Brief hatte mir David die Ankunftszeit des Busses mitgeteilt und mich gefragt, ob ich die Fahrtkosten übernehmen könne. Postwendend schickte ich ihm das Geld (zwanzig Pfund diesmal). Ich putzte die Wohnung. Ich machte ihm ein Bett auf dem Sofa. Wenn er in Kingsbridge wäre, würde ich ihm vorschlagen, er solle dich und Maureen doch besuchen. Am Freitagnachmittag hörte ich früher auf zu arbeiten und achtete peinlich darauf, dass du mich nicht gehen sahst.

David ist nicht aufgetaucht. Ich habe drei Stunden mit meinem Buch am Busbahnhof gewartet, aber er ist nicht erschienen. Er hat auch nicht mehr geschrieben. *Du blödes Weib*, dachte ich. Natürlich hatte er nie vor, dich zu besuchen. Er wollte bloß das Geld. Wahrscheinlich hat er sein Stipendium schon versoffen. Aber wenigstens blieb es mir erspart, dich zu belügen.

Mitte Dezember warst du wieder mit leeren Dosen im Hof. Ich fragte mich, ob David die Stirn hätte, bei mir aufzutauchen, aber er kam nicht. Als ich ihn dann zufällig in Kingsbridge sah, traute ich meinen Augen nicht.

Unten am Kai lärmte der fröhliche Trubel des jährlichen St.-Nicholas-Markts. Ich hatte dich gefragt, ob du hingehen würdest, aber du meintest, Weihnachtsmärkte seien nicht Maureens Sache. Es war ein kalter Abend, aber es regnete nicht, und die Lichter der Stände warfen bewegte Muster auf das schwarze Wasser des Meeresarms. Ich erinnere mich noch an den Geruch nach Glühwein und nach gebratenen Zwiebeln für die Hotdogs und Hamburger. Es gab ein paar Karussells für kleine Kinder, umringt von lachenden Menschen, die mit lauten Rufen die Motoren zu übertönen versuchten. Eine große Menge hatte sich um eine provisorische Bühne versammelt, um einer Band aus dem Ort zuzuhören. Ich sah eine Weile zu und wärmte mir die Finger an meinem Glühweinbecher. Die Musiker waren jung, vielleicht in Davids Alter, und einige der Zuhörer begannen zu tanzen. Ich entdeckte Sheila, Napiers Sekretärin, mit ihrem Mann und einigen Kollegen. Der Glühwein war süffig und hob meine Laune. Ich fühlte mich fast wie im *Royal* – abgesondert und doch dabei. Wie schade, dachte ich, dass du zu Hause geblieben bist. Ein Stück weiter vorn bildete sich die nächste Menschentraube; Gelächter stieg auf. Ich ging hin, wollte auch lachen.

Hinten in der Menge konnte ich nichts sehen, und die Musik der Band wehte noch so laut herüber, dass ich auch kaum etwas hörte. Ich schob mich ein wenig nach vorn, bis ich wie angewurzelt stehen blieb und mich vergewissern musste, dass ich nicht träumte.

David stand im Lichtkreis eines Scheinwerfers, mit einem Mikrophon in der Hand. Er hatte abgenommen. Seine Gesichtszüge schienen schärfer geworden; wahrscheinlich hatte er sich geschminkt. Er hatte sich die Haare wachsen lassen und zu einem Pferdeschwanz zusammengebunden. Er trug einen dunklen, weiten Anzug mit breitem Revers, dazu seine alten Stiefel und meine Fäustlinge. Wenn ich mir die Szene bildlich vorstelle, dann sind die Fäustlinge das einzig Farbige darin. Wie ein überraschender roter Fleck in einer Schwarzweißfotografie. Fast ein Schock.

Ich ärgerte mich immer noch über David, weil er meine Zeit und mein Geld verschwendet hatte, mehr aber noch über mich selbst, weil ich mich so hatte ausnutzen lassen. Ich verbarg mich in der Menge, wollte nicht, dass er mich entdeckte. David trug Gedichte vor. Trotz der Kälte strahlte er so viel lässigen Charme aus, dass er die Menschen anzog und sie ihm zuhören wollten. Das erkannte ich durchaus. Er rauchte beim

Rezitieren, und zu seinen Füßen stand eine Flasche, die er gelegentlich an die Lippen setzte. Als jemand rief: »Lass die Pulle rumgehen, David!«, lachte er und sagte: »Kauf dir selber eine.« Anscheinend war er vielen Zuhörern bekannt.

David hielt ein paar Blätter in der Hand, sah aber meistens gar nicht hinein. Er deklamierte mit einer tiefen, kraftvollen Stimme, die weit trug. Nach allem, was ich hörte, handelte es sich um Satirisches. Nach jedem Gedicht wurde begeistert geklatscht. Das Publikum mochte ihn, und er wusste es. Zu seinen Füßen hatte er auch seinen Hut aufgestellt; eine Frau trat zu ihm und warf ein paar Münzen hinein. Ich hörte ihn sagen, dass er seine Werke bald veröffentlichen würde, als Heft, und einige Leute nickten, zeigten Interesse.

»Das nächste Gedicht«, sagte David, »hat den Titel *Liebeslied einer Maid, der es nie jemand besorgt hat.*« Schon kamen ein paar Lacher aus der Menge; David hielt so lange inne und nahm wieder einen Schluck. »Es hat einen Refrain, den könnt ihr alle mitsprechen.« Er zog einen Seidenschal aus der Jackentasche und knotete ihn unter das Kinn. Vermutlich war es ein Schal von Maureen. Jemand rief: »Schwuchtel!« David grinste und sagte: »Du hast's erfasst.« Ich trat näher heran.

Mit einer gekünstelt hohen Frauenstimme begann David Verse aufzusagen, die ich kannte. Die ich in meiner Handtasche aufbewahrt hatte, bis sie verlorengingen. Meine Gedichte.

(»Ich schaue in die Welt und sehe nichts als dich«, war der Tenor. Ich bringe es kaum über mich, das Zeug zu wiederholen.)

Und dann kam der Refrain. Er war nicht von mir, aber die Menge brüllte vor Lachen: »Meine Liebe ist rein, ich bin ja nur dein. Wann, ach, ach, wann legst du mich flach?«

Die Leute grölten die Zeilen heiser im Chor, und mir brannte das Gesicht vor Scham.

David trug noch vier weitere Gedichte vor. Ich stand da wie festgenagelt, weil mich das Gehörte so tief verletzte und verstörte, dass ich mich nicht von der Stelle rühren konnte. Alle Gedichte parodierten die meinen. Alle brachten die Menge zum Johlen. Am Ende des fünften Gedichts hielt ich es nicht länger aus. Ich drehte mich um und rempelte mir einen Fluchtweg frei.

Dann begann ich zu rennen. Vorbei an den Ständen, den Karussells. Ich hielt mir die Hand vors Gesicht, damit mich keiner sah. Am anderen Ende des Kais musste ich anhalten und mich auf eine Bank setzen. Über dem öligen Wasser stieg wieder das Bild der lachenden Menge vor mir auf. Ich fühlte mich, als wären mir die Kleider vom Leib gerissen worden. Mit meiner Beherrschung war es vorbei, ich schluchzte laut. Angenommen, du hättest die Gedichte gesehen? Oder schlimmer noch: Angenommen, deine Frau hätte sie gelesen? Ich wollte zurück in meine Wohnung, hatte aber nicht die Kraft aufzustehen. Es ertönten Pfiffe und Applaus. Davids Show war vorbei. Ich saß noch lange da und sah zu, wie die Leute den Kai entlang nach Hause gingen. Eltern trugen ihre Kinder. Mehrere Männer – Mitarbeiter der Brauerei – hielten eine kreischende Frau über das Wasser und taten, als wollten sie sie hineinwerfen. Ein als Rentier kostümiertes Pferd wurde zu seiner Box geführt. Die Pubs füllten sich. Der Markt ging dem Ende zu.

»Hey!« Eine schmale, aber kräftige lange Hand zupfte mich an der Schulter und zog mich herum. Mir stieg sein Geruch in die Nase, und ich musste um mein Gleichgewicht ringen. »Warst du auch da?«

Ich stand auf und wollte gehen, aber David ging mir nach und stellte sich mir in den Weg. Ich sah den schwarzen Lidstrich um seine Augen, die rotgefärbten Lippen. Er hatte sich das Gesicht mit einer dicken Schicht weißem Puder geschminkt.

»Wissen deine Eltern davon?«, fragte ich kühl.

Er lachte. »Wahrscheinlich nicht.« Er erwähnte weder die Briefe noch das Geld, das ich ihm geschickt hatte, noch den unterlassenen Besuch. Er blickte über die Schulter zum Jahrmarkt zurück. »Das war gut. Den Leuten hat's gefallen. Bisschen Bargeld übrig?«

Mir blieb der Mund offen stehen, und wieder lachte er. »War nur ein Scherz.« Er zeigte mir den Hut voller Münzen, es waren auch ein paar Scheine dabei. »Möchtest du einen Drink? Ich lad dich ein.«

»Nein.«

»Dann halt nicht.« David zuckte mit den Achseln und entfernte sich. Ich sah ihm nach, wie er die Straße hinauf zum Getränkemarkt schlenderte.

Als ich am folgenden Montag zu dir ins Auto stieg, konnte ich dich kaum ansehen. Du meintest, ich sähe ein bisschen grün um die Nase aus. Grün um die Nase, blaffte ich. Was sind denn das für Ausdrücke? Du hast ein wenig betreten gelächelt und dich auf die Straße konzentriert.

»Machen Sie was Schönes zu Weihnachten?«, hast du dann gefragt. Ich gab keine Antwort.

Wir müssen einige Zeit schweigend weitergefahren sein, dann bist du in eine Parkbucht eingebogen. »Warten Sie kurz«, hast du gesagt, bist ausgestiegen und hast eine Tasche aus dem Kofferraum geholt.

Du hast dich wieder auf den Fahrersitz gesetzt und mich aufgefordert, ich solle dir zusehen.

Du hast aus der Tasche eine rote Christbaumkugel hervorgeholt und sie behutsam an den Rückspiegel gebunden. Sie drehte sich ein wenig, als du dich an ihr zu schaffen machtest. Dann hast du auf meiner Seite die Sonnenblende heruntergeklappt und eine weitere Christbaumkugel daran gehängt, eine goldene diesmal. Anschließend hast du eine blaue Kugel an den Blinker gehängt und zuletzt eine silberne an den Kleiderhaken hinter meinem Sitz.

»Fröhliche Weihnachten, Queenie«, hast du gesagt.

»Was soll das, David?«

Am zweiten Weihnachtstag überrumpelt er mich mit einem Besuch. Er steht am Hauseingang und hält mir eine halbvolle Flasche Southern Comfort und einen Stechpalmenzweig hin. Er schlottert vor Nässe und Kälte – er trägt nur Jeans und eine Jacke, und draußen gießt es –, aber dieser junge Mann kommt mir nicht mehr über die Schwelle.

»Friedensangebot?«, sagt er. Er streckt mir die Flasche entgegen.

Sein Hemd ist so nass, dass der Kragen wie Papier an seiner Haut klebt.

Ich will schon die Tür zuschlagen. Vielleicht spürt er das, keine Ahnung, weil er den Kopf hebt, so dass ich sein Gesicht sehe. Er hat geweint.

Hinter ihm prasselt der Regen auf die Straße, auf den Gehweg, auf das Meer. Alles ist durchweicht und grau, alles löst sich in Wasser auf. Als ich David mit roten Augen und kläglich verzogenem Mund dastehen sehe, in triefnassen Klamotten, aus denen er längst herausgewachsen ist, knicke ich ein. »Dann komm rein.«

Durch den ganzen Flur bis in meine Wohnung hinein zieht er eine nasse Spur, dann auch auf meinem

Teppich bis hin zum Sessel, wo er sich niederlässt, die Beine übereinanderschlägt und die Arme fest um seinen Oberkörper schlingt. Sein Knie wippt auf und ab, auf und ab.

»David, ich bin sauer auf dich«, sage ich.

»Ja, ich weiß.« Er schüttelt sein nasses Haar, dass die Tropfen fliegen. »Und es tut mir auch leid, Q. Echt leid.«

Ich mache David Tee. Ich hole ihm Handtücher und eine Decke. Hantiere geschäftig herum, damit ich mich nicht zu ihm setzen und mit ihm reden muss. Aber seit er in meiner Wohnung ist, hat sich etwas verändert. David kommt mir kleiner vor. Er schüttet den Tee hinunter und füllt die grüne Tasse mit Southern Comfort.

Ich setze mich auf ein Bodenkissen. Okay, sage ich, eine Erklärung, bitte schön.

Er redet den ganzen Nachmittag. Erzählt mir von seinen Seminaren, vom College, von seinem Leben in Cambridge. Er gibt zu, dass er mit dem Arbeitspensum zu kämpfen hat. Er habe eine Freundin gehabt, aber sie habe Schluss gemacht. Jetzt falle ihm der Umgang mit den Leuten leichter, wenn er betrunken sei, dann sei er witziger, weniger gehemmt. Aber natürlich leide das Studium. Die Alten wüssten es nicht, aber seine Tutoren säßen ihm im Nacken.

Gedichte vorzutragen sei seine Art, den Leuten zu zeigen, wer er sei, sagt er, ohne sie vor den Kopf zu stoßen oder gleich ganz zu vergraulen. Er trage sie im Café des Studentenwerks und auf der Straße vor. Das sei wie Straßenmusik für Intellektuelle. Die Aufmerksamkeit, die ihm das einbringe, sei ihm ebenso willkommen wie das Geld.

»Ich will, dass die Leute mich bemerken«, sagt er. »Die Alten haben ja keine Ahnung.«

»Aber du hast meine Gedichte geklaut, David. Du hast sie lächerlich gemacht.«

Er sieht mich sanftmütig an, mit deinen Augen, und sagt: »Ich möchte einfach, dass mich jemand sieht, Q. Dass jemand sieht, wer ich wirklich bin.«

Das möchten wir letztlich alle – gesehen werden.

»Aber diese Gedichte, die du rezitiert hast, waren doch gar nicht von dir. Wie kann dich da jemand darin sehen? Wenn überhaupt, sehen sie mich.«

Er lacht kurz auf, dann spricht er weiter, mit derselben entwaffnenden Offenheit. »Genau das ist der Punkt: *Du* siehst mich, Q. Du siehst, dass ich nur ein Blender bin.«

Meine Wut verflüchtigt sich ebenso wie das Gefühl, hereingelegt worden zu sein. Ich möchte diesem Jungen helfen. Wirklich. »Du musst dein Herz zeigen, David.« Ich lege mir die Hand auf das meine und spüre, wie es dagegenklopft.

Nach einer kurzen Pause fragt er: »Hast du das in deinen Gedichten getan? Dein Herz gezeigt?«

Dieses Mal antworte ich nicht.

David greift nach seiner Flasche, schraubt den Deckel ab und füllt die grüne Teetasse abermals mit Southern Comfort. Er wischt den Flaschenhals sorgfältig mit dem Ärmel ab. Später mache ich einen Christmas Pudding warm (eine Einzelportion) und teile ihn mit David vor der Heizung. Wir stellen uns die Teller auf den Schoß. Er erzählt mir von seinem Interrail-Sommer, und erst als es dunkel wird, fragt er: »Für wen waren die? Deine Gedichte?«

»Du kennst ihn nicht. Ich habe sie vor Jahren geschrieben.«

Als ich aufblicke, sieht er mich sehr aufmerksam an und lächelt. Er glaubt mir. Er hat nicht gemerkt, dass ich seinen Vater liebe. David gießt auch mir eine Tasse Southern Comfort ein, und ich trinke so schnell, dass mir der Alkohol in der Kehle brennt. »Ich wollte nur sichergehen«, sagt er.

In den nächsten Wochen ruft mich David ein paarmal an, natürlich immer auf meine Kosten. Er erzählt mir, wie er in Cambridge vorankommt, und versichert mir, seit unserer Aussprache fühle er sich besser. Er spüre wieder festeren Boden unter den Füßen. Und habe begonnen, selbst Gedichte zu schreiben; er sei mit ihnen sehr zufrieden. Die Gedichte seien nicht mehr witzig – ob ich das in Ordnung fände? Ich versichere ihm, wenn er wirklich ausdrücken könne, wer er ist, dann sei das gut. Wirklich gut. »Kann ich sie dir schicken, Q?«, fragt er.

Anscheinend hat er in Cambridge jemanden getroffen, der jemanden kennt, und dieser Jemand hat die Gedichte gelesen und glaubt, David habe eine große Zukunft vor sich. Er habe die Begabung, ein Sujet auf die Spitze zu treiben. Die ersten Gedichte kommen am nächsten Tag per Post, ein dicker Packen in einem braunen Umschlag.

Ich will ehrlich zu dir sein, Harold. Davids Gedichte taugen nicht viel. Sie sind voller Klischees, die meisten unfertig. Sie haben auch etwas Dunkles an sich, das zum Selbstverliebten tendiert.

Ich mache Randnotizen. Wo Davids Bilder vage sind, schlage ich neue vor. Ich tue, was ich kann, um ihm zu helfen. Weitere Gedichte folgen, sie sind noch düsterer. Vom Tod ist die Rede, dem schwarzen Loch. Oft schreibt er darunter: »Nur für deine Augen!!!!« Er bittet mich inständig, seinen Eltern nichts davon zu erzählen, sonst könne er mir nie mehr vertrauen. »Dein Geheimnis ist sicher«, beruhige ich ihn. Trotzdem bin ich besorgt, und ich weiß nicht, wie ich es dir beibringen soll.

Ostern kommt und geht. Ich erinnere mich, dass ich in deinem Auto kleine Schokoladeneier versteckt habe, um dich mit einer Ostereiersuche zu überraschen, aber du setzt dich sofort auf ein Ei, und so verbringen wir viel Zeit in einem Café, um das Geschmier zu beseitigen.

David kommt sehr kurz nach Hause. Als er zum

Sommersemester zurückfährt, treffen neue Gedichte ein. Ich helfe weiterhin mit Umformulierungen und gebe zu, dass ich die Gelegenheit manchmal auch für sonstige Tipps und Hinweise nutze. Vielleicht könne er sich einem Lyrikkreis anschließen? Und ob er ausreichend esse? Wenn jemand gefragt hätte, was ich da mit David triebe, hätte ich erklärt, dass ich im Grunde dir half, Harold, indem ich David beistand. Auch ich hatte an einer Eliteuni studiert. Auch meine Eltern waren vor meiner Intelligenz in die Knie gesunken. Ich hoffte, David würde irgendwann Fuß fassen, und dann könnte ich im Gespräch mit dir, Harold, einmal nebenbei einfließen lassen, dass ich mit deinem Sohn getanzt und ihm Geld geschickt hätte, könnte von den Gedichten und allem anderen erzählen, was ich jetzt nicht über die Lippen brachte. Später hätte das alles kein großes Gewicht mehr, denn es würde in der sicheren Ferne der Vergangenheit ruhen, und David wäre längst über den Berg.

Und so setzten wir unsere Fahrten fort, du und ich. Ich wachte über dich, brachte dir Schokolade und andere Kleinigkeiten, um dir zu zeigen, dass es mich gab. Und manchmal hast du einen Umweg gemacht und auf die Vögel gedeutet. Einmal haben wir angehalten, erinnerst du dich, weil du glaubtest, ich sähe blass aus. (War ich auch – David hatte mir ein Gedicht über die »blauen Bestien« in seinem Kopf geschickt.) Wir saßen unter einem Feigenbaum, aber mir war so elend, dass ich nicht reden konnte. Nach einer Weile hast du Feigen aufgesammelt und sie in der leeren Parkbucht sorgfältig auf dem Boden aufgereiht. Ob ich schon mal Feigenball gespielt hätte, hast du mich gefragt. Als ich verneinte, warst du überrascht und hast mir erklärt, es gehe ganz einfach, im Grunde wie Kegeln, nur mit Feigen. »Das lässt sich überall spielen. Ich weiß nicht, warum es keine olympische Disziplin ist. Und wenn man keine Feigen findet, kann man es auch mit Kastanien spielen.«

Ich war unerwartet gut in Feigenball. »Sehen Sie«, sagtest du. »Jetzt lächeln Sie wieder.«

»Eines Tages werde ich mit meinem Sohn hierherkommen.« Wir sitzen vor dem Strandpub in Slapton Sands. Ich trinke einen Sherry, du hast ein großes Glas hausgemachte Limonade bestellt. Zwischen uns liegt ein Päckchen Chips. Es muss in dem Sommer am Ende von Davids zweitem Jahr in Cambridge gewesen sein. Das Meer ist völlig unbewegt, wie geschliffenes Glas. Auch der Himmel schimmert silbern, periodisch erhellt vom Lichtblitz des Leuchtturms auf Start Point. »Dann trinken wir ein Bier miteinander«, sagst du. »David und ich.«

Ein Bier?, denke ich. Bist du sicher? Als hättest du meine Gedanken gelesen, hast du gelächelt. »Vielleicht auch Limonade. Jedenfalls werden wir reden.

Sie wissen schon.« Ein Schleier legte sich über deine blauen Augen. »Von Mann zu Mann.«

»Das wäre gut«, sage ich.

»Wenn man jung ist, ist es nicht einfach, mit seinem Vater zu reden. Aber eines Tages. Eines Tages wird David alt sein wie ich auch. Wenn wir beide alt sind, wird es einfacher sein, miteinander zu reden.«

Ich sehe David mit meinen Fäustlingen vor mir und lache. »Ich kann mir David nicht mit Fahrhandschuhen vorstellen, Harold.« Du hast so traurig ausgesehen, so unsicher, ich wollte dich aufmuntern. Aber bevor ich den Satz zu Ende gesprochen habe, merke ich, was mir da herausgerutscht ist. Ich wünschte, ich könnte die Worte zurück in den Mund stopfen. Aber stattdessen kippe ich nur den Rest meines Sherrys hinunter.

»Ich verstehe nicht«, sagst du in die Stille hinein. »Kennen Sie David denn?« Das Meer bürstet den Kiesstrand mit sehr sanften Strichen.

Da hätte ich ganz schnell ja sagen können. Ja, Harold, ja, ich kenne ihn. Du servierst mir die Chance auf dem Silbertablett. Wir sind ein paarmal miteinander tanzen gegangen, könnte ich sagen. Er ruft mich an. Bittet mich um Geld. Es ist noch nicht zu spät, reinen Tisch zu machen. Es ist nie zu spät – und dann denke ich an meine Gedichte, die er ins Lächerliche gezogen hat, und ich habe keine Ahnung, wie ich erklären soll, dass ich dich liebe.

»Nein«, sage ich. Und sage es noch einmal, falls das erste nicht groß genug ausgefallen ist: »Nein. Ich kenne ihn nicht. Ich bin ihm nie begegnet.«

Du lächelst mit einem kleinen Geräusch. Nicht laut genug für ein Lachen, aber es macht dein Lächeln wärmer. »Ich glaube, Sie würden ihn mögen«, sagst du. »Und er Sie auch, ganz bestimmt.«

Mir wächst alles über den Kopf.

Feueralarm

Am späten Abend wurden wir vom Feueralarm geweckt. Einer der neuen Patienten hatte geraucht und eine kleinere Explosion seines Sauerstoffbehälters verursacht. Die Nachtschwestern und die Nonnen schoben uns in unseren Rollstühlen in den Garten hinaus und hüllten uns in Decken, obwohl die Luft nach dem warmen Tag noch überraschend lau war. Mich wehte der erdig süße Duft von Weißdorn, Wiesenkerbel und der ersten Holunderblüten an.

»Der Idiot hätte uns umbringen können«, sagte eine der Nachtschwestern müde und verärgert. Sie war am Rand der Tränen.

»Ja. Hat er aber nicht«, entgegnete Schwester Philomena und lächelte. Dann sagte sie zu dem Knochenbündel neben ihr: »Alles in Ordnung, Barbara. Nicht nötig, aufzustehen. Bleiben Sie ganz ruhig sitzen. Halten Sie meine Hand.«

Die Gesichter der Patienten wurden von dem Licht, das aus dem Tagesraum fiel, matt beschienen. Nichts hatte im Dunkel Substanz. Die Menschen, die Bäume, die Pergola, die Felsbrocken des Steingartens, die Silbersterne der Großen Sterndolden und die Goldregenkaskaden, alles wirkte in seiner Reglosigkeit flach und fahl. »Hier draußen ist es wie in *Unten am Fluss*«, sagte Schwester Lucy. »So friedlich.«

»Soll das ein Witz sein?«, bellte Mr Henderson.

Aber nein, sagte Schwester Lucy. Und es mache ihr nichts aus, dass sie den Anfang übersprungen habe, auch so fände sie die Geschichte wunderbar. Sie hatte das Buch Barbara gerade fertig vorgelesen.

»Die ganzen Kaninchen? Die plattgewalzt und verstümmelt werden?«

Schwester Lucy schlug die Hand vor den Mund. »Kaninchen?«, wiederholte sie. »Wo kommen da Kaninchen vor?«

»Es kommen *nur* Kaninchen vor«, sagte Mr Henderson. »Das ist ja gerade der Punkt.«

»Was? Alles sind *Kaninchen*?« Schwester Lucy war außer sich. »Aber sie *reden* doch. Ich hatte keine Ahnung, dass das Kaninchen sind. O nein!« Sie schwieg, während sie die neue Erkenntnis verdaute. Ab und zu sackten ihre Gesichtszüge nach unten, und sie stieß wieder »O nein!« hervor. »Das ist ja erschütternd.«

»Wieso mussten Sie ihr unbedingt auf die Nase binden, dass das Scheißkaninchen sind?«, zischte Finty. Und Mr Henderson sagte tatsächlich, es tue ihm leid. Er habe gedacht, jeder wisse, dass das Buch von Kaninchen handle, es seien ja sogar welche auf dem Umschlag abgebildet. Er wünschte, er hätte nie ein

Wort davon erwähnt. »O nein«, schluchzte Schwester Lucy. Schwester Philomena wickelte die junge Nonne in eine Decke ein. Ich griff nach Schwester Lucys Hand.

Etwas später sagte jemand: »Schauen Sie mal, Mutter Oberin. Schauen Sie den Mond an.« Als Schwester Philomena ihn sah, bat sie alle Betreuer, uns im Garten an eine Stelle zu schieben, wo auch wir uns an dem Anblick freuen könnten.

Der Mond hing tief am Himmel, mandarinefarben. Die Sterne rings um ihn flimmerten und pulsierten. Mr Henderson deutete auf den Großen Wagen und das Lieblingssternbild meines Vaters, den kleinen Sternhaufen namens Siebengestirn. »Können Sie das sehen, Schwester Lucy?«, fragte er. »Sie auch, Miss Hennessy?«

Ich dachte an meinen Garten. An die Figuren, die im Mondlicht schimmerten. An die Windspiele, die in der Brise sangen. Ich stellte mir den Strand von Embleton im Schnee, im Wind und in der Sonne vor, in allen seinen Erscheinungen, die ich kennengelernt habe. Ich sah, wie sich die Winterwogen zu schwarzen Schieferwänden türmten, und ich sah das Meer an einem Julimorgen, ein Tuch aus rosa Seide. Embleton ist gar nicht so weit weg, nur dreißig Meilen, aber mein Garten schien Lichtjahre entfernt.

Nach der ganzen Aufregung um den Sauerstoffbehälter und die Kaninchen wollte ich nicht weinen und mich lächerlich machen. Also sagte ich zu mir: Denk an was anderes. Denk an Harold Fry. Auch er ist unter diesem Mandarinenmond und diesen Sternen.

Arten der Liebe

»Es gibt unterschiedliche Arten zu lieben«, sagte ich zu David. »Man kann mit Vollgas lieben, mit viel Lärm, oder man kann leise lieben, beim Abwasch. Man kann sogar einen Menschen lieben, ohne dass er es weiß.« Dabei drehte ich mich bewusst von ihm weg.

Das war an Weihnachten, in Davids drittem Studienjahr in Cambridge. Sein Zustand hatte sich weiter verschlechtert. Immer wenn er mich besuchen kam, setzte er sich in meinen Sessel neben dem Heizlüfter, in seinem schwarzen Mantel zusammengekauert, und rauchte einen Joint. Wenn ich ihn deshalb zur Rede stellte, sagte er, das Zeug helfe ihm, sich zu entspannen. Anscheinend schrieb er immer noch Gedichte, wollte sie mir aber nicht mehr zeigen. Wenn ich ihn nach den Seminararbeiten fragte, wurde sein Blick trüb, und wenn ich mich nach seinen Freunden erkundigte, ebenfalls. Er klagte oft über die Kälte, und ich holte ihm ständig Decken. Ich fragte ihn, ob er nicht zum Arzt gehen wolle, aber David schnaubte nur verächtlich. Dasselbe tat er, wenn ich ihm vorschlug, doch einmal mit dir zu reden.

Ich hatte mir fest vorgenommen, eine Brücke zwischen dir und deinem Sohn zu bauen, aber ich war ratlos und überfordert. Vielleicht um mich abzulenken, nahm David unsere Debatte wieder auf. Die Vorstellung einer Liebe beim Abwasch empörte ihn. Wie konnte ich mich mit etwas so Banalem abgeben?

»Manchmal muss man in gewöhnlicheren Bahnen denken, David«, sagte ich. »Manchmal läuft es im Leben anders als erwartet.«

»Ich würde lieber sterben als gewöhnlich sein, Q«, sagte er. Er bohrte seinen Blick in den meinen, und sein Gesicht wirkte so gequält, dass ich nichts antworten konnte.

Ich konnte es David jedoch nachfühlen, wenn er über das Mittelmaß hinausstrebte. Als Studentin war es mir genauso gegangen. Ich hatte mich immer wieder in hochgewachsene, dunkelhaarige, ungewöhnlich gutaussehende Jungs verliebt. Die verabredeten sich mit mir, um mich über meine hochgewachsenen, hübschen Freundinnen auszuquetschen. Ich schrieb Liebesbriefe für sie, kleine Kunstwerke. Danach nannten mich die dunklen, gutaussehenden Jungs und meine blonden, schönen Freundinnen einen guten Kumpel oder einen Fels in der Brandung, was das Gleiche bedeutet wie »Du bist nett« oder »Du hast hübsche Füße«. Freundliche, unterstützende Sätze. Ich wollte aber keine Stütze. Dafür hatte ich meine Strumpfhosen. Ich wollte Liebe.

Dann begann ich sie tatsächlich zu finden, die Liebe, aber immer nur so, dass es zu nichts führte. Ich suchte mir Männer aus, die mich enttäuschten. Und wenn ich mir keine Männer aussuchte, die mich enttäuschten, wurde ich von Männern ausgesucht, die ich selbst enttäuschte. Es ist nicht nötig, über diese Affären viele Worte zu verlieren. Lieben zu lernen ist schwer. Ich wusste zum Beispiel, dass der Mistkerl in Corby die falsche Wahl war, deshalb brach ich in wilden Aktionismus aus, um mich von der Wahrheit abzulenken. Wenn man weiß, dass etwas falsch ist, muss man viel Mühe aufwenden, um trotzdem bei der Stange zu bleiben. Ich sollte ihn wirklich nicht mehr ›Mistkerl‹ nennen. Wahrscheinlich ist er ein guter Ehemann. Ein guter Vater und Großvater. Ein guter Nachbar und so weiter.

Dann bin ich dir begegnet, habe mich in dich verliebt, und diesmal hätte ich Wurzeln geschlagen. Ich hatte genug gespart, um ein kleines Haus zu kaufen. Aber da passierte diese furchtbare Tragödie mit David, und so begann die alte Geschichte von vorn. Ich überbrachte deiner Frau meine Nachricht an dich, und am nächsten Tag bin ich geflohen, nach Norden, dann nach Osten, bis ich wieder aufs Meer gestoßen bin (verdammt klein, diese Insel). Ein weiteres Mal wurde ich zum Anhalten gezwungen.

Die Reise war damit beendet, aber ich musste entdecken, dass eine Liebe nicht so leicht zu beenden ist.

Sie hört nicht auf, nur weil man wegrennt. Sie hört nicht einmal auf, wenn man beschließt, noch einmal neu anzufangen. Du blickst auf die Nordsee hinaus und siehst nur den Ärmelkanal. Du betrachtest in Northumberland die Sanddünen und erinnerst dich an die in Devon. Es gibt kein Entrinnen vor der Tatsache, dass die Liebe immer noch putzmunter und lebendig ist und du etwas mit ihr anfangen musst.

Ich hatte keinen Plan, als ich mit dem Garten begann. Keine Erfahrung mit Pflanzen. Mein Garten hat sich langsam entfaltet. Wie die Liebe. Jeden Tag bin ich die Dünen und die Küste entlanggelaufen und habe beobachtet, was zwischen Felsen und Wegen wächst. Ich habe mir Notizen gemacht. In Craster habe ich anderen Leuten beim Graben und Pflanzen zugesehen. Ich sah mir die Steingärten gegenüber dem Fischerhafen an. Dann kehrte ich zu meinem Strandhaus zurück und grub und pflanzte selbst. Jedes Jahr wurde mein Garten größer. Jedes Jahr hat er sich ein bisschen tiefer verwurzelt.

Im Lauf der Zeit musste mein Garten einiges durchmachen. Erst einmal meine eigenen Fehler, reichlich an der Zahl. Das Wetter hat ihm zugesetzt. Die Möwen. Und auch Menschen. Manchmal boten sie an, mir zu helfen, und kamen mir mit ihrer Hilfe ungewollt in die Quere. Manchmal haben sie mir provozierende Fragen gestellt. Wie können Sie Ihr Leben an einen Garten vergeuden? Wie können Sie immer nur an einem Ort bleiben und nie verreisen? Ich habe alles beantwortet. Es hat mir Vergnügen bereitet, über meinen Garten zu reden. In einem Sommer unterbrachen mich drei junge Frauen, die einen Junggesellinnenabschied feierten. Ich erinnere mich daran, weil eine der Frauen eine Schärpe mit dem Aufdruck »Braut« umgebunden hatte und einen riesigen, aufblasbaren Plastikpenis durch die Gegend schleppte. So etwas vergisst man nicht so leicht.

Die Frauen trugen Shorts, Bikini-Tops und silberne Diademe. Ihre weiche, satte Haut war an Schultern und Dekolleté von Sonne und Salz gerötet.

Hübscher Garten, sagte die eine.

Nettes Sonnenplätzchen, sagte die zweite.

Aber zu nah am Klippenrand, sagte die Braut.

Also legte ich meine Grabgabel beiseite und erzählte die übliche Geschichte. Mein Garten sei die Hommage an einen Mann, den ich nicht haben könne. Und die Sühne für einen furchtbaren Fehler, den ich begangen hätte. Ich zeigte den jungen Frauen die Felstümpel mit den Anemonen und den winzigen blauen Fischchen, die ich aus Muschelschalen zugeschnitten hatte. Ich zeigte ihnen die Treibholzfiguren, die Fahnen aus Seetang und die Girlanden aus bunten, vom Meer durchlöcherten Kieselsteinen. Ich zeigte ihnen die hohen Stängel von Schmucklilien und Engelwurz (ich hatte immer eine Vorliebe für hochwüchsige Pflanzen), den weißen Fingerhut, den blauen Mohn und die Iris. Die

Jahreszeiten kämen und gingen, die Pflanzen stürben ab und kämen wieder. Jeder Teil meines Gartens habe eine Geschichte, sagte ich, die mich daran erinnere, was ich gelernt oder zurückgelassen hatte.

Aber wie kann ein Garten einen Mann ersetzen?, fragte die Braut.

»Trisha heiratet nächste Woche«, erläuterte ihre Freundin.

»Heute Abend ziehen wir in Newcastle durch die Clubs«, sagte die andere. »Um ihre letzten Tage der Freiheit zu feiern.« Die drei jungen Frauen lachten.

Ob sie nicht frei und verheiratet zugleich sein könne?, fragte ich.

»Nur wer meinen Verlobten nicht kennt, kann so was fragen«, sagte die Braut.

Da erzählte ich den jungen Frauen, in meinem Garten hätte ich lernen müssen, dass es Zeiten gab, wo ich eingreifen musste, aber auch andere Zeiten, wo ich eine Pflanze in Ruhe lassen musste, sosehr ich sie auch liebte. In meinem Garten gehe es weder ums Besitzen noch um Selbstverwirklichung.

»Eine Hochzeit ist mir trotzdem lieber«, meinte die Braut.

»Sie sollten mal ihr Kleid und ihren Schleier sehen«, sagte ihre Freundin, und die Dritte: »Eine Frau braucht diesen ganz besonderen Tag in ihrem Leben. Einmal muss sie eine Prinzessin sein dürfen.«

Ich ließ mein Leben Revue passieren. Es hatte darin kein rauschendes Fest gegeben, keine Rede, wie liebenswert ich doch sei, kein Hochzeitskleid, kein Konfetti. Niemand saß jeden Abend neben mir oder wachte jeden Morgen an meiner Seite auf. Und auch wenn ich mir sagte, es sei schließlich meine Entscheidung gewesen und ich hätte stattdessen ja einen Garten und meine Einsamkeit, wurde mir in der Sonne kalt, und ich brachte mein Essen nicht herunter.

Etwa ein Jahr später besuchte mich die Braut wieder. Sie hatte abgenommen. Sie erzählte mir, die Ehe sei schiefgegangen. Ob ich ihr Pflanzen empfehlen könne, die sich hübsch in ihrem Fensterkasten machen würden? Ich schenkte ihr ein paar Ableger. Sie hatte einen neuen Mann kennengelernt, aber diesmal wollte sie sich viel Zeit lassen. »Und keine Hochzeit«, sagte sie. Wir blickten aufs Meer hinaus, und ich glaube, wir lächelten beide.

Nur einmal noch habe ich von Davids Gedichten gehört, am Ende seines dritten Studienjahrs. Er beklagte sich, wie schlimm es sei, erst hochgejubelt und dann fallengelassen zu werden, als wäre man schon immer ein Nichts gewesen. Er war wieder zu Hause und bereitete sich angeblich auf das Abschlussexamen vor. Es wäre besser gewesen, meinte er, ohne Erwartungen zu leben.

»Aber was hast du denn erwartet?«, fragte ich. »Was haben die Leute denn zu dir gesagt?«

»Sie haben gesagt, ich sei ein Dichter. Und ich könnte berühmt werden.«

»Warum brauchst du andere Leute, die dir sagen, was du bist? Warum schreibst du nicht einfach um des Schreibens willen? Dazu brauchst du nicht berühmt zu sein.«

Er schüttelte zornig den Kopf und zündete sich wieder eine an. »Du verstehst mich nicht.«

»Nein«, stimmte ich zu. »Aber ich würde gern.«

»Es bringt nichts, ein verdammter Poet zu sein, wenn niemand weiß, dass man einer ist. Da wäre ich lieber ein Niemand wie mein Vater. Ich würde lieber wissen, dass ich ein Niemand bin, und damit leben.«

»Du bist kein Niemand, David«, sagte ich. »Und dein Vater auch nicht.«

Mit einem unwirschen Knurren erhob er sich aus meinem Sessel, als könne er mich nicht länger ertragen. Er warf sich den Mantel über die Schulter und wankte aus der Wohnung.

Manchmal erinnere ich mich an Davids Wunsch, berühmt zu sein. Ich erinnere mich, dass er sich als Versager fühlte, weil die Welt nicht aufhorchte und ihm Beifall spendete. Ich denke an das vergeudete Leben, und ich sage dir eins, Harold, ich hätte am liebsten das Nächstbeste gepackt und durch die Gegend geschleudert. Lieben zu lernen ist schwer. Aber ich glaube, noch schwerer ist es zu lernen, ein ganz gewöhnlicher Mensch zu sein.

Jahre, nachdem ich meinen Garten in Embleton Bay angelegt und das große Stück Treibholz gefunden hatte, das mich an dich erinnerte, fand ich ein zweites Stück. Ich war unten am Strand, Vögel beobachten, und hoffte, auf dem Craggy Reef Austernfischer zu entdecken. Da stieß ich mit dem nackten Fuß gegen etwas Hartes. Ich blieb stehen. Buddelte den Sand weg. Zum Vorschein kam ein geschwärztes, etwa armlanges Stück Treibholz, zu einem verdrehten V gekrümmt und an beiden Enden zerbrechlich dünn geschliffen. Es war so voller Traurigkeit, dass es mir fast den Atem nahm. Ich sah darin nur David. Behutsam trug ich das Holzstück zu meinem Garten und verbrachte den Rest des Tages mit der Suche nach dem richtigen Platz dafür. Schließlich entschied ich mich für ein Steinbeet mit einer cremefarbenen Dünenrose. Ich pflanzte Aronstab ringsum, und als die roten Beeren hervorkamen, dachte ich an meine Wollfäustlinge.

An jenem Abend arbeitete ich im Garten weiter, noch lange nachdem die Sonne hinter dem Horizont versunken war, noch lange nachdem der Mond aufgegangen war und seine Silberspur über die Wellen gelegt hatte. Ich musste das Meer und den Wind hören, meine Hände mussten in Bewegung bleiben. Der Gedanke, ins Haus zu gehen, war unerträglich.

Was die Zukunft angeht

Letzte Nacht habe ich geträumt, ich sei zu meinem Garten am Meer zurückgekehrt.

Im Traum habe ich versucht, Harold, die Holzfiguren festzumachen und die Fruchtstände an Stangen zu binden, aber der Wind hat schwarzweiße Wirbel ins Meer gepeitscht, an meinen Haaren gezerrt und meinen Garten verwüstet. Die Pflanzen und Figuren sind in die Luft geflogen wie Wracktrümmer in einem Tornado. Ich versuchte ihnen nachzujagen, vergebens. Ich musste zusehen, wie der Sturm sie davontrug.

Als Schwester Mary Inconnue kam, war an meinen Brief nicht zu denken. Alles, was ich schreiben konnte, war: *Was wird aus meinem Garten am Meer?*

Schwester Mary Inconnue saß vor dem Fenster, faltete die roten Hände und hob sie an den Mund. Die Blätterbüschel am Baum hinter ihr sahen auch aus wie plumpe Hände, aus den Zweigen spitzten kleine Blütenähren hervor. Schwester Inconnue war tief in Betrachtung versunken. »Ist es das erste Mal, dass Sie daran denken?«, fragte sie schließlich.

Es war nicht das erste Mal. Die Frage verfolgte mich schon eine ganze Weile, hatte aber immer nur im Schatten gelauert, und so habe ich mich auf andere Dinge konzentriert, weil ich mich ihr nicht stellen wollte.

Während ich auf Schwester Mary Inconnues Antwort wartete, beobachtete ich sie aufmerksam. Ich hatte so viel Angst davor, was sie sagen würde, und gleichzeitig ein so dringendes Bedürfnis nach Klarheit, dass ich nichts mehr sah als die Nonne. Der Baum verschwand. Ich vergaß sogar mich selbst. Ich sah nur noch Schwester Mary Inconnue und ihre grünen Augen.

»Haben Sie ein Testament gemacht?«

Nein. Mir schnürte sich die Kehle zu.

»Sie müssen ein Testament machen, Queenie. Das wissen Sie doch, oder?«

Ich begann zu weinen, und sie hielt meine Hand, aber was mich so bewegte, war weder Angst noch Kummer. Ich weinte, weil sie recht hatte und ich es wusste. Ich hatte nur darauf gewartet, dass es jemand aussprach.

»Sein Testament zu machen, ist nicht so schlimm, Liebes. Das ist genauso, wie das Haus zu putzen, bevor man in Urlaub fährt. Man will die Dinge einfach ordentlich hinterlassen. Sie müssen Schwester Philomena fragen. Sie müssen ihr sagen, dass Sie Ihr Testament machen möchten.«

Ein wenig später wusch mir Schwester Lucy die Haare. Sie massierte mir eine Spülung in die Kopfhaut, und ich hatte das Gefühl, mir schmölzen die Zehen und die Finger weg. Wieder sah ich vor meinem inneren Auge meinen Garten am Meer, aber alles Chaos war beseitigt; dunkelrote Stockrosen streckten ihre hohen Stängel in die Luft, und das einzig Bewegte waren die herumgaukelnden Aurorafalter mit ihren orangefarbenen Flügelspitzen. Das Meer unten in der Bucht war von einem ungekräuselten Blau, die Wellen liefen am Strand in schmale Spitzensäume aus. Es war windstill. Schwester Lucy umwickelte meinen Kopf mit einem warmen Handtuch. Sie föhnte mir die Haare und lackierte mir die Nägel.

»Heute sehen Sie fröhlicher aus«, sagte Schwester Catherine. »Hätten Sie Lust auf einen Ausflug in den Garten?«

Ich drückte ihr die Hand, um ihr zu danken.

»Gut«, lächelte sie. »Ich auch. Ich hole meine Strickjacke.«

Die Spanische Inquisition

»Maureen sagt, ich brauche ein Jackett«, hast du mir berichtet. Erinnerst du dich an jenen Tag? Was für ein Jackett?, fragte ich. »Ein Jackett, das ein Vater zur Examensfeier seines Sohnes tragen kann.«

Wir fuhren gerade zur Brauerei zurück. Die Landsträßchen in Devon waren so überwuchert, dass ich das Gefühl hatte, wir rollten unter dicken grünen Baldachinen dahin. Nach ein paar Meilen hast du dich geräuspert und gefragt: »Haben Sie eine Ahnung, wie so ein Jackett aussehen sollte?«

»Heißt das, Sie möchten, dass ich Ihnen beim Aussuchen helfe, Harold?«

»Kann man so sagen.« Eine David-Floskel, wie sie typischer nicht sein könnte.

Wir hielten vor dem Herrenausstatter in Kingsbridge. Du hast mich dem Verkäufer vorgestellt, dessen Sohn mit David zur Schule gegangen war. »Das ist Miss Hennessy. Lustige Sache. Wir haben uns in …«

»… der Kantine …«, sagte ich.

»… in der Büromaterialkammer kennengelernt.« Du hast gelacht.

Ich erinnere mich, dass dich der Verkäufer nach David fragte und du geantwortet hast, er habe gerade sein Examen gemacht. Der Verkäufer erzählte, dass sein Sohn einen Job bei der Müllabfuhr gefunden habe. Niemand sprach es aus, aber wenn man die beiden abwesenden jungen Männer nebeneinanderstellte, war der Glanzvollere natürlich David. Der Verkäufer brachte eine Auswahl an Jacketts und ließ sich ehrfürchtig über Davids Intelligenz aus. Klüger als die Lehrer sei er gewesen. Er habe sich doch mal an einem Wochenende Altgriechisch beigebracht, aus einem Büchereibuch. Und wie man ein Fahrrad zerlegt. Ich erinnere mich an dein Gesicht. Wie es aufleuchtete.

»Und wissen Sie noch?« Der Verkäufer lachte. »Wie sie den Bengel bei den Laborräumen auf dem Dach gefunden haben? Was hat er denn da gemacht? Gedichte aufgesagt?«

Das Leuchten verschwand aus deinem Gesicht. Du hast verstohlen in meine Richtung geblickt und dann auf deine Füße hinunter, als sei dir peinlich, was ich nun denken könnte. Du lebtest ja in dem Glauben, dass ich deinen Sohn nicht kannte. »Ach ja«, murmeltest du. »Das hatte ich ganz vergessen.«

»Entschuldigen Sie meine Ausdrucksweise«, sagte der Verkäufer zu mir.

»Mir gefällt dieses da«, sagte ich und deutete auf das Jackett aus meliertem schottischem Tweed. Ich hatte gar nicht richtig hingesehen, wollte nur das Thema wechseln, weil dich die Erinnerung an David auf dem Dach so zu bedrücken schien. Das Jackett hatte breite Revers, drei Knöpfe und eine Brusttasche. Und es war Harold-beigebraun. Der Verkäufer meinte, es sei schon die neue Herbstware, gut geeignet für den September, und suchte eine pflaumenblaue Krawatte dazu heraus. Nein, nein, hast du schnell gesagt und sie durch eine braune ersetzt. Ich überlegte, ob deine Angst, irgendwie aufzufallen, wohl mit deiner Kindheit zu tun haben könnte, auch wenn du deine Mutter nur zweimal erwähnt hast. Ich sah den hilflosen Jungen in dir, vielleicht auch deshalb, weil du dich beim Ausziehen deines eigenen Jacketts in den Ärmeln verheddert hast; da bin ich rasch herbeigeeilt.

»Danke, Queenie. Wären Sie so nett und würden sich kurz um mein Jackett kümmern?«

»Gern.« Schließlich kümmerte ich mich schon seit über drei Jahren um dich. Ich legte das Jackett sorgfältig zusammen und hängte es mir über den Arm.

Rückblickend war der schottische Tweed zu förmlich und zu warm. Ich habe dich das Jackett nie wieder tragen sehen. Aber als du hineingeschlüpft bist, erinnerte sich der Verkäufer erneut an etwas Amüsantes und fing an zu lachen. »Oder diese Nacht, als David von der Polizei aufgegriffen wurde, beim Versteckspielen auf der Fore Street? Der hätte leicht unter die Räder kommen können, der Schlingel.«

Du sahst jetzt richtig krank aus.

»Entschuldigen Sie meine Ausdrucksweise.«

Du hast gelächelt, so gut du es noch fertigbrachtest, und gesagt, das Jackett sei genau das Richtige, vielen Dank, und die Krawatte auch. Rasch verließen wir den Laden. Auf dem ganzen Rückweg zur Brauerei warst du unkonzentriert, bist dir ständig durchs Haar gefahren und hast immer wieder den Kopf geschüttelt wie unter kleinen Stromstößen.

»Wie aufregend, dass Sie zur Examensfeier Ihres Sohns gehen«, sagte ich. Was ich sagen wollte, war: Sie werden das gut durchstehen, Harold. Sie sind erwachsen genug. Und David braucht Sie.

Als ich mich bei David nach seinen Abschlussprüfungen erkundigte und fragte, ob es eine Frage über Platos *Staat* gegeben habe, lachte er in den Hörer. »Was soll denn das?«, fragte er. »Ist das die Spanische Inquisition, verdammt?« Wenigstens glaube ich, dass er das gesagt hat. Was tatsächlich herauskam, war: »Wassndas? Die spaaasche Inqui…son, vadamm?«

Es ließ sich nicht mehr verbergen, wie stark er trank. Als er nach Hause zurückkehrte und mich besuchen kam, roch er so penetrant nach Alkohol, dass ich Angst hatte, wir würden, falls ich ein Streichholz anzündete, in Flammen aufgehen. Ich machte ihm Toast, um den Alkohol etwas aufzufangen, und goss ihm ein Glas Milch ein, aber er wollte nicht mehr vor mir essen. Ich musste den Teller und die Milch zu seinen Füßen abstellen und weggehen, mich mit etwas anderem beschäftigen. Er war wie ein angeschossenes Tier, abgemagert, verängstigt und nicht mehr zu den einfachsten Dingen in der Lage. Einmal schlug ich vor, wir könnten doch wieder tanzen gehen, wenn er Lust hätte, und er sah mich an, als hätte ich ihn beschimpft. Und wenn er zum Arzt ginge? »Mir fehlt nichts«, blaffte er. »Ich bin bloß müde. Das ist alles. Ich bin erschöpft.«

Oft klagte er, ihm sei kalt, und wenn ich im Schlafzimmer eine Decke holen ging, fand ich ihn bei der Rückkehr meist schon schlafend im Sessel. Ich erschrak, wie zerbrechlich David im Schlaf aussah, als genüge ein Windstoß, um ihn hochzuheben und aus dem Fenster zu wehen. Am liebsten hätte ich ihn mit einer dicken Wolldecke als Ballast beschwert. Ich musste unbedingt eine Möglichkeit finden, mit dir zu reden.

Sie kam nach Davids Examensfeier. Wir saßen im Auto, und ich fragte dich, wie es gewesen sei. Und ob das Tweedjackett Anklang gefunden habe. Du sagtest das Übliche: »Ja, ja«, und fügtest hinzu, das Jackett sei etwas kratzig gewesen und du habest die Arme darin schlecht beugen können. Etwas später hast du zugegeben, dass David sehr beschäftigt gewesen sei. Du habest nicht viel von ihm mitbekommen, da er zu allen seinen Freunden musste. Welche Freunde?, dachte ich. Er hat keine. Ich erinnerte mich an meine eigene Examensfeier. Wie meine Mutter mit breit geöffneten Beinen im Gras gesessen hatte, Sandwiches aß und dabei geziert den kleinen Finger abspreizte. Mein Vater benutzte den Strohhut meiner Mutter, den er immer noch in der Hand hielt, zum Auffangen der Brösel. Sie waren völlig überfordert. Und sie waren mir eine Last; ich konnte es kaum erwarten, von ihnen wegzukommen. Aber ich hätte sie nie einfach sitzenlassen.

Ich holte tief Luft. »Alles in Ordnung mit David?«

Du bist blass geworden. Ich vermutlich auch. Die Luft zwischen uns fing an zu pulsieren.

»In Ordnung?«, hast du wiederholt.

»Manchmal ist es schwer für Studenten. Nach dem Abschluss. Ich weiß noch, wie verloren ich mich fühlte. Ich konnte keine Arbeit finden«, tastete ich mich vorsichtig voran.

Du hast ein paarmal geseufzt. Du hast das Steuer etwas zu ruckartig eingeschlagen, und wir sind untypisch scharf um eine Ecke gebogen. Aber ich ließ nicht locker. »Braucht er …« Ich kam nicht bis zum Wort ›Hilfe‹, denn ich fand die Frage so schwierig, dass ich nicht weitersprechen konnte.

Bevor ich weiterreden konnte, bist du dazwischengeplatzt: »Er will einen Wanderurlaub machen. Im Lake District. Zur Überbrückung. Bis er einen Job findet.«

Das war mir neu. Ich schöpfte wieder Hoffnung für David. Das bedeutete, dass er an die Zukunft dachte. Du hast immer weitergeredet, um keine Stille aufkommen zu lassen, als wolltest du mich daran hindern, noch etwas zu sagen. »Wenigstens hat er einen Abschluss. Wenigstens hat David etwas aus seinem Leben gemacht.«

Das klang gar nicht nach dir. Das klang nach jemandem, der wütend auf dich war.

Ich dachte, der Urlaub würde David guttun. Aber auch persönlich war ich erleichtert. Wenn dein Sohn zu Hause war, sahst du so müde aus, Harold. Und du hast keine Bierdosen mehr entsorgt, sondern leere Flaschen.

Als David mir von dem geplanten Wanderurlaub erzählte, bestärkte ich ihn ebenfalls in seiner Idee. Zum ersten Mal seit Monaten wirkte er aufgeregt. Körperliche Bewegung, frische Luft, Tapetenwechsel. Ich hoffte, das alles könnte ihm helfen. Und als er mich um Geld für ein Paar Wanderstiefel bat, weil das Geld, das Maureen ihm gegeben hatte, nicht reichte, gab ich es ihm. Ich erinnere mich, wie ich ironisch bemerkte, ich würde mich darauf freuen, die Stiefel an ihm zu bewundern, und wie er lachte und sagte: »Ja, klar.« Wenigstens hatte er den Anstand gehabt, mich zu fragen, statt etwas mitgehen zu lassen.

Glaubst du, dass er wirklich im Lake District war?

Manchmal frage ich mich sogar, ob er sein Examen überhaupt gemacht hat. Er hielt so viel von sich geheim. Rückblickend gibt es bei David so viel Ungereimtes.

Aber jetzt, wo David anscheinend glücklich war, hast auch du glücklicher gewirkt. Wir haben wieder Feigenball gespielt. Ich habe mich nach Davids Urlaub erkundigt, und du hast gesagt, er habe Maureen ein paarmal angerufen. Ich bereitete wieder Picknicks für unsere Fahrten vor. An einem Nachmittag schlug ich vor, wieder die Vögel an den Klippen von Bolberry Down zu beobachten. Damals wusste ich es noch nicht, aber es war das letzte Mal. Wenige Tage später kam David vorzeitig aus seinem Urlaub zurück.

Er schien in eine ganz andere Welt abgedriftet. Wenn er sprach, dann stockend, als könne er die Ideen in seinem Kopf nicht ganz mit Worten zur Deckung bringen. Er hielt keinen Blickkontakt, seine Wangen waren wie Scharten in seinem Gesicht. Seine Haut hatte jede Farbe verloren, sogar seine Augen, sein Mund, seine Haare waren zu Grau verblasst. Es gab Tage, da fiel er, wenn er mich besuchte, der Länge nach in meine Wohnung. Oder er rief mich mitten in der Nacht an, vom Kai unten. Es waren grundsätzlich R-Gespräche, und manchmal war es schwer, seinem Gefasel einen Sinn zu entnehmen, aber wenn ich auflegte, rief er sofort wieder an. Dann warf er mir vor, ich würde ihm nicht zuhören, würde ihm ausweichen. Seine Tiraden konnten stundenlang dauern. Mehrmals ging ich zum Kai hinunter und fand ihn besinnungslos auf einer Bank liegen. Dann half ich ihm in die Fossebridge Road zurück, aber weil ich uns allen Peinlichkeiten ersparen wollte, begleitete ich David nie bis zur Haustür. Ich machte ihm die Gartentür auf und deutete auf den Weg. Ich vergewisserte mich auch immer, dass in euren Fenstern Licht brannte. Einmal habe ich dich sogar aus dem Fenster starren sehen, im Obergeschoss. Du schienst so müde, Harold.

Ich habe noch einen letzten Versuch gemacht, dich zu warnen. In einer Mittagspause sah ich dich aus der Kantine eilen und bin dir nachgelaufen. Ich wollte dir mitteilen, wie besorgt ich war. Ich musste dich unbedingt darauf hinweisen, dass David Hilfe brauchte. »Harold?«, rief ich. »Kann ich kurz mit Ihnen reden?«

Du hast dich umgedreht und gesagt: »Ach, hallo. Ojemine.« Du hast geweint. Du hast versucht, dich hinter einem Taschentuch zu verstecken.

Andere Mitarbeiter drängten an uns vorbei, und du musstest dich abwenden, damit sie dein Gesicht nicht sahen. Wenn ich nur nicht gleich am Anfang diesen dummen Fehler gemacht hätte, dir zu verschweigen, dass ich mit David getanzt hatte. Oder vielleicht hätte ich einfach sagen sollen, ich liebe dich. Jetzt war alles so kompliziert geworden, so verfahren. Mir wollten die richtigen Worte nicht kommen.

Du hast gesagt: »Tut mir leid, Queenie. Ich hab … na ja, ich hab was im Auge. Kann die Sache warten? Können wir das ein andermal besprechen?«

»Harold, es ist wichtig. Es kann nicht war-«

»Ich muss weg«, hast du mich unterbrochen. Und beim Davonhasten riefst du wiederholt: »Ein andermal, Queenie. Ein andermal.«

Es gab kein andermal. Gleich danach ist David eine Woche verschwunden. Im Rückblick sehe ich, dass wir beide sogar damals noch glaubten, jeder auf seine Weise, es sei noch nicht zu spät, um David zu retten. Dass wir daran glaubten, wir könnten ihm helfen, diesem Teil von dir, diesem Fleisch von deinem Fleisch – aus dem einfachen Grund, weil er ein Teil von *dir* war.

Aber fünf Tage später war David tot.

Arme Barbara

»Warum steht im Tagesraum ein Weihnachtsbaum?«, fragte Mr Henderson. »Wir haben den zwanzigsten Mai.«

»Und was riecht da so?«, fragte Finty und sog tief die Luft ein.

Wir saßen in unseren Rollstühlen am Eingang zum Tagesraum und atmeten harzigen Tannenduft. Die Vorhänge waren zugezogen, es war dämmrig im Raum, das Tageslicht drang nur schwach zu den Fensterrändern herein. Davon abgesehen war die einzige Lichtquelle ein kleines Tannenbäumchen mit roten Kugeln, von silbernen Lichtern getüpfelt. Sie blinkten im Dunkeln. Auf einem Stuhl schien eine einsame Gestalt zu sitzen, aber Genaues ließ sich nicht erkennen.

»Bringt die Patienten hinein«, sagte Schwester Philomena zu den anderen Nonnen. »Ich hole Barbara.«

Schwester Lucy war so glücklich, dass sie dauernd lachte und mit meinem Rollstuhl gegen die Möbel fuhr. Ich hob das Gesicht zu ihr und sah sie verwirrt an. Zum ersten Mal reagierte sie nicht panisch, sondern sagte: »Warten Sie ab.«

Die Unbekannte blieb abseits sitzen. Als sich meine Augen an das Dunkel gewöhnten, sah ich, dass es eine kleine Frau war, ungefähr so klein wie ich. Sie trug einen leichten Sommermantel und hatte ihre Handtasche zu ihren Füßen auf den Boden gestellt. Wie sie so angespannt dasaß und im Mantel wartete, sah sie weder aus wie eine neue Patientin noch wie eine regelmäßige Besucherin. Ich dachte daran, wie ich selbst vor einigen Wochen hier angekommen war und nicht wollte, dass mich jemand ansprach oder ansah. Ich versuchte, der Fremden freundlich zuzulächeln, aber sie zuckte ein wenig zusammen. Ich vergesse es manchmal. Ich vergesse, wie ich jetzt aussehe.

Schließlich trug Schwester Philomena Barbara herein. Barbara war so klein wie ein Kind. »Was ist denn los?«, murmelte sie. Sie sprach sehr langsam, was an den Medikamenten liegen mochte. »Ich spür doch, dass hier was los ist. Bin ich gestorben? Ich bin doch nicht tot, oder?« Ihr Gesicht war so geschrumpft, dass ihr die Haut in Falten um den Hals hing wie ein Blusenkragen.

»Nein, nein«, sagte Schwester Philomena mit einem Lächeln. »Sie sind nicht tot, Barbara.«

Wir lachten alle. Möglicherweise vor Erleichterung. »Ach woher, Babs«, gackerte Finty. »Unkraut vergeht nicht.«

Als die Fremde Barbara erblickte, setzte sie sich so ruckartig auf, dass sie fast in die Höhe schoss. Dann erstarrte sie. Sie saß auf der Stuhlkante, hob beide Hände und zog den Mantelkragen dicht an ihre Ohren.

Schwester Philomena verstaute Barbara in den Kippstuhl direkt neben der Fremden. Die Fremde presste die Lippen ganz fest zusammen. Dann bat Schwester Philomena eine Betreuerin, eine zusätzliche Decke und ein Kissen zu holen. Sie stopften sie um Barbara herum und fragten, ob sie es bequem habe, ob ihr warm genug sei, doch Barbara antwortete nicht.

Schwester Philomena sagte mit leiser Stimme: »Barbara, Sie haben Besuch.«

Die Fremde schluchzte auf. Es klang wie ein kleiner Rülpser. Sie zog hastig ein Kosmetiktuch aus der Schachtel und drückte es sich auf den Mund.

»Können Sie mich hören, Barbara?«, fragte Schwester Philomena.

Barbara nickte. Mit der rechten Hand tastete sie langsam an ihrer Armlehne entlang, dann durch die Luft, der Fremden entgegen. Plötzlich umklammerte die neue Patientin Barbaras Hand, und ich begriff, dass die Frau natürlich keine Fremde war. Sie war die Nachbarin. Barbaras Nachbarin. Sie war sie besuchen gekommen.

»Es tut mir so leid, so furchtbar leid«, sprudelte die Nachbarin hervor. »Ich war immer so beschäftigt.«

Ihre Augen flackerten zu uns herüber, von einem

zum Nächsten, als stünde sie vor Gericht und rede um ihr Leben.

»Wenigstens haben Sie sich überhaupt mal blicken lassen, meine Liebe«, sagte der Perlenkönig. Wieder fuhr die Frau erschrocken zusammen. Vielleicht hatte sie seine Stimme für das Wummern einer Dampframme gehalten.

»Besser spät als nie«, sagte Finty.

Schwester Philomena stand auf und pflückte eine der glänzenden Kugeln vom Baum. Sie legte sie Barbara in die Hand. »Spüren Sie, wie blank die Kugel ist?«, fragte sie, und ihre leisen Worte klangen wie ein Wiegenlied. Barbara nickte. Sie hielt immer noch die Hand ihrer Nachbarin fest. Es sah aus, als wolle sie sie nie mehr loslassen.

Schwester Philomena hob den Papierengel von der Baumspitze und gab Barbara auch den. Sie fragte, ob Barbara den Tannenduft riechen könne, und dann nahm sie Barbaras Finger und führte sie zu den Zweigen.

Schwester Philomena hielt Barbaras linke Hand, flüsterte ihren Namen und sagte ihr, es sei Weihnachten, jetzt sei Weihnachten und ihre Nachbarin sei hier. Jetzt würde alles gut.

In der Nacht hörte ich Barbara eine kleine Weile singen. Ich glaube, *Stille Nacht*. Das Lied kam und ging, so schwach, dass ich reglos daliegen musste, um etwas mitzubekommen. Zum ersten Mal seit einer Woche hörte ich Barbara nicht aufstehen. Nicht durch die Gänge streifen.

Der Wagen des Bestatters kam heute Vormittag.

Im Tagesraum sagte keiner ein Wort. Keiner rührte seinen Shake an. Ein zähes Schweigen lastete auf uns und erdrückte alle Lebendigkeit. Es war wie an dem Vormittag, als dein erster Brief kam, Harold, nur noch schlimmer, weil wir damals nichts erwartet hatten; aber jetzt hatten wir uns an etwas gewöhnt, und nun war es fort. Wir konnten noch so angestrengt versuchen, uns dem Leben zuzuwenden. Alles war vorbei. Es war schwer, etwas anderes zu sehen als das Ende.

»Ich dachte bloß …«, sagte Finty. Dann gab sie auf.

»Scrabble?«, fragte Schwester Lucy.

»Vielleicht lieber nicht, wenn's Ihnen nichts ausmacht«, sagte der Perlenkönig. »Vielleicht überhaupt nicht mehr.«

Die Harold-Fry-Ecke hinter ihm wirkte trist und angestaubt. Eine Stecknadel musste sich von einer der Postkarten gelöst haben, denn sie hing schief, als würde sie gleich herunterfallen.

Wir schlossen die Augen. Wir schliefen.

Schluck, schluck.

»Ich mache mir Sorgen um das Auge«, sagte jemand. Wer, weiß ich nicht. Sie beugten sich alle über mich. Sie rochen alle sehr sauber.

»Ich glaube nicht, dass sie es schafft«, sagte die Frau mit der Pampelmuse.

Dr. Shah: Sterilen Verband?

Schwester: Ja, Herr Doktor.

Dr. Shah: Augentropfen?

Plipp plopp.

Ich hörte jemanden »Infektion« sagen und jemand anderen »Fieber«.

Schwester: Keine Angst, Queenie. Das wird schon wieder. (Aber es wurde überhaupt nicht. Aus ihrem Mund krabbelten Spinnen.)

Schwester Philomena: Queenie wartet auf ihren Freund. Er heißt Harold Fry.

Hahaha, sagte das Pferd.

Dr. Shah: Ich habe davon gehört.

Schwester: Unglaubliche Geschichte, nicht?

Die Schwester lächelte. (Noch mehr Spinnen.)

Dr. Shah: Kann man hoffen, dass er bald ankommt?
Bald? Die Frau mit der Pampelmuse lachte.
Bald? Das Pferd lachte.
Wo bist du, Harold Fry?

Zwei Tage lang habe ich nichts geschrieben. Es ging mir nicht gut genug. Nichts, was ich gesehen oder woran ich mich erinnert habe, konnte mich dazu bewegen, den Bleistift in die Hand zu nehmen. Schwester Mary Inconnue hat mich besucht, aber ich habe nur geschlafen und meine Medizin genommen. Gestern Abend hat vielleicht jemand vergessen, die Vorhänge zuzuziehen, oder vielleicht hat die Nachtschwester sie unbemerkt wieder aufgezogen. Und als ich heute früh aufwachte, blickte ich in silbernes Licht hinaus.

Ein paar übriggebliebene Sterne waren über den Himmel verstreut, die dunklen Blätter hingen reglos am Baum. Kein Lüftchen. Es war die Zeit kurz vor Sonnenaufgang, wenn das Schwarz einen Tick ins Grau rutscht und blasser wird, aber kaum heller. Von Blau noch keine Spur. Das war meine Lieblingszeit für die Gartenarbeit. Ich sah zu, wie von den Pflanzen und Figuren nach und nach die dunkle Starre wich. Ich sah zu, wie Farbe in den Wellenschlag des Meeres kam. Es war, wie den Tag beim Aufwachen zu beobachten.

Wie nannte man bloß diese Tageszeit? Ihr Name schien mir plötzlich bedeutsam. Ob es wohl ein Wort wie »Vordämmerung« gab? Aber damit schien mir der magische Lichtschimmer vor dem Fenster nur sehr halbherzig beschrieben.

Als die Nachtschwester kam, um mein Schmerzpflaster zu erneuern, schrieb ich ihr in mein Heft: *Wie nennt man dieses Licht? Diese Tageszeit?* Die Nachtschwester sagte, wahrscheinlich heiße das einfach noch Nacht, vielleicht aber auch schon Dämmerung, aber leider habe sie vor dem Ende ihrer Schicht noch furchtbar viel zu erledigen. Ich nickte zum Zeichen, dass ich natürlich verstand. Etwas später klopfte Schwester Catherine an meine Tür und brachte ein Glas Wasser. »Ich habe gehört, Sie wollen etwas über die Dämmerung wissen? Ich habe im Computer nachgesehen.« Sie zog ein Blatt Papier aus der Tasche. »Ich habe recherchiert.«

Und jetzt kann ich dir sagen, dass der Zeitabschnitt vor der Dämmerung nicht Vordämmerung heißt, sondern Nacht. Aber von der Dämmerung selbst gibt es drei Stufen, einmal die astronomische Dämmerung (sieht aus wie die Nacht), die nautische Dämmerung (gerade hell genug, um im Dunkeln einen Gegenstand zu erkennen) und schließlich die bürgerliche Dämmerung (wenn es so hell ist, dass vernünftige Leute aufstehen können, ohne sich blaue Flecken zu holen).

»Aber manche Leute nennen es auch die Silberstunde«, sagte Schwester Catherine. »Das gefällt mir am besten.« Sie ging ans Fenster und blickte zum Himmel hinauf. Sie berührte die Glasscheibe, als greife sie nach der Luft dahinter. »Hören Sie sich bloß diese Vögel an. Es muss wunderbar sein, so früh morgens zu laufen. Wenn ich jemals nach Santiago de Compostela laufen sollte, würde ich es so machen: Ich würde in der Morgendämmerung laufen. Wahrscheinlich würde ich auch Freundschaften schließen. Mit wildfremden Leuten.«

Sechs Tauben flogen vorbei, und sie sahen aus wie weiße Taschentücher im Landeanflug.

Schwester Catherine drehte sich um. »Was machen Sie denn da, Queenie?«, fragte sie und lachte. »Sie fangen doch nicht schon wieder an zu schreiben?«

Der Weg, auf dem es weitergeht

Nach dem Tod deines Sohnes hat sich die Welt für mich verändert, Harold. Für Napier hat sie sich nicht verändert. Auch nicht für meine Vermieterin oder deine Nachbarn oder die Leute, an denen ich auf der Straße vorbeiging. Und wenn, dann gab es nur eine kurze Verschiebung, einen winzigen Knick oder einen Ruck, als hätte man eine Stufe übersehen – wie uns das plötzliche Fehlen eines Menschen eben an unsere eigene Endlichkeit erinnert; aber bald gehen wir zur Tagesordnung über, zu den vertrauten, gewöhnlichen Dingen, die uns wieder das Gefühl von Unverwundbarkeit geben. Doch von meinem Blickwinkel aus hat die Erde gebebt. Und wie es Erdbeben so mit sich bringen, brach alles auf und wurde auseinandergerissen. Jeden Morgen, wenn ich aufwachte, war das Leben einen Moment lang, einen kurzen Moment lang wie früher, dann erinnerte ich mich mit stillem Entsetzen, was geschehen war. Ich erinnerte mich an das, was ich getan hatte, und musste aufstehen. Ich musste mich pausenlos beschäftigen, um nicht denken zu müssen. Ich hatte keine Ahnung, wie du deinen Verlust ertragen oder jemals darüber hinwegkommen könntest. Wie sehr ich mich auch anstrengte, ich sah den Weg nicht, auf dem es weiterginge.

Ich weiß noch, dass ich sehr zornig war. Ich war schockiert darüber, denn von allen Gefühlen, die Trauer begleiten können, wird über Wut und Zorn am wenigsten gesprochen. Einsamkeit, ja. Schuldgefühle, ja. Aber weißglühende Wut? Sie fuhr in mich wie ein Blitz, wenn ich es am wenigsten erwartete. Eines Tages drängte sich auf der Fore Street eine Frau mit ihren Einkaufstüten vor mich. Sie stieß mit ihren Tüten gegen meine Knöchel, nicht der Rede wert, aber ich jagte der Frau hinterher. Der würde ich gleich Bescheid stoßen, wie unmöglich sie sich verhalten hatte – in Grund und Boden sollte sie sich schämen! Genauso, wie ich mich selber schämte. Die Wut pochte in meinem Bauch wie etwas Lebendiges, Atmendes. »Was ist denn mit Ihnen los?«, fragte sie, als ich eine Entschuldigung von ihr forderte. »Sonst haben Sie kein Problem?«

Also versuchte ich, weiterzuleben wie vor Davids Tod. Ich zog mich morgens an und fuhr mit dem Bus zur Arbeit. Auf dem Heimweg kaufte ich Milch. Ich machte mir Toast zum Abendessen. Ich setzte mich abends hin und las. Aber so oft ich die alte Routine auch abspulte, alles erschien mir sinnentleert. Ergab zusammenaddiert die Summe null.

Du hast inzwischen deinen Sohn begraben. Du hast angefangen zu trinken. Dann sind andere Dinge passiert. Schreckliche Dinge, zu denen ich später komme. Mir war klar, dass ich an allem schuld war. Ich hatte nicht genug getan, um David zu retten, und der Schmerz, den ich dir zugefügt habe, war unverzeihlich. Es war Zeit weiterzuziehen, aber ich brachte es noch nicht über mich. Ich konnte den Gedanken, dich und Kingsbridge zu verlassen, noch nicht ertragen.

Als ich schließlich doch ging, hatte ich es sehr eilig. Ich warf meine Sachen in den Koffer. Ich packte meine Tanzschuhe nicht ein. Mein Tanzkleid auch nicht. Das braune Wollkostüm? Bleibt hier. Der Plattenspieler? Kein Platz dafür. Es war, als würde ich mich häuten. Abgesehen von Kleidung waren die einzigen Dinge, die ich mir zu behalten erlaubte, meine liebsten Bücher und die erbsgrünen Tassen und Unterteller. Ich wickelte sie in meine Socken und Strumpfhosen. Als der Morgen dämmerte, nahm ich den ersten Bus nach Exeter. Ich suchte die Straße ab, hielt Ausschau nach dir. Aber es war zu früh; du wärst noch nicht einmal in der Arbeit.

In Exeter wartete ich dann im Café gegenüber dem Bahnhof St. David's und begegnete dem einsamen Gentleman, der dann doch nicht einsam war. Da floh ich zum Fahrkartenschalter und löste eine Fahrkarte. Und schon war ich unterwegs nach Newcastle.

Ich wünschte, ich wäre auf dem Bahnsteig zusammengebrochen. Das wäre eine Art Ausweg gewesen. Aber ich ging nur wankend zu Boden und schrammte mir die Knie auf, was einen kleinen Auflauf auslöste, unerwünschte Aufmerksamkeit. Später am Nachmittag nahm ich mir ein Zimmer in einem billigen Hotel. Eins dieser neuen Gebäude an einem Kreisel, mit so dünnen Wänden, dass man genauso gut in einem Bett neben der Bushaltestelle schlafen könnte. Eine Putzfrau schob einen Rollwagen mit frischen Laken, Handtüchern und kleinen Toilettenartikeln durch den Gang. Als sie mich alleine ankommen sah, zeigte sie mir, wie man die Zimmertür öffnete, es sei ein kleiner Trick dabei, sagte sie. Ich gebe zu, ich sah nicht hin. Ich fragte mich nur, was ich mit mir anfangen sollte, wenn ich im Zimmer war. Das Gebäude an sich schien völlig geräuschfrei, ich hörte nur den Verkehr und die lauten Stimmen von der Straße unten.

Draußen war es noch ziemlich warm, in meinem Zimmer aber sehr kalt. Daran kann ich mich noch gut erinnern. Schon in der offenen Tür spürte ich den eisigen Luftzug. Ich starrte das weißbezogene Einzelbett an, den leeren Schrank, die nackten Wände, und konnte keinen Schritt über die Schwelle tun. Ich sagte zu der Putzfrau, ich hätte jetzt einen Spaziergang nötig. Ohne ihre Antwort abzuwarten, ließ ich den Koffer an der offenen Tür stehen und lief davon.

Ich ging rasch die Straße entlang. Ich hatte Hunger, merkte aber, dass ich nicht anhalten könnte, geschweige denn, mich an einen Tisch setzen oder essen. Es hatte eine Zeit gegeben, als ich nichts anderes sah als Mütter mit Babys. Jetzt waren es Mütter mit erwachsenen Söhnen. Es wimmelte von ihnen, überall. Deine Frau und dein Sohn, in den unterschiedlichsten Ausgaben. Ich hätte alles darum gegeben, die Erinnerung zu löschen, aber Maureens Worte gellten mir noch in den Ohren, sogar in Newcastle, als ich am Tyne entlanglief; egal, wie schnell oder wie weit ich rannte, ich entkam ihnen nicht. Als ich zum Hotel zurückkehrte, war es schon spät, und ich fühlte mich ganz schwach, weil ich mich so verausgabt und nichts gegessen hatte. An der Rezeption brannte Licht, aber es war niemand da.

Erst als ich vor meinem Zimmer stand, fiel mir auf, dass ich den Schlüssel nicht mitgenommen hatte. Von meinem Koffer war nichts zu sehen. Ich versuchte, die Tür zu öffnen, doch sie war verschlossen. Zwar hatte mir vor der Rückkehr in dieses Zimmer gegraut, aber nun war ich da, hatte beschlossen, ins Bett zu gehen, und hätte kein anderes Zimmer gewollt. Ich wünschte mir nichts dringender als die weiße Kälte dieses kahlen Raums – und Schlaf.

»Arbeitet hier keiner?« Ich schlug wiederholt mit der ganzen Hand auf die Klingel an der Rezeption, aber niemand tauchte auf. Am Ende schlich ich hinter die Theke und holte mir meinen Zimmerschlüssel selbst.

Man sollte meinen, eine Tür zu öffnen sei doch ganz einfach. Sollte es jedenfalls sein. Es gehört zu den Dingen, die man automatisch macht, während man an Interessanteres denkt. Aber egal, wie oft ich den Schlüssel drehte und das Schloss aufklicken hörte, die Tür rührte sich nicht von der Stelle. Ich drückte, ich zog. Ich rüttelte daran. Ich trat sogar dagegen. Nichts. Zwischen Anfällen von Verzweiflung nahm ich mich zusammen und bemühte mich, ganz ruhig nachzudenken, aber was ich auch unternahm blieb ohne Erfolg. Die blöde Tür ging nicht auf. Irgendwann setzte ich mich auf den Bodenläufer und versuchte, im Gang zu dösen.

Die Putzfrau fand mich. »Ach, Sie Arme, ich hab's Ihnen doch gezeigt«, sagte sie und half mir auf die Füße. »Ich hab Ihnen doch erklärt, wie die Tür aufgeht.« Sie nahm mir den Schlüssel aus der Hand und drehte ihn sanft im Schloss. Dann fasste sie den Griff, und die Tür glitt mühelos nach links. Klar. Eine Schiebetür. »Brauchen Sie noch was?«, fragte sie.

Ich wünschte, ich könnte dir berichten, dass ich in jener Nacht tief und fest schlief, weil ich seit Wochen nicht geschlafen hatte, aber das Leben ist nicht so, und es wurde wieder eine schlaflose Nacht.

Am nächsten Morgen nahm ich in aller Frühe einen Bus nach Alnwick. Dann einen zweiten Bus. Ich hatte mir in den Kopf gesetzt, dass ich immer weiter nach Norden müsste. Der Bus kam bis zu einem Dorf namens Embleton, dreißig Meilen südlich von Berwick upon Tweed, dann hatte er einen Motorschaden. Ein Ersatzbus? Ja, der kommt morgen. Alles aussteigen, bitte. Anscheinend ging jetzt alles dem Ende zu. Ich wollte nichts als weiter, weiter und stieß nur auf Hindernisse.

Das Dorf war nahezu menschenleer. Ich hätte im Hotel oder Laden nach einem Taxi fragen können, hatte aber keine Lust, jemandem zu begegnen. Schon gar nicht, jemanden um Hilfe zu bitten, denn Hilfe setzt ein Gespräch voraus, einen Austausch, und ich wollte nichts als allein weiter, weiter. Ich zog meinen Koffer eine Straße mit dem Schild »Zum Golfplatz« entlang. Die Straße führte wie eine Einladung zum Meer. Heute kenne ich dort jede Hecke, jedes Tor, jede Blume. Ich verstehe, warum ich ihr folgte. Eine so breite, gerade Straße hat Sogwirkung. Zwischen mir und dem blauen Strich in der Ferne wogten blassrosa Sanddünen und Strandhaferbüschel. Ich weiß nicht, ob ich beim Laufen speziell an David dachte, aber ich beschäftigte mich stark mit Dingen aller Art, die zu Ende gehen.

Ich ging an den kurzgeschorenen Rasenflächen des Golfplatzes vorbei und dann die sandigen, weichen Dünenpfade hinauf und hinunter. Als ich die Mündung des Flüsschens mitten in der Bucht erreichte, zerrte der Wind an meinen Kleidern und Haaren und wehte mir den Salzgeruch von Seetang in die Nase.

Die Bucht dehnte sich weit um mich herum, ein perfekter weißer Bogen. Auf der anderen Seite stocherte die Ruine von Dunstanburgh Castle in den Himmel. Es war Ebbe, und der Sand glänzte wie Glas. In weiter Ferne trafen die Wellen aufs Land und brachen. Das ist ja Bantham Beach, dachte ich. Kaum fahre ich tausend Kilometer, lande ich dort, wo ich losgezogen bin. Wohin jetzt? Was bleibt noch?

Ich trottete weiter, vorbei an Seetangpolstern und schwarzen Steinbrocken, bis das Wasser an meinen Schuhen leckte. Diesmal würde ich weiterlaufen. Das Wasser würde über meine Füße spülen. Um meine Knie schwappen. Meine Taille, meine Brust, mein Kinn antippen. Diesmal würde ich es hinter mich bringen, ein für alle Mal. Das Wasser war so bitterkalt, dass ich beinahe aufschrie. Ich pflügte weiter voran.

Das Meer reichte mir schon fast bis zu den Knien, als mich unter den Wellen etwas Winziges, Helles anblinkte. Da sah ich zum ersten Mal nach unten. Grüne Tangfäden ringelten sich um meine Knöchel. Muscheln und Steine tupften die Sandrillen. Jede vorbeischwappende Welle verzerrte das Bild ein wenig, es verlor sich, dann kehrte es zurück. Ein Garten im Meer – und ich hätte ihn so leicht verpassen können.

Ich dachte an die Hoteltür, die sich weder aufdrücken noch aufziehen ließ, sondern nur von rechts nach links gleiten wollte. Manchmal überrascht einen der Weg, Harold, auf dem es weitergeht. Man will die vertraute Richtung erzwingen und entdeckt, dass man sich stattdessen in neue Räume begeben muss. Der Weg, auf dem es weitergeht, verläuft dann nicht geradeaus nach vorn, sondern schwenkt seitlich ab zu einem Ort, der einem noch nie aufgefallen ist.

Ich drehte dem Meer den Rücken zu und zerrte meinen Koffer zurück zu den Dünen.

»Herrlicher Tag zum Plantschen«, sagte ich zu einer jungen Familie. Fest in ihre Mäntel gewickelt, beobachteten sie mich alle mit offenem Mund.

Ich kehrte auf den Küstenpfad zurück.

Als Schwester Catherine mich in den Tagesraum schob, saß Finty nicht in ihrem Liegestuhl. Mir wurde ganz flau. Nicht Finty. Bitte nicht sie. Ich verlor die Kontrolle über mich. Fühlte mich wie ausgehöhlt.

»Was ist denn mit *dir* los?« Ich hatte keine Ahnung, woher ihre Stimme kam. Spukte Finty etwa schon als Gespenst um mich herum? Das sähe ihr ähnlich.

Ich suchte den ganzen Raum ab. Alle anderen Stühle waren belegt, sogar der Stuhl, der Barbara gehört hatte. Der Perlenkönig döste mit einem Päckchen auf dem Schoß. Mr Henderson starrte auf die Zeitung, ohne umzublättern. Schwester Lucy saß am Tisch, über ihr Puzzle gebeugt, ohne ein Teilchen in die Hand zu nehmen. Neue Patienten hielten die Hand von Angehörigen und Freunden, keiner sprach, alle warteten. Am Fenster stand ein Fischer mit gelbem Südwester und einem Fernglas, das er auf die Nordsee richtete. Aber keine Finty. Keine Spur von ihr. Finty war weg.

»Hier drüben, Mädel!«

Der Fischer drehte sich um. Er nahm den Südwester vom Kopf. Er war kahl. Er war …

»Finty?« Das Geblubber entkam meinem Mund, bevor ich mich bremsen konnte.

»Ich warte auf Harold Fry!« Sie setzte das Fernglas wieder an und fixierte den Horizont.

Niemand sagte etwas. Alle beschäftigten sich weiter mit Nichtstun, als wäre der gelbe Südwester nicht vorhanden. Ich schlug in meinem Heft eine neue Seite auf, aber in der Stille schrappte mein Bleistift so laut über das Papier, dass ich mich scheute, weiterzuschreiben.

»Wo bist du, Harold Fry?«, brummte Finty.

Mr Henderson legte seine Zeitung beiseite. »Sie schauen auf die Nordsee, gute Frau. Ich weiß nicht, ob es Ihnen schon mal in den Sinn gekommen ist, aber Harold Fry kommt nicht per Boot. Und selbst wenn, möchte ich bezweifeln, dass er seine Passage über die Orkneys planen würde.«

Finty fand das sehr lustig, ließ sich aber nicht beirren. (»Passage über die Orkneys? Hahaha.«) Mr Henderson wechselte einen resignierten Blick mit mir.

Finty sagte: »Ich hab nachgedacht. Seit Babs nicht mehr da ist, macht es hier überhaupt keinen Spaß mehr. Ich bin vielleicht am Sterben, aber tot bin ich noch nicht, verdammt! Wenn es Harold Fry ernst ist mit der Pilgerei, kann er, wenn er schon mal dabei ist, genauso gut für mich mitlaufen. Dann brauch ich bloß auf ihn zu warten. Das ist machbar.«

Mir stieg ein Kloß in die Kehle, als müsste ich

gleich losheulen, auch wenn ich nicht recht wusste, ob vor Freude oder vor Schmerz.

»Sie wollen warten, Finty?«, fragte Schwester Catherine langsam. »Auf Harold Fry?«

»Ganz genau, Schwester.«

Finty schlug eine Extrarunde Nährstoffdrinks vor, gefolgt von einem Nickerchen, anschließend ein paar Nachmittagsgebete. Sie sei noch nie in der Kapelle gewesen. Ab sofort, sagte sie, müsse sie bei Kräften bleiben und alle Optionen ausschöpfen. »Weil ich nicht eher abtrete, als bis dass der Mann hier ist. Und das ist mein letztes Wort!« Sie kehrte auf ihren Beobachtungsposten am Fenster zurück, voll gerüstet mit Fernglas und Südwester.

Der Perlenkönig stieß ein eigenartiges Rattergeräusch aus. Schwester Lucy eilte ihm gleich mit einem Wasserglas zu Hilfe. »Ach, danke, meine Gute! Ich lache bloß«, bullerte er. Und als sie ihn fragte, ob er sonst noch etwas brauche, meinte er, er würde sich gern zu Finty ans Fenster setzen. »Ich bin dabei«, sagte er, als er langsam neben Schwester Lucy hertappte. »Ich warte mit. Auf Harold Fry, den Wunderprinz.« Jetzt waren also schon zwei auf dem Ausguck nach dir, neben dem schmächtigen Fischer auch noch der vierschrötige, einarmige Perlenkönig, der durchaus etwas Piratenhaftes an sich hatte. Ich versank ein bisschen tiefer in meinem Rollstuhl.

»Henny?«, fragte Finty.

Alle Blicke richteten sich auf Mr Henderson. Der wiederum richtete den Blick auf mich und neigte ritterlich den Kopf. »Freunde von Miss Hennessy sind auch meine Freunde.«

»Jippie!«, schrie Finty. »Henny ist auch dabei. Na los, ihr müder Haufen. Wer macht sonst noch mit?«

Ich konnte kaum hinsehen. Ich dachte, niemand sonst würde sich melden. Niemand würde sich auch nur zu einer Antwort herbeilassen. Und recht hätten sie. Denn was treibe ich hier eigentlich? Ich warte auf dich, während der Tod allgegenwärtig ist, und damit meine ich nicht nur im Hospiz.

Doch einer nach dem anderen hoben die Patienten die Hände. Es war ganz still. Eingefallene Gesichter. Knochige Handgelenke. Verbände und Schläuche. Die Sonne flutete durch die Fenster, in der Luft flimmerten Staubteilchen, wirbelten herum wie silberne Schneeflocken. Dann begannen auch die Freunde und Verwandten der Patienten die Hände zu heben, die Betreuer und die Nonnen. Alle im Tagesraum streckten die Hand in die Luft. Große, Kleine, Junge, Alte, Dicke, Dünne, Gesunde, Sterbende. Sie sahen von einem zum anderen, und Staunen machte sich breit. Hier geschah etwas Neues, es ließ sich mit Händen greifen.

»Aye, aye«, sagte Finty. »Beschluss oooinstimmig angenommen. Ab sofort wird nicht mehr gestorben. Wir warten alle auf Harold Fry.«

Was ist denn los?

•

In den letzten Tagen hat sich im Tagesraum einiges ereignet. Bei so viel Aufhebens fand ich es schwierig, die nötige Ruhe zu finden, um dir zu schreiben.

Dienstag: Mr Henderson holte seinen Füller hervor und sagte, er wolle sich am Kreuzworträtsel in der Zeitung versuchen. Ich konnte bei mehreren hintersinnigen Fragen helfen. In Schwester Catherines Posttasche lagen auch drei Grußkarten mit guten Wünschen von wohlmeinenden Menschen aus St. Boswells, Urmston und Peterborough. Schwester Lucy pinnte sie alle in die Harold-Fry-Ecke. Ich brauchte den Rest des Tages, um auf die guten Wünsche zu antworten.

Mittwoch: Mr Henderson schwenkte seine Zeitung in der Luft und sagte: »Du liebe Zeit. Harold Fry hat es heute sogar in die Lokalnachrichten geschafft.« Wie denn das?, fragte eine Betreuerin. Mit verwirrtem Blick las Schwester Lucy den kurzen Artikel über Harold Fry und die Courage der Babyboomer-Generation vor. Später zeigte mir Schwester Catherine im Garten des Wohlbefindens eine blühende Pfingstrose. Ich gebe zu, ich musste heulen.

Donnerstag: Eine Frau, die eine neue Patientin besuchte, drehte sich nach mir um und lächelte mir zu, ganz sicher. Ein Mann mit einer Menge Tattoos, der seinen Vater besuchte, streckte beide Daumen in die Luft und sagte zu mir: »Gott segne Sie, Madam!« Wir bekamen auch einen Geschenkkorb mit Muffins, Brownies und Cupcakes geliefert. (»Ich krieg mich nich mehr ein«, sagte Finty. »Kann man das Zeug pürieren?«) Schwester Lucy fragte, ob ihr jemand bei ihrem Puzzle helfen wolle, und es meldeten sich drei Patienten. Sie haben Wales und Südengland fertiggestellt und rasen jetzt auf die Midlands zu.

Freitag: Eine Frau versuchte, ein Handyfoto von Schwester Catherine zu machen, wie sie mir einen Shake mixte. Schwester Philomena eilte dazwischen und rief: »Nein, nein, nicht hier. Wenn ich bitten darf.« Später musste ein Mann mit einem riesenlangen Teleobjektiv auf der Kamera aus dem Garten des Wohlbefindens hinauseskortiert werden. Ich habe weitere sechs Grußkarten erhalten, Blumen von einer Krebsstation in Wales, hausgemachte Marmeladen vom ortsansässigen Wohltätigkeitsverein, dazu

Olivenöl, Körperlotion, ein Kopfmassagegerät und drei Wärmflaschen. Mr Henderson sagte zu mir: »Als Nächstes pflanzt Ihnen jemand ein Apfelbäumchen vors Fenster – was, Miss Hennessy?«

Heute früh sagte die Krankenschwester beim Verbandwechsel und der üblichen Prozedur zu mir: »Es geht schon verrückt zu auf der Welt.«

Ich schrieb: *Was ist denn los?*

»Haben Sie schon mal von Twitter gehört?«

Ich wusste natürlich davon, durch Simon, der mich in meinem Strandhaus ambulant betreut hatte. Manchmal spielte er mit seinem Handy, während ich unter einem Zelt von Decken in meinem Garten saß. Ich erzählte ihm mit Hilfe meines Hefts von den Zeiten, als es hier blühende Formschnittsträucher und Rosenlauben gab, als die Leute meinen Garten besuchen kamen und mir etwas mitbrachten. Manchmal sagte er: »Ist ja süß!«, und manchmal nickte er nur seinem Handy zu. Ich verbrachte viele Stunden Seite an Seite mit Simon in meinem Garten.

Die Schwester versorgte mein Gesicht. Dann sprach sie mir ins Ohr, mit Worten wie ein sanftes Kitzeln: »Hashtag Queenie Hennessy. Hashtag unwahrscheinliche Pilgerreise. Hashtag Hospiz. Hashtag Respekt. Hashtag Ewig leben. Hashtag was weiß ich. Alle Welt spricht von Queenie Hennessy und Harold Fry.«

Finty ließ sich den ganzen Nachmittag von einer Betreuerin das Twittern beibringen. Sie hat schon dreihundert Follower.

Betreff: Strandhaus

Heute Vormittag lag ich ganz still im Bett und dachte an meinen Garten am Meer. Ich war nicht in der Verfassung für den Tagesraum. Stattdessen dachte ich an meine Windspiele, und je länger ich sie mir vorstellte, desto mehr Einzelheiten fielen mir wieder ein. Wenn draußen eine Brise vorbeistrich, rauschte das Laub vor meinem Fenster, und ich lächelte, weil ich überzeugt war, dass ich das Geklimper meiner Muscheln und Eisenschlüssel darin hörte.

Schwester Mary Inconnue saß auf ihrem Stuhl, aß aus einer Tupperdose ihr Mittagessen und las in ihrer neuen Zeitschrift (dem *VATICAN*-Magazin. Ich kann mir nicht vorstellen, dass es darin viele Witze gibt, aber sie schien es zum Brüllen komisch zu finden). »Vielleicht sollten Sie über Ihren Garten am Meer schreiben«, sagte sie schließlich und wischte sich den Mund mit einer Papierserviette ab.

Ich möchte dir erzählen, Harold, wie ich zu meinem neuen Zuhause in Northumberland gekommen bin.

An den türkisblauen Himmel waren nur ein paar kleine Wölkchen hingehaucht, die Sonne lag mir auf dem Nacken und den Oberarmen, weit draußen schimmerte das glatte Meer wie ein blaues Tuch. Nichts war zu hören außer dem stetigen Flappen, Rieseln und Plätschern der Brandung. Als ich an jenem Tag vor zwanzig Jahren ins Meer marschierte und zurück an Land, dachte ich nicht im Traum daran, hier einen Garten anzulegen. Auch nicht daran, hier ein Haus zu finden. Ich schleifte meinen Koffer in Embleton Bay die Sanddünen hinauf und hatte keine Ahnung mehr, wo ich eigentlich hinwollte; ich war einfach auf der Suche, ohne zu wissen, wonach. Ein paar Klippen, die ein Stück vom Strand entfernt aus dem Wasser ragten, boten den Vögeln einen Landeplatz, und wenn die Wellen dagegenschlugen, schleuderten sie weiße Gischtkringel in die Luft. Ich hörte nur die Möwen und die Wellen. Die Strandhäuser waren eine Überraschung. Es war, als stieße ich, während ich mich in der Einsamkeit wähnte, auf eine Party. Die meisten Häuschen waren schon mit Brettern vernagelt und für den Winter dichtgemacht, doch einige, vor denen Liegestühle im Gras standen, wurden offensichtlich noch benutzt. Keines der Häuschen glich dem anderen. Manche waren kaum mehr als Holzschuppen. Andere waren gestrichen und hatten eine Veranda, eine Treppe, Bullaugenfenster. Sie standen ungeordnet und ziemlich weit voneinander entfernt, es gab nicht einmal einen Weg zwischen ihnen. Es war, als hätte ein Riese irgendwo eine Handvoll Strandhäuser aufgesammelt und sie wahllos auf dem sandigen Küstenrand verstreut. Meines war das letzte der Gruppe. Daran hing ein handgeschriebenes Schild: »Zu verkaufen.«

Außen war das Häuschen mit zerbrochenen Holzlatten verkleidet, das Dach, soweit vorhanden, bestand aus Wellblech. Die Fensterrahmen waren morsch und hatten keine Scheiben mehr, so dass bei jedem Windstoß zerrissene rote Vorhänge wie Zungen aus den Fenstern schnellten. Die Fensterläden hingen lose herunter. Links ragte ein Steinkamin aus dem Haus, rechts wuchs ein Holunderstrauch heraus.

Ich ließ den Koffer in der Sonne stehen und trat mir einen Weg zum Vordach frei, einer Sperrholzplatte auf zwei Holzpfählen, von denen die Farbe abblätterte. Als ich die Haustür aufdrücken wollte, leistete sie Widerstand. Es war jedoch keine Schiebetür, wie ich gleich nachprüfte. Sie lehnte am Türrahmen und war mit Schnürsenkeln festgebunden, die ich erst aufknoten musste, bevor ich die Tür zur Seite wuchten konnte.

Noch bevor ich drinnen war, schlug mir der dumpfe Geruch von Kälte, Nässe und modernder Vegetation entgegen. Wo es hereingeregnet hatte, waren die Bodenbohlen verrottet, in den Lücken sprossen ganze

Büschel rosa Sandglöckchen. Farbe schälte sich von den Holzwänden. Ich musste sorgfältig darauf achten, wohin ich trat. Ein falscher Schritt, und ich wäre eingebrochen. Ich drehte versuchsweise den Wasserhahn über dem Steinbecken auf und hielt das Ding auch schon in der Hand.

Das Strandhaus war in vier gleich große Räume aufgeteilt, jedes mit einem Fenster. Die beiden vorderen Räume gingen aufs Meer hinaus, die beiden hinteren, von denen eines mein Bad werden sollte, auf die grasbewachsenen Klippen. Ich spähte aus jedem Fenster, aber es waren keine anderen Strandhäuser in Sicht, nur Brennnesseln, die sich bis zum Rand der Klippe ausbreiteten. Unten lag das Meer an der zerklüfteten, schwarzgeränderten Felsküste mit dem Saum aus weißem Schaum, in der Ferne zeichnete sich die Burgruine ab. Das Strandhaus machte den Eindruck, als wäre es weder ganz auf dem Festland noch ganz am Meer. Ich stellte meinen Koffer daneben ab und kehrte auf den Küstenpfad zurück.

Ich erkundigte mich unten am Golfplatz, aber niemand wusste etwas über die Strandhäuser. Ich solle im Dorfladen nachfragen. Erst als ich schon halb im Dorf war, merkte ich, dass ich nicht mehr ging, sondern rannte. Nein, erfuhr ich im Laden. Niemand wohne dort. Das Strandhaus mit dem halben Morgen Grund stehe schon lange zum Verkauf. Die Besitzer hätten seit Jahren keinen Sommer mehr dort verbracht. Verständlich – die Hütte war am Einstürzen. Wahrscheinlich würde sie keinen weiteren Winter überleben. Ich notierte mir die Telefonnummer der Besitzer und kaufte ein Brot und eine Flasche Wasser.

Ich kehrte zu dem Strandhaus zurück. Mit meinem Koffer saß ich in der Sonne, und während ich das Brot aß und das Wasser trank, schaute ich auf die Bucht hinaus. Schwarzköpfige Lachmöwen kreisten und stießen wie Steine auf Fische herab. Weit draußen überquerte ein Kreuzfahrtschiff den Horizont. Leute, winzige Punkte, wanderten auf dem Küstenpfad zur Ruine von Dunstanburgh Castle. Wir alle gingen unserem Leben nach. Die Passagiere auf dem Kreuzfahrtschiff. Die Wochenendwanderer. Die Möwen. Die Fische. Ich mit meinem Koffer. Die Brennnesseln wiegten sich im Wind. Die Küste Northumberlands war letztlich doch nicht wie die von Devon, sondern schlichter, überschaubarer, als wären die Knitter und Falten der südlichen Landschaft hier flach ausgebreitet. Die Sträßchen in Devon waren schmal und von hohen Hecken gesäumt, fast überwachsen, so dass man nie wusste, was einen nach der nächsten Biegung erwartete. In Embleton lag das Land weit und offen da, der Golfplatz, die Klippen, die durcheinandergestreuten Überreste der Burg. Es war, als könnte ich wieder atmen. Ich konnte alles sehen.

Hier will ich leben, dachte ich. Hier *muss* ich leben.

Und schon empfand ich einen Anflug von Zärtlichkeit für dieses heruntergekommene Häuschen.

Noch am selben Abend rief ich die Besitzer an, dass ich ihr Strandhaus kaufen wolle.

Liebe Queenie,
du wärst überrascht, wie sich die Ereignisse überstürzen. So viele Leute fragen nach dir.

Alles Gute,
Harold.

PS: Am Schalter auf der Post war eine nette Frau, die kein Geld für die Briefmarke von mir wollte. Auch sie lässt dich grüßen.

Deine neueste Postkarte ist angekommen. Diesmal herrschte ein solches Gedränge im Tagesraum – so viele Betreuer, Krankenschwestern, Patienten, Angehörige und Freunde hatten sich eingefunden, um das Neueste von dir zu erfahren –, dass Schwester Lucy von Finty auf einen Stuhl hinaufkommandiert wurde, wo sie vorlesen musste. Es folgte eine lebhafte Diskussion über die Freundlichkeit der Dame auf der Post, die Langsamkeit des Zustelldienstes und über diverse Wohltätigkeitsaktionen, an denen sich manche Anwesende beteiligten. Eine Frau zum Beispiel, die Schwester eines Patienten, berichtete, dass sie jedes Jahr drei Marathonläufe zugunsten des ortsansässigen Kinderheims absolvierte. Finty sagte zu ihr: »Wenn Sie schon so nett sind, können Sie mir dann kurz Ihr Handy leihen? Ich muss meinen Twitter-Account checken.« Schwester Lucy pinnte die Postkarte in die Harold-Fry-Ecke. Ich wollte keine Umstände machen und fragte nicht nach dem Foto darauf.

»Wir müssen ihm eine Nachricht schicken«, verkündete Finty. »Damit er über die Entwicklung hier Bescheid weiß.«

»Welche Entwicklung denn genau?«, fragte Mr Henderson. Dann hielt er inne, während Schwester Lucy die Spritze an seiner Pumpe wechselte.

»Er muss unbedingt erfahren, dass wir jetzt alle auf ihn warten.« Finty deutete auf die große Versammlung im Tagesraum. »Wenn er mitkriegt, wie viele von uns auf ihn warten, kommt er vielleicht schneller.«

»Wenn Harold Fry erfährt, wie viele von uns auf ihn warten«, sagte Mr Henderson, »läuft er vielleicht auf schnellstem Weg zurück nach Hause. Und wie, schlagen Sie vor, sollen wir einen Mann benachrichtigen, der quer durch England unterwegs ist?«

Finty ignorierte ihn und wandte sich stattdessen an den Betreuertisch. »Wir müssen anfangen zu planen. Harold Fry kann jeden Tag hier sein. Wir müssen vorbereitet sein.« Hier musste sie sich unterbrechen, um in ein Taschentuch zu husten.

Während Schwester Philomena und die diensthabende Krankenschwester die Nährstoffshakes und die Schmerzmittel austeilten, erläuterte Finty ihre Pläne. Sie waren erstaunlich handfest. »Als Erstes müssen wir ein *Willkommen-Harold-Fry*-Transparent machen. Wer macht mit?«

Schwester Catherine wurde mit der Leitung des Transparent-Teams beauftragt. Sie holte gleich Deko-Formen zum Aufkleben, außerdem Filz, Scheren, Kleber und ein langes Stück weißen Stoff.

Außerdem schlug Finty vor, wir sollten in der Musiktherapie ein Willkommenslied für dich schreiben. »Vielleicht kann die Lokalzeitung ein Foto von uns bringen. Und noch etwas: Wir müssen uns Gedanken machen, wie wir Geld auftreiben können.«

»Könnte ich jetzt bitte mein Handy zurückhaben?«, flüsterte die Marathonläuferin.

»Also hören Sie mal!«, blaffte Finty. »Ich bin noch am Twittern. So was nennt man Multitasking.«

»Warum müssen wir denn Geld auftreiben?«, fragte eine neue Patientin.

»Um eine Party auf die Beine zu stellen. Wenn er hier ankommt, braucht er doch eine Party. Er wird ja nicht einfach zur Tür reinspazieren und – na ja, sich hinsetzen wollen.«

Ich sah mich im Tagesraum um, der voller Sitzgelegenheiten war. Ich konnte mir nicht vorstellen, was du hier anderes machen solltest, als dich hinsetzen.

Verstohlen blickte ich zu Mr Henderson, der die Stirn in Falten legte.

»Wie wär's mit 'ner Verlosung?«, dröhnte der Perlenkönig.

»Super Idee«, sagte Finty. Sie verlangte, mir solle jemand den Stift und das Heft aus der Hand nehmen. Sie müsse eine Liste machen.

Eine der Betreuerinnen erbot sich, Grußkarten zu basteln, durch deren Verkauf Geld hereinkäme. Eine andere schlug vor, Muffins zu backen.

»Ich bin mir nicht so sicher, ob wir eine Party veranstalten sollten«, erklärte Schwester Philomena ruhig. »Dies ist ein Hospiz. Wenn Sie sich auf Harold Frys Ankunft vorbereiten möchten, könnten wir Schwester Lucy vielleicht dazu überreden, ihren Föhn auszupacken.«

»Von mir aus gern«, sagte Schwester Lucy, die sich sofort für das Thema erwärmte. »Ich könnte sogar einen Haarschnitt anbieten.«

Im Raum erhob sich zustimmendes Gemurmel. Nur Finty wurde einen Moment lang still und zupfte an ihrer Mütze herum (einer bunten Rasta-Wollmütze heute. Aber wir brauchen nicht ins Detail zu gehen). Auch einige Freunde der Patienten meldeten sich für einen Haarschnitt an, wenn Schwester Lucy ihn schon anbot. Wenn man jeden Tag Krankenbesuche mache, bleibe keine Zeit für Dinge wie Friseurtermine, da war man sich einig.

»Wie kurz können Sie meine Haare denn schneiden?«, fragte eine der Betreuerinnen. Die Haare standen ihr wie elektrisch aufgeladen vom Kopf und erinnerten an einen Heiligenschein.

»Schon sehr kurz«, gab Schwester Lucy munter Auskunft. »Und wenn Sie wollen, können Sie sogar einen Brazilian haben.«

Der Rest des Tags war mit diesen Aktivitäten ausgefüllt. Schwester Catherine beaufsichtigte die Arbeit an dem Transparent. Schwester Lucy wurde von der Hitze des Föhns ganz rot im Gesicht. Finty übernahm die PR. Der Perlenkönig bot an, ein paar Bekannte zu kontaktieren, die Gewinne für eine Tombola beisteuern könnten. Ich saß mit meinem Heft am Fenster.

»Finty hat jetzt tausend Follower«, sagte eine leise Stimme neben mir. Es war Mr Henderson, zu meiner Überraschung. Ich war so sehr ins Schreiben vertieft gewesen, dass ich ihn nicht hatte kommen hören. »Was macht man mit tausend Followern?« Er ließ sich im Stuhl neben mir nieder. »Ich hatte meine Frau und meinen besten Freund. Mehr brauchte ich nicht.«

Er sah auf den Garten hinaus. Mauersegler flogen zwischen den Bäumen ihre kühnen Bögen, die Holzpergola warf einen langen Schatten über den Rasen. Mr Henderson und ich schauten hinaus. Ich schrieb nicht. Das Laub im Garten war zu einem einzigen sanften Grün verschmolzen.

Von Finty kam auf der anderen Seite des Raums ein Aufschrei. »Yiha!«, kreischte sie. »Meine Fresse, ich bin jetzt in den Trendthemen!« Allgemeiner Jubel und Pfiffe.

Mr Henderson lächelte den Mauerseglern zu. »*Wie oft*«, murmelte er, »*sind Menschen, schon des Todes Raub, noch fröhlich worden!*«

Ich schaffe mir ein Zuhause und einen Garten

Ich trat zur Haustür meines neuen Strandhauses hinaus und stieg mitten in einen Rosinenkuchen.

Dahinter standen zwischen den Brennnesseln ein Auflauf, ein Halbliterkarton Milch, ein Päckchen Räucherheringe aus Craster und ein Flachmann.

Als ich das Strandhaus und den Grund kaufte, wo nicht viel wuchs, beäugten mich die Dorfbewohner mit neugierigem Interesse, als sei ich nicht ganz bei Verstand und hätte es vielleicht nötig, dass man sich um mich kümmerte. Anfangs kamen Gerüchte auf, ich hätte das Grundstück gekauft, um es zu erschließen, und obwohl niemand in dem Strandhaus wohnen wollte, wollte man auch nicht, dass es abgerissen und durch einen Neubau ersetzt würde. Im *Castle Hotel* wurde eine Protestversammlung einberufen. Außer dem Initiator des Protests und zweien seiner Freunde (einem Klempner und seiner Frau) war ich die Einzige, die erschien. Wir tranken Cider miteinander, und zum Schluss erboten sich der Klempner und seine Frau, mir bei der Renovierung meines Strandhauses zu helfen. Im Gegenzug erklärte ich mich bereit, ihre Geschäftsbücher durchzusehen. Das kam mich hart an, weil es mich nach Kingsbridge und zu dir und David zurückversetzte, aber ich fügte mich in die Tatsache, dass man die Vergangenheit manchmal nicht ganz abschütteln kann. Man muss mit seinem Kummer Seite an Seite leben.

Der Protestinitiator lieh mir, bis mein Dach repariert wäre, ein Zelt und eine Segeltuchplane und half mir, das Zelt im Strandhaus aufzustellen. Er meinte, ich könne mich höchstens damit revanchieren, den Text seiner Kampagne zur Rettung der Ozonschicht besser zu formulieren.

Ich schlief in einem Schlafsack auf einem Holzrost und einer alten Matratze, die eine Nachbarin des Klempners mir geschenkt hatte. Sie fragte mich, ob ich ihrem Sohn dafür Nachhilfe in Latein geben könne. Damit hatte ich schon drei Jobs, Buchhaltung, Unterrichten und eine Protestkampagne. Ich schlief voll bekleidet.

Die Essensspenden setzten sich fort. Manchmal spurten sie einen kleinen, essbaren Pfad durch die Brennnesseln. Keksdosen, Tupperbehälter und ofenfeste Formen, mit Folie umwickelt, damit das Essen warm bliebe. Wenn mir wirklich einmal der Magen knurrte, lief ich zum Golfplatz hinunter und bestellte mir im Clubhaus ein warmes Gericht. Dann unterhielt ich mich mit dem Küchenpersonal übers Wetter, und mit der Zeit wurde das zu unserer Sprache, wie auch wir beide, Harold, in deinem Auto unsere eigene Sprache entwickelt hatten. Schöner Tag. Saumäßiger Tag. Wir beschrieben unsere Gefühle mit Hilfe der Außentemperatur. Und manchmal fragte jemand von der Küche: »Geht's Ihnen gut da oben, Mädchen? Sind Sie satt geworden?«

Der Klempner, seine Frau und ich stellten Stützen für das Dach auf, damit es nicht einstürzte. Wir mussten die Balken mit Schubkarren den Pfad hinaufschieben. Wir befreiten das Dach von Moos und Ablagerungen, damit sich das Regenwasser nicht mehr auf dem Wellblech ansammeln und in die Räume durchsickern konnte. Ein anderer Freund des Klempners brachte Regenrinnen an und tauschte die morschen Fensterrahmen aus. Die zerbrochenen Fensterscheiben ersetzte er durch Plexiglas, das er an die Rahmen klebte. Als Bezahlung übernahm ich auch seine Buchhaltung und machte einmal die Woche mit ihm Selbstsicherheitstraining. Er fühlte sich durch seine Schüchternheit im Leben stark gebremst. Zwar hatte ich mich nie für besonders draufgängerisch gehalten, aber mein Umgang mit Napier hatte mich in diesem Punkt weitergebracht.

Der Dielenboden wurde an einem Wochenende von drei Handwerkern erneuert, die ich auf dem Golfplatz kennengelernt hatte. Dafür grillte ich für sie und ihre Familien Fisch und Würstchen und schleppte aus dem Pub flaschenweise Cider an. Die Haustür bekam neue Angeln und wurde wieder eingehängt. Dafür bezahlte ich, was meine Mutter bares Geld genannt hätte. Kurz vor meinem ersten Weihnachten in meinem Strandhaus bekam ich von einem Ehepaar, dem ich auf dem Postamt begegnet war, einen gebrauchten Holzofen geschenkt. Ich erfuhr, dass sie am Rand der Scheidung standen. Als Dank für den Ofen gab ich den beiden sonntagnachmittags in ihrer Küche Tanzunterricht. *Slow, slow, quick, quick, slow*. Ich dachte daran, wie meine Mutter Erbsen gepult, wie ich mit meinen Schühchen auf Vaters Stiefeln gestanden hatte. Ich weiß nicht, ob es am Tanzen oder an der allgemeinen Feststimmung der Jahreszeit lag, jedenfalls blieben die Eheleute zusammen. Jahre später kamen sie mich noch öfter in meinem Garten besuchen und legten auf den Kiespfaden einen Foxtrott hin. Wir stellten ihren Kassettenrekorder ans Fenster, und wenn einer von ihnen fragte, und Sie, Queenie? Was ist mit Ihrem Tanzpartner passiert?, dann zündete ich ein Windlicht im Garten an und dachte an dich.

Den größten Teil meines ersten Winters tüftelte ich daran herum, wie man einen Holzofen am Brennen hält. Nachts lag ich im Bett und zitterte, obwohl ich dicke Anglersocken, einen dicken Strickpullover und eine Wollmütze anhatte (alles spendiert von einer Frau aus dem Hotel. Dafür half ich ihr bei ihrem wöchentlichen Brief an ihre Tochter in Australien). Das Strandhaus schwankte im Wind, die Dielen knarzten.

Das Meer spuckte wandhohe Wellen. Aber ich war sicher und geborgen. Ich hatte geschafft, was alle für unmöglich hielten. Ich hatte einen Winter allein in Embleton Bay verbracht.

Der Frühling kam. Eissturmvögel und Klippenmöwen bauten in den Felsen ihre Nester. Als das Wetter besser wurde, kaufte ich schwarzen Bitumenanstrich, meine bisher teuerste Anschaffung, und gab dem Häuschen ein neues Gesicht. Diesen Tag musste ich feiern. Etliche Strandhausbesitzer hatten ihre Sommerhäuser bereits geöffnet. Ich lud sie zusammen mit den anderen Leuten ein, die mir geholfen hatten. Meine Gäste brachten Gitarren und Picknick mit, und wir tanzten auf dem Sand bis spät in die Nacht hinein.

Die Fensterrahmen und Fensterläden lackierte ich später blau, die Innenwände strich ich in einem weichen Grauton. Die Vorhänge ersetzte ich durch Seidengardinen von einem Wohltätigkeitsbasar.

Du siehst, jetzt hatte ich ein Zuhause. Ich liebte mein Strandhaus, das ich vor dem Verfall gerettet und zu neuem Leben erweckt hatte. Außerdem hatte ich mindestens zehn wöchentliche Verpflichtungen bei Leuten in der Nachbarschaft, denen ich beibrachte, was ich selbst im Lauf der Jahre gelernt hatte. Manchmal schaute ich bei ihnen vorbei, und wir aßen miteinander, manchmal wanderten wir zusammen den Küstenpfad entlang zur Burgruine. Manchmal trank ich ein Glas mit ihnen, oder wir fuhren nach Newton Pool, die Vögel beobachten, oder nach Craster, wo wir am Hafen Krabben aßen. Aber ich redete nie darüber, woher ich kam oder was ich Schreckliches getan hatte. Und immer, immer spürte ich deine Abwesenheit.

Als der Sommer kam, hoffte ich, ich würde endlich meinen Frieden finden. Stattdessen begann ich wieder, von David zu träumen. Ich ließ nachts die Fenster offen, um mich vom Meer beruhigen zu lassen. Aber das verfehlte seine Wirkung, und ich wachte oft weinend auf. Da beschloss ich, die Brennnesseln auf dem Grundstück zu roden, und legte ganz nebenbei einen Steingarten an.

Unten am Strand fand ich einen rundlichen schwarzen Felsbrocken, groß genug, dass man darauf sitzen konnte. Es kostete mich und mehrere Golfspieler einen ganzen Vormittag, das Ding den Weg hinaufzukarren. Der Fels bekam einen markanten Platz ein paar Meter vor dem Haus in der Gartenmitte, wie die Nabe eines Rads. Ich betrachtete ihn gern vom Fenster aus, wie er in Sonne und Regen die Farbe wechselte, wie sein Schatten im Lauf der Stunden wuchs und schrumpfte. Einer der Golfer schlug vor, ich könne doch Stufen in den sandigen Abhang zwischen Garten und Strand graben. Wenn man den Strand von Embleton Bay in Richtung Craggy Reef entlangläuft, kann man immer noch die Reste dieses

Pfads sehen, obwohl ihn in letzter Zeit das Meer überspült hat und die Stufen nicht mehr so leicht zu finden sind.

Ein wenig später grub ich ein Loch, füllte es mit Kompost und pflanzte eine Wildrose. Es war ein schwächlicher kleiner Strauch, und ich machte mir Sorgen, ob er trotz des schlechten Bodens und des Winds überleben könnte. Dann fand ich eines Tages bei einem Strandspaziergang ein Stück Treibholz, etwa so groß wie ein Spazierstock. Ich bohrte es neben der Rose als Stütze in den Boden. Jetzt gab es schon einen Steingarten, einen schwarzen Felsbrocken und eine Rose. Mein Garten hatte begonnen.

Ich ließ mich von dem inspirieren, was ich sah. Ich beobachtete genau, was in den Gärten anderer Leute und neben den Wegen wuchs, wie ich dir schon erzählt habe, aber ich studierte auch die Muster im Sand, die Rinnsale, die Furchen, die Grate, die rippenartigen Vertiefungen. Ich konnte mich einen ganzen Vormittag lang in einem Felstümpel verlieren, beim Versuch, die Farben und Formen darin zu bestimmen: Seeanemonen mit langen schwarzen Tentakeln, rostgrüne Blumen, silbrige Krebse, flitzende schwarze Krabben und rosagefleckte Seesterne. Ich sah zu, wie sich bei Flut der Nebel vom Meer aufs Land wälzte, oder saß auf den großen, runden schwarzen Steinen vor Greymare Rock, die aussahen wie eine Robbenkolonie. Ich sammelte Seetang und hängte ihn zum

Trocknen an mein hölzernes Vordach; wenn die Stürme kamen, tanzten sie wie Plastikstreifen.

Mit der Zeit sah ich, wie sehr ich mich geirrt hatte, als ich dachte, in meinem Garten würde nichts wachsen. Auf diesem kargen Boden wuchs sogar sehr viel, ich hatte nur keinen Blick dafür gehabt. Ich grub wilden Meerkohl aus, Akelei, Mohn, Ginster, Sandglöckchen und Storchschnabel und gab jeder Pflanze ihren Platz in meinem Garten.

In meinem zweiten Jahr im Strandhaus schuf ich meinen ersten Felstümpel. Ich legte Basaltsteine zu einem runden Beet von gut einem Meter Durchmesser. Ich kämmte den Strand nach Meereskohle ab, perlengroßen schwarzen Steinchen, die ich als Außenrand um den Felstümpel streute. Später machte ich zwei weitere Felstümpel aus schwarzen Granitplatten und grauen Kieseln. Manchmal legte ich die Steine sofort an den richtigen Platz, andere Male brauchte ich Tage, in denen ich die Steine immer wieder verschob, die Wirkung begutachtete, die Steine von neuem verschob. Was stimmig war, fand ich nur durch Versuch und Irrtum heraus. Auf die Felstümpel folgten Steinwege, die von einem Teil meines Gartens zum nächsten führten. Ich entwickelte bei meinen Pflanzungen immer mehr Ehrgeiz.

Immer öfter blieben die Leute stehen, um mein Werk zu bewundern. Beim nächsten Mal brachten sie ihre Freunde mit. Sie wanderten vom Strand oder vom Golfplatz herauf oder fuhren auf dem Heimweg von der Arbeit vorbei. In einem Sommer fertigte ich aus kaputten Werkzeugen und angespülten Blechteilen Windspiele an. Statt eines Grenzzauns stellte ich eine Wäscheleine auf und hängte die Windspiele daran; ihr Geläut war bis zum Strand zu hören. Die Leute brachten mir die verschiedensten Dinge mit, Schrott, für den sie keine Verwendung mehr hatten. Für alles fand ich einen Platz in meinem Garten, der mit jedem Jahr größer wurde.

Die Besucher sprachen von der Schönheit meines Gartens – er sei ein Stück Magie. Und ich muss dir ehrlich sagen, das tat mir gut. Manchmal kniete ich mitten im Garten, rückte vielleicht einen Stein zurecht, dass seine helle Seite zur Sonne zeigte, arbeitete aber nicht wirklich, sondern wartete, dass jemand vorbeikam. Ich schnitt aus Muscheln kleine blaue Fische und ließ sie in den Felstümpeln neben den smaragdgrünen Gehäusen der Napfschnecken schwimmen.

Die Figuren hielten Einzug, als mein Garten auf seinem Höhepunkt war. Die erste, die ich machte, warst natürlich du. Ich stellte dich neben dem Felsbrocken auf, im Herz des Gartens. Dann kam David, dem ich ein Beet mit einer stacheligen Dünenrose bereitete. Andere folgten. Ich hatte ja endlos Zeit. Ich durchstreifte den Strand, wählte sorgsam aus, und wenn ich das Benötigte nicht fand, verschob ich meine Suche auf einen anderen Tag. Napier entdeckte ich schließlich in einem glänzenden kleinen, scharfkantigen Feuerstein, der mich zum Lachen brachte. Maureen war ein zerbrechliches Stück Treibholz mit einem Loch im Herzen. Für Sheila fand ich zwei dralle Steine. Mein Vater war ein großer Spaten, der an einem kräftigen Zweig lehnte – meine Mutter. (Ich setzte ihr einen wunderschönen Hut aus rotem Seetang auf.) Die Künstlerinnen aus Soho waren sieben Federn, die immer wieder davonwehten. Sogar der Mistkerl bekam seine eigene kleine, feuchte Ecke. Ich schuf für alle einen Platz, weil sie ein Teil meines Lebens gewesen waren. Obwohl sie nun fort waren, wollte ich ihnen nicht einfach den Rücken kehren. Im Mondlicht schimmerten sie, diese Figuren, und schienen lebendig zu werden.

Aber die große Figur in der Mitte meines Gartens liebte ich am meisten.

Hochzeitsglocken

Ein neuer, junger Patient wurde von seinem Lebenspartner in den Tagesraum begleitet. Der Patient trug eine Jogginghose und ein T-Shirt, das ihm um die Schultern schlotterte. Sein Freund trug einen feinen blauen Anzug. »Hallo, Leute«, rief der Freund. »Dürfen wir uns zu euch setzen?«

»Nur zu«, sagte Finty. Sie schob ihre ausgeschnittenen Deko-Formen beiseite und legte ihr *Willkommen-Harold-Fry*-Transparent sorgfältig zusammen.

»Harold Fry?«, sagte der Freund. »Ich glaube, von dem habe ich gehört.«

»Jawoll – der läuft für uns«, sagte Finty und deutete auf alle Anwesenden. »Wir erwarten ihn demnächst.«

Der Freund half seinem Partner, sich hinzusetzen, und fragte ihn, ob er etwas brauche, ein Glas Wasser oder eine Decke. Sein Partner hob die Hand, um zu sagen, nein, er sei mit allem versorgt. Er lehnte den Kopf an die Schulter seines Freundes. Sein Freund streichelte ihm die Wange und flüsterte ihm lauter kleine, leise Worte ins Ohr, Worte wie: »Ist schon gut. Alles okay. Ich liebe dich. Ich bin da.«

»Seid ihr schwul oder was?«, unterbrach Finty die beiden.

Der Freund fragte: »Wollen Sie, dass wir uns woanders hinsetzen?«

»Heilige Scheiße, nein«, trillerte Finty. »Sie sind seit Wochen der erste Mann mit eigenen Haaren auf dem Kopf, den ich zu Gesicht kriege. Bleiben Sie bloß hier.«

»Peter und ich, wir heiraten heute«, sagte der Freund. »Ihr könnt alle kommen, wenn ihr wollt.«

»Ich glaube nicht, dass wir es bis zu einer Kirche schaffen, Kumpel«, dröhnte der Perlenkönig. Er deutete auf den blauen Strickbeutel auf seinem Schoß, in dem seine Pumpenspritze steckte.

»Wir auch nicht«, sagte der Freund. »Schwester Philomena hat eine Dienstbesprechung gehalten. Alle haben zugestimmt, dass wir einen Segen im Tagesraum bekommen können.«

»Und was sagt Gott dazu?«, fragte Mr Henderson.

»Schwester Philomena ist der Ansicht, dass Gott das nicht so eng sieht.«

»Eine Hochzeit?«, schrie Finty. »Heißt das, ich kann mir einen neuen Hut besorgen?«

Wie sich herausstellte, blieb keine Zeit, um Hüte zu besorgen. Oder Konfetti. Eine Stunde später saßen wir im Kreis, der neue Patient und sein Freund in der Mitte. Die Krankenschwestern kamen dazu und auch einige der Nonnen. Wer nicht sicher war, ob ein katholisches Hospiz der richtige Ort für eine Schwulenhochzeit war, bekam anderswo zu tun. Der Freund steckte einen Ring auf Peters knochigen Finger, dann führte er Peter die Hand, damit auch er einen Ring auf den Finger seines Freundes streifen konnte. Eine Frau im fuchsienroten Hosenanzug führte eine kurze standesamtliche Trauung durch. Sie sagte uns, wie viel es Peter bedeute, dass wir hier seien, als Zeugen seiner Hochzeit. »Das hätte ich um keinen Preis der Welt verpassen wollen«, schluchzte Finty. »Ihr beiden seht so verdammt glücklich aus.«

»Kannst du mich hören, Peter?«, flüsterte der Freund. »Hast du gehört, dass ich jetzt dein Mann bin?«

Peter lächelte und schloss die Augen.

Finty verbrauchte eine ganze XXL-Schachtel Kosmetiktücher. Sie fand es jammerschade, dass sie keine Party feiern würden, was Peters neuer Mann mit einem lässigen Schulterzucken abtat. »Aber wir schmeißen eine Party für Harold Fry, wenn er hier ankommt«, sagte sie. »Dann könnt ihr mitfeiern. Kennt ihr diesen anderen schwulen Typen? Wie heißt der gleich? Diesen Sänger? Vielleicht könnte der auch kommen.«

Der Mann küsste Peter auf die Stirn und lachte. Nein, er kenne keine Sänger, schwul oder hetero oder sowohl als auch.

»Macht auch nichts«, sagte Finty. »Egal. Schließt euch an, wenn ihr mögt. Ihr zwei Kerle könnt ruhig auch auf Harold Fry warten.«

Peters Mann bog seine rechte Hand hin und her und bestaunte seinen Ehering, als hätte er noch nie etwas so Schönes gesehen.

Heute Vormittag saß Peter nicht in seinem Stuhl.

Ich sah zu, wie Schwester Philomena Peters Mann im Garten des Wohlbefindens in den Armen hielt. Dann zeigte sie ihm die Blüten. Sie hob ihm einen Zweig Sommerjasmin entgegen, und er beugte sich darüber und atmete seinen orangensüßen Duft ein.

Der Bestatter parkte seinen Wagen und kam den beiden entgegen.

Ein Schock

»ICH GLAUB'S NICHT! LOS, KOMMT ALLE HER, SCHNELL!«

Ich war mit Schwester Mary Inconnue in meinem Zimmer. Ich schrieb nicht in mein Heft, hing auch keinen besonderen Erinnerungen nach, sondern sah nur zu, wie eine dicke Taube auf einem eher dünnen Zweig um ihr Gleichgewicht kämpfte. Da drang aus dem Tagesraum ein markerschütternder Schrei.

»Harold Fry ist im Fernsehen! Schnell, kommt alle her!«

Schwester Mary Inconnue schüttelte müde den Kopf, als Schwester Lucy zur Tür hereinstürzte. Die junge Nonne hob mich aus dem Bett und packte mich in den Rollstuhl. Als sie mit mir den Gang entlangsauste, flogen auch die anderen Türen auf, und die Patienten erschienen, von Angehörigen oder Betreuern gestützt oder geschoben.

Als ich in den Tagesraum kam, drehten sich die Leute nach mir um und machten in der ersten Reihe für mich Platz. Schwester Philomena nahm die Fernbedienung und stellte den Fernseher lauter.

Dort schien eine Party im Gang. Wir sahen einen bunten Trupp von Leuten eine Landstraße entlanglaufen, einige professionell ausgerüstet mit Wanderstöcken und Wanderstiefeln und allem Pipapo, andere schlugen auf Trommeln oder Schellen. An der Spitze der Prozession schritt ein hochgewachsener Mann mit wettergegerbter Haut. Sein Haar war schütter, dafür hatte er einen umso beeindruckenderen Bart.

Das warst du.

In mir fing es an zu schlingern, als hätte ich eine Stufe übersehen und schlüge gleich auf dem Boden auf.

»Der Mann im Fernsehen sagt, dass Harold Fry jetzt ein paar neue Leute um sich geschart hat«, sagte Finty. Sie stand auf und tippte mit ihrem Fingernagel auf den Bildschirm. Mehrere Patienten beschwerten sich, Finty sei im Weg und sie könnten nichts mehr sehen, ohne aus dem Rollstuhl zu kippen, aber Finty ignorierte sie und deutete weiter auf die Wandergruppe. »Da ist ein Gorilla, ja?, und ein Depp mit Hut. Dann noch dieser junge Losertyp und die miesepetrige Frau. Die sind gerade durch Harrogate durch. Die laufen alle, um uns zu retten.«

Noch einmal sackte mein Herz nach unten. Wer mich so aus der Fassung brachte, war der Junge, der neben dir herlief. Einen Augenblick lang hätte ich schwören können, es wäre David.

Bloß den Namen nicht erwähnen
(David Fry)

Als ich es erfuhr, Harold, wusste ich nicht, was tun. Die Mitarbeiter unterhielten sich auf dem Gang über dich. »Habt ihr gehört, was bei Fry passiert ist?« Mit großer Eile tauschten sie die Neuigkeit aus, denn es war eine Wahnsinnsgeschichte, eine Tragödie, die sie im Grunde aber nicht berührte. Ich hörte zu, wie zu Eis erstarrt. Mein erster Impuls war, sofort zu dir nach Hause zu laufen. Ich wollte alles gestehen. Stattdessen ging ich auf die Toilette und wurde fast ohnmächtig. Das war der Schock. Ich hatte das Gefühl, eben sei von der Erde ein Riesenbrocken weggebrochen, und verantwortlich dafür sei ich allein, was nur keiner wusste. Ich konnte kaum geradeaus gehen.

»Sie sehen furchtbar aus«, sagte Sheila. Sie legte mir den Handrücken auf die Stirn und ließ ihn eine Weile dort liegen; so etwas hatte sie noch nie getan. »Meine Güte«, flüsterte sie. »Sie glühen ja.« Die Geste erinnerte mich an meine Mutter, und da war mir, als stürze alles über mir zusammen. Ich vermisste meine Mutter schrecklich, zum ersten Mal seit Jahren wieder, genauso sehr wie damals nach ihrem Tod.

Ich wünschte, sie und mein Vater würden mich hier rausholen. Ich wünschte, mein Vater würde mich an der Hand fassen. »Ab mit Ihnen nach Hause«, sagte Sheila.

Ich erinnere mich nicht an die Busfahrt an diesem Nachmittag. Ich weiß nicht, ob ich eine Fahrkarte löste, ob ich mit jemandem geredet habe. Ich erinnere mich an die Hitze, das ja. Mehr als alles andere wollte ich allein sein. Aber als ich in meine Wohnung kam, wurde es nur noch schlimmer.

Schuld war die Stille. Ich sah den Sessel, in dem David immer gesessen hatte. Der leere Sessel konfrontierte mich direkt mit seinem Verlust. Draußen fuhren Autos, flogen Möwen, machten Leute einen Nachmittagsspaziergang den Meeresarm entlang. Alles war, wie es sein sollte. Außer dass es keinen David Fry mehr ab. Ich dachte an dich, an ihn und weinte viele Stunden.

Nachts lag ich voll bekleidet im Bett, die Füße angezogen, die Arme um die Knie geschlungen. Egal, wie viele Decken ich auf mich schichtete, ich schlotterte vor Kälte. Wenn ich die Augen schloss, sah ich immer nur David, wie er bläulich im Dunklen am Mittelbalken deines Gartenschuppens baumelte. Wenn ich nur die anderen Vertreter nicht davon hätte reden hören! Mein Kopf malte weitere Bilder von ihm, wie er die Schlinge band, wie er etwas suchte, worauf er stehen konnte, wie er sich das Seil um den

Hals legte. Hatte er wirklich sterben wollen? Auch noch, als er am Ersticken war? Hatte er gehofft, er würde gerettet werden? Wie ich mich danach sehnte, dass er gegen meine Tür trat, durch den Briefschlitz nach mir schrie. Wenn ich überhaupt schlief, dann nur kurze Momente.

Als ich in den frühen Morgenstunden aufwachte, war mir so heiß, dass ich mich nicht rühren konnte. Ich hatte das Gefühl, ich sei in Beton gegossen. Irgendwie stand ich auf, und dann konnte ich mich nicht mehr still halten. Von der Küche ins Bad, vom Bad ins Wohnzimmer, vom Wohnzimmer in den Flur. Ich blieb kaum eine Sekunde stehen. Hastig zog ich mich an. Ich ertrug es keinen Augenblick länger, allein zu sein. Ich musste in die Brauerei zurück.

Von den anderen bekam ich mit, dass du mindestens zwei Wochen weg sein würdest. Vor der Beerdigung würde eine Autopsie durchgeführt. Nicht auszudenken, sagte Sheila. Wohl auch nicht auszusprechen, denn es wurde nie wieder erwähnt.

Ich hatte keine Ahnung, wie ich dir jemals wieder in die Augen blicken sollte. Ich wusste nur, dass du mich, wenn ich alles bekennen würde, auf ewig hassen müsstest. Gleichzeitig wusste ich, dass ich von allen Männern, die mir auf der Straße, im Bus, in der Kantine begegneten, dich am dringendsten sehen musste.

Der Nachmittag ist glühend heiß. Seit Davids Tod ist eine Woche vergangen. Mein Zustand hat sich höchstens noch verschlimmert. Kein Schlaf. Kein Appetit. Ich kann nicht aufhören, an ihn zu denken. Dich habe ich zuletzt gesehen, als er noch lebte.

Ich fahre mit dem Bus zum Bestattungsinstitut. Ich muss seinen Tod mit einem sichtbaren Zeichen begehen, denn es ist unerträglich, mich hinter einer Maske zu verstecken und zu wissen, dass ich jemand ganz anderer bin. Die Sonne versengt mir die Augen. Alles – der Himmel, der Gehweg, der vorbeirauschende Verkehr – ist zu weiß, zu grell. Ich drücke die Tür zu dem Institut auf. In der kalten Luft hängt ein süßlicher Geruch, der, wie ich weiß, mit dem Einbalsamieren zu tun hat. Dennoch ist es, als träte ich in ein anderes Universum ein. Meine Schritte hallen auf dem kalten Boden wider. Ich wünschte, ich hätte einen Mantel.

Ein Mann im Anzug begrüßt mich. Fragt, was er für mich tun könne. Er trägt eine schwarze Krawatte und Manschettenknöpfe, legt ein professionelles Trauergebaren an den Tag, das fern vom Chaoshaften ist, mit dem wir Amateure trauern. Ich vermute, dass er der Bestatter ist.

Ich bitte darum, David Fry zu sehen. Als der Mann Davids Namen hört, werden seine Gesichtszüge weicher, und zum ersten Mal habe ich das Gefühl, dass vielleicht jemand versteht, was ich leide. Hier ist Raum dafür.

»Haben Sie einen Termin?«, fragt er.

Ich erkläre, dass ich keinen offiziellen Termin hätte, aber eine Freundin der Familie sei. Ich wiederhole, dass ich David gern sehen würde. Ich *müsse* ihn sehen, füge ich hinzu.

Meine Antwort ist nicht die richtige. Der Bestatter beginnt zu zögern. Er zieht sich zurück und holt einen Notizblock und einen Füller. Mein Mund wird ganz trocken. Der Bestatter sagt, er müsse mit seinem Klienten telefonieren. Ich könne den Verstorbenen nicht ohne Termin sehen.

»Aber er läuft doch nicht weg«, antworte ich, werde lauter und fange am Ende des Satzes auch noch an zu weinen. Die Trennlinie zwischen Normalverhalten und Trauerzustand scheint bei mir weggebrochen.

Die Miene des Bestatters verhärtet sich. Vielleicht hat er den Verdacht, dass ich eine Journalistin bin. Ich weiß es nicht. »Ich kann Ihnen nicht gestatten, hierzubleiben, Madam«, sagt er. Schon strebt er auf die Tür zu und hält sie für mich auf. Die Hitze und das Licht von draußen stürmen so gewaltsam auf mich ein wie ohrenbetäubender Lärm. Ich möchte hier drinnen bleiben. Ich ertrage es nicht, hinausgeworfen zu werden, wo es mich so viel Kraft gekostet hat, überhaupt herzukommen. Jetzt bin ich hier und habe nichts erreicht.

Vielleicht spürt der Bestatter meinen Schmerz, weil er mich fragt, ob ich etwas für den Sarg hätte.

Er könne es an seinen Klienten weitergeben, so viel könne er für mich tun. Ich nehme an, dass Geld gemeint ist wie in der Kirche, wenn der Klingelbeutel herumgeht. Mein Schmerz und meine Schuldgefühle sind so groß, dass ich jeden Pfennig, den ich gespart habe, hergeben würde, wenn ich glaubte, es könnte dich irgendwie trösten. Ich öffne gerade meine Handtasche, als aus einem Raum gegenüber dem Empfangsbereich ein anderer Mann im Anzug heraustritt. Ich sehe fast nichts von diesem Raum, eine zartblaue Wand vielleicht, und davor das polierte Holz und die Messinggriffe eines Sargs. Ich weiß nicht einmal, ob es Davids Sarg ist. Aber ich habe das Gefühl, ich hätte einen Tritt in die Magengrube bekommen.

Alles tut mir weh. Sogar das Innere meiner Lungen schmerzt.

Ich bitte den Bestatter, David seine roten Fäustlinge zu geben. Sie sind in meiner Handtasche; ich trage sie mit mir herum, seit ich sah, dass er sie zurückgelassen hatte. Ob sie dem Verstorbenen gehört hätten? Ja, sie hätten dem Verstorbenen gehört. Der Bestatter wird seinen Klienten konsultieren. Sie brauchen Ihren Klienten nicht zu konsultieren, sage ich, nehmen Sie die Dinger doch einfach. Lassen Sie sie mich nur schnell aus der Tasche holen. Weil es eine Qual für mich ist, hier zu sein. Es geht einfach über meine Kräfte. Ich drücke ihm die Fäustlinge in die Hände und renne los, bevor er sie mir zurückgeben kann.

Als ich an der Bushaltestelle warte, sehe ich dein Auto vor dem Bestattungsinstitut vorfahren. Ich sehe dich aussteigen und zur Beifahrerseite hinübergehen, doch bevor du dort bist, fliegt die Tür auf, trifft dich fast, und eine kleine, zarte Frau, wenig größer als ich, springt heraus. Maureen trägt ein schwarzes Sommerkleid und eine dunkle Sonnenbrille und hält ein Kissen und einen Teddybären unter den Arm gepresst. Natürlich – etwas für den Sarg. Sie geht mit raschen, hölzernen Schritten, hat es sehr eilig, in das Institut zu kommen. Deine Bewegungen dagegen sind langsam. Du gehst hinter ihr her, mit leeren Händen, und scheinst nicht in der Lage, den Kopf zu heben. An der Tür bleibt Maureen stehen und sagt etwas zu dir, weil du nickst und zur Seite trittst. Sobald du allein bist, ziehst du eine Zigarette heraus und bittest einen Passanten um Feuer. Ich höre im Bestattungsinstitut einen gellenden Aufschrei, den schrecklichen Schrei einer Frau. Ich stelle mir vor, dass der Bestatter Maureen in den Raum geführt hat, zu dem er mir den Zutritt verwehrte. Du bist zur Ecke gerannt und hast dich in einen Mülleimer übergeben.

Von der anderen Straßenseite aus sehe ich alles. Aber du siehst mich nicht.

Ein paar Tage später sind wir uns begegnet. Diesmal gab es kein Ausweichen. Ich war in der Apotheke und habe die Regale nach etwas abgesucht, was mir schlafen helfen sollte. Da kamst du zur Tür herein. Leise fragtest du den Apotheker hinter der Theke nach dem bestellten Medikament für deine Frau. Du hast dich um Diskretion bemüht, aber im Laden war es bei deiner Ankunft so totenstill geworden, dass du das einzige Lebendige darin schienst. Bei deinem Anblick hat sich mir immer wieder das Herz zusammengekrampft.

Der Apotheker suchte hastig nach Maureens Tabletten. Als er dir die Tüte gab, sagte er: »Mein herzliches Beileid, Mr Fry.« Eine andere Frau im Laden, die Kundin, die am dichtesten neben dir stand, presste unbehaglich steif hervor, auch ihr tue dein »Verlust« sehr leid. Niemand schien über die richtigen Worte zu verfügen, und so war es sicherer, nichts zu sagen oder wenigstens bei den abgedroschenen Phrasen zu bleiben. Du hast apathisch genickt, als wünschtest du, die Leute würden damit aufhören und dich gehen lassen.

Du warst ein anderer Mann, Harold.

Deine Schultern, einmal so aufrecht, waren tief gebeugt. Dein Jackett hatte Fettflecken, dein Haar war ungekämmt. Du hattest dich rasiert, aber in der Höhlung deiner linken Wange war ein stacheliges Haarbüschel übrig geblieben. Vielleicht hast du es nicht bemerkt. Oder vielleicht hast du beim Rasieren an David gedacht und dich gefragt, was spielt es für eine Rolle? Was macht es für einen Unterschied, ob ich sauber rasiert bin oder mir einen Bart stehen lasse? Aber was mich wirklich fertigmachte, waren deine gekrümmten Schultern. Und die Golfclubkrawatte.

Manchmal heißt es von einem Menschen, er sei nur noch eine leere Hülle oder ein Schatten seiner selbst. Aber du warst keins von beidem. Du warst wie am Davonfließen. Man konnte sich unmöglich vorstellen, dass du lachen, tanzen oder etwas so Albernes tun würdest wie Feigenball spielen. Diese Seiten von dir waren verschwunden. Du schienst kleiner, langsamer, auch älter geworden, fast einfältig, auf das Grundlegendste reduziert. Du hast die Tüte mit dem Medikament genommen und bist zur Tür geschlurft.

»Ach, hallo«, hast du gesagt. Ich habe mich wohl bewegt. Vielleicht ist mir sogar ein Laut herausgerutscht.

Du hast von der anderen Seite des Verkaufsraums zu mir herübergelächelt. Da stand ich, schuldbeladen, die Frau, die dich und deinen Sohn im Stich gelassen hat, die Freundin, die sich in dein Leben gedrängt und dir immer nur Lügen aufgetischt hat, und da standst du mit deinem beigen Jackett und deiner Krawatte und hast mich tatsächlich angelächelt.

Du hast mich gefragt, ob ich dich die High Street entlang begleiten wolle. Wenigstens glaube ich das. Auf dem Weg zur Tür habe ich bemerkt, wie die Leute vor uns auseinanderwichen. Niemand sagte ein Wort.

Daran erinnere ich mich. Du hast den Blick fest auf den Boden gerichtet, hast nach dem gesucht, was dir verlorengegangen war. Ein Kunde stürzte zur Tür und öffnete sie für uns, wir waren ins Freie entlassen.

»Wie geht es Maureen?«, fragte ich draußen.

»Entschuldigung?«

Wieder hast du versucht zu lächeln, aber dein Gesicht brachte kein Lächeln mehr zustande. Deine Augen füllten sich mit Tränen. »Mein Sohn ist tot«, hast du gesagt. Und wieder: »David ist tot.« In deinem Leben waren das nun die einzigen Worte.

Ich sagte, dass ich es wisse. Es gehört hätte. Es tue mir so leid, sagte ich. So leid …

»Ja.« Du hast auf den Boden gestarrt. »Ja.«

»Kann ich irgendetwas für Sie tun?«

»Tun?« Du hast das Wort wiederholt, als sei dir zu deinem großen Bedauern gerade seine Bedeutung entfallen.

»Um zu helfen?«

Du hast die Lider geschlossen und langsam wieder geöffnet. Dann hast du leise gesagt: »Das ist sehr nett von Ihnen, Queenie, aber ich glaube nicht. Nicht momentan.«

Du hast mich gefragt, wie es denn so laufe, und ich antwortete, es gehe so. Es gehe so?, hast du wiederholt. Ja, sagte ich. Da fiel dein Gesicht in sich zusammen, und du hast langsam gesagt, es tue dir sehr leid, aber du habest den Faden verloren, wovon wir geredet hätten. Du hast dich abgewandt. Vielleicht weil ich dachte, du wolltest nun gehen, wagte ich zu rufen: »Und Sie selbst, Harold?«

Du hast geweint und wolltest nicht, dass ich es sah. Deshalb habe ich zu meinen Füßen hinuntergeblickt, um es dir leichter zu machen, aber ich wünschte, ich hätte etwas anderes getan, ich wünschte, ich wäre so beherzt gewesen und hätte dich in den Arm genommen, dich weinen lassen. »Für Maureen ist es natürlich schlimmer«, hast du gesagt. »Es ist immer schlimmer für die Mutter.« Du hast dich entschuldigt und bist davongeschlichen, mit schweren, schleppenden Schritten, als schmerze jede Bewegung. Als du zur Seite getreten bist, um einer Frau mit Kinderwagen auszuweichen, hast du leicht geschwankt. In deiner Tasche zeichnete sich eine Schnapsflasche ab. Du hast angefangen zu trinken.

Ein paar Tage später las ich in der Lokalzeitung, dass Davids Beerdigung im privaten Rahmen stattfinden werde. Eine Feier nur für die Familie. Das hieß, nur für dich und Maureen. Weitere Familie hattest du nicht. In der Brauerei wurde David nicht mehr erwähnt. Dein Sohn ist gestorben, und die Welt hat diesen Informationsschnipsel geschluckt und sich weitergedreht. Nach der ersten Woche habe ich nie wieder jemanden von ihm reden hören.

So hast du also deinen Sohn begraben. Und das einzige Mal, dass ich dich nicht in Beigebraun sah, war an dem Nachmittag, als du im schwarzen Anzug zurück zur Arbeit kamst.

»Harold?«, fragte ich sachte. »Sollten Sie überhaupt hier sein?« Andere Mitarbeiter machten einen Bogen um dich.

Du hast dich geduckt wie ein geprügelter Mann, der weitere Schläge erwartet und sich tapfer zusammennimmt.

»Ja«, sagtest du.

Weiter nichts.

In den letzten drei Tagen war es schwierig, Zeit für meinen Brief an dich oder für meine Erinnerungen an meinen Garten am Meer zu finden, Harold. Es war sogar schwierig, mit Schwester Mary Inconnue in der Stille dazusitzen und die Wolken vor meinem Fenster zu betrachten. Es gab zu viel anderes, worum ich mich kümmern musste. Alle Wände im Tagesraum sind nun mit Grußkarten von Leuten gepflastert, die mir alles Gute wünschen. Wir haben so viele Blumen zugestellt bekommen, dass bei mehreren Betreuern Heuschnupfen ausgebrochen ist. Heute Vormittag habe ich bereits zehn Dankeskarten verfasst. Vor Anstrengung brennt mir das Auge, meine Hand ist müde. Außerdem kann ich nachts nicht schlafen. Niemand hier kann schlafen.

»Es wird eine Nachtwache geben«, sagte Finty. (Das war am Dienstag, glaube ich. Sie hatte an ihrem Transparent gearbeitet.)

»Eine was?«, fragte der Perlenkönig. Er versuchte mitzuhelfen, schlief aber meist.

»Eine der neuen Patientinnen hat es mir gesagt. Es

kam im Radio. Die Leute werden Kerzen mitbringen und so und draußen für uns beten.«

Die Nachtwache wuchs sich eher zur Party aus. Wenn die Schwestern kamen, um nach mir zu sehen, wirkten sie müde und gereizt. Als hätten wir nicht schon genug um die Ohren, hörte ich eine klagen. Es half auch nicht, dass Finty die ganze Nacht aufblieb und von ihrem Fenster aus mit den Leuten mitsang. Anscheinend wollen sie ihre Nachtwache so lange fortsetzen, bis du ankommst.

»Haben die kein eigenes Zuhause, wo sie hinkönnen?«, fragte die diensthabende Krankenschwester.

Nach so viel Aufregung muss Finty nun das Bett hüten.

Nicht, dass ich es bedauert hätte, nach Embleton Bay zu kommen, mir dort ein Zuhause zu schaffen oder einen Garten anzulegen. Aber mir wuchs alles über den Kopf. Die vielen Leute. Der Rummel. Manchmal fühlte ich mich unter Druck, den Garten zu verändern, nur um etwas Neues zu zeigen. Es war kein Garten für die Liebe mehr, sondern eine Attraktion. Und es ging darin nicht mehr um mich, sondern um andere Leute und was sie sehen wollten.

Jetzt, wo mein Garten so kostbar war oder zumindest das Gewicht von so vielen Erwartungen auf ihm lastete, musste ich mir überlegen, wie ich ihn schützen konnte. Wie der kleine Hafen von Craster die Fischerboote schützte. Ich begann Steine für Mauern zu sammeln, große für unten, kleinere Flintsteine für die Mitte und Muschelschalen für ganz oben. Ich brauchte einen ganzen Sommer für die Mauern, nicht zuletzt deshalb, weil die Leute helfen wollten. Sie gönnten sich ein Wochenende in der Sonne, um am Strand nach Steinen zu suchen, und boten ihre Hilfe an. Das Ärgerliche daran war, dass sie mir nicht zuhörten, wenn ich erklärte, dass die großen Steine nach unten gehörten und die Muscheln nach oben. Manchmal verbrachte ich eine ganze Nacht damit, einzureißen, was andere aufgeschichtet hatten, und die vielen zu Bruch gegangenen Muscheln wegzuwerfen, die jemand in die Mitte gesteckt hatte. Du verstehst, was ich sagen will. Mein Garten hatte mit seinen Anfängen nichts mehr zu tun.

Eines Nachts lag ich im Bett und dachte mir Neues für den Garten aus, und ich ahnte, wie empfindlich er immer noch war, trotz Steinmauern und aller meiner Bemühungen, ihn zu schützen. Wenn ein Sturm käme oder die Möwen darüber herfielen? Am nächsten Morgen fuhr ich mit dem Bus nach Berwick upon Tweed und kaufte im Eisenwarenladen einige Planen. Ich beschwerte sie mit Steinen, damit sie nicht davonflogen, und malte ein Holzschild. »Bitte Vorsicht beim Herumgehen.« Selbst wenn ich nicht im Garten war oder eigentlich hätte schlafen sollen, grübelte ich wie unter Zwang darüber nach, wie ich ihn noch besser sichern könnte. Allerdings lag ich mit meiner Annahme, die Bedrohung käme vom Wind oder von den Möwen, völlig daneben. Was ihn vor fünf Jahren schließlich vernichtete, war etwas ganz anderes.

Eine Herde Schafe.

Anscheinend waren sie aus einer Weide ausgebrochen. Erst fraßen sie den ganzen Golfplatz ab, dann trotteten sie im Gänsemarsch den Küstenpfad entlang. Und sie sprangen über meine Mauer und fraßen meinen Garten ab.

Ich betrachtete die Verwüstung, die verstreuten Steine, die zertrampelten Felstümpel, die abgeknickten Stöcke, die überall verteilten Tangbanner, die zerbrochenen Muscheln, und das tat mir so weh, dass ich innerlich ganz leer wurde. Von meinen Schutzplanen war nichts zu sehen. Wo ein Garten gewesen war, dösten nun dreißig Schafe.

Ich weinte lange. Ich blieb in meinem Strandhaus, wo mich niemand stören oder mir Hilfe anbieten konnte. Tagelang konnte ich meinen Garten nicht einmal ansehen. Jedes Mal, wenn ich das Haus verließ, starrte ich in den Himmel, denn der Anblick des ruinierten Gartens war zu schmerzhaft. Die ganze Arbeit, alles umsonst. Ich fragte mich sogar, ob ich nicht alles verkaufen und weiterziehen sollte, aber irgendwie hatte ich zum Herumreisen keinen Mumm mehr. Etwa zu dieser Zeit spürte ich tief im Unterkiefer einen Knoten. Die Nachbarn waren sehr nett zu mir, als sie hörten, ich müsse in die Klinik. Aber nach einiger Zeit, als ich immer Schlimmeres zu berichten hatte, war es einfacher für mich, meine Tür hinter mir zuzumachen und mich vor der Welt zu verbergen.

Ungefähr ein Jahr später hob ich, als ich wieder einmal am Strand entlangging, ein Stück Treibholz auf. Ich benutzte es als Gehstock, er half mir den Pfad hinauf. Als ich wieder zu meinem Strandhaus zurückkam, stieß ich den Stock in den Boden und ließ ihn dort stehen.

Am nächsten Morgen öffnete ich die Fensterläden, und zu meiner Überraschung leuchtete er wie ein goldener Mast. Mein Garten war auferstanden. Aber diesmal war ich erleichtert, dass ich nichts mehr in Schuss zu halten brauchte, weil es so auch keinen Grund mehr gab, mich vor einem Verlust zu fürchten. Ich brauchte anderen Menschen die Schönheit meiner Liebe nicht mehr zu zeigen. Ich war krank und hatte nur noch die Energie, sie in meinem Herzen zu bewahren.

Mr Henderson überrascht mich

»In der *Berwick Gazette* ist ein Foto von Ihnen«, sagte Mr Henderson.

»Zeigen! Zeigen!«, zeterte Finty. Die *Gazette* wurde von Patient zu Patient weitergereicht, bis sie schließlich in meine Hände gelangte. Auf dem Foto war eine junge Frau um die zwanzig mit einer dicken braunen Haarmähne zu sehen. Es musste in Oxford aufgenommen worden sein.

Ich konnte kaum glauben, dass diese junge Frau ich sein sollte.

Mr Henderson deutete auf ein weiteres Foto. Ein hochgewachsener Mann mit üppigem Bart und einem T-Shirt mit PILGER-Aufdruck. Ich brauchte einen Moment, um dich zu erkennen, dann raste mein Puls. »Und haben Sie's gesehen?«, fragte Mr Henderson. »Haben Sie gesehen, was der Mann an den Füßen trägt?«

Doch nicht etwa …? Ich begann zu lächeln. Doch keine …?

»Segelschuhe!« Mr Henderson hielt sich den Bauch und lachte sich kaputt.

Das war das erste Mal, dass ich Mr Henderson so fröhlich gesehen habe.

Danke, Harold.

Heute, Harold, habe ich an dich gedacht, wie du in deinen Segelschuhen durch England läufst. Wahrscheinlich solltest du dir Wanderstiefel zulegen. Aber da du vermutlich noch nie Wanderstiefel getragen hast, sondern immer nur Segelschuhe, kauf lieber nichts, was nicht zu dir passt.

Ich habe den Nachmittag mit Schwester Mary Inconnue verbracht und mir jedes einzelne Paar Schuhe ins Gedächtnis zurückgerufen, das ich je getragen habe. Das ist eine Demutsübung. Du wirst dich nicht erinnern, aber ich habe kleine, sehr breite Füße. Die Schuhe, die mir gefallen hätten, passten mir nie.

Ich habe die Schuhe, die ich in Kingsbridge kaufte, schon erwähnt – meine Buchhalterinnenschuhe. Sie waren vorn rund geschnitten, hatten einen breiten Absatz und gaben auf hartem Boden ein gediegenes Geräusch von sich. Erinnerst du dich?

Neben diesen Schuhen zählte ich zu meinem Besitz drei Paar schwarze Schnürschuhe, die ich in meiner Schulzeit getragen hatte, Schuhe mit Keilabsätzen aus Kork, die meine Mutter hasste, Flip-Flops, Pantoletten, Stöckelschuhe aus rotem Wildleder (kaum getragen), die Tanzschuhe aus schwarzem Samt, die ich zurückgelassen habe, Halbschuhe im Herrenstil, Gummistiefel, Gartenschuhe, Tennisschuhe, zwei Paar dunkelblaue Pumps (warum bloß?) und ein Paar weiße Sportschuhe, die ich in den letzten fünf Jahren fast ununterbrochen getragen habe. Die Tanzschuhe waren mir die liebsten, keine Frage.

Ich kann mein Leben anhand von Damenschuhen vermessen.

Eines Tages ist an meinem Garten wieder einmal eine Frau stehen geblieben. Das war nach den Schafen. Ich hatte wieder einiges gestaltet, aber insgesamt war der Garten schlichter, bescheidener. Man konnte vorbeilaufen, ohne ihn zu bemerken, oder man sah nur ein paar Stöcke und Steine. Bei den einstigen Besuchern war er in Vergessenheit geraten, und ich ließ die Sandstufen zum Strand hinunter verfallen.

Die Frau lehnte an meiner Gartenmauer und schüttelte ihren Schuh aus. Ich sah ihre Schuhe nicht, nur ihr blütenweißes Jäckchen mit Schulterpolstern und Goldknöpfen. Als ich sie fragte, ob sie Hilfe brauche, fuhr sie hoch. Sie habe mich nicht gesehen, rief sie und lachte. Besser gesagt, sie habe mich für einen der Steine in meinem Garten gehalten. Sie erklärte mir, sie gehöre zu den Gästen eines Hochzeitsempfangs im Golfclub und sei kurz geflohen, um in Ruhe zu rauchen.

»Diese verdammten Stöckelschuhe«, sagte sie. Sie erzählte mir, dass sie jedes Mal, wenn sie ein Tief habe, die Schuhe wechsle. Das Geräusch, das man in dieser Welt macht, sei der Schlüssel zum Glück. An jenem Nachmittag trug sie Fünfzehnzentimeterstilettos mit Tigerdruck. Als sie sich entfernte, machten ihre Schuhe auf den Steinen *ping, ping, ping*.

Etwas später sah ich sie noch einmal. Diesmal winkte sie von der Bucht unten. Bei näherem Hinsehen entdeckte ich, dass ihr Stilettoabsatz in einer Felsspalte festklemmte. Und sie winkte nicht nur, sondern ruderte um ihr Gleichgewicht.

Ich ging sie zu einem frühnachmittäglichen Tee in mein Strandhaus einladen, und wir liefen zusammen zurück, sie diesmal barfuß. Aber statt Tee tranken wir dann Gin, und statt im Haus saßen wir im Garten und sahen den Wellen zu. Wie sich herausstellte, lehrte sie an der Universität Physik. Zeigt sich wieder einmal, dass man eine Frau nie nach ihren Absätzen beurteilen soll.

Hitze

Wieder geht es mir nicht so gut. Die Aktivisten von der Nachtwache sind jede Nacht draußen. Ich finde es ja wirklich nett von ihnen, für uns zu beten und zu tanzen und zu singen, aber ich wünschte, sie würden es in der Stille tun.

Heute setzte mir die Hitze zu. Das Sonnenlicht rauschte durchs Fenster wie durch einen breiten Kanal, direkt auf mein Bett, direkt auf mich, ein so grellweißes, massives Licht, dass ich Kopfschmerzen bekam. Die Krankenschwester machte das Fenster auf, aber es wurde kein bisschen frischer im Zimmer. Die Luft draußen war stickig und schwer von Flugsamen. Schwester Lucy badete mir den Kopf, aber sogar das Wasser kam mir heiß vor.

Dr. Shah: Ist sie schmerzfrei?

Schwester: Ich bringe die Temperatur nicht herunter.

Dr. Shah: Die Schwellung hat sich vergrößert.

Schwester: Sie hat heute früh ein frisches Schmerzpflaster bekommen.

Dr. Shah: Kann sie noch Flüssigkeit aufnehmen?

Schwester: Kleine Mengen.

Dr. Shah: Sie können die orale Dosis auf alle vier Stunden erhöhen.

Wie ich mich auch drehte und wendete, immer fühlten sich die Leintücher auf meiner Haut zu straff und zu hart an. Die Hitze war wie ein Monster, das mich leersaugte, meine ganze Energie schluckte. Den ganzen Vormittag war ich nur am Kämpfen, gegen die Hitze, gegen die Laken und gegen meinen inneren Frust. Ich wollte nur noch weg.

»Sie müssen *selbst* zur Hitze werden«, sagte Schwester Mary Inconnue.

Hätte ich die Kraft gehabt, ich hätte ihr ein Kissen an den Kopf geschleudert.

Sie lachte, als hätte ich meine Gedanken ausgesprochen. »Die Hitze ist nun mal da, gegen die kommen Sie nicht an.«

Also ergab ich mich ihrem Feuer. Spürte dem feuchten Film auf meiner Haut nach, der kribbelnden Spannung darunter, der Dürre in meiner Kehle, dem Weiß vor meinen Augen. Ich war keine alte Frau mehr, die nicht wollte, dass ihr so heiß war, sondern ich war selbst die Hitze. Das ist nur ein kleiner Unterschied, aber ich konnte schlafen.

»Geht es Ihnen jetzt ein bisschen besser?«, fragt Schwester Mary Inconnue. Das Licht ist fort, ein kühler Wind spielt mit den Vorhängen. Ich höre die Blätter des Baums rauschen. »Ich weiß, das war ja alles ganz lustig in den letzten Tagen«, sagt Schwester Mary Inconnue. »Die vielen Grußkarten. Die gemeinsamen Aktivitäten und so weiter. Aber vielleicht sollten Sie sich wieder Ihrem eigenen Brief zuwenden, Herzchen.«

Ich wusste, dass du es warst, Harold, der in die Brauerei eingebrochen war. Ich wusste, dass du es warst, der Napiers Glasclowns zertrümmert hatte. Ich hätte darauf gewettet, selbst wenn ich nicht da gewesen wäre. Aber ich war da, Harold. Ich habe alles mit angesehen.

Nach Davids Beerdigung fiel es mir schwer, abends die Brauerei zu verlassen. Genauer gesagt, fiel es mir schwer, in meine Wohnung zurückzukehren. Ich erfand Gründe, um länger wegzubleiben; ich ging ins Kino und sah mir mehrmals hintereinander denselben Film an. Ich machte Spaziergänge am Kai entlang (und vermied sorgsam jeden Blick auf die Bank, wo ich mit David gesessen und ihm meine Fäustlinge geschenkt hatte). Ich tat alles, um den Moment hinauszuzögern, wenn ich meine Wohnungstür aufdrückte und Davids leeren Sessel sah. Du hast zwar wieder gearbeitet, Harold, aber Napier hat keine Fahrten mehr für uns angesetzt. Ich war erleichtert. Ich war noch nicht so weit, dass ich mit dir allein sein konnte.

Eines Abends wollte ich länger arbeiten. Ich hatte

eine Kiste mit alten Rechnungsbüchern gefunden, und obwohl sie schon zehn Jahre alt waren, redete ich mir ein, ich müsse sie unbedingt durchgehen. Nun war ich schon etliche Stunden allein in dem Gebäude, ohne die Zahlen überhaupt anzusehen, denn ich hing meinen Gedanken nach. Plötzlich kam von unten ein Krachen. Das Geräusch holte mich in die Gegenwart zurück, erst jetzt merkte ich, dass ich fast im Dunkeln saß. Die einzige Lichtquelle war der Vollmond vor dem Fenster, von dem kühler Silberglanz hereinfloss.

Ich lauschte, aber es blieb alles stumm. Ich versuchte, mich auf die Arbeit zu konzentrieren.

Da war es wieder. Das Geräusch. Jemand schlug dumpf gegen eine Tür, unten im Erdgeschoss. Jemand versuchte, in ein verschlossenes Zimmer einzudringen.

Ich streifte meine Schuhe ab und verließ lautlos mein Büro. Die dunklen Wände des Gangs fühlten sich unter meinen Fingern kalt an, fast feucht. Ich huschte, so schnell ich konnte, in Richtung Treppe. Bei jedem Krachen, jedem Schlag schrak ich zusammen. Ich näherte mich dem Treppenhaus, aus dem von unten eine Lichtfontäne hochschoss. Dann stand ich mitten im Licht und konnte jenseits davon kaum etwas erkennen. Ich schlich eine Stufe nach der anderen hinunter. Musste meinen Atem hinunterschlucken, bevor er in die Stille rauschte.

Ich hörte Schluchzen. Dein Schluchzen. Es klang so

nass, so vereinsamt und erschöpft, dass du schon sehr lange geweint haben musstest. Ich wusste genau, wo ich dich finden würde.

Schnell entfernte ich mich vom Treppenlicht in die Richtung, wo Napiers Büro lag. Die harten Fliesen unter meinen Füßen wurden von dämpfendem Teppichboden abgelöst, die Wände waren holzvertäfelt. Als ich um die Ecke bog, sah ich dich. Ich drückte mich zur Seite.

Du hast an Napiers Türklinke gerüttelt, mit den Fäusten auf das Türblatt eingeschlagen, mit dem Fuß dagegengetreten. Manchmal hast du den Kopf an die Tür gepresst und einfach dagestanden, ausgelaugt von deiner Trauer. Dann bist du zurückgesprungen und hast wieder auf die Tür eingedroschen. Schließlich fiel dir etwas Neues ein. Du liefst ein ganzes Stück zurück. Dann hast du Anlauf genommen und dich, die Schulter voran, mit dem ganzen Gewicht gegen die Tür geworfen. Ein splitterndes Krachen, und sie flog auf. Du bist aus meinem Blickfeld verschwunden, in Napiers Büro gestürmt. Ich pirschte mich heran.

Obwohl sich eine Wolke vor den Mond geschoben hatte, konnte ich zum ersten Mal dein Gesicht sehen.

Du warst mehr ein Tier als ein Mann in Beigebraun. Dein Mund war zu einem Schrei verzerrt, Schatten zogen tiefe Risse durch deine Stirn. Du hieltst die Fäuste über den Kopf erhoben. Du bist, sinnlose

Haken schlagend, durch den Raum getobt. Deine Bewegungen folgten keiner Logik. Es war, als wüsste dein Schmerz nicht, wohin mit sich. Die Wolke draußen gab den Vollmond wieder frei, und Napiers Glasclowns glitzerten kurz auf, zu Leben erweckt. Meine und deine Blicke fielen gleichzeitig auf sie. Stopp, schrie ich, aber es war zu spät. Du hast mich nicht gehört.

Du hast zwei der Glasfiguren gepackt, eine mit jeder Hand. Du hast sie hoch in die Luft gehalten, wie ein Vater sein Kind auf der Schaukel in die Höhe zieht, um es dann mit vollem Schwung anzuschubsen, und dann hast du die Clowns auf den Boden geschmettert. Sie zersprangen zu deinen Füßen, und schon hast du die nächsten zwei gepackt und die nächsten zwei. Du hast keine Ruhe gegeben, bis alle zwanzig in Splittern lagen. Du hast auf ihnen herumgetrampelt. Hast sie durchs Zimmer gekickt. Und die ganze Zeit dazu gebrüllt.

Ich habe dich nicht aufgehalten. Wie hätte ich gekonnt? Du wolltest deinen Sohn nicht sang- und klanglos gehen lassen. Du wolltest rasen vor Schmerz.

Außerdem warst du in einer anderen Welt. Nach einer Weile wüsten Randalierens hast du mit einem Schlag aufgehört und dein Vernichtungswerk betrachtet. In der kalten Flut des Mondlichts hast du den Kopf in die Hände vergraben.

Ich wollte schon auf dich zutreten, aber da bist du

zur Tür getaumelt. Du kamst direkt an mir vorbei. Du hast mich fast gestreift, Harold. Dein Fuß war neben meinem, deine Hand neben meiner. Aber du bist an mir vorbeigewankt, als wäre ich ein Teil der Wand. Ich roch den Alkohol, den du ausgedünstet hast. Als ich dich zur Eingangstür herauspoltern hörte, bin ich an Napiers Fenster getreten und habe gewartet. Wie ein Schatten bist du über den Brauereihof gelaufen. Einmal bist du stehen geblieben und hast zum Fenster hochgeblickt, mich aber nicht gesehen. Dann bist du in dein Auto gestiegen.

Ich schob die Splitter auf einen Haufen und versuchte, den Raum möglichst ordentlich zu hinterlassen. Ich kehrte in mein Büro zurück und wartete auf den Morgen.

Als Napier in die Brauerei kam und die Bescherung sah, drehte er durch. Ich erzähle es dir, weil du nicht da warst. Du hast nicht gehört, wie er durch das Gebäude tobte. Bevor ich zu ihm gehen konnte, hatte er schon die Putzfrau gefeuert. Gruppen von Mitarbeitern durchkämmten die Brauerei. Es war, als könne nur der als unschuldig gelten, der sich aktiv auf die Suche nach dem Schuldigen machte. In den Ecken, auf den Treppen wurde getuschelt. Mindestens ein Verdächtiger wurde aus der Kantine zur Befragung abgeführt. Als er später aus dem Hof kam, hielt er seinen Arm umklammert.

Ich hielt den ganzen Morgen nach dir Ausschau. Sobald ich dein Auto erblickte, eilte ich hinunter, um dich abzufangen. Erinnerst du dich?

Ich sagte: »In der Brauerei ist etwas passiert. In der Nacht.« Ich zog dich am Ärmel; du konntest nicht einmal gerade stehen. Ich wagte nicht, so weit zu gehen und dich an der Hand zu fassen. Du hast deine Augen auf mich gerichtet. Sie sahen aus wie zwei Litschis, so rau und spröde.

Ich sagte: »Hören Sie mich? Die Sache ist ernst, Harold. Sehr ernst. Das wird Napier nicht einfach so hinnehmen.«

Du bist weiß im Gesicht geworden vor Angst. Die Schuld war dir überall aufgestempelt. Die Krawatte hing dir um den Hals wie eine Schlinge. Die obersten Knöpfe deines Hemds standen offen. Und deine Hände! Harold, du hast dir nicht einmal die Mühe gemacht, sie zu waschen oder zu verpflastern. Was hast du dir dabei gedacht? Sie waren übersät von Kerben und Schnittwunden. Da begann ich es zu ahnen: Natürlich wolltest du, dass Napier dir auf die Spur kam. Du warst hergekommen, weil du wolltest, dass er dich sah und sich zum Schlimmsten hinreißen ließ, dessen er fähig war.

»Gehen Sie nach Hause«, sagte ich. »Lassen Sie mich das machen.«

»Sie verstehen mich nicht.« Deine Worte waren kaum zu hören.

»Sie sollten gar nicht hier sein, Harold. Es ist noch zu früh. Fahren Sie nach Hause.«

Langsam hast du mir den Rücken zugewandt. Ich sah dir nach, wie du mit schwachen Knien und gesenktem Kopf an der Holzvertäfelung entlanggeschlurft bist, manchmal mit der Schulter dagegengestoßen bist, wenn du das Gleichgewicht verlorst. Du hast Unverständliches vor dich hin gemurmelt. Ich wünschte, ich hätte dir nachgerufen: Auf Wiedersehen. Verzeih mir. Ich liebe dich. Aber ich wusste nicht, dass es das letzte Mal war. Ich war mir sicher, dass ich dich wiedersehen würde.

Dann bist du um eine Ecke gebogen – und warst weg. Aus meinem Leben verschwunden. Ich holte tief Luft und ging auf Napiers Büro zu.

Vor drei Tagen ist der Perlenkönig nicht erschienen. Ein Päckchen kam für ihn, aber er saß nicht auf seinem Stuhl, um es zu öffnen.

»Ich habe traurige Nachrichten«, sagte Schwester Philomena.

»O nein!«, stöhnte Finty. Sie begann zu weinen. »Nein! Nein! Nicht er! Nein!«

»Ein wahrer Gentleman«, sagte Mr Henderson.

Heute Vormittag saßen wir mit mehreren Betreuerinnen im Tagesraum, als Hufgetrappel in die Stille klapperte. Vor dem Fenster rollte, von Pferden gezogen, ein gläserner Leichenwagen vorbei und hielt vor dem »Hier nicht parken«-Schild. Die schwarzen Pferde waren mit violetten Federbüschen geschmückt. Die kristallklare Glashaube des Gefährts funkelte in der Sonne, der Boden war mit weißen Kränzen übersät. Der Bestatter stieg vom Kutschbock und gab den Pferden etwas aus seiner Jackentasche.

»Das glaub ich jetzt nicht«, sagte eine der Betreuerinnen.

Finty schlug die Hand vor den Mund und machte große Augen.

Im Lauf des Vormittags trafen viele Trauergäste ein, um Schwester Philomena und ihrem Team im Bernardino-Hospiz zu danken. Der Sarg würde in einer Prozession in die Kirche überführt, wo die Beerdigung des Perlenkönigs stattfinden würde. Die Nonnen versuchten, sich im Garten um die Gäste zu kümmern, aber dann begann es zu regnen. Die Aktivisten von der Nachtwache blockierten den Gehweg draußen, alle neuen Patienten und ihre Familien hatten sich in ihre Zimmer zurückgezogen. Blieb der Tagesraum.

Die Nonnen brachten Tee, die Trauergäste unterhielten sich laut. Sie hatten sich in Schale geworfen, ganz im Stil des Leichenwagens: Federn, schwarze Schleier, Zylinder, Cutaways. Sie hatten von der Krankheit des Perlenkönigs nichts geahnt, bis der Anruf kam, er sei verstorben.

»Warum hat er nichts gesagt? Warum hat er es uns nicht wissen lassen?«, fragte eine Frau mit dröhnender Bassstimme, sehr wahrscheinlich eine seiner Töchter.

»Er wollte uns nicht belasten«, sagte einer der Männer.

Es stellte sich heraus, dass der Perlenkönig seinen Freunden und Angehörigen erzählt hatte, er sei in Urlaub auf Malta.

»Ich hab den Blödmann liebgehabt«, sagte Finty.

Sie hat heute nicht an ihrem Transparent weitergearbeitet.

»Sie haben WAS gemacht?«, schreit Napier. Die Adern an seinem Hals treten hervor wie violette Stricke. Ich stehe am Ende des Raums. Er steht hinter seinem fast leeren Schreibtisch. Zwischen uns liegen Tausende bunter Glasnadeln. Er hat Sheila nicht erlaubt, sie anzufassen. Bis er den Täter findet, wird keiner das Haus verlassen.

Ich klammere mich an meine Handtasche. Mein Schädel pocht. Ich bin von der schlaflosen Nacht erschöpft. »Ich will damit sagen, dass es meine Schuld ist.«

Wieder schreit er. Lässt die Faust auf den Schreibtisch niedersausen. »Die Clowns? Die Glasclowns meiner Mutter?«

»Es war ein Missgeschick.«

Napier nimmt die Farbe von Frischkäse an. »Das ist das Einzige, was ich von ihr habe.« Er schnappt nach dem Nächstbesten, das noch auf seinem Schreibtisch steht, und schon schießt es auf meinen Kopf zu. Ich ducke mich, und das Objekt kracht gegen die Wand, plumpst zu Boden und kreiselt ein paarmal, bis es sich nicht mehr rührt. Es ist ein massiver Briefbeschwerer aus Glas. Ich frage mich, wie du den übersehen konntest, Harold.

Eine Sturzflut von Verwünschungen geht auf mich nieder. Napier findet wüste Namen für mich. Sie schäumen und sprühen aus seinem Mund, während er mit geballten Fäusten hin und her läuft. Er kann sich nicht mehr still halten. Sobald er die rechte Faust löst, wird er ausholen und zuschlagen. Ich bin noch nie von einem Mann geschlagen worden. Aber ich werde es aushalten. Auge um Auge.

Langsam fange ich an zu reden. »Ich habe gestern Überstunden gemacht, hatte noch Schriftsachen zu erledigen. Ich wollte sie Ihnen auf den Schreibtisch legen, bevor ich ging. Aber ich bin ausgerutscht. Und gestürzt. Es tut mir sehr leid. Furchtbar leid. Sehr, sehr leid.«

Ich kann nicht aufhören, mich zu wiederholen. Ich weiß nicht mehr, mit wem ich rede. Napier hält inne. Er dreht sich herum und sieht mir ins Gesicht. Stocksteif steht er da, das souveräne Lächeln des Mächtigen auf den Lippen, und schnippt ein Stäubchen von den Jackettschultern. Ich habe keine Ahnung, was beängstigender ist, seine Raserei oder sein Schweigen.

»Sie sind ausgerutscht?«

»Ja.«

»Und haben jeden einzelnen meiner Glasclowns zerbrochen?«

»Ja.«

»Und dann? Sind Sie darauf herumgetrampelt? Haben Sie sie in den Boden gestampft?«

Ich kann ihn nicht ansehen. Ich kann nur wiederholen, was ich schon gesagt habe: »Es war ein Missgeschick. Es tut mir leid.«

Napier kommt auf mich zu. Er riecht nach Schweiß und Rauch. Er ist nun fast auf Tuchfühlung mit mir. »Wenn Sie keine Frau wären, würde ich Sie in Stücke reißen.« Er spricht durch seine spitzen Zähne. »Und jetzt raus. Ich will Sie nie wiedersehen. Kapiert? Ich will Sie nicht hören. Ich will Sie nicht riechen. Ich will Ihnen nicht mal auf der Straße begegnen. Kapiert? Hauen Sie ab, noch heute Abend, wenn Sie wissen, was gut für Sie ist.«

Er hebt die Hand, und ich zucke in Erwartung eines Schlags zurück, aber er senkt den Kopf und umklammert die Lehne des Stuhls neben mir. Seine Knöchel treten weiß hervor. Er zittert am ganzen Leib.

»Harold Frys Job?«, flüstere ich. Das Herz schlägt mir bis in den Mund hinauf. »Wird er ihn behalten?«

Napier seufzt auf, es klingt wie ein Knurren. Ich frage mich, ob er mir gleich noch einen anderen schweren Gegenstand an den Kopf schleudern wird, aber da ist wenig übrig. Er müsste schon den Stuhl nehmen oder den Schreibtisch. Dann grunzt er, ohne den Kopf zu heben: »Raus.« Die Worte klingen gepresst, aus der Kehle hervorgequetscht.

Als ich mich entferne, knackt und spritzt der Boden unter meinen Füßen. Ich strecke die Hand nach der Tür aus und sehe das splittrige Loch im Türrahmen, wo du das Schloss gesprengt hast. Als ich die Klinke ergreife, hält mich Napier mit einer letzten Frage zurück: »Sie waren es nicht, Hennessy. Stimmt's?« Mir gefriert das Blut in den Adern.

Sorgfältig schließe ich die demolierte Tür hinter mir. Als setzte ich ans Ende eines Satzes einen definitiven Punkt.

Ich hole meine Sachen aus meinem Büro. Ich verabschiede mich von Sheila. Was ich jetzt machen würde, fragt sie. Ich sage, ich müsse Harold Fry finden.

Das ist das letzte Mal, dass ich die Brauerei zu Gesicht bekomme.

Wieder einmal besuchte jemand meinen Garten am Meer, eine Frau, und wir kamen ins Gespräch. Sie und ihr Mann machten in Northumberland Urlaub, und während er eine Runde Golf spielte, lief sie den Küstenpfad entlang. Es stellte sich heraus, dass das Paar in der Nähe von Kingsbridge lebte und die Brauerei kannte. Die Frau hatte ein freundliches Gesicht, mit sehr sanften Augen. Sie dachte wohl, sie hätte mich irgendwie schockiert. »Nein, nein«, beruhigte ich sie und wischte mir die Tränen weg. »Ich habe nur so lange nichts von der Brauerei gehört. Bitte, bleiben Sie doch.« Ich servierte Tee in den grünen Tassen, brachte Kissen mit hinaus, und wir setzten uns auf den Felsblock. Sie erwähnte auch Napier. Ein Autounfall, sagte sie. Es kam mir seltsam vor, dass du alle diese Dinge gewusst haben musst und ich nicht.

Sie nippte an ihrem Tee. »So ein netter Mann«, murmelte sie.

Einen Moment glaubte ich, sie rede von dir. Die Teetasse zitterte in meiner Hand.

»Ich kannte seine Mutter, Agnes. Er hat alles für sie getan.«

»Sie sprechen von Napier?«

Sie lächelte. »Natürlich.« Anscheinend hatte er seine Mutter bis zum Abend seines Tods täglich angerufen. Einmal im Jahr mietete er einen Kleinbus und fuhr mit ihr und ihren Freundinnen nach Plymouth zum Tee. Man könne sich keinen charmanteren Mann vorstellen, sagte meine Besucherin.

Siehst du, die Menschen sind selten so einfach gestrickt, wie wir glauben. Sogar die Bösewichter einer Geschichte können uns mit einer Volte überraschen.

Die Frau, die bei meinem Garten stehen blieb und mir von Kingsbridge erzählte, war mir sympathisch. Ich gab ihr einen Steckling von meiner Dünenrose, damit sie ihn zu Hause einpflanzte. Und manchmal, ja, manchmal stellte ich mir vor, dass du an dieser kleinen weißen Rose vorbeigegangen bist und ihren süßen Duft eingeatmet hast.

Noch eine Überraschung hat es im Hospiz gegeben, Harold, gestern Abend. Es fing so an:

»*Bon appétit*, Miss Hennessy«, sagte Mr Henderson.

Der Speisesaal war voll, die Fenster standen offen. Mehrere Patienten hatten ihre Familie zum Essen da. Die Nonnen trugen Plastikschürzen, um ihren Habit zu schützen; die Betreuer waren noch mehr Stühle holen gegangen. Ich hatte zugesehen, wie ein weicher Juniregen auf die rosa Rosen draußen tropfte, dass sie erzitterten und einen süßen, reinen Duft verströmten, der an Leinenservietten erinnerte.

An seinem Tisch neben dem meinen hob Mr Henderson sein Wasserglas, um mir zuzuprosten, aber es kippelte in seiner Hand, und Schwester Catherine stürzte zur Rettung herbei. »So was von idiotisch aber auch!«, knurrte er.

»Tut mir leid, Mr Henderson«, sagte sie.

»Nein, nein. Der Idiot bin ich. Danke, Schwester.«

Langsam wandte er mir sein Gesicht zu und nickte, hörte gar nicht mehr auf zu nicken, als stimme er einer langen Reihe von Vorwürfen zu, die gegen ihn erhoben wurden. Ich schüttelte den Kopf, um dagegen zu stimmen. Nein, Sie sind kein Idiot, Mr Henderson. Wir alle machen Fehler.

»Ich hätte nicht gedacht, dass ich die Rosenblüte noch erlebe«, sagte er. »Vielleicht habe ich das tatsächlich Ihrem Freund Harold Fry zu verdanken.«

Schwester Catherine zündete Teelichte auf den Tischen an, nur den Patienten mit dem Sauerstoffbehälter musste sie aus Sicherheitsgründen auslassen. Sie stellte vor jeden von uns ein Väschen mit Nelken aus dem Garten. Dann half sie mir, meine Serviette auseinanderzufalten und auf dem Schoß auszubreiten. Als die Vorspeisen abgetragen wurden, sah ich, dass Mr Henderson zwei ganze Grapefruitspalten geschafft hatte. Ich hatte nur eine halbe hinuntergebracht.

Bei der Hühnerbrühe erzählte mir Mr Henderson von seinem Berufsleben als Lehrer. Rückblickend fand er, er sei zu streng mit seinen Schülern gewesen. Selbst von sich enttäuscht, habe er wohl seine Enttäuschung auf sie projiziert. Der Löffel zitterte ein wenig in seiner Hand, und er bespritzte sich das Kinn. »Pardon, Pardon«, sagte er. Ich brauchte für meine Suppe die Hilfe von Schwester Lucy. Trotzdem konnte ich nur wenig davon schlucken. Zu Mr Hendersons Ausführungen murmelte sie »Ah!« oder »Nun ja«.

Er sagte: »Vor Jahren hätte ich mir ein gutes Steak bestellt. Und schmalgeschnittene Pommes frites. Wie ich Sie einschätze, hätten Sie den Fisch des Tages gewählt, Miss Hennesy.«

Ich lächelte. Ich hätte Heringe aus der Räucherei in Craster und eine Scheibe Vollkornbrot gegessen. Wir hätten in meinem Garten am Meer gesessen, die Teller auf dem Schoß, und uns einen spritzigen Sauvignon eingeschenkt. Vielleicht hätte ich Kerzen in türkisen Glasampeln angezündet und sie in die Zweige gehängt, so dass überall im Garten tiefblaue Augen leuchteten.

»Ich mag keinen Fisch«, sagte Schwester Lucy. »Mir graust vor den Köpfen. Ich kann gar nicht hingucken. Da schüttelt's mich richtig.« Wie sehr, führte sie uns vor, dass ihre Plastikschürze raschelte.

Mr Henderson erzählte uns von seiner Exfrau Mary. Die Ehe war unglücklich gewesen, die Scheidung schwierig. Mr Henderson hatte sich vor Gericht selbst vertreten, Mary hatte einen Londoner Anwalt beauftragt, der auch sein bester Freund gewesen war. »Es wäre viel einfacher gewesen, wenn sie jemanden genommen hätte, den ich nicht mochte. Aber so haben sie mich ausgezogen bis aufs Hemd.« Hier unterbrach er sich, um seine Medikamente zu nehmen. »Ich habe sie beide verloren. Meine Frau und meinen besten Freund. Ich fürchte, das hat mich zu einem verbitterten Menschen gemacht.«

»Das ist sehr traurig, Mr Henderson«, sagte Schwester Lucy.

»Ach ja«, sagte er. »So ist das Leben.«

»Was treibt ihr beiden da drüben eigentlich?«, rief ein Gespenst mit breitrandigem Strohhut. »Macht ihr Pläne für Harold Fry?« Finty deutete auf einen verlegen wirkenden jungen Mann, der mit einem Mikrophon neben ihr saß. »Ich komm heute Abend auf dem Lokalsender.«

»Es wird alles ein bisschen viel, nicht?«, sagte Mr Henderson leise. Ich nickte. »Harold Fry hat Ihnen wohl viel bedeutet?«

Bevor ich antworten konnte, unterbrach uns Schwester Catherine und bot uns von ihrem Rollwagen eine Auswahl an Desserts an.

»Ich nehme das grüne Gelee, Schwester«, sagte Mr Henderson. »Miss Hennessy, womit kann ich Sie in Versuchung führen?« Ich deutete auf ein kleines Glasschälchen. »Und Miss Hennessy nimmt die Vanillecreme.«

»Sprühsahne?«, fragte Schwester Catherine.

»Sprühsahne?«, wiederholte Mr Henderson.

Ich schüttelte den Kopf.

»Du schenkest mir voll ein«, sagte Mr Henderson und reichte mir eine frische Serviette.

Schwester Lucy wollte gleich sein Wasserglas auffüllen, aber Mr Henderson konnte sie davon abhalten.

»Vor Jahren«, sagte er, »hätte ich einen edlen Dessertwein vorgeschlagen, Miss Hennessy, danach Kaffee und Minzkonfekt. Anschließend hätten wir vielleicht einen Spaziergang an der Flussmündung gemacht und dem Sonnenuntergang zugesehen. Haben Sie solche Dinge mit Harold Fry gemacht?« Ich wurde innerlich so unruhig, dass ich ihn nicht anschauen konnte. Trotzdem spürte ich, wie er mich lange und eindringlich ansah, als blicke er bis in mein Herz hinein. »Oh, ich verstehe«, murmelte er schließlich. »Ich verstehe. Das muss sehr schlimm für Sie gewesen sein.«

»Die Desserts!«, verkündete Schwester Catherine und stellte unsere Schälchen auf unsere Tische. »Dingeling!«

Mr Henderson brachte vom letzten Gang noch weniger hinunter als ich. Er nahm von seinem Gelee nur winzige Löffelchen und schluckte kaum etwas davon. Am Ende zermatschte er es mit dem Löffel und drapierte dann seine Serviette über das Schälchen. Er nickte kurz ein, während ich von meiner Vanillecreme aß, so viel ich konnte.

»Ich wünschte, wir beide wären uns schon vor Jahren begegnet«, sagte Mr Henderson dann. »Wir hätten vielleicht viel Schönes miteinander erlebt. Aber so ist das Leben. Und vielleicht hätten wir einander vor Jahren gar nicht bemerkt. Wir müssen zufrieden sein mit dem, was wir hier haben.« Er machte Schwester Catherine ein Zeichen, dass er seinen Tisch verlassen wolle. Er nahm eine Nelke aus seiner Vase und legte sie auf meinen Tisch.

Ich schrieb in mein Heft und bat Schwester Lucy, ihm die Nachricht zu zeigen. *Danke, dass Sie mit mir zu Abend gegessen haben, Mr Henderson.*

»Bitte«, sagte er, »nennen Sie mich doch Neville.« Dann schob ihn Schwester Catherine in sein Zimmer zurück.

Heute Vormittag saß Neville nicht in seinem Liegestuhl im Tagesraum. Am Nachmittag auch nicht.

Der Wagen des Bestatters …

Nun ja. Du kennst den Rest.

Ich presste Nevilles Nelke zwischen den Seiten meines Hefts, weil ich mich nicht in meinem Garten um sie kümmern konnte.

Eine wichtige Nachricht und ein Wäschekorb

Ich hielt einen Blumenstrauß in der Hand. Weiße Chrysanthemen in Plastikfolie.

»Entschuldigen Sie!«, rief ich. Ich blieb an deiner Gartentür stehen. Auf der anderen Seite hängte deine Frau die Wäsche auf. Erst hat sie mich nicht bemerkt. Sie riss ein Teil nach dem anderen aus dem Korb und klammerte es an die Leine. Sie trug ein Hauskleid, erinnere ich mich, und stand in der schwachen Sonne. Hinter ihr sah ich einen Trümmerhaufen aus zersplitterten Holzplanken, überall im hohen Gras lagen Glasscherben verstreut. Da wurde mir klar, dass du deinen Gartenschuppen abgerissen hattest. Ich blickte verstohlen zu den Fenstern des Hauses und fragte mich, ob du mich gehört hattest und hinaussahst, aber die Scheiben waren mit neuen Gardinen verhängt. Von dir war nichts zu sehen.

Hast du den Schuppen abgerissen, bevor oder nachdem du Napiers Glasclowns zerschmettert hast? Eine einzige Gewalttat hatte offensichtlich nicht gereicht. Es sah aus, als wolltet ihr diese Trümmer in eurem Garten herumliegen haben, du und Maureen.

Vielleicht musstet ihr sie sogar herumliegen haben. Musstet eure innere Verwüstung draußen gespiegelt sehen. Der Blick aus dem Fenster durfte nicht auf einen Rasen und einen Zaun fallen, sondern auf Chaos.

Ich hatte gewusst, dass es schwer wäre, Napier gegenüberzutreten, aber von Anfang an war klar gewesen, dass das Gespräch mit ihm nur auf eines hinauslaufen könnte, meinen Rausschmiss. Aber hier war es ganz anders. Als ich deine Frau mit der Wäsche sah, die Zerstörung ringsum, die Gardinen, die die Fenster auslöschten, hatte ich keine Ahnung mehr, was mich hier erwartete. Ich wandte mich schon zum Gehen, aber dann dachte ich wieder an meine Schuld. Ich musste dich finden und dir alles sagen.

»Entschuldigen Sie!«, wiederholte ich. Diesmal hob Maureen den Kopf. Sie blinzelte gegen die Sonne an und presste die Lippen zusammen, als überlege sie, ob sie mich kennen sollte oder nicht. »Ich bin Queenie Hennessy. Ich arbeite in der Brauerei.« Sie gab keine Antwort. Sie zog einen Kissenbezug aus ihrem Wäschekorb, hängte ihn über die Leine und klemmte ihn mit zwei Klammern fest.

Maureen trug ihr Haar kurz wie ein Junge, aber der Haarschnitt sah aus, als wäre jemand mit der Axt zugange gewesen. Ich fragte mich, ob sie sich die Haare selbst abgeschnitten hatte, und dachte an Davids Haar, als ich ihn zuletzt gesehen hatte. Ihr Gesicht war schmal und sehr blass.

Ich hielt ihr meine Chrysanthemen hin. Ich weiß nicht, ob ich sie für dich dalassen oder Maureen geben wollte; vielleicht waren sie in Wirklichkeit, auch wenn es seltsam klingt, für David bestimmt. Ich weiß immer noch nicht, warum ich diese Blumen auf dem Weg zu dir eigentlich gekauft hatte.

»Ist Harold zu Hause?«, rief ich. Zwischen uns lag ein gepflasterter Gartenweg. Ich fragte mich, ob sie mich wohl in den Garten hereinbitten würde. Sie tat es nicht.

»Harold?«, wiederholte sie. Sie wiederholte deinen Namen, als finde sie es seltsam, wie ich ihn ausgesprochen hatte.

Ich sagte, ich hätte ihrem Mann etwas mitzuteilen. Es sei sehr wichtig, fügte ich hinzu.

»Aber er ist nicht da.«

Auf diese Antwort war ich nicht gefasst. Ich hätte nie gedacht, dass ich dich nicht antreffen würde. »Wo ist er denn?«

»Keine Ahnung. Weggegangen. In der Arbeit. Was weiß ich.«

Maureen kehrte zu ihrer Wäsche zurück. Sie zog an einem Handtuch im Korb, das vielleicht zwischen anderen Teilen festklemmte, weil sie ärgerlich das Gesicht verkniff; mit einem heftigen Ruck zerrte sie es heraus. Sie warf es über die Leine, nahm zwei Wäscheklammern aus der Tasche und zwickte es fest.

»Wissen Sie, wann er wiederkommt?«

»Nein.« Sie antwortete, ohne mich anzusehen. »Keine Ahnung.«

Ein Schwarm Möwen flog über uns hinweg; sie machten einen Höllenlärm. Eine hatte etwas Großes im Schnabel, ich glaube, einen Kanten Brot, und stieß raue Laute aus, die klangen wie »Weg da, weg da«. Die anderen umkreisten sie, schnitten ihr den Weg ab und schrien »Ho, Ho, Ho«. Wir sahen beide hoch, Maureen und ich. »Verdammte Vögel«, sagte Maureen. »Die sind wie Ratten.« Sie sah mich durchdringend an. Die Augen, die da meinen Blick festhielten, waren weit und wild, nicht müde von Trauer, wie ich vielleicht erwartet hatte, sondern wie aufgeladen davon, mit Speerspitzen bewehrt. Es war Spätsommer, aber mir lief ein Schauer über den Rücken. Ich hielt ihrem Blick nicht stand. »Was wollen Sie?«, fragte sie.

Hastig bat ich sie, dir etwas auszurichten. Ich erzählte ihr, dass du in der Brauerei in eine heikle Sache verwickelt gewesen seist. Alles sei nun erledigt, sagte ich, sie brauche sich keine Sorgen zu machen. Ich hatte nicht alles ausführlich erzählen wollen, aber da sie kein Wort sagte, sondern mich nur mit distanziertem Ärger musterte, platzte ich mit der ganzen Geschichte heraus. Ich hoffte, zu ihr durchzudringen, hoffte wohl auch auf ihr Mitgefühl, und je weniger sie sagte, desto mehr sagte ich. Ich erklärte, du habest Napiers Heiligtümer zertrümmert, ich hätte die Schuld auf mich genommen und müsse nun Kingsbridge verlassen.

Trauer richte Schreckliches in Menschen an, sagte ich, kam mir aber sofort lächerlich vor. Wer war ich, um solche Plattheiten zu ihrem grausamen Verlust von mir zu geben?

Maureen starrte mich nur mit harten Augen an; ich sah, wie sie die Hände krampfartig zu Fäusten ballte.

Ich streckte ihr wieder die Blumen hin. »Bitte«, sagte ich. »Die sind für Sie.«

»Für mich?«

»Es tut mir sehr leid.« Und bei diesen Worten begann ich zu weinen. Das war sicher das Letzte, was sie brauchte. Ich putzte mir die Nase und versuchte, meine Tränen herunterzuspielen, spürte aber, wie sie mich beobachtete, und meinte zu erkennen, dass sie ein wenig weicher wurde. Musste sie einen Menschen weinen sehen, um mit ihm reden zu können?

Maureen kam auf mich zu. Sie blieb hinter der Gartentür stehen, während ich davorstand. Aus der Nähe sah ich ihre rotgeränderten Augen. Offensichtlich hatte sie nicht geschlafen. »Warum?«, fragte sie. »Warum tut es Ihnen leid? Es war doch nicht Ihre Schuld.«

Ich hätte schreien können. »Bitte«, sagte ich. »Nehmen Sie sie.«

Maureen nahm die Blumen. Sie tippte auf die zotteligen weißen Blüten. »Totenblumen«, murmelte sie. Sie lachte bitter auf wie über einen ganz privaten Witz. »Sie sind Queenie Hennessy, stimmt's?«

Da fragte ich mich, ob sie auch nur ein Wort von meinem Bericht mitbekommen hatte. Ich fragte: »Werden Sie Harold ausrichten, dass ich mich verabschiedet habe?«

Erst gab sie keine Antwort, fixierte mich nur mit ihren moosgrünen Augen. Dann sagte sie: »Sie sind wohl in ihn verliebt?« Ihre Stimme klang sehr ruhig und beherrscht. Ich war das pure Gegenteil: Mein Gesicht stand in Flammen.

Maureen verzog keine Miene, wandte aber den Blick nicht von mir. »Weiß er es?«

»Nein. Nichts weiß er. Ich würde nie …« Weiter kam ich nicht. Ich brachte es nicht über die Lippen.

»Aha«, murmelte sie, als wäre mir unfreiwillig ein volles Geständnis herausgerutscht. »Dann nehmen Sie ihn doch. Wenn Sie ihn haben wollen. Gehen Sie rein. Packen Sie seine Sachen. Nur zu.« Sie warf einen Blick über die Schulter zu den weißverhängten Fenstern. Und dann richtete sie ihre wilden, zornigen Augen wieder auf mich. »Na los«, zischte sie. »Gehen Sie schon.«

Ich war völlig fassungslos. Mir kam ein Bild von dir und mir, Seite an Seite, du mit deinen Fahrhandschuhen und ich auf dem Beifahrersitz. Ich fing an zu schlottern, konnte mich nicht dagegen wehren. Die Blätter verfärbten sich schon, aber wir standen in der Sonne, Maureen und ich. Dennoch war mir eiskalt. Ich spürte die Kälte in meinen Händen, auf meiner Haut, in meinem Haar. Sie fuhr mir bis in die Knochen.

»Oder vielleicht gehe *ich*«, fuhr Maureen mit einem bitteren Lachen fort. »Wie wär's? Würde Ihnen das besser passen?«

Sie drehte sich abrupt um und kehrte zu ihrer Wäsche zurück. Meine Blumen warf sie oben auf den Korb, dann stach ihr etwas ins Auge. Sie bückte sich und zog behutsam ein T-Shirt heraus. Ich erkannte es sofort. Es war ein T-Shirt von David. Als sie es aufhängte, wurden ihre Gesichtszüge zum zweiten Mal weicher. Sie zupfte es gerade und strich es glatt, als wäre er darin und sie prüfe es an ihm auf Knitterfalten.

Da erkannte ich, dass ihr Schmerz so grenzenlos war wie der Himmel. Er war eine Form von Wahnsinn, aber auch wieder nicht, denn es existierte nichts außerhalb. Wohin Maureen auch ging, was immer sie tat, was sie sagte, wohin sie blickte – ihr Verlust war überall. Es gab vor ihm kein Entrinnen.

»Ich habe kein einziges anständiges Foto von ihm«, sagte sie. Einen begriffsstutzigen Moment lang dachte ich, wir redeten noch von dir, Harold, bis ich verstand, dass natürlich David gemeint war. David war ihr einziger Gedanke. »Und jetzt fange ich an zu vergessen, wie er aussah. Ich habe ihn erst vor ein paar Wochen verloren, aber wenn ich versuche, ihn mir vorzustellen, verschwimmt er schon an ein paar Stellen, und ich bekomme kein richtiges Bild von ihm. Wie kann mir mein Kopf das antun?« Sie sprach mit unverhohlener Verwirrung.

Ich wusste nicht, was ich sagen sollte. Wenn ich dir jetzt davon erzähle, begreife ich, dass Maureen keine Antwort von mir erwartete, nicht einmal eine wollte. Sie musste nur die Worte aussprechen, und jemand musste sie hören, egal, wer. Sie erwartete keine Hilfe von mir, weil es keine Hilfe gab. Genauso gut hätte an meiner Stelle eine Nachbarin dastehen können – wir waren alle ein und dieselbe Person, denn wir waren nicht David.

Maureen zog die Ärmel des T-Shirts gerade. »Mein Sohn ist in den Lake District gefahren. Da war es noch in Ordnung. Da hatte ich ein Bild vor Augen, wo er war. Nachts konnte ich mir sagen, bei ihm ist auch Nacht. Dasselbe am Tag. Aber diesmal habe ich keine Ahnung. Ich weiß nicht, wo er ist. Ich weiß nur, dass ich ihn nie wiedersehen werde.« Sie begann zu weinen, erst verhalten, aber bald in kantigen, rasenden Ausbrüchen, wie ein Schrei nach dem anderen. Da stand sie unter dem blassen Himmel, eine schmale Gestalt, von Krämpfen geschüttelt. Mir war unwohl, das mit anzusehen, ihr Schmerz war zu intim. Aber nun zu gehen wäre mir vorgekommen, als würde ich sie im Stich lassen. Also blieb ich einfach an deiner Gartentür stehen und nahm mich zusammen, damit ich selbst den Kopf nicht fallen ließ und mitweinte.

Als sie sich ausgeweint hatte, wischte sie zornig ihr Gesicht ab.

Dann sagte sie: »Wenn Sie glauben, Sie wollen meinen Mann haben, dann nehmen Sie ihn. Aber wenn nicht, dann verschwinden Sie aus unserem Leben.«

Maureen bückte sich über den Wäschekorb. Diesmal hängte sie dunkle Männersocken auf die Leine. Sie gehörten dir. Vorbei alles Liebevolle wie beim Aufhängen von Davids T-Shirt. Wie sie jeden Socken einzeln ausschüttelte, war wie ein Peitschenhieb; dann warf sie ihn mit großem Abstand zum vorherigen über die Leine. Zuletzt sahen sie aus wie eine Reihe einzelner, plattgewalzter Füße, so einsam, so unbrauchbar. Maureen sah auf ihren Wäschekorb hinunter, der nun vermutlich leer war bis auf den Chrysanthemenstrauß. Und obwohl sie die Wäsche gerade erst aufgehängt hatte, riss sie die Klammern wieder ab, zerrte die Socken von der Leine und warf sie einen nach dem anderen in den Wäschekorb zurück. Ein paar Minuten später war der Wäscheständer wieder leer. Ich fragte mich, ob sie mir erklären würde, was sie da machte, aber sie kniff nur die Augen zu schmalen Schlitzen zusammen und starrte auf den Korb mit der nassen Wäsche und meinem Blumenstrauß irgendwo dazwischen, als hasse sie den ganzen Krempel.

»Werden Sie daran denken? Sagen Sie ihm, dass ich mich verabschiedet habe?«, rief ich noch einmal. Mir schlug das Herz bis zum Hals.

Sie ruckte mit dem Kopf herum und schrie mit flammenden Augen: »Sind Sie immer noch nicht weg?«

Da trat ich hastig den Rückzug an und lief die Fossebridge Road hinunter, so schnell, dass mir die Beine zitterten, und immer noch war es mir nicht schnell genug. Erst als ich schon weit unten war, blieb ich stehen und blickte zurück. Maureen stand immer noch am Wäscheständer und hängte die ganze Wäsche wieder auf. Da begann ich zu ahnen, dass sie das womöglich schon seit Stunden machte. Womöglich noch tagelang machen würde. Und obwohl sie mir mehr oder weniger zu verstehen gegeben hatte, dass sie dich nicht liebte, dass ich dich haben könnte, wenn ich wollte, sah ich das Bleigewicht, das auf ihr lastete, und wusste, dass sie im Recht war, egal, was immer geschah. Ich wollte dich ihr nicht wegnehmen. Das hatte ich nie gewollt.

Anfangs wollte ich dich still aus dem Abseits lieben. Stattdessen habe ich mich in die Mitte deines Lebens gedrängt, und schau, was ich Verheerendes angerichtet habe.

Ich sah Maureen ein letztes Mal an. Sie wischte sich die Augen trocken und putzte sich die Nase. Dann hob sie den leeren Wäschekorb, stemmte ihn gegen die Hüfte und ging zur Hintertür, trat sorgsam durch die Wildnis aus Glasscherben und zerbrochenen Holzlatten. Sie drehte sich nicht um.

Ich habe dich losgelassen, Harold, weil du nicht zu mir gehörtest und auch nie zu mir gehören würdest. Du gehörst zu deiner Frau.

In der Nacht ging meine Tür auf, und eine Lichtnadel fiel in den Raum. Eine winzige Gestalt erschien, so klein, dass ich erst dachte, ich bekäme Besuch von einem Kind.

»Ich muss mein Bett finden.«

Es war Finty.

Sie witschte ins Zimmer wie ein leuchtender Stofffetzen, und ich erkannte, dass sie nackt war. Wie ein Irrwisch lief sie hin und her, sah in meinen Schrank, hinter meine Vorhänge. Anscheinend wusste sie nicht, dass ich da war.

»Wo ist es hin? Wo zum Teufel haben die es hingeräumt?«

Nein, nein, rief ich. Ich versuchte sogar, ihren Namen auszusprechen, aber sie ließ sich nicht stören. Sie sah hinter die Tür, und als sie dort ihr Bett nicht fand, ließ sie sich auf alle Viere nieder und spähte unter meinen Sessel. Ihr nackter Hintern ragte in zwei spitzen Höckern in die Höhe.

Dann drehte sie sich um und schien zum ersten Mal mein Bett zu bemerken. Mich sah sie allerdings nicht darin. Sie schlug die Decke zurück und sprang neben mir hinein. Ihr Körper war weiß und kalt. Sie bibberte.

»Mir ist so verdammt heiß«, sagte sie. Obwohl sie jetzt im Bett lag, konnte sie nicht still halten. Sie wedelte mit den Laken, schlug mit Händen und Füßen um sich.

»Finty?«, sagte ich. »Sei selbst die Hitze.«

Ich weiß nicht, wie, aber sie hörte mich.

Finty wandte mir ihr Gesicht zu und sah mich anscheinend zum ersten Mal, weil sie lächelte. Ohne den Lippenstift und die aufgemalten Augenbrauen sah ihr Gesicht aus wie eine Maske.

»Ich hab Flammen im Schädel, Queenie«, sagte sie.

»Ich weiß, ich weiß. Du musst selbst zur Flamme werden.«

»Mir geht's nicht so toll.«

Ich sagte: »Kämpf nicht gegen die Hitze an, Finty. Hörst du mich? Du musst selbst ein Teil von ihr werden.«

Plötzlich wurde sie so still, dass ich dachte, sie sei eingeschlafen. Vielleicht schlief sie auch kurz. Ich drehte den Kopf, um nachzusehen. Das Weiß ihrer Augen leuchtete durchs Dunkel so groß und rund wie Pingpongbälle. Sie lächelte. Zahnlos, natürlich. Ich fragte mich, ob es ihr jetzt besser ging. Ihre Hand fühlte sich jedenfalls nicht mehr kalt an. Auch ihre Füße strahlten Wärme ab.

»Halt mich fest, Mädel«, sagte sie.

Ich legte den Arm über sie. Sie war klapperdürr.

»Sing, Queenie«, bat sie.

Mir blieb nichts anderes übrig, als zu summen. *Alle meine Entchen.* Etwas anderes als dieses Kinderlied fiel mir nicht ein. Sonst hörte man nur das Rasseln in ihrer Brust.

Sie sagte: »Ich hatte hier die beste Zeit meines Lebens.« Dann wurde sie ganz still, um Kraft für einen neuen Atemzug zu sammeln. Der war dann wie etwas Schweres, das über den Boden schleift. Darauf folgte eine Stille, dass ich schon befürchtete, es sei ihr letzter gewesen. Ich spürte ihren Verlust in mir und wollte schon heulen wie ein Wolf, aber dann kam wieder ein Atemzug, so lang und schwer wie der vorige. Ich drückte sie enger an mich.

So lauschte ich ihrem abgehackten Atem, bis mein Atem dem ihren folgte und wir schließlich im Einklang waren. Dann begannen meine Gedanken zu wandern. Ich dachte an den Vormittag zurück, als dein erster Brief ankam und alles veränderte. Ich erinnerte mich an den Tag, als Finty mich dazu brachte, einen Nährstoffshake zu trinken. Ich dachte an alles andere, was wir zusammen gemacht hatten. Unsere Beerdigungspläne und das Transparent. Ich dachte an sämtliche Hüte von Finty. Den grünen Turban, den Südwester, den rosa Cowboyhut. Sie lächelte. Lächelte sie wirklich? Ich weiß es nicht. Vielleicht hatte sie

Schmerzen. Was auch immer, sie schloss die Augen. Ich hielt ihre Hand in der meinen und schlief auch ein.

Als ich aufwachte, trug mich Schwester Lucy durch den Korridor. Sie brauchte den Rollstuhl nicht. Das Morgenlicht malte helle Tümpel auf den Gang. Ich dürfe es nicht zu schwer nehmen, sagte sie immer wieder.

Was, brauchte ich nicht zu fragen.

Heute ist der 22. Juni.

Der Wagen des Bestatters kam noch rechtzeitig für den Vormittagskaffee.

Eine Postkarte

Drei Tage sind vergangen, seit ich dir zuletzt geschrieben habe. Es ging mir nicht gut genug, um mein Zimmer zu verlassen, trotzdem habe ich Finty in Gedanken würdig zu Grabe getragen. Ich habe ihren Sarg mit Blumen aus meinem Garten geschmückt, mit Stockrosen in den sattesten Farben, mit Nelken und mit Rosmarin zum Gedächtnis. Ich habe einen Gospelchor *My Heart Will Go On* von Céline Dion für sie singen lassen. Es gab Alcopops in hohen Gläsern mit Strohhalm, und alle trugen bunte Sachen und haben auf dem Parkplatz getanzt, genau wie sie es sich gewünscht hatte. Seither hat mich mein schlechter Zustand daran gehindert, dir ruhig und gelassen zu schreiben.

Meine Mitpilger sind mir entwischt und ohne mich weitergezogen. Ich denke daran, wie Finty an meiner Seite gestorben ist, und finde es kein bisschen beängstigend. Aber es gibt so vieles, was ich ihr noch hätte sagen wollen, und ich wünschte, ich hätte es gesagt, anstatt *Alle meine Entchen* zu grunzen.

Eigentlich haben die Dinge meist kein Ende, sondern verschwinden einfach. Meist haben sie auch keinen Anfang, sondern finden sich eben ein. Du glaubst, es wird einmal der Moment kommen, um von einem Menschen Abschied zu nehmen, aber oft ist er dann schon weg, bevor du weißt, was los ist. Damit meine ich nicht nur sterben.

Ich besuche jetzt selten den Tagesraum und wenn, setze ich mich abseits von den anderen in einen Sessel am Fenster. Ich merke mir die Namen der neuen Patienten nicht mehr. Ich gehe nicht mehr zur Musiktherapie und erlaube Schwester Lucy auch nicht mehr, mir die Nägel zu lackieren. Ich sitze nur da und warte. Jeden Tag, den ich so dasitze, frage ich mich, wo du bist, frage mich, ob du hier ankommen wirst, und manchmal wird es mir zu viel, dieses In-die-Zukunft-Schauen und Fragen.

»Harold Fry hat eine Postkarte geschickt«, sagt Schwester Lucy. »Er ist durch Newcastle durch. Er hat einen Umweg über Hexham gemacht. Sein nächstes Ziel ist Cambois. Er ist fast da, Queenie. Fast schon hier. Möchten Sie sich das Foto ansehen?«

Ich schaue hin, doch das Foto ist nur ein verschwommener Fleck, auf dem ich nichts erkenne.

Was ich aber sehe, ist das Rosa von Schwester Lucys Hand, ein Rosa voller Leben.

Der Hund wie ein Blatt

Ein Hund ist aufgetaucht. Ein struppiges Ding, mit Ringelschwanz und drahtigem, herbstblätterfarbenem Fell. Der Hund bringt dauernd Steine an. Er legt sie auf mein Bett und wartet darauf, dass ich sie werfe. Geh weg, sage ich. Ich spiele nicht mit dir. Aber dann bewege ich mich, und der Stein rutscht von der Matratze, fällt zu Boden und kullert durch das Zimmer. Der Hund trottet los und holt ihn. Er klemmt ihn ins Maul und kehrt zu meinem Bett zurück. Dann stellt er sich auf die Hinterbeine und legt den Stein ganz vorsichtig neben meinen Fingern ab. Er setzt sich wieder hin und beobachtet meine Hand, leicht hechelnd, den Kopf schiefgelegt, als erfordere das Warten auf einen Stein auch ein aufmerksames Lauschen.

»Siehst du, dir gefällt mein Spiel«, sagt der Hund. »Es macht Spaß, wenn man mal den Dreh raus hat.« Er hebt eine Pfote.

Husch, weg mit dir, sage ich. Lauf nach Hause. Oder spiel mit dem Pferd da drüben. Das frisst bloß die Vorhänge. Ich kann dich nicht brauchen.

Der Hund wedelt mit dem Schwanz.

»Ich kann so lange warten, wie du möchtest«, sagt er. »Warten macht Spaß, wenn man mal den Dreh raus hat. Das gehört letzten Endes alles mit zum Spiel.«

Viel Lärm und Spektakel

Ich döste in der Sonne. Plötzlich wurde ich von Gesang und Blasmusik geweckt. Das klang nicht nach den Nonnen und auch nicht nach Musiktherapie. Andere Patienten bemerkten den Lärm ebenfalls und spähten in Richtung Hospiztore. Ihre Freunde und Angehörigen gingen über das Gras zur Auffahrt, um besser sehen zu können. Hinter den Toren schien sich auf dem Gehweg eine Menschenmenge zu versammeln, mit Spruchbändern, Fahnen und Plakaten. Ich sah viele bunte Farben, Theaterkostüme und Musikinstrumente. Es schien auch eine Würstchenbude zu geben und einen Gorilla, der mit einer Dame im Badeanzug tanzte.

Ich dachte, das seien wieder meine Drogen.

»Was geht denn da draußen vor?«, fragte Schwester Philomena und sah von ihrem Buch hoch. Ich schirmte die Augen mit der Hand vor der Sonne ab.

Auf dem Gehweg draußen rief ein großer Mann mit Hut in ein Megaphon, um sich Gehör zu verschaffen. Ich bekam nicht viel von dem mit, was er dann sagte, weil eine Brise durch den Garten strich und alle Blätter flatterten und raschelten. Ich hörte hauptsächlich: »Wir haben es geschafft, Leute. Wir sind angekommen.« Mehrere Male hörte ich das.

Und dann fingen sie auch noch an, meinen Namen zu skandieren. »Quee–nie. Quee–nie.«

»Entschuldigen Sie mich einen Moment«, sagte Schwester Philomena. Sie setzte ihre Lesebrille ab und erhob sich aus ihrem Liegestuhl.

Ich sah ihr nach, wie sie rasch die Auffahrt hinunter zum Tor ging. Als die Leute Schwester Philomena erblickten, wandten sie sich ihr alle zu, wie Angehörige einen Arzt begrüßen, wenn sie eine lebensverändernde Nachricht von ihm erwarten: Sie setzen ihr freundlichstes Lächeln auf, als könnten sie das Urteil damit abmildern. Es gab wieder eine Runde Applaus, aber Schwester Philomena brachte die Leute mit erhobener Hand zum Schweigen und schüttelte energisch den Kopf, sichtlich eine Frau, die nicht mit sich spaßen ließ. Mit einem Druck auf den Summer öffnete sie das Tor, trat hindurch und schloss es sorgfältig hinter sich. Ein Blitzlichtgewitter flammte auf.

Ich habe keine Ahnung, was sie zu der Menge sagte, aber ich konnte sehen, wie der große Mann ihre Hand in die seine nahm und düster nickte. Dann dirigierte er ein langsames Händeklatschen, und wie er es anstellte, weiß ich nicht, aber es schien eine Runde Applaus für ihn selbst zu werden. Wieder flammten Blitzlicher auf, weitere Stimmen sprachen in das Megaphon, wieder wurde geklatscht. Dann begann sich die Gruppe zu zerstreuen, einige Leute gingen Richtung Strand, andere in die Stadt. Ich sah, wie sie einander zuwinkten, auf die Schultern schlugen, sich abklatschten, sich eine gute Heimreise wünschten. Andere streckten die Arme mit einer Siegergeste in die Luft.

Als Schwester Philomena wieder zu uns in den Garten zurückkehrte, brachte sie einen weiteren Geschenkkorb voller Muffins und einen Strauß Lilien mit. Ihr Gesicht war gerötet, als hätte sie gerade einen Dauerlauf gemacht.

»So ein arroganter Armleuchter«, sagte sie. Dann warf sie mir einen Seitenblick zu und zwinkerte. »Das habe ich natürlich nicht gesagt.«

Am Abend schob mich Schwester Lucy in den Tagesraum, damit ich die Nachrichten im Fernsehen verfolgen konnte. Wir waren alle versammelt, die Patienten mit ihren Angehörigen und Freunden, die Betreuer, die Nonnen. Der Mann mit Hut hielt eine Ansprache in die Kamera, es folgten Aufnahmen von Schwester Philomena am Hospiztor.

»Das sind ja *Sie*!«, sagte einer der Patienten. »Jetzt sind Sie berühmt!«

»Ich will doch nicht hoffen«, sagte Schwester Philomena ruhig.

Die Kamera zoomte an ihr vorbei in den Garten, auf einen Mann, der den Rasen sprengte.

»Das bin ich!«, rief ein Betreuer.

Jemand schrie hurra, dann wurde ein Foto von dir eingeblendet. Da verstummten alle. Du bist eine Straße entlanggelaufen, und deine Schultern waren gebeugt wie unter einer unsichtbaren, tonnenschweren Last. Du sahst furchtbar müde aus. Die Straße war stark befahren; die Autos scherten aus, um dir auszuweichen.

Dann kam wieder der Mann mit Hut und sagte zu dem Interviewer, es sei eine Schande. Eine Schande, dass Harold Fry habe aufgeben müssen, »wegen Erschöpfung und, nun ja, aus komplexen psychischen Gründen. Aber Queenie lebt, das ist die Hauptsache. Was für ein Glück, dass ich und die anderen einspringen konnten.« Zwei kleine Jungen hingen an seinen Händen, und der Mann bückte sich und hob sie in die Höhe wie menschliche Siegestrophäen.

»Genug von dem Unsinn.« Mit einem Druck auf die Fernbedienung würgte Schwester Philomena den Fernseher kurzerhand ab.

Niemand sagte ein Wort. Wir waren auf einmal sehr beschäftigt, untersuchten unsere Hände, die Aussicht vor dem Fenster und so weiter. Dann machten sich die Patienten nach und nach mit ihren Lieben davon. Sogar die Nonnen und Betreuer richteten ihre Aufmerksamkeit auf andere Dinge. Nur ich war noch übrig, war mitten im Raum sitzen gelassen worden und starrte auf den schwarzen, leeren Bildschirm. Ich sah immer noch dein Gesicht, deinen gequälten Blick, deine hohlen Wangen, dein wildes Bartgestrüpp.

Einer der Betreuer ging müde und resigniert zur Harold-Fry-Ecke hinüber und begann, die Stecknadeln herauszuziehen. Eine nach der anderen nahm er die Postkarten ab, dann rollte er Fintys Willkommenstransparent zusammen.

Schwester Lucy kniete sich neben mich. Sie wischte mir die Tränen vom Gesicht.

»Möchten Sie mir helfen, mein Puzzle fertig zu machen?«, fragte sie.

Wir passten die letzten Teilchen an der schottischen Grenze ein. Sie sagte, sie überlege schon, was für ein Puzzle sie als Nächstes nehmen solle. Und nach einer Weile sagte sie: »Er läuft weiter, Queenie, ganz bestimmt. Ich spür's in den Knochen.«

Die Nachtwache ist abgezogen. Heute Nacht höre ich nichts als das Rauschen des Laubs und des Meeres.

Jetzt geht es nur noch um uns zwei. Ich warte. Du läufst. Und so wie es aussieht, Harold, haben wir beide alles Überflüssige abgestreift und stoßen zum Kern der Dinge vor.

»Glauben Sie vielleicht, Sie sind die Einzige auf der Welt, die wartet?«, fragte Schwester Mary Inconnue. Sie lief in meinem Zimmer auf und ab. Ich wünschte, sie würde stehen bleiben, weil das Licht am Fenster so grell war und es nicht einfach ist, mit einer herumtigernden Nonne Schritt zu halten. Ich verlor sie immer wieder aus dem Blick. Sie sagte: »Die Welt ist voller Menschen wie Sie, die auf eine Veränderung warten. Auf einen Job. Auf einen Geliebten. Auf etwas zu essen. Auf einen Schluck Wasser. Auf einen Sechser im Lotto. Also denken Sie nicht an das Ende. Stellen Sie sich lieber diese Leute vor. Stellen Sie sich vor, wie sie warten.«

Ich seufzte, muss ich zugeben. Ich schüttelte den Kopf. Wie soll das denn helfen?, fragte ich mit meinem Auge.

Sie setzte sich hin. Wenigstens das. Dann antwortete sie: »Wenn Sie sich andere Leute in derselben Lage vorstellen, dann sind Sie nicht mehr einsam. Sie wissen doch: Geteiltes Leid ist halbes Leid – dann sehen Sie, dass Ihr eigener Kummer gar nicht so groß oder so besonders ist. Sie sind nur eine von vielen, die traurig sind, und das wird bald vorbeigehen. Dann sind Sie eine von vielen, die fröhlich sind. Zu wissen, dass man nicht allein ist, nimmt dem Leben die Härte, finde ich.«

Schwester Mary Inconnue zog eine Süßigkeitentüte aus der Tasche und lutschte lange an einem Bonbon. Es muss ihr gut geschmeckt haben, denn sie schaukelte mit den Füßen. Schließlich sagte sie: »Es wird noch ein paar Tage dauern, bis Harold Fry ankommt. Es wird noch ein paar Tage dauern, bis Sie Ihren Brief fertig haben. Aber wissen Sie, was Sie tun müssen, um es zu schaffen? Um weiterzuwarten?«

Ich stöhnte. Ich wusste es nicht, hatte aber das dumpfe Gefühl, dass es mir nicht gefallen würde.

Sie beugte sich etwas näher, dass mir ihr Anisatem in die Nase wehte. »Es hat keinen Sinn, auf das Ende zu starren. Es hat keinen Sinn zu denken, ach, wie schön wird das Leben sein, wenn ich endlich einen neuen Fernseher oder einen neuen Job habe. Sie müssen aufhören, auf eine Veränderung zu hoffen. Sie müssen selbst die Veränderung sein.«

Selbst die Veränderung sein? Das ging nun wirklich über meinen Horizont.

Schwester Mary Inconnue nahm ihre abgetippten Blätter und besserte mit dem Korrekturstift ein paar Kleinigkeiten aus.

»Hier bin ich. Hier sind Sie. Im Baum sitzt eine Taube. Und ja, das ist eine harte Nuss heute.«

Die Nacht ist still und lauscht. Ein Vogel ruft, vielleicht eine Eule. Eine der Nachtschwestern sagt, war das aber ein langer Abend. Will jemand Tee? »Ich kann's kaum erwarten, die Füße hochzulegen«, sagt eine andere.

Ich stelle mir die Schwester vor, die die Füße hochlegen will. Im Geiste hole ich ihr einen Stuhl und gehe in mein Strandhaus, Teewasser für sie aufsetzen, wie ich es früher getan hätte, wenn sie an meinem Garten stehen geblieben wäre und wir zu plaudern begonnen hätten, sie und ich.

Ich stelle mir vor, wie wir Seite an Seite sitzen, die Schwester, die so gern die Füße hochlegen möchte, und ich, die auf Harold Fry wartet. Und dann stelle ich mir vor, wie andere Leute zu uns stoßen. Ein Mann, der auf eine gute Nachricht wartet. Ein Student, der auf Prüfungsergebnisse wartet. Eine Frau, die auf ein Kind wartet. Setzt euch. Setzt euch. Und schaut euch meinen Garten an, wenn wir schon dabei sind.

Wir warten. Wir warten. Es ist nicht mehr so schwer. Schwester Mary Inconnue hatte recht.

Ich frage mich, wer ich jetzt bin

»Waren Sie nicht Queenie Hennessy?«, fragte eine Frau im Tagesraum. »Die, für die Harold Fry durch England lief, um sie zu retten?«

Die Frau besuchte einen Patienten. Sie hatte ihm einen blauen Teddybären mitgebracht.

Lyrisches Zwischenspiel

Harold Fry, der gute Mann,
glaubt, dass er eine Freundin retten kann.
Sagt, sie soll warten,
läuft aus dem Garten,
ohne Karte, aber mit Krawatte an.

Ich kannte einst einen netten Jungen,
Der ohne Freunde zu leben gezwungen.
Mit seltsamen Gedanken im Kopf
Ging zum Schuppen, der Tropf,
Und hängte sich auf, bis die Englein sungen.

Es war eine Nonne mit Haube,
die sagte, im Baum sitzt 'ne Taube.
Warten sei nicht schwer,
blick nur mal umher …

»Das passiert, wenn man solche starken Drogen nimmt«, sagt Schwester Mary Inconnue. »Da kommt nur noch Blödsinn bei raus.«

Sie packt die Schreibmaschine weg und verspeist stattdessen eine Orange.

Eine Fliege

Ich hörte eine Fliege summen.

Sie fliegt kurze, schnurgerade Strecken, als wäre sie über meinem Kopf in einen unsichtbaren Kasten eingeschlossen. Sie brummt geradlinig nach Norden, landet abrupt und hebt dann zum Weiterflug nach Osten ab. Dort macht sie abermals eine Vierteldrehung und surrt in den Süden, um nach einer erneuten Kehre auf einer Westroute entlangzubrummen, bis sie wieder ihren Startpunkt erreicht hat. Das macht sie schon den ganzen Tag. Sie wird anscheinend nie müde. Sie summt einfach in der Stille.

Der lachende Baum

Es war ein warmer Vormittag, und Schwester Lucy schlug mir vor, ich könnte mich doch nach draußen setzen. Sie meinte, ein bisschen frische Luft um die Nase würde mir guttun. Sie hob mich behutsam in meinen Rollstuhl und schob mich in den Garten. Dann holte sie einen Stuhl und setzte sich mit mir in den Schatten eines Baums. Sie hielt meine Hand.

Schwester Lucy begann, mir von ihrer Kindheit zu erzählen. Ich gab mir große Mühe zuzuhören, aber manchmal, muss ich zugeben, sanken mir die Lider nach unten, und ich hörte nur noch von innen zu. Bis sie sagte: Wäre sie nicht von Gott berufen worden, dann wäre sie Kosmetikerin geworden. Da machte ich die Augen auf und lächelte, und sie lächelte auch.

Sie sagte: »Man kann Gott lieben und trotzdem eine hübsche Frisur haben.«

Dann erzählte sie mir, dass sie nächsten Dienstag Geburtstag habe, und ich dachte, ich werde nicht da sein. Am Dienstag werde ich nicht mehr da sein. Ich bin jetzt schon fast fort. Dienstag schien Monate entfernt. Fast eine andere Jahreszeit.

Als ich aufwachte, war die Sonne gewandert, und Schwester Mary Inconnue hatte Schwester Lucys Platz eingenommen.

Wir blieben eine Weile so sitzen. Saßen nur wortlos an unserem schattigen Platz unter dem Riesenbaum und betrachteten den Garten.

Plötzlich wurde Schwester Mary Inconnue von einem heftigen Hickser geschüttelt. Sie schlug die Hand vor den Mund, aber dann folgte ein zweiter und ein dritter. Da merkte ich, dass sie nicht hickste, sondern lachte.

»Was ist denn?«, fragte ich. Oder so ähnlich.

Aus ihr brach mit viel Gepruste ein weiterer Lacher hervor. Sie musste sich den Bauch halten, ihre Füße wippten hoch. Sie schaukelte hin und her und deutete nach oben. »Hohoho!«, machte sie und zeigte die ganze Zeit in die Baumkrone. Mehr an Kommunikation brachte sie nicht zustande.

Warum war er so komisch, der Baum? Aber noch während ich fragend nach oben schielte, begann auch ich es zu sehen.

»Schauen Sie doch mal die Zweige an. Die Blätter. Wenn Sie richtig hinsehen, merken Sie, wie grandios das alles ist. So vollkommen, dass man einfach lachen muss!« Schallendes Gelächter.

Jetzt, nachdem sie es gesagt hatte, begriff ich nicht, wie mir das hatte entgehen können. Der Baum spannte einen Baldachin heller, limettengrüner Blätter über uns auf, jedes Blatt wie ein Auge geformt und mit perfekt gezahntem Rand. Die von der Sonne beschienenen Blätter leuchteten geradezu phosphoreszierend, die im Schatten waren von einem dunkleren Grün. Ich nahm den kräftigen Torso des Stammes wahr, die Runzeln und Windungen in der grauen Rinde, den milchigen Moosbelag, wo die Sonne nicht hinkam. Ich spürte dem Überschwang im Bogen der fünf Hauptäste nach, die mir erschienen wie kräftige Schultern, und dann wanderte mein Auge im Labyrinth der Zweige und Blätter herum. Ich beobachtete die Insekten, die emsig in die weißen Blütenbüschel tauchten, die Vögel, die auf den oberen Zweigen balancierten. Schwester Mary Inconnue hatte recht. Jetzt, wo wir daruntersaßen und ihm Beachtung schenkten, merkten wir: Dieser Baum war wunderschön. Und umwerfend lustig.

Wir saßen da und lachten, dass uns die Tränen herunterliefen. Dann kam Wind auf, und der Baum winkte mit seinen großen Ästen und raschelte mit seinen Blättern. Haha, rauschte der Baum, schaut euch diese lustigen Ladys an. Die eine mit der Haube. Die andere im Rollstuhl. Schaut doch, wie schön sie sind.

Schwester Mary Inconnue wischte sich mit ihrem Taschentuch die Augen trocken. »Ach herrje! Wir sollten wirklich öfter rumsitzen und über Bäume lachen.«

Schlimme Nacht

Ich kann nicht schlafen. Ich liege still, dann wird mir die Stille zu viel, und ich muss aufstehen. Aber wenn ich aufgestanden bin, ist das auch nicht das Richtige. Nichts ist das, wonach ich suche.

Gestern Nacht war ich verwirrt. Ich muss mitten in der Nacht aufgestanden sein, weil mich die Nachtschwester auf dem Gang fand. Sie brachte mich wieder ins Bett, und einen Moment lang dachte ich: Der Schlaf, jetzt wird er kommen.

Aber ich täuschte mich. Still zu liegen kam nicht in Frage. Das fühlte sich an, als hinge ich kopfüber, obwohl ich doch auf den Füßen sein sollte, und bald stand ich wieder auf. Ich wollte unbedingt Schwester Mary Inconnue finden.

Da war ich schon dabei, meine Schranktür aufzuziehen. Ich war überrascht, wie viel Kraft ich hatte. Vielleicht bessert sich mein Zustand, dachte ich, vielleicht ist das ein Fortschritt. Ich konnte mich beim besten Willen nicht erinnern, wo wir Schwester Mary Inconnue aufbewahren.

Die Nachtschwester fasste mich am Arm. Sie sagte:

»Sie brauchen Schlaf, Queenie. Vergessen Sie nicht, dass Harold Fry fast schon hier ist. Wir erwarten ihn morgen.«

Ich muss zugeben, ich hatte keine Ahnung, wovon sie redete. Mein einziger Gedanke ist jetzt, dass ich meinen Brief zum Abschluss bringen muss.

Die Nachtschwester half mir ins Bett zurück. Sie machte mir einen frischen Verband. Sie badete mein geschlossenes Auge. Sie reinigte meinen Mund und holte ein Schmerzpflaster.

Ein wenig später kam Schwester Mary Inconnue, um mitzuhelfen. Sie legte sich neben mich auf die Matratze, und als ich versuchte, wieder aufzustehen, legte sie sich einfach auf mich drauf, ihr Gesicht neben meinem, die Arme und Beine weit ausgebreitet.

Ich dachte, Hilfe, Hilfe, Hilfe. Ich werde von einer eins achtzig großen Nonne mit spitzer Haube erstickt.

Und dann spürte ich ihre Nähe, roch ihren Atem und schlief ein.

Der Besucher

Als ich heute früh aufwachte, hatte ich das Gefühl, eine Kralle halte meinen Arm umfasst, bis ich merkte, dass es meine eigene Hand war. Schwester Mary Inconnue rieb mir die Finger und blies die Knöchel an, aber es half nichts. Ich versuchte, ihr etwas aufzuschreiben, aber es war sehr mühselig, und der Bleistift rutschte mir immer wieder aus den Fingern. Wie konnte ich so an meinem Brief weiterschreiben?

Ich will nicht, dass HF mich so sieht. Schließlich hatte ich mein Soll schon erfüllt. Ich hatte gewartet.

»Aber er muss Sie sehen. Erst dann ist seine Reise zu Ende. Wenn er Sie nicht sieht, ist sie nicht abgeschlossen.«

Können Sie ihm nicht sagen, dass ich gestorben bin?

Sie las meine Nachricht und lachte. »Nein«, sagte sie. »Sie sind ja lustig. Das kann ich nicht. Außerdem haben Sie Ihren Brief noch nicht fertiggeschrieben. Auch Sie sind mit Ihrer Reise noch nicht am Ende, Queenie Hennessy.«

Mir stiegen die Tränen hoch, aber ich wollte nicht, dass sie es sah. Während ich geschrieben hatte, war ich die ganze Zeit innerlich ruhig gewesen, denn solange ich dir noch andere Dinge mitzuteilen hatte, brauchte ich nicht vom Ende zu schreiben. Aber jetzt blieb nichts mehr als der letzte Teil meines Geständnisses. Ich hatte gedacht, ich hätte keine Angst mehr davor, aber leider habe ich doch Angst. Es tut mir leid.

Schwester Mary Inconnue drückte mir wieder den Bleistift in die Hand, aber er rollte mir sofort aus den Fingern. Sie versuchte es noch einmal. Wieder dasselbe. Ich atmete erleichtert auf. Ich dachte, ich bin der Sache körperlich nicht gewachsen. Ich bin zu schwach für das Ende. Das wird sie jetzt einsehen.

Wir wurden von raschen Schritten unterbrochen, die sich auf dem Gang näherten. Meine Tür flog auf.

»Harold Fry kommt! Er ist da!« Schwester Lucy platzte herein. »Ich hab ihn gerade gesehen!«

»Ich muss schon bitten!«, sagte Schwester Mary Inconnue leicht pikiert, aber die junge Nonne war so aufgeregt, dass sie einfach an uns vorbeilief. Sie rannte zum Fenster und zog die Vorhänge auf, dass die Ringe über die Stange quietschten. Sie stellte sich auf die Zehenspitzen und spähte die Auffahrt hinunter; mit weitgespreizten Fingern stützte sie sich auf dem Fensterbrett ab. »Ja, Queenie! Er ist's! Endlich ist er da!«

Mich fröstelte, als wehe mich plötzlich ein Wind geradewegs von der Nordsee an. Nein, nein, ich bin noch nicht bereit, dachte ich. Es ist zu früh. Mein Brief. Mein Brief ist noch nicht fertig …

Auf ihrem Wachposten am Fenster setzte Schwester Lucy zu einer Live-Reportage über dein Eintreffen an: »Er geht langsam. Aber … Er hat einen Bart. Und ziemlich lange Haare. Seine Schuhe sind …« Sie kniff die Augen zusammen. »Ach du liebe Zeit. Seine Schuhe sind … Der Arme. Seine Schuhe, die … die sind mit Klebeband an seine Füße geklebt. Mit so blauem Zeug. Warum denn das …« Mit jeder Beobachtung wurde ihre Stimme leiser. Es war, als hörte ich einer Person zu, der die Batterien ausgingen. »Ach du meine Güte.« Sie flüsterte nun fast. »Er sieht schrecklich aus.« Dann sagte sie gar nichts mehr. Wir schwiegen alle drei, warteten auf den Türsummer, auf deine Ankunft.

Schwester Mary Inconnue legte den Kopf schief. Ich hörte das Gluckern alter Wasserrohre, das immer wieder neu ansetzende Piepen eines Vogels im Garten. Ich hörte sogar ein Kind lachen. Aber einen Türsummer hörte ich nicht.

Schwester Lucy schlug die Hände vor den Mund. »O nein! Was macht er denn jetzt? Er geht wieder!«

Er geht wieder? Ich sah Schwester Mary Inconnue an, aber sie nickte nur, als sei sie nicht im mindesten überrascht. »Warum denn das?«, fragte Schwester Lucy. »Warum ist er denn nicht reingekommen?«

Schwester Lucy schüttelte die Falten ihres Gewands

aus, obwohl sich nicht der winzigste Fussel darin verfangen hatte. »Na, er ist sicher bald wieder da«, sagte sie. »Ganz bestimmt. Ich gehe der Sache mal nach. Sie bleiben hier, Queenie.«

Als bestünde Gefahr, dass ich irgendwohin verschwände. Schwester Mary Inconnue und ich blickten uns wissend an. Denn ich wusste es nun. Ich wusste, warum du nicht hereinkommen konntest. Es geht dir ganz genauso wie mir, nicht wahr? Du hast genauso viel Angst wie ich. Und weißt du was? Wenn ich mich umdrehen und auf demselben Weg zurückkehren könnte, auf dem ich hergekommen bin, dann würde ich es wahrscheinlich tun. Ich habe so lang gewartet, und du bist so weit gelaufen, dass wir es beide nicht eilig haben anzukommen. Abschlüsse werden, wie mir scheint, heillos überschätzt.

»Sie müssen den ersten Schritt tun, Queenie«, sagte Schwester Mary Inconnue. Ich runzelte die Stirn, als verstünde ich nicht, aber das ließ sie mir nicht durchgehen. »Zeit, Ihre letzte Geschichte von David zu erzählen.«

Als Schwester Lucy kam, um die Vorhänge für die Nacht zu schließen, erwähnte sie deinen Besuch mit keinem Wort. Sie erwähnte nicht, dass du einfach wieder gegangen warst. Ich deutete auf meine Hand. Ich deutete auf die frischen Kompressen und Binden auf dem Nachttisch. Ich deutete auf den Bleistift.

Schwester Lucy zog die Stirn kraus. Sie warf einen Blick zur Tür, als befürchte sie, jemand könnte hereinkommen. »Nein«, sagte sie. »Nein, Queenie. Das kann ich nicht.«

Die diensthabende Krankenschwester unterbrach uns; sie untersuchte mein Gesicht. Sie säuberte die Wunde und badete mein Auge. Sie fragte, ob ich Morphium oder ein Schmerzpflaster bräuchte, aber ich verneinte. Ich musste einen klaren Kopf behalten.

Als die Krankenschwester gegangen war, setzte sich Schwester Lucy neben mich. Der saubere weiße Stoff ihres Gewands gab ein feines Knistern von sich. »Okay, Queenie«, sagte sie. »Ich mach's.«

Sie nahm meine Hand und den Bleistift, und während sie die Binde herumwickelte, betrachtete ich ihr Gesicht. Den Flaum dunkler Härchen über ihren Ohren, die ein wenig aufgequollene, blasse Haut unter ihren Augen. Sie sah müde aus. Sie führte die Binde in immer neuen Touren um Hand und Bleistift und strich jede Lage sorgfältig glatt, damit keine Falte entstand, die mich schmerzen könnte.

»Ich habe mir so lange gewünscht, Sie zu verstehen, Queenie«, sagte sie. »Aber heute Abend wünsche ich mir, ich würde Sie nicht verstehen. Wollen Sie jetzt Ihr Heft haben?« Sie gab es mir und schlug eine neue Seite auf.

Ich schrieb für sie auf: *Alles Gute zum Geburtstag.*

Es dauerte eine Weile, bis ich mich an den festgebundenen Bleistift gewöhnt hatte.

Schwester Lucy verfolgte die Worte und runzelte die Stirn. »Aber mein Geburtstag ist doch gar nicht heute«, sagte sie. »Sondern erst nächste Woche, wissen Sie nicht mehr?«

Ich bedeutete ihr, sie solle die Seite aus dem Heft reißen. Ich faltete sie zusammen und drückte sie ihr in die Hand. Schwester Lucy schluckte und schüttelte ein wenig den Kopf, als wolle sie verhindern, dass ihr etwas in den Hals stieg.

Sie fragte, ob ich sonst noch Wünsche hätte, ob sie mir zur Entspannung das Haar bürsten dürfe, aber ich schüttelte den Kopf. »Soll ich mich zu Ihnen setzen?«, fragte sie noch. »Ich kann hier sitzen, solange Sie möchten.«

Wieder schüttelte ich den Kopf.

Das Licht am Fenster wird schwächer. Fast ist es Nacht. Ich muss weiterschreiben.

Letztes Bekenntnis von Miss Q. Hennessy

Vor zwanzig Jahren hast du deinen Sohn begraben, Harold. Das sollte einem Vater erspart bleiben. Schuld daran war ich. Bin es immer noch.

Im Lauf meines Lebens habe ich viel getan, um meine Schuld abzutragen. Ich habe deinen Job gerettet. Ich habe mich aus dem Staub gemacht. Ich habe allein gelebt. Ich habe für dich einen Garten am Meer angelegt. Es gab Zeiten, auch das ist wahr, als der Schmerz weniger heftig brannte. Aber im Hintergrund war er immer da wie das Dämmerlicht einer Energiesparbirne im Flur. Und es gibt immer wieder Tage und besonders Nächte, da kann ich tun, was ich will, aber das Einzige, vor dem ich flüchten möchte, lässt mich nicht los. Und wird mich auch nie loslassen, denn ich bin es ja selbst.

Am Abend, als David starb, war er vorher bei mir gewesen.

Das weißt du nicht.

Wenn ich nicht gewesen wäre, dann würde er vielleicht …

Ich kann es nicht einmal hinschreiben.

Ich konnte es zwanzig Jahre lang nicht aussprechen. Wie sollte ich es jetzt können? Aber Schwester Mary Inconnue sitzt neben mir, und jedes Mal, wenn ich mein Heft wegschubse, flüstert sie lächelnd: »Weiter.« Ich dürfe dir dieses letzte Teilchen nicht vorenthalten, sagt sie. Es sei Zeit, meine Sachen in Ordnung zu bringen und sie dann loszulassen.

Verzeih mir, Harold Fry.

Letztes Bekenntnis von Miss Q. Hennessy (Zweiter Anlauf)

Es war Spätsommer. David war einundzwanzig.

Er war in den Lake District gefahren und wieder zurückgekehrt.

Eine Woche verstrich ohne Besuch. Ohne Anruf. Ich fragte mich sogar, ob er wieder mit dem Rucksack losgezogen war. Ich habe mich einmal bei dir nach ihm erkundigt: »Wie geht es David?« Und du hast deine Hände angesehen und gesagt: »Gut. Gut.«

Dann klingelte eines frühen Abends wieder das Telefon im Flur. Als ich abhob, hörte ich nur Pieptöne, als hätte es in der Telefonzelle mit dem Münzeinwurf nicht rechtzeitig geklappt. Etwa eine halbe Stunde später hämmerte jemand heftig an die Eingangstür. Es klang, als wolle er sie einschlagen. Ich muss zugeben, ich hatte keine Lust, David zu sehen. Ich hatte einen langen Arbeitstag hinter mir und war müde. Ich versuche nicht, mein Verhalten an diesem Abend zu entschuldigen. Ich gebe mir nur sehr viel Mühe zu erklären, was sich genau abgespielt hat. Wieder wurde gegen die Tür getrommelt. Da drehte ich meinen Türschlüssel um und öffnete die Wohnungstür.

David hatte weiter abgenommen, aber was mich wirklich schockierte, war sein Haar. Er hatte es ganz kurz abrasiert, sein Kopf sah aus wie nach einem gewalttätigen Anschlag. Seine Kopfhaut musste schmerzen, denn sie war mit kleinen roten Schnitten übersät, Verletzungen durch die Rasierklinge. Ich sagte, es sei schön, ihn zu sehen. Ich wollte nur höflich sein und auf sicherem Gelände bleiben. Er fragte, ob er hereinkommen und mit mir reden könne.

Seine Hände zitterten. Er hatte eine Flasche Gin dabei, die er kaum halten konnte. Ich nahm sie ihm ab. Sie war halb leer.

Erst als David in den hellen Flur wankte, bemerkte ich, wie elend seine Augen aussahen, roh und wund, die Haut ringsum gereizt und aufgedunsen. Er musste lange geweint haben. »Kann ich jetzt meine Flasche wiederhaben?«, fragte er.

Den größten Teil des Abends war er sehr still, redete fast unhörbar, schlurrte durch die Worte. Er saß zusammengesunken in dem Sessel beim Heizlüfter, hatte den Mantel gar nicht erst ausgezogen. Er sagte, er hoffe, dass er in die Armee eintreten könne, deshalb der Haarschnitt. Es schien mir unrealistisch, er konnte ja nicht einmal geradeaus marschieren.

David berichtete, er habe vom Arzt ein paar Tabletten verschrieben bekommen. Vom Arzt?, fragte ich. Ja, sagte er. Vom Arzt. Und als er sagte, ich solle aufhören, ihn so anzustarren, das sei ihm unheimlich, erwiderte ich, ich sei nur erleichtert, weiter nichts. Ich sei froh, dass er beim Arzt gewesen sei.

Irgendwann redete ich über Musik – ich hatte gerade die Platte mit den Purcell-Liedern aus der Bücherei ausgeliehen –, und er sagte: »Entschuldige, aber ich muss jetzt meine Tabletten nehmen. Ich habe Depressionen.« Das sagte er so beiläufig, als ginge es um eine Erkältung. Er fragte, ob ich mich mit Depressionen auskenne, und ich sagte, ja, ich hätte auch manchmal ein Tief. Das gehe allen so, sagte ich. Ob ich auch Tabletten nähme?, fragte er.

»Nein«, antwortete ich. »So ist es bei mir nicht.« Ich wollte nicht, dass er mir zu nahe käme. Ich versuchte mich zu schützen. Und es stimmte ja auch, dass ich nie Medikamente gebraucht hatte. Wir funktionieren alle unterschiedlich. Manchmal denke ich, Depressionen müssen wie ein Tanz im Kopf sein, und wenn man diesen Tanz kennt, dann kann alles zum Auslöser werden.

David zog drei Pillenpackungen aus der Manteltasche. Er las mir die Namen vor und erklärte, wofür sie seien. Er warf die Tabletten auf seinen Schoß, dann spülte er sie mit Gin hinunter.

»Brauchst du Wasser?«, fragte ich.

Er lachte. Ich war betroffen, wie viele Tabletten er schluckte.

»Wissen deine Eltern, was du alles nimmst?«, fragte ich.

Er erzählte mir, Maureen habe ihn zum Arzt begleitet, er habe sie allerdings gebeten, nicht mit ins Sprechzimmer zu kommen. »Meine Mutter freut sich, wenn ich fröhlich bin.« Er versuchte, die Pillenschachteln wieder in seiner Manteltasche zu verstauen, konnte aber die Öffnung nicht finden, und am Ende tat ich es für ihn.

Etwas später fragte er mich noch einmal, was ich über Depressionen wisse und wie er meiner Meinung nach damit umgehen solle, und ich gab etwas von mir wie: »Ach weißt du, das geht schon wieder vorbei.« Hoffentlich sagte ich nicht, das Leben sei halt ein Auf und Ab, war aber nahe daran.

»Aha«, meinte er. Offensichtlich hörte er nicht mehr zu. Lange sagte er gar nichts, saß nur im Sessel, während ich aufräumte und abspülte. Jedes Mal, wenn ich an ihm vorbeiging, trank er aus der mitgebrachten Flasche. Ich legte eine Platte auf.

Mit einem Ruck hob David den Kopf wie ein Hund, der draußen ein Geräusch hört. »Was ist das für Musik?«

Es war das Lied *O Solitude*. Er forderte mich auf, das Stück noch einmal zu spielen. Dann noch einmal und noch einmal. Bis dahin hatte ich noch nie so genau zugehört, hatte Purcell einfach als schöne, elegante Hintergrundmusik laufen lassen.

David zog die Knie hoch und ließ den Kopf sinken. »Einsamkeit klingt so nett bei dem Kerl – wie schafft der das?«, sagte er. »Für mich gibt es nur dieses Vakuum. Es ist überall.«

»Möchtest du noch was?«, fragte ich. Ich wollte ihn jetzt loswerden.

Aber David stand auf. Er begann zur Musik herumzuwanken. Als er mich aufforderte, mit ihm zu tanzen, lehnte ich ab. Ich wisse nicht, wie ich zu solcher Musik tanzen solle. Das sei ein Lied aus der Barockzeit, kein Walzer. Na, du hörst dir einfach die Musik an und bewegst dich dazu, rief er. Seine Apathie war in etwas Aggressiveres umgeschlagen. Er wiegte den Kopf, als hätte er immer noch langes Haar und könne es von einer Seite zur anderen schwingen. Gleichzeitig trank er aus der Flasche, taumelte aber so herum, dass er den Gin über seinen Mantel und auf meinen Teppich verschüttete.

»Ich glaube, du solltest jetzt aufhören zu trinken«, sagte ich.

Ich versuchte, ihm die Flasche wegzunehmen, aber er hielt sie hoch über meinen Kopf und lachte, genau wie damals vor seinem Aufbruch nach Cambridge, als er mir meinen Brief weggenommen hatte und unter anderem auch meine Gedichte und meinen Schneebesen. Dann brach sein Gelächter ab. Er kräuselte verächtlich die Lippen. »Tanz doch einfach«, schrie er mich an.

Ich wich zurück. Er machte mir Angst. Am anderen Ende des Zimmers machte ich ein paar kleine

Walzerschritte. Ich war so verwirrt, Harold, hätte dich jetzt so gebraucht, dass ich die Arme hob, als wärst du da. Ich legte sie dir auf die Schultern. Ich sah dir in deine blauen, blauen Augen.

Als die Platte zu Ende war, merkte ich, dass ich immer noch so dastand, den Blick zu dir erhoben.

Auf einmal brach David in ein schrilles Wiehern aus. Ich wirbelte herum. Er deutete mit dem Finger auf mich. Er prustete vor Lachen. Krümmte sich.

»Du traurige alte Kuh«, johlte er. »Mein Vater wird dich nie lieben.«

Da schien alles um mich wegzuschmelzen. Der Boden, die Wände. Hastig streckte ich die Hände aus, um mich am Rahmen der Küchentür festzuhalten.

»Ich weiß nicht, wovon du redest.«

»Doch. Das weißt du ganz genau. Du liebst ihn. Hast ihn immer geliebt.« Er spuckte mir die Worte hin.

Ich hing am Türrahmen, mein Herz raste, mir drehte sich der Kopf. Ich versuchte, den Tumult meiner Gefühle auseinanderzusortieren. Empfand ich Wut? Ja. Und ich fühlte mich betrogen. Und dumm. Furchtbar dumm. Vor allem aber spürte ich einen überwältigenden Schmerz. David kannte mein Geheimnis. Natürlich kannte er es. Die ganze Zeit schon. Als er mich nach meinen Gedichten gefragt hatte und ich behauptete, ich hätte sie für einen Mann aus meiner Vergangenheit geschrieben, hatte er nur Katz und

Maus mit mir gespielt. Er war ein intelligenter junger Mann, bei aller Egozentrik mit einem messerscharfen Verstand begabt. Natürlich hatte er die Wahrheit gewittert. Meine Antwort, mein Unbehagen hatten seinen Verdacht nur bestätigt. Ich dachte, ich hätte David erkannt, wie er wirklich war. Hätte ihn gesehen. Aber David hatte auch mich gesehen.

Und wie wahr, wie wahr, dass du mich niemals lieben würdest! Egal, was ich täte, egal, wie viele Jahre ich schwiege, ich wäre immer die Frau, die mit dir im Auto saß, dir Scherzfragen stellte, rückwärts sang und dir Pfefferminzbonbons anbot. Fast vier Jahre lang hatte ich mir eingeredet, das genüge und ich könne damit leben. Ich könne an deiner Seite bleiben, ohne selbst etwas für mich zu fordern. Aber als dein Sohn lachte und ich mich durch seine Augen sah, da sah ich mich auch durch deine Augen. Die Frau im braunen Wollkostüm. Da wusste ich, so ginge es nicht weiter. Nicht mehr. Die Erkenntnis traf mich wie ein Keulenschlag. Ein schrecklicher, schmerzhafter Schock. Ich hatte gehofft, in meiner Liebe zu dir Sicherheit zu finden, und was war aus mir geworden? Eine Karikatur.

Ich tastete mich zur Küchenspüle und ließ Wasser in ein Glas laufen. Ich musste Abstand zwischen mich und David bringen. Manchmal stoßen wir die Menschen zurück, die uns die Wahrheit sagen. Nicht weil sie unrecht hätten, sondern weil wir die Wahrheit nicht ertragen.

Ich ließ den Wasserhahn einfach weiterlaufen. Sah zu, wie das Wasser über den Rand des Glases floss, mir über die Hände. Das Wasser wurde immer kälter. Eisig. Meine Finger brannten vor Kälte. Aber das war nichts gegen den Schmerz in mir.

»Was machst du da?« David stellte sich in den Türrahmen, blockierte mir den Fluchtweg. Er nahm eine Zigarette aus der Schachtel. Zündete sie an und stieß zwei Tabakwolken durch die Nase aus. Er war wie ein Sturm, der über mich hereinbrach. Seither habe ich die Stürme beobachtet, bei der Gartenarbeit. Ich habe zugesehen, wie die Regenwolken ein Tischtuch aus Schiefer über das Land zogen, wie der Wind die schwarze See aufschäumte und die Möwen herumwirbelte wie Papierschnipsel. Ich habe in diesen Stürmen gestanden, nass bis auf die Haut, und habe an David gedacht.

Ich sagte: »Bitte lass mich jetzt allein, David. Mir geht es nicht gut.«

Aber David ging nicht. Er kam näher. Er griff nach mir, umklammerte meine Schulter und beugte den Kopf. Seine Finger gruben sich in meine Haut. Ich wollte ihn nicht, wie er mich an der Schulter packte und nach Schmerz stank. Ich hatte keine Ahnung, was er vorhatte.

»David?«, sagte ich. »Du tust mir weh.«

»Mir geht's auch nicht gut«, sagte er leise.

Ich holte tief Luft. Dann sagte ich vorsichtig: »Weil

du betrunken bist. Du musst nach Hause. Wahrscheinlich solltest du überhaupt nichts trinken. Nicht zusammen mit diesen Medikamenten.«

»Ach, hör doch auf. Du klingst wie meine Alten.« David stieß sich von mir weg und krachte gegen den Tisch. Dann richtete er sich auf und torkelte aus der Küche.

Ich folgte ihm, weil ich Angst um ihn hatte. Er rannte zur Wand und schlug mit der Hand dagegen, dann holte er mit dem Stiefel aus und kickte so heftig gegen meinen kleinen Sessel, dass er umstürzte und die kurzen Beine in die Luft streckte wie ein Tier, das auf dem Rücken liegt. Davids Augen waren dunkel und weit, als stehe er am Rand eines Abgrunds und spähe hinab. Meine Handtasche lag offen auf dem Tisch; er hatte sich wieder an meinem Geldbeutel bedient.

»Ich will über Nacht bleiben«, sagte er.

»Hier?«

»Kann ich auf dem Sessel da schlafen?«

Ich hätte ja sagen können. Es hätte mich nichts gekostet. Ich hätte ins Bett gehen und ihn auf dem Sessel schlafen lassen können. Dann hätte für ihn ein neuer Tag begonnen. Es ist zwanzig Jahre her, dass er mir die Frage gestellt hat, und du hast keine Ahnung, wie oft ich den Moment durchlebt und eine andere Antwort durchgespielt habe. Ich habe David in meinem Sessel schlafen sehen, habe eine Decke über ihn gebreitet, damit er nicht friert, und er ist alt geworden wie ich, denn bei mir war er in Sicherheit gewesen. Ja, David, habe ich in meinen Träumen geschrien. Ja, ja, ja.

Aber weil ich nicht wusste, was folgen würde, fiel meine Antwort anders aus.

Ich habe deinen Sohn angesehen, wie er in meinem Wohnzimmer herumschwankte. Ich habe meine offene Handtasche angesehen, den umgetretenen Stuhl. Ich kochte innerlich.

»Nein!«, schrie ich. »Hau ab!«, schrie ich. »Mir reicht's!«, schrie ich. Mir pochte der Schädel. Meine Kehle war wund. Immer mehr brach hervor, alles, was ich David nie gesagt hatte. Die Worte schossen wie Kugeln heraus und ließen Löcher in mir zurück. Ich konnte mich nicht bremsen.

»Du lügst. Du lügst die ganze Zeit. Du nimmst immer nur. Du nimmst und nimmst. Von mir. Von deinem Vater. Du machst deine Mutter verrückt vor Angst. Und was machst du sonst? Wozu bist du gut?« Ich bekam kaum noch Luft.

Ich war so aufgewühlt, dass ich wieder in die Küche floh. Kein Wasser diesmal; ich goss mir einen Brandy ein. Als ich ins Wohnzimmer zurückkehrte, stand der Sessel wieder an seinem Platz neben dem Heizlüfter. Er war leer, bis auf meine roten Wollfäustlinge, die er sorgfältig nebeneinander hingelegt hatte. Die Stille war so übermächtig, dass sie im Raum zu dröhnen schien. »David?«

Er war gegangen. Ich hatte die Haustür nicht gehört.

Noch jetzt sehe ich diesen Sessel vor mir, ohne David, und es ist, als hätte sich David in Luft aufgelöst und mich mit nichts als dem armseligen Ding zurückgelassen, das einmal mir gehört hatte.

Am nächsten Tag bekam ich von meinem Schreibtisch aus mit, wie eine der Sekretärinnen deinen Namen erwähnte. Mr Fry hat sich krankgemeldet, hörte ich. Du hattest dich dein Leben lang noch nicht krankgemeldet.

David war aus meiner Wohnung in deinen Gartenschuppen gegangen und hatte sich erhängt.

Schluck, Schluck.

Geht's, Queenie? Können Sie uns hören? Können Sie die Hand heben, wenn Sie Schmerzen haben?

Schluck, schluck.

Ich schlief.

Das Pferd ist wieder da. Und die Frau mit der Pampelmuse. Der Hund hat immer noch seinen Stein, hat es aber aufgegeben, ihn mir zu bringen. Er betrachtet ihn einfach mit schiefgelegtem Kopf, das eine Ohr gespitzt, unendlich geduldig.

Ich hatte einmal ein Paar tanz (?) Tanz (?). Wie nennt man die Dinger an den Füßen? Ich kann mich nicht erinnern. Aber ich hatte sie trotzdem.

Kleine Schmuckstücke. Ich habe sie geliebt.

Schwester Mary Inconnue blickt von ihrer Schreibmaschine auf.

»Sie wissen doch, dass es nicht Ihre Schuld war?«

Ich habe keine Ahnung, wovon sie spricht.

»Die ganzen Jahre haben Sie sich Davids Tod zur

Last gelegt, aber es war nicht Ihre Schuld. Sie hätten ihn nicht aufhalten können. Die Menschen tun, was sie wollen.«

Ich fange an zu weinen. Nicht vor Schmerz. Es sind Tränen der Erleichterung. Jetzt, nachdem ich die Lieder in meinem Kopf in eine Form gebracht und auf Papier festgehalten habe, nachdem mein Bleistift sie in Striche und Bögen und Schleifen verwandelt hat, kann ich sie loslassen. In meinem Kopf ist es still. Der Kummer ist nicht weg, aber er tut nicht mehr weh.

Schwester Mary Inconnue lächelt. »Gut«, sagt sie. »Sehr gut.«

Hinter dem Fenster fließt Licht durch das Laub und plätschert in feinen, silbernen Riffelwellen an die weiße Wand. Es ist ein neuer Tag.

Abgang, gefolgt von Nonne

»Wir haben einen Besucher«, verkündete Schwester Philomena, schob meine Tür weit auf und drückte sich so flach dagegen, als wolle sie mit dem Türblatt verschmelzen. »Wie aufregend.«

Zwanzig Jahre warten. Zwölfeinhalb Wochen in einem Hospiz. Und als du endlich kommst, was mache ich? Erst falle ich fast aus dem Bett, und dann, auf dem Höhepunkt deines Besuchs, döse ich weg.

Du standst zaudernd auf der Schwelle zu meinem Zimmer und hast neben Schwester Philomena hereingespäht. Dein Gesicht war von Wind und Wetter so gegerbt, dass deine Augen richtig herausleuchteten. (Ich habe mich geirrt mit dem Irisblau, Harold, der blaue Mohn hat es besser getroffen.) Von einem Bart war nichts zu sehen außer der helleren Haut um den Mund und ein paar stehengebliebenen Stoppeln. Du trugst keine Segelschuhe an den Füßen, sondern nur Socken; aus dem einen ragte, geschwollen und blau, dein großer Zeh hervor. Die Riemen deines Rucksacks hingen lose um deine gebeugten Schultern. Keine Spur von meinem Brief – du hieltst ihn nicht in den Händen. Dein Anblick war zu viel für mich. Ich musste wegsehen, bevor sich unsere Blicke hätten treffen können.

Ich ließ den Kopf zum Fenster gedreht und hoffte, du würdest mich nicht sehen. Ob Schwester Mary Inconnue dir meinen Brief gezeigt hatte? Ob du mich nun hasst? Mein Herz sprang im Käfig meines Brustkorbs herum.

»Aber sie ist ja gar nicht da«, hörte ich dich sagen. Und an deinem raschen, unbeschwerten Ton erkannte ich, dass du erleichtert warst. Ich dachte, geh jetzt. Es hat genügt, dich an der Tür zu sehen. Es genügt zu wissen, was du für mich getan hast.

Schwester Philomena lachte. »Natürlich ist sie da.« Sie sagte noch mehr, doch ich hörte es nicht, denn es ging im Rasseln meines Atems unter.

Ich erinnerte mich an die Anfangsworte meines Briefs, an mein Versprechen, dir alles zu erzählen. Keine Lügen mehr.

Als Schwester Philomenas Schritte sich den Gang entlang entfernten, begannst du, unendlich langsam vorwärtszuschleichen. Ohne hinzusehen spürte ich, wie du näher kamst. Ich hatte so viel Angst, dass ich mich nicht rühren konnte. Ein leiser Schritt, noch einer. Dann muss dein Blick auf mein Gesicht gefallen sein, denn du hast, vielleicht ohne es zu wollen, leise aufgestöhnt: »Nein.«

Ich drehte dir mein Gesicht entgegen, versuchte

aber das Schlimmste zu verbergen, um dich zu schonen.

Oh, ich habe alles gesehen, Harold. Den schockierten Ausdruck in deinen Augen. Das Entsetzen. Auch das Mitleid. Und dann dein Schuldbewusstsein, weil mein Anblick solche Gefühle in dir auslöste. Du bist den ganzen Weg gelaufen und hast geglaubt, ich wäre hübsch? Tut mir leid, Harold, dass es ist, wie es ist. Inzwischen hattest du den Rucksack abgenommen und hieltst ihn dir vor den Bauch, wie um dich zu schützen. Ich wollte mir die Hand vors Gesicht schieben, um dir Weiteres zu ersparen, aber zu meinem großen Bedauern konnte ich sie nach dem vielen Schreiben nicht heben.

»Hallo, Queenie«, sagtest du. Tapfer durch und durch.

Hallo, Harold, sagte ich. Ohne Worte.

»Ich bin's, Harold«, sagtest du. »Harold Fry. Wir haben vor langer Zeit zusammengearbeitet. Erinnern Sie sich?«

Wie ich dich liebe? Lass mich zählen wie. Eine Träne quetschte sich aus meinem geschlossenen Auge.

»Haben Sie meinen Brief bekommen?«, fragtest du.

Und du meinen?

»Meine Postkarten?«, wolltest du wissen.

Kannst du mir verzeihen?

Du hast dich sehr eifrig mit dem Inhalt deines Rucksacks beschäftigt. »Ich habe ein paar kleine Souvenirs mitgebracht. Die habe ich unterwegs gesammelt. Da ist ein Rosenquarzkristall zum Aufhängen, der sich sehr hübsch an Ihrem Fenster machen wird. Ich muss ihn nur finden.« Du hast verschiedene Dinge hervorgeholt und, glaube ich, auch von Honig und Stiften erzählt, aber ich dachte die ganze Zeit: Gib mir ein Zeichen. Sag, dass du mir verzeihst. Du hast eine zerknitterte Papiertüte aus dem Rucksack gezogen, und beim Blick hinein leuchtete dein Gesicht auf. Du hast die Tüte ein wenig links von meinen Fingern aufs Bett gelegt, wie einen kleinen Trittstein zwischen dir und mir, und bist wieder zurückgewichen. Ich habe mich nicht gerührt. Deine Hand ist noch einmal vorgeschnellt, und du hast die Tüte freundlich getätschelt, als wolltest du sagen: Keine Angst, kleine Tüte. Das ist ganz in Ordnung so, wirklich.

Ich begann etwas zu ahnen. Vielleicht war dir mein Brief gar nicht übergeben worden? Vielleicht hattest du Schwester Mary Inconnue verpasst? Vielleicht wusstest du immer noch nichts von der Wahrheit? In meinem Kopf begann es schrecklich zu pochen, denn das war schließlich die Abmachung – erinnerst du dich? Dass du alles erfahren musst.

Ich versuchte, mit der Hand auf den Koffer mit den beschriebenen Blättern unter meinem Bett zu deuten, aber da begann mein dummer Körper, zur Seite zu rutschen. Ich konnte es nicht verhindern. Der panische Ausdruck in deinem Gesicht! Du hast die Hände gehoben, als wolltest du mir helfen, aber inzwischen standst du ganz ans Fenster gedrückt, und von da drüben war keine Hilfe möglich. Ich empfand so viel Liebe für dich, weil ich sah, wie schwer es ist, einen Menschen zu besuchen und feststellen zu müssen, dass man lieber wieder gehen würde. Ich erinnerte mich, wie du früher immer den Blick abwandtest, wenn ich in dein Auto stieg, als befürchtetest du, ich könnte mir eine peinliche Blöße geben. Mehr als alles in der Welt wünschte ich mir, ich könnte in Würden aufrecht sitzen wie jeder normale Mensch.

»Entschuldigung! Sie fällt …«

Du hast um Hilfe gerufen, erst leise, dann immer verzweifelter. Und da kam Schwester Lucy angelaufen, die Liebe, aber ich merkte ihr an, dass auch sie völlig durch den Wind war, denn sie war dunkelrosa angelaufen und faselte Unsinn von Besuchern in Leichenhallen. Ich dachte, als Nächstes bietet dir das arme Mädchen noch an, dir die Nägel zu lackieren. Sie richtete mich mit ihren stämmigen Armen zum Sitzen auf. Ich habe sie noch nie so laut reden hören. Sie war so außer sich, dass auf ihrer Oberlippe kleine Schweißperlen austraten wie ein Bärtchen. Ihr schien vorübergehend auch dein Name entfallen zu sein.

»Henry ist anscheinend zu Fuß gekommen. Den ganzen Weg von – Wo kommen Sie her, Henry?«

(Sie wissen es, Schwester Lucy, dachte ich. Sie wissen es.)

Du hast den Mund geöffnet, wie um zu antworten, ihn dann aber wieder geschlossen, weil sich Schwester Lucy bereits erinnerte. »Dorset«, rief sie triumphierend. Bleibt nur zu hoffen, dass Schwester Lucy niemals mit der Leitung einer Wanderexpedition betraut wird.

Jetzt wurdest auch du lauter und schienst durchaus einverstanden, dass du, ja, aus Dorset kamst, und ja, dein Name Henry war. Inzwischen war Schwester Lucy mit den Nerven so am Ende, dass sie fragte, ob wir dir nicht eine Tasse Tee machen sollten. Genauer gesagt schlug sie dir »ein Tässchen« vor. Nie zuvor habe ich sie den Ausdruck »Tässchen« benutzen hören. »Wir haben so viele Briefe und Grußkarten bekommen.« Sie schrie nun fast. »Letzte Woche hat sogar eine Dame aus Perth geschrieben.«

(Sie meinte Penge bei London.)

»Sie kann Sie hören«, sagte Schwester Lucy und deutete auf mich. Dann witschte sie hinaus, und wir waren wieder allein. Du und ich. Du hast dich auf Schwester Mary Inconnues Stuhl gesetzt. Du hast die Hände zwischen die Knie geklemmt und dich ordentlich hingesetzt, mit dem Profil zu mir.

»Hallo.« Du hast einen neuen Anlauf genommen. »Ich muss schon sagen, Sie schlagen sich wacker. Meine Frau – erinnern Sie sich an Maureen? –, meine Frau lässt Sie grüßen.«

Bei der Erwähnung ihres Namens fühlte ich

mich ganz leicht und luftig. Sie verzeiht mir, dachte ich.

Aber du hast weitergeredet. Dein Blick irrte zur Tür, und ich habe begriffen, dass du dir nichts sehnlicher gewünscht hast als eine Unterbrechung durch Schwester Lucy. Dann hast du dich sehr konzentriert an der Papiertüte zu schaffen gemacht und etwas herausgefischt. Du bist aufgesprungen und zum Fenster gestürzt. Dort schienst du dich sehr lange aufzuhalten, und ich sah zu, wie du die Hände aufs Fensterbrett gestützt hast, als mühtest du dich um dein Gleichgewicht. Du hast zu dem in Grün gehüllten Baum hinausgesehen, zum Garten hinüber. Und leise, ganz leise hast du zu weinen begonnen.

Zwanzig Jahre Exil sind von mir abgeglitten, und ich habe alles gesehen, was mich hierhergebracht hat. An meinem Fenster funkelte es rosa. Wieder hast du dich umgedreht, um mich anzusehen, und ich hob dir mein Gesicht entgegen. Ich habe mich nicht mehr versteckt.

Diesmal war kein Schnee zwischen uns. Keine Straße. Kein Fenster. Schau mich an, Harold, sagte ich. Und du hast es getan. Du hast geschaut, und du hast mich gesehen. Du bist nicht zurückgewichen. Du hast nicht um Luft gerungen. Du bist näher gekommen.

Du hast deinen Platz neben mir eingenommen, auf der Bettkante. Wortlos hast du die Hand ausgestreckt und die meine genommen. Und ich würde tatsächlich sagen, ich stand wie unter Strom, allerdings war es keine körperliche Anziehung mehr, sondern etwas viel Tieferes. Ich schloss meine Finger um die deinen.

Da warst du wieder, hast rechts von mir gesessen, den Blick starr nach vorn gerichtet, während ich zu deiner Linken saß. Du im Fahrersitz, ich an deiner Seite. Ich sah die Sonne durch die Windschutzscheibe scheinen. Ich hörte dich nach deinen Fahrhandschuhen tasten. Ich roch deinen Zitrus-Milchkaffeeduft. Ich schmeckte die Pfefferminzbonbons aus meiner Handtasche auf der Zunge. »Wohin, Miss Hennessy?« Du hast den Schlüssel ins Zündschloss gesteckt, und mir schwoll das Herz.

Die ganzen Jahre, Harold, habe ich darauf gewartet, dir zu sagen, dass ich dich liebe. Die ganzen Jahre glaubte ich, dass meinem Leben ein Teilchen fehlte. Aber es war immer da. Es war da, als ich neben dir in deinem Auto saß und du losgefahren bist. Es war da, als ich rückwärts sang und du darüber gelacht hast oder als ich ein Picknick ausgepackt habe und du es bis zum letzten Krümel aufgegessen hast. Es war da, als du beim Öffnen der Wagentür zu mir gesagt hast, dir gefalle mein braunes Kostüm, und als du mich einmal gefragt hast, ob ich lieber den langen Weg nach Hause nehmen würde. Auch später in meinem Garten war es da. Wenn ich die Sonne auf meinen Händen leuchten sah. Wenn eine Rosenknospe aus dem Nichts erschien. Es war in den Menschen, die stehen blieben und sich mit mir an der Gartenmauer über dies und das unterhielten. Und selbst als ich dachte, mein Leben wäre zu Ende, ließ es sich immer wieder blicken – im Hospiz. Es ist immer und überall da gewesen, mein Glück – wenn meine Mutter für mich sang, damit ich dazu tanzte, wenn mich mein Vater an der Hand fasste, damit mir nichts passierte. Aber es war so klein, so schlicht, dass ich es für etwas Gewöhnliches hielt und nicht erkannt habe. Wir erwarten, dass unser Glück mit Pauken und Trompeten einzieht, aber das tut es nicht. Ich liebte dich, und du wusstest es nicht. Ich liebte dich, und das war genug.

»Es kommt mir vor, als wäre es sehr lange her, seit ich Sie in der Büromaterialkammer gefunden habe«, sagtest du schließlich. Und da war es wieder, das alte Harold-Fry-Lachen.

KANTINE, dachte ich. Wir sind uns in der KANTINE begegnet.

Aber was machte das schon? Ich schrieb zu Beginn meines Briefs, dass du alles erfahren musst. Ich hatte so lange das Bedürfnis, die Wahrheit zu bekennen, dass es selbst wie zu einer Krankheit wurde. Aber jetzt, nachdem ich hier gewartet und meine ganze Geschichte erzählt habe, sehe ich nichts mehr von Vergeudung. Ich sehe nur die verschiedenen Teilchen meines Lebens, und als wäre ich ein Kind am Ufer eines Flusses, setze ich jedes Teilchen aufs Wasser, damit es davontreiben kann, klein wie eine Blüte.

Ich drückte meine Finger ganz fest um die deinen und schloss die Augen. Ich lächelte. Ich hoffe, du hast es gesehen. Mein Lächeln reichte so weit in die Tiefe hinunter, dass es mich ganz und gar ausfüllte. Bis ins Mark hinein habe ich gelächelt. Und dann wollte ich nur noch schlafen. Ich hatte keine Angst mehr.

Ratter, ratter. Herein kam Schwester Lucy, die Liebe, mit ihrem Tässchen. Ich habe das schreckliche Gefühl, dass sie dich schon wieder Henry nannte. Sie hatte Schwierigkeiten mit dem Tablett und der Tür, rumpelte erst mit dem Ellbogen dagegen, dann mit dem Hinterteil und schließlich auch noch mit dem Tablett selbst.

»Macht es Ihnen etwas aus, wenn ich den Tee stehen lasse?«, sagtest du zu niemand Bestimmtem. »Ich muss jetzt gehen.«

Ich öffnete mein Auge lange genug, um dein Profil an der Tür zu sehen. Der Raum begann sich aufzulösen, und als ich noch einmal hinsah, warst du weg und Schwester Lucy auch.

Du bist weit genug gelaufen. Bitte, mein Freund, geh nach Hause.

Ende gut

Schwester Mary Inconnue sitzt auf meinem Stuhl. Sie ist nicht durch die Tür gekommen. Sie hat keine Schreibmaschine dabei.

Ich mache Notizen, bin aber langsam. Es fällt mir schwer, den ? zu heben, und immer wieder gehen mir die Worte verloren. Ich erinnere mich, dass sie mir helfen soll, und deute auf ihren Schoß.

»Aber wir sind doch jetzt fertig«, sagt sie.

Ihr Gesicht ist schwer zu finden, denn ich sehe nichts als die Lampe am Fenster. Die Wände sind weg, und ich rieche das Meer. Ich höre das Rauschen des Laubs und das Summen der Fliege.

Schwester Mary Inconnue fragt: »Meine liebe Queenie, haben Sie Schmerzen?«

Ich erinnere mich, dass ich einmal Schmerzen hatte. Aber jetzt ist nichts mehr davon da – oder wenn doch, dann tut es nicht mehr weh.

Sie sagt: »Ich kann warten, solange Sie möchten. Falls Sie die Seite fertigschreiben wollen.«

Ich nicke. Ein kleines bisschen wäre da noch, so klein wie ein Atemzug. Als ich das nächste Mal hinsehe, steht Schwester Mary Inconnue am Fenster. Ich würde sie so gern berühren.

»Sie haben es geschafft«, sagt sie. »Die Leute glauben, dass man hinausmuss, um eine Reise zu machen. Aber das stimmt gar nicht, wie Sie sehen. Man kann auch im Bett liegen und eine Reise machen. Was ist denn so lustig?«

Ich kann nicht anders. Ich höre ihr zu, aber ich bin nichts als Lachen, Lachen, Lachen.

Baum, sage ich. Sage ich es wirklich? Ich bin mir nicht sicher. Schließlich ist es gar nicht nötig. Sie weiß es ja schon.

»Ach ja.« Ihr Lächeln explodiert in einen Juchzer: »Baum!« Sie hält sich den Bauch und brüllt vor Lachen.

Ich sehe Schwester Mary Inconnue und andere Dinge. Das Hospiz. Den Garten des Wohlbefindens. Das Wasser, das man das Meer nennt. Und so viele Menschen, die ihrem Leben nachgehen, Millionen und Abermillionen, gewöhnliche Menschen, die gewöhnliche Dinge tun, von niemandem bemerkt oder besungen, aber trotzdem sind sie da und so lebendig. Ich sehe meinen Vater, meine Mutter. Ich sehe David. Ich sehe Finty, Barbara, den Perlenkönig und Mr Henderson. Patienten, deren Namen ich nie gekannt habe. Am Strand sehe ich dich, sehe Maureen. Ich sehe den Tagesraum und sehe Schwester Lucy den Gang entlanghasten, zu meiner Tür. Ich sehe den

Bestatter die Autoschlüssel holen und seine Frau, die ihm ein Lunchpaket mitgibt.

Bis später, sagt er.

Schönen Tag, sagt sie.

Ich spüre den Wind in meinem Garten am Meer und höre tausend Muscheln klingen. Das ist alles, alles in mir.

Queenie? Wo bist du denn? Wo steckt dieses Mädchen bloß?

Hier bin ich! Hier! Die ganze Zeit schon! Von Anfang an gewesen!

Am Fenster dreht sich ein Licht, und ein Sternenschauer ergießt sich in die Luft. Die Sterne haben viele Farben. Rosa und Gelb und Blau und Grün. Oh, so viel Schönheit. In einem kleinen Ding.

»Sind Sie bereit?«, fragt Schwester Mary Inconnue und streckt die Hand aus. Es ist, als griffe ich in Licht hinein.

Bleistift weglegen. Heft weglegen. Und jetzt schlafen.

Ah. So war das also.

Der dritte Brief

Bernadino-Hospiz
Berwick upon Tweed

12. Juli

Lieber Mr Fry,

ich lege die Seiten bei, die Queenie Hennessy in ihren letzten zwölf Lebenswochen geschrieben hat. Sie hat gleich damit begonnen, als sie von Ihrer Pilgerreise erfuhr, und beendete ihr Werk in der letzten Stunde vor ihrem Tod.

Sie werden sehen, dass die Blätter nicht mit Worten beschrieben sind, sondern hauptsächlich mit einer Reihe von Kringeln, Strichen und Punkten. Eine meiner Kolleginnen glaubt, es handle sich bei diesen Hieroglyphen um Kurzschrift, ein anderer hält sie für Morsezeichen, aber da ich leider weder Kurzschrift noch Morsezeichen beherrsche, werde ich nicht klug daraus. Nur ein paar Worte sind erkennbar, darunter auch Ihr Name. Unsere Patienten hinterlassen oft Karten und Nachrichten für ihre Angehörigen und Freunde, aber ein solches Konvolut erlebe ich zum ersten Mal.

Ich möchte Ihnen mitteilen, dass Queenie meiner festen Überzeugung nach in Frieden gestorben ist. Momente vor ihrem Tod ist Schwester Lucy an Queenies Tür vorbeigelaufen und hat schallendes Gelächter gehört, als wäre eine andere Person bei ihr und hätte ihr etwas Lustiges erzählt. Schwester Lucy ist sicher, dass sie die Worte »Hier bin ich« gehört hat. Sie kam mich holen. Als wir Minuten später in ihr Zimmer traten, war Queenie allein und friedlich entschlafen. Von einem Besucher war nichts zu sehen.
Schwester Lucy erzählte mir später, Queenie habe mehrmals nach einer Betreuerin gefragt, einer Nonne mit französischem Namen, die ihr beim Verfassen ihres Briefes geholfen habe. In unserem Hospiz hat nie eine Betreuerin mit französischem Namen gearbeitet. Ich versicherte Schwester Lucy, sie müsse sich verhört haben. Queenie war schwer zu verstehen. Die junge Frau hatte zudem eine starke Bindung zu unserer Patientin entwickelt, was die eigene Objektivität trüben kann. Schwester Lucy nimmt gerade eine Auszeit von der Hospizarbeit, um ihre kosmetischen Fähigkeiten zu erkunden. (Sie ist eine talentierte junge Dame.) Schwester Catherine, mit der sie Queenie gemeinsam betreut hat, ist jetzt auf Pilgerreise nach Santiago de Compostela.
Doch Schwester Lucys Beobachtungen haben mich weiter beschäftigt, wie auch Ihre unwahrscheinliche Pilgerreise und nicht zuletzt die Beherztheit dieser

Frau, die in aller Stille dagesessen und auf Sie gewartet hat. Das alles hat mich veranlasst, weiter über das Wesen meines Glaubens nachzudenken.

Ich bin zu folgendem Schluss gekommen. Wenn wir uns entsprechend bemühen, finden wir immer eine rationale Erklärung für Dinge, die wir nicht verstehen. Aber vielleicht ist es gelegentlich weiser, einfach hinzunehmen, was wir nicht verstehen, und es damit gut sein zu lassen. Erklären heißt manchmal schmälern. Und was spielt es für eine Rolle, ob ich etwas anderes glaube als Sie? Wir teilen alle dasselbe Ende.

Queenies Asche wird, wie sie gebeten hat, über ihrem Garten am Meer verstreut werden. Ihn und ihr Strandhaus hat sie den Bewohnern von Embleton Bay vermacht.

Bitte richten Sie Ihrer Frau meine besten Wünsche aus. Vermutlich werden sich unsere Wege nicht mehr kreuzen, aber es war mir eine Freude, Sie kennzulernen, Mr Fry.

Schwester Philomena
Priorin des Bernadino-Hospiz

Dank

Mein Dank geht an:

Paul Venables, wie immer, an meine Lektorin Susanna Wadeson und meine Agentin Clare Conville.

Benjamin Dreyer, Deborah Adams und Kate Samano fürs Redigieren. Andrew Davidson für die Holzstiche für Queenie. Susan Kamil, Kristin Cochrane und Kiara Kent; Larry Finlay, Claire Ward, Alison Barrow, Elspeth Dougall, Claire Evans und das ganze Team bei Transworld. Und an alle bei Conville & Walsh.

Beim Schreiben von Queenies Geschichte spielten der Rat in medizinischen Fragen und die Erinnerungen einer ganzen Reihe von Menschen eine wichtige Rolle: Dankeschön an Libby Potter, Charlie Hall, Jacqui Sparkes, Carol Chapman und das Cotswold-Care-Hospiz in Minchinhampton. Wichtige Recherchequellen für mich waren das Buch ›Head and Neck Oncology Nursing‹ und eine Broschüre mit dem Titel ›End-of-Life-Experiences: A Guide for Carers of the Dying‹.

Philip Pearson hat meiner Phantasie seinen Holzbungalow für Queenies Strandhaus überlassen und mir die Renovierungsarbeiten erklärt. Danke auch für Karten und Reiseführer von Northumberland.

Danke an die Gemeinschaft der Bernhardiner-Nonnen des Monastery of Our Lady and St. Bernard, die im selben Ort leben wie ich und deren Präsenz zur Landschaft gehört wie die Bäume oder der Himmel.

Ein stiller Dank an meine Mutter Myra Joyce. Danke an Hope, Kezia, Jo und Nell. In Erinnerung an meinen Vater Martin Joyce, der in seinem Garten einen Mann sah und versuchte, den Fremden vor seinem Tod zu erreichen.

Rachel Joyce
Die unwahrscheinliche Pilgerreise des Harold Fry
Roman
Band 19536

Der unvergessliche Roman,
der die ganze Welt erobert hat.

Eigentlich wollte er nur zum Briefkasten. Dann geht er 1000 Kilometer zu Fuß. Von Südengland bis an die schottische Grenze – eine Reise fürs Leben, eine Geschichte von Tapferkeit, Betrug, Liebe, Loyalität und einem ganz unscheinbaren Paar Segelschuhen.

»Am Ende dieses Buches habe ich mich wie verzaubert gefühlt.«
Christine Westermann, WDR 2 Bücher